FOLIO POLICIER

Jørn Lier Horst

Le disparu de Larvik

Une enquête de William Wisting

Traduit du norvégien
par Céline Romand-Monnier

Gallimard

Titre original :
BLINDGANG

Né en 1970, Jørn Lier Horst est un ancien officier de police. Les enquêtes de William Wisting, traduites en vingt-six langues, ont fait de lui un des auteurs les plus populaires de Scandinavie, avec plus de deux millions et demi de livres vendus et de nombreux prix à la clé (le Glass Key, le Riverton Prize, le Martin Beck Award ou encore le Swedish Academy of Crime Writers Award). Elles ont été également adaptées en série télévisée par les producteurs de *Millénium* et de *Wallander*.

1

Elle passa puis repassa devant la grande villa blanche. La troisième fois, elle se gara dans la rue.

Une clôture à claire-voie blanche, une haie, de vieux arbres. Les fenêtres à petits carreaux ne révélaient que l'obscurité à l'intérieur.

La maison était plus vaste que dans ses souvenirs, bien trop pour elle, à vrai dire.

Cela faisait dix-neuf ans. Elle s'était promis de ne plus jamais revenir. Voilà qu'elle allait s'y installer.

Elle secoua l'enveloppe sur le siège passager pour en faire tomber la clef. L'avocat avait écrit le nom de son grand-père sur une face de la petite étiquette sous plastique et l'adresse sur l'autre : Frank Mandt. Johan Ohlsens gate, Stavern.

Elle n'arrivait pas à s'affranchir de l'idée qu'il avait tenu cette même clef. Il l'avait eue dans sa poche, l'avait triturée, avait refermé sa main autour.

Elle n'aimait pas penser à lui comme à un « papy », n'employait jamais ce mot. Pour elle, c'était le Vieux. Elle se souvenait de lui ainsi, comme d'un vieil homme, même s'il devait avoir cinquante ans tout au plus la dernière fois qu'elle l'avait vu. Grand, robuste, de petits yeux sombres et enfoncés, d'épais cheveux gris et une petite moustache blanche.

L'une des dernières fois avait été un 17 mai, lors des célébrations de la fête nationale. Elle défilait dans le cortège des enfants, qui était passé devant sa maison. Le Vieux était sous sa véranda, les mains derrière le dos, le regard torve et la bouche pincée. Elle avait tenté de lui faire signe, mais il était rentré à l'intérieur.

Laissant la clef, elle regarda encore la maison. Même par cette chaude journée d'été, elle respirait le froid.

Des gémissements sur la banquette arrière la firent se tourner.

« Tu es réveillée, ma petite mère ? » Elle sourit à sa fille en s'étirant vers elle. « On est arrivées, Maja. »

La fillette produisit quelques gargouillis et sourit en clignant des yeux. Par bonheur, elle ne ressemblait pas à son père. Elle avait ses cheveux foncés à elle et ses yeux.

« Mais c'est des fossettes que je vois là ! » Elle la chatouilla sous le menton pour essayer de les faire apparaître. Elles allaient bien s'en tirer toutes les deux. Avant, ç'avait toujours été elle et sa mère. Maintenant, c'était elle et sa fille.

Elle se tourna de nouveau vers le volant, enclencha la première et roula jusqu'au garage derrière la maison. Puis elle prit la clef et sortit sa fille de la voiture.

Avec ses colonnes et ses ornements début vingtième, l'entrée était plutôt majestueuse.

La clef tourna facilement dans la serrure. À l'intérieur, cela ne sentait pas le renfermé comme elle le craignait, mais le propre et le frais.

L'avocat avait fait ce qu'elle lui avait demandé. Tous

les meubles et objets avaient été enlevés. Tout ce qui pouvait lui rappeler le passé.

Elle jeta un œil dans la cuisine, avança ensuite jusqu'au salon. Les murs nus renvoyaient l'écho de ses pas.

Le soleil déposait une lumière pâle sur le plancher.

Ça pourrait devenir sympa ici, se dit-elle en contemplant le petit parc de l'autre côté de la rue. Cette grande maison pourrait être un bon départ pour une nouvelle vie.

Le large escalier qui menait au premier grinçait. Elle passa Maja sur son autre hanche et trouva son chemin vers ce qui avait été la chambre de sa mère. Elle s'attarda quelques instants, sans rien ressentir de spécial, puis consulta sa montre. 10 heures moins le quart. Les déménageurs allaient arriver d'un instant à l'autre.

Après un rapide tour des autres chambres, elle redescendit pour inspecter le reste de la maison.

Elle marqua une pause avant d'ouvrir la porte de la cave, puis elle alluma la lumière et descendit quelques-unes des marches creusées par le temps.

C'était là qu'on l'avait trouvé, un jour de janvier. Il avait dû tomber à peu près là où elle se tenait. En bas, elle devinait une tache plus sombre sur le ciment gris clair. On estimait qu'il avait dû y rester trois jours avant d'être découvert par l'un de ses copains.

Bien qu'étant sa seule parente en vie, elle n'avait pas assisté à son enterrement ni participé aux préparatifs. Sur le coup, elle n'avait pas songé au fait qu'elle était la seule héritière de cette grande demeure qui valait des millions de couronnes, et de son argent. En l'apprenant, elle s'était d'abord dit qu'elle n'en voulait pas, l'argent de Frank Mandt était si sale qu'elle refusait d'y toucher, mais elle s'était ensuite ravisée. Pourquoi pas, après tout ? C'était trop bête de s'en priver.

Elle descendit jusqu'en bas, sa fille dans les bras. L'air était plus vicié. Une odeur doucereuse, comme celle de vieux fruits ou de fleurs restées trop longtemps dans un vase.

L'une des pièces du sous-sol était aménagée en sauna et une autre en ce qui devait être une salle de musculation, avec un espalier au mur.

Elle trouva le coffre-fort dans la pièce du fond. L'avocat l'avait prévenue qu'on ne l'avait pas enlevé. Non seulement il était grand et lourd, mais en plus, il était fixé au sol, probablement par des boulons intérieurs. L'équipe qui avait vidé la maison espérait trouver la clef, mais elle avait disparu. C'étaient des gens de toute confiance : ils lui avaient donné l'enveloppe contenant près de trente mille couronnes qu'ils avaient trouvée dans un placard de la cuisine. Bien sûr, ils pouvaient toujours avoir passé sous silence d'autres sommes, mais quand ils disaient n'avoir pas trouvé la clef, elle les croyait.

Elle effleura de la main le dessus du coffre. L'acier froid la fit frissonner.

Puis elle s'accroupit, écarta le petit cache-serrure en métal et essaya de regarder à l'intérieur.

La disparition de la clef la contrariait. Le coffre était posé au milieu de la pièce et il prenait beaucoup de place. S'il se révélait nécessaire d'aménager le sous-sol un jour, les travaux allaient être compliqués.

Un klaxon résonna dehors. Elle consulta sa montre. 10 heures. Les déménageurs étaient ponctuels.

Elle monta les accueillir. Pendant qu'ils se garaient, elle ouvrit le coffre de sa voiture, en sortit une boîte contenant la plaque qu'elle avait fait graver à Oslo. Elle l'accrocha à un clou à côté de la porte d'entrée.

Sofie et Maja Lund.

Dans la maison voisine, une femme jetait un coup d'œil derrière les rideaux à carreaux de sa cuisine. Sofie lui fit signe. La femme ne lui répondit pas.

2

Sur le seuil de sa chambre, William Wisting observait la femme couchée dans son lit. Les fins rubans de lumière qui filtraient entre les lattes du store éclairaient son visage, sans troubler pour autant son profond sommeil.

Il travaillait avec Christine Thiis depuis juste deux ans. Elle avait quinze ans de moins que lui et était mère de deux adolescents. Après son divorce, elle avait quitté un poste lucratif d'avocate à Oslo pour s'installer à Larvik avec ses enfants.

C'était facile de travailler avec elle, elle était efficace, dynamique, pleine d'initiative, et douée d'une capacité toute personnelle à prendre les bonnes décisions au bon moment.

Ils ne parlaient jamais que de boulot. Elle restait très discrète sur sa vie privée. Quand ils allaient à des conférences, elle rentrait toujours chez elle ou à l'hôtel directement après le programme officiel. Elle ne venait jamais quand quelqu'un proposait d'aller boire un pot en fin de journée, elle n'avait jamais participé aux dîners de Noël du boulot. Wisting avait donc été surpris qu'elle accepte l'invitation à sa fête d'été.

Quelques petits tressaillements de son visage révélèrent qu'elle percevait sa présence dans la chambre. Wisting referma délicatement la porte et descendit dans le salon. Elle avait besoin de dormir. C'était Nils Hammer qui l'avait accompagnée à son lit. Elle avait alors largement entamé sa deuxième bouteille de vin. Les autres étaient restés jusqu'à ce que les oiseaux commencent à chanter au lever du jour.

Sur la table basse, une mouche montait et descendait sur la paroi intérieure d'un verre. Elle bourdonna en se noyant dans le petit reste de vin.

Wisting plia le plaid sous lequel il avait dormi et redressa les coussins du canapé. Puis il ramassa les verres, les rapporta dans la cuisine et chargea le lave-vaisselle. Il se posta à la fenêtre, regarda la maison marron dans le virage en contrebas. La maison de Line.

Si la raison de son retour à Stavern le mettait quelque peu mal à l'aise, il était content de l'avoir près de lui. Il n'avait pas aimé en revanche qu'elle achète cette maison-ci. La mort semblait ancrée dans les murs. Le précédent occupant, Viggo Hansen, y avait été découvert sans vie huit mois auparavant. Il avait alors passé plus d'un trimestre dans un fauteuil du salon sans qu'aucun voisin ne s'aperçoive de rien.

L'idée de cet homme mort ne semblait pas préoccuper Line, ce qui, du reste, était tout elle. Sans crainte, pragmatique. La maison était un bon investissement, les circonstances l'avaient fait vendre largement au-dessous de la valeur estimée, et l'habitation qu'il avait visitée la veille avait changé du tout au tout. La cuisine, la salle de bains et l'une des chambres à coucher étaient déjà rénovées et c'était maintenant le tour du salon.

Son portable sonna. Il le retrouva sur la table basse, mais n'eut pas le temps de répondre avant qu'on raccroche.

Suzanne. Son numéro était toujours dans son répertoire. Il ne lui avait pas parlé depuis des mois, voir son nom lui fit de l'effet. Pendant quelque temps, ils avaient été très proches et elle s'était installée chez lui. Leur liaison avait duré quelques années, jusqu'à ce qu'elle décide de continuer sans lui. Elle lui manquait toujours. Pas autant qu'Ingrid toutefois, la mère de Line et Thomas. Ingrid était partie pour toujours, alors que Suzanne n'était pas loin. Elle dirigeait un café-galerie à Stavern et logeait dans l'appartement du dessus. Il sursauta quand le téléphone sonna de nouveau. C'était encore elle.

« Allô, répondit-il en sentant qu'il avait la bouche sèche.

— Allô. C'est Suzanne.

— Salut, dit-il en déglutissant. Comment ça va ?

— Tu es chez toi ? » fit-elle sans répondre à sa question.

Wisting regarda autour de lui. Une coupelle de cacahuètes renversée. Plusieurs épaisseurs de papier toilette qu'Espen Mortensen avait étalé pour tenter d'absorber de la bière tombée sur le tapis. Le sac de Christine Thiis sous un fauteuil, son contenu partiellement répandu.

« Comment ça ?

— Je voudrais te parler de quelque chose. Je n'ai pas envie de le faire par téléphone. C'est à propos de l'affaire Hummel.

— L'affaire Hummel ? » répéta Wisting, mais il savait bien de quoi il s'agissait.

Jens Hummel était chauffeur de taxi. Il avait disparu avec sa voiture la nuit du 5 janvier. La dernière personne à l'avoir vu était un client qu'il avait laissé au Grand Hotell de Storgata à Larvik, à 1 h 23 du matin. Cela faisait plus de six mois. L'affaire restait un mystère complet.

« Je pourrais passer dans la matinée, avant qu'il y ait trop de monde au café », proposa Suzanne.

On marchait à l'étage. Christine Thiis avait dû se réveiller.

« Je vais sortir, s'empressa de dire Wisting. Je peux passer, moi.

— Tu pourrais avant 13 heures ? »

Il consulta sa montre et essaya de calculer depuis combien de temps il avait arrêté de boire.

« Je peux être là d'ici une heure », répondit-il en entendant un sourire dans la voix de Suzanne qui le remerciait.

Au premier, le robinet de la salle de bains coula.

Wisting regagna la cuisine, sortit deux tasses et deux capsules de café.

L'escalier grinça. Quand Christine Thiis entra dans la pièce, la machine à café grondait doucement en émettant de la vapeur.

« Bonjour », dit-elle d'une voix rauque. Ses cheveux châtains étaient encore en bataille, mais il voyait qu'elle avait essayé de les arranger. « Désolée, ça… »

Wisting l'interrompit.

« Café ?

— Avec grand plaisir. »

Ils s'assirent l'un en face de l'autre.

« Désolée, répéta-t-elle. Ça ne m'est jamais arrivé. D'habitude, je rentre chez moi. » Elle but une gorgée de café et toussota. « Enfin, d'habitude je ne sors pas. Je n'ai pas l'habitude de boire.

— Tu devais en avoir besoin. »

Wisting voyait combien elle était gênée de porter les vêtements dans lesquels elle avait dormi. « Tu avais sûrement besoin de te détendre vraiment, poursuivit-il. De déconnecter complètement en ne pensant ni aux enfants ni au boulot.

— Mais j'aurais dû rentrer chez moi.

— Personne ne t'attendait », trancha Wisting en souriant.

Il mit ses mains autour de sa tasse et sentit qu'il faisait bon avoir quelqu'un à sa table. « Je pourrai te ramener tout à l'heure », proposa-t-il.

Elle secoua la tête.

« Je vais prendre un taxi. »

Il leva la paume pour lui signifier que cela ne le dérangeait nullement.

« Je dois sortir de toute façon. Un nouvel élément dans l'affaire Hummel. »

Le regard de Christine Thiis changea. D'embarrassé, il se fit vif.

« Jens Hummel ? Mais on a passé en revue toute l'affaire la semaine dernière et on avait décidé de la mettre en suspens. Il y a du nouveau maintenant ?

— Je ne sais pas encore. Je vais voir quelqu'un qui voudrait m'en parler. »

Elle s'avança au-dessus de la table.

« L'article présentait la situation de façon complètement déformée. On a vraiment fait ce qu'on pouvait dans cette affaire. »

Wisting détourna le regard. Elle parlait d'un article de presse de la semaine précédente. En janvier, le mystère de la disparition avait fait les gros titres, sans toutefois susciter de grand intérêt de la part du public. Jens Hummel n'avait pas de famille pour faire pression sur la police et les médias. Juste une grand-mère, seule face à l'absence de son petit-fils.

Quand les journalistes avaient manifesté le désir de redonner de la visibilité à l'affaire, Wisting avait apporté son concours dans l'espoir d'obtenir de nouveaux renseignements. Le temps écoulé n'était pas forcément défavorable aux enquêtes. Parfois, les rumeurs s'étendaient à des cercles de plus en plus larges pour finalement atteindre quelqu'un qui voulait bien parler à la police. La médiatisation pouvait être un facteur déclenchant.

Cependant, l'angle de l'article était très négatif vis-à-vis de la police en général et de Wisting, comme directeur d'enquête, en particulier. Rien n'indiquait concrètement ce qui aurait pu être fait autrement, mais le ton général était que la police ne s'était pas vraiment intéressée à l'affaire et avait fait du mauvais boulot. L'enquête infructueuse parlait d'elle-même. La police n'avait même pas été capable de retrouver la voiture de Hummel. Les statistiques semestrielles qui venaient de tomber et qui montraient près de vingt pour cent de contrôles routiers de plus que l'année précédente étaient utilisées pour illustrer les erreurs de jugement de la police et les mauvaises décisions de la direction. L'article n'évoquait nulle part la difficulté de l'affaire, toute la sympathie allait à la grand-mère qui avait perdu son seul petit-enfant.

Wisting avait l'habitude de la critique et, d'ordinaire,

cela le laissait froid, mais cette fois, il l'avait vécue différemment. C'était un rappel de leur échec. Très tôt, l'affaire Hummel avait suscité un trouble en lui, un sentiment insidieux de ne pas être à la hauteur.

« L'expression "disparu sans laisser de traces" a rarement été plus appropriée, poursuivit Christine Thiis. On aurait pu croire qu'entre les télécommunications, les données des péages, les compteurs de taxi et les ordinateurs de bord, quelque chose aurait pointé dans la direction où sa voiture et lui ont disparu, mais rien. »

Wisting acquiesça. Il voyait l'enquête sur l'affaire Hummel comme des jours sans contenu. Ils avaient reconstitué une chronologie serrée des dernières vingt-quatre heures avant sa disparition, mais rien ne suggérait où il pouvait se trouver. En parallèle, ils avaient essayé de se faire une idée de qui il était et obtenu un portrait en patchwork. Trente-quatre ans, vivant seul. Il avait eu des petits boulots jusqu'à l'âge de vingt-cinq ans, puis commencé à faire le taxi. Depuis cinq ans, il avait sa licence et son propre véhicule. Près de dix ans au volant lui avaient procuré un vaste réseau, constitué de gens très divers. Ils avaient parlé à la plupart d'entre eux, mais personne n'avait pu les éclairer sur les événements.

Les disparitions étaient toujours des affaires complexes, parce qu'il n'y avait pas de scène de crime et parce qu'il était difficile de rassembler les bouts d'une enquête qui partait dans tous les sens.

Ils burent leur café en discutant de certaines des théories les plus intéressantes, dont celle d'un règlement de comptes entre trafiquants de drogue. On disait que Hummel avait officié comme coursier et transporté de la drogue dans son taxi. Pendant un temps, il aurait aussi conduit des prostituées, mais, bien que largement confirmé, ce renseignement ne les avait pas fait progresser.

Wisting consulta sa montre. Il devait y aller.

Dans la voiture, la conversation s'orienta vers d'autres sujets. L'été, leurs projets pendant les vacances.

« Je ne pars pas, dit Christine Thiis, et toi ?

— J'ai promis à Line de l'aider à retaper sa maison. Elle prétend que je suis bon en papier peint. »

Christine Thiis sourit, l'air songeur.

« Mes enfants vont passer quatre semaines chez leur père, ça va me faire drôle d'être seule si longtemps. »

Wisting se rangea le long du trottoir devant chez elle.

« Merci de m'avoir ramenée. Encore une fois, je suis désolée de n'avoir pas pu rentrer chez moi hier soir.

— Aucun problème, assura-t-il.

— Bon, alors appelle-moi. » Elle posa la main sur son bras.

Il croisa son regard. Elle cligna des yeux avant de retirer sa main.

« S'il y a des résultats, je veux dire. Si tu obtiens une réponse sur ce qui est arrivé à Jens Hummel. »

3

C'était une journée chaude. Oppressante, sans un souffle d'air. Wisting trouva une place au parking du port des vapeurs et sortit de sa voiture. Deux garçonnets se tenaient au bord du quai avec des cannes à pêche. Des goélands les survolaient en cercles indolents.

Il y avait plus de monde que d'habitude dans les rues. Wisting saluait de la tête des passants qu'il reconnaissait.

À la Paix dorée, la plupart des petites tables en terrasse étaient déjà occupées. Wisting ouvrit la porte du café, entra et s'arrêta quelques instants pour laisser ses yeux s'accoutumer à la pénombre.

Assise au fond de la salle, Suzanne lui fit signe. Elle portait une robe d'été blanche et avait ses cheveux noirs en queue-de-cheval.

Wisting hocha la tête et la rejoignit. Elle se leva pour lui donner l'accolade. Le contour de ses yeux se plissa quand elle sourit.

« Tu veux boire quelque chose ? s'enquit-elle en lançant un coup d'œil vers le comptoir. Un café ? »

Wisting se sentait la tête lourde.

« Je vais prendre une Farris », répondit-il en toussotant.

Suzanne passa derrière le comptoir et revint munie d'une bouteille et d'un verre avec des glaçons.

« Je ne savais pas à qui parler », expliqua-t-elle en s'asseyant.

Wisting versa l'eau gazeuse dans son verre.

« Tu disais que c'était à propos de Jens Hummel.

— Je ne sais pas si c'est vraiment intéressant, mais dernièrement, un homme est venu ici plusieurs fois. Il s'assied au bar, lit les journaux, il n'est pas très bavard. J'ai cru comprendre qu'il avait vécu un temps à l'étranger et qu'il était revenu. »

Suzanne bougea une enveloppe sans adresse sur la table avant de poursuivre : « La semaine dernière, tu disais dans le journal que vous alliez classer l'affaire Hummel.

— Mettre en suspens, rectifia Wisting.

— Il y a une différence ? »

Wisting haussa les épaules.

« Quoi qu'il en soit, le résumé de l'affaire était illustré par une photo du taxi de Jens Hummel. »

Wisting acquiesça. Encore un rappel de leur stratégie médiatique plutôt ratée.

« C'était calme ce soir-là et j'ai remarqué que l'homme devenait tout bizarre en lisant l'article.

— Comment ça ? »

Suzanne baissa la voix, bien qu'il n'y eût personne pour les entendre.

« Il était troublé. Il a levé les yeux du journal et a regardé autour de lui avant de reprendre sa lecture. Ensuite, il s'est levé, il est sorti et il est resté un peu dehors avant de revenir et de relire l'article encore une fois. »

Wisting but une gorgée d'eau.

« Je suis venue chercher quelques verres vides et alors, il a fait une réflexion étrange.

— Laquelle ?

— D'abord j'ai commenté l'article de journal qu'il lisait, j'ai dit que c'était une drôle d'affaire et là, il m'a regardée et m'a répondu : "Il est dans la grange."

— Il est dans la grange ? » répéta Wisting.

Suzanne hocha la tête.

« J'allais l'interroger, mais il m'a devancée et a dit : "Un jour, il était juste là", en montrant la photo du taxi. Ensuite, il a replié le journal et est parti avec.

— De quelle grange parlait-il ? demanda Wisting sans escompter de réponse.

— Je ne sais rien de plus que ce que je t'ai raconté, mais j'y ai beaucoup pensé après coup et j'étais obligée de t'appeler. Cet homme sait quelque chose. »

Wisting jeta un œil vers les autres clients.

« Il est revenu depuis ? »

Elle secoua la tête.

« Il était avec d'autres gens les fois où il est venu ? interrogea encore Wisting, cherchant des éléments susceptibles de révéler qui était cet homme.

— Non, j'ai demandé aux employés, mais personne ne sait qui c'est. »

Wisting posa encore toute une série de questions : à quoi ressemblait-il ? comment était-il habillé ? quel dialecte parlait-il ? avait-il d'autres signes particuliers ?

Suzanne tripota l'enveloppe devant elle, l'ouvrit et en sortit un papier.

« Ce soir-là, il a payé par carte bancaire, expliqua-t-elle avant de remettre le papier dans l'enveloppe. J'ai vérifié le rouleau de caisse et identifié les fois où ce doit être lui qui a payé. Je suppose que vous pourrez utiliser le numéro de transaction pour l'identifier. »

Wisting sourit en prenant l'enveloppe. Elle contenait peut-être ce qui permettrait une percée dans l'affaire Hummel. Les enquêteurs avaient évoqué diverses hypothèses sur ce qu'il était advenu du taxi. Certains pensaient que Jens Hummel avait quitté la ville de son plein gré, d'autres que la voiture était dans un fossé, suite à un accident ou abandonnée volontairement. Wisting faisait partie de ceux qui pensaient que Jens Hummel avait été victime d'un acte criminel et que la voiture avait ensuite été mise dans un garage.

La police avait patrouillé dans tous les petits chemins des environs. Un hélicoptère avait survolé des zones de plus en plus vastes. Des plongeurs avaient dragué le fjord le long des quais et des pontons. Les parkings avaient été fouillés. Rien n'avait donné de résultats. Il n'était donc pas invraisemblable que la voiture soit dans une grange.

Suzanne se leva.

« Il faut que j'aille travailler. Comment va Line ?

— Bien, répondit Wisting en toussotant. Très bien, je crois. »

Suzanne semblait avoir l'intention de poursuivre, mais elle ne le fit pas. Wisting lui en était reconnaissant. Il avait du mal à parler de ce qui était arrivé à Line.

Suzanne fit quelques pas vers le comptoir.

« Bonne chance, dit-elle. Pour tout. Embrasse-la pour moi. »

Wisting la salua.

« Appelle-moi si cet homme reparaît. » Wisting resta assis à la table. Il ouvrit l'enveloppe et sortit le petit papier. Le document du terminal de paiement ne lui disait rien. Pour identifier la personne derrière la combinaison de chiffres, il fallait obtenir l'information de la banque. Il avait longtemps espéré une quelconque percée dans l'affaire Hummel. Voilà qu'il était obligé d'attendre jusqu'au lundi.

4

Le lundi matin, Wisting était au commissariat à 6h45. Il avait les mains maculées de peinture blanche après avoir aidé Line à peindre des plinthes et des encadrements de fenêtres la veille au soir.

En chemin vers la brigade criminelle, il salua quelques agents fatigués, voûtés au-dessus de leurs ordinateurs, qui tapaient les derniers rapports de leur permanence nocturne.

Avant l'arrivée des autres enquêteurs, il s'employa à considérer l'affaire sous un autre angle. À la lumière d'une nouvelle hypothèse, ce qui avait semblé insignifiant auparavant pouvait devenir fondamental. Il feuilleta le dossier en cherchant ce qui se singularisait, des points inexpliqués, des coïncidences pouvant masquer des connexions capitales.

Un élément notable de l'affaire était les longues courses de taxi. Au moins une fois par semaine, Jens Hummel avait fait des trajets de plusieurs heures qui le menaient à Kristiansand ou Oslo. Bien sûr, cela pouvait être une coïncidence. En dernière analyse, il ne s'agissait que de statistiques. Toutefois, les courses de Hummel avaient cette caractéristique qu'elles étaient réglées en espèces et n'étaient pas commandées par le standard. Hummel disait à ses collègues en plaisantant qu'il conduisait une vieille dame riche chez sa famille dans le Sørlandet. Nul n'avait jamais vu la vieille dame en question, et la police n'avait pas réussi à la débusquer.

Cette fois non plus, Wisting ne trouva rien de nouveau. Il n'obtint aucun résultat concret en cherchant « grange » dans le fichier électronique des renseignements communiqués par le public.

Sa porte était ouverte et il tendait l'oreille chaque fois que quelqu'un entrait dans le service. À 8 heures moins 10 il reconnut le pas traînant de Nils Hammer, qui rejoignait son bureau au fond du couloir.

Hammer avait développé un certain talent pour relever et suivre les traces électroniques. Parce qu'il avait de bonnes qualités d'adaptation et avait su s'approprier des méthodes d'enquête et des possibilités qui n'existaient pas à ses débuts dans la police et qui étaient désormais primordiales.

Wisting alla le trouver. Le robuste enquêteur sirotait le café qu'il avait pris à l'accueil tout en s'identifiant sur le réseau informatique.

Wisting posa le ticket du terminal de paiement devant lui.

« En combien de temps peux-tu découvrir qui a payé avec cette carte ? »

Hammer reposa son café, prit le papier, y jeta un bref coup d'œil.

« À quel point est-ce urgent ?

— L'homme qui a payé avec cette carte pourrait savoir où se trouve Jens Hummel. »

Nils Hammer se redressa sur sa chaise.

« Donne-moi deux heures », fit-il en vidant sa tasse d'un trait.

Wisting tourna les talons.

« Comment ça s'est passé pour elle, au fait ? s'enquit Hammer derrière lui.

— Qui ça ? fit Wisting, pensant qu'il parlait peut-être de Line.

— Notre substitut du procureur, répondit Hammer dans un grand sourire. Elle est tombée comme une masse.

— Tout s'est bien passé, lui assura Wisting. Elle devait avoir besoin d'une bonne cuite. »

Il regagna son bureau en souriant au souvenir de son café avec Christine Thiis le matin précédent.

Les tâches routinières l'attendaient. Il compulsa les rapports et plaintes du week-end. Le calme estival semblait toucher aussi les statistiques du crime. À part un ou deux incidents dans des restaurants, quelques cas de conduite en état d'ivresse et un incendie de bateau, il n'y avait pas grand-chose à signaler.

Il arrivait à la fin de sa pile quand Christine Thiis parut.

« Merci encore, dit-elle avec un regard gêné. De m'avoir ramenée chez moi. »

Wisting balaya tout cela d'un geste de la main.

« Tu as obtenu d'autres éléments sur l'affaire Hummel ? s'enquit-elle en s'asseyant.

— Ça reste à voir. »

Il lui expliqua le terminal de paiement et la réaction du propriétaire de la carte bancaire en lisant l'article dans le journal, mais omit le nom de Suzanne. Celle-ci n'avait pas demandé à être tenue en dehors, mais il n'avait pas dit à Christine qui il allait voir et ne voyait aucune raison de le faire maintenant.

Christine Thiis se leva.

« Tu as une tache blanche là », lui signala-t-elle en pointant l'index sur le côté de sa joue.

Wisting se prit le visage.

« De la peinture, expliqua-t-il en lui montrant ses mains. Je vais probablement ressembler à ça pendant plusieurs semaines. »

Elle sourit encore et sortit de son bureau en refermant la porte derrière elle.

Wisting se replongea dans ses notes. Près de deux heures s'écoulèrent avant que la porte ne s'ouvre de nouveau. Hammer entra avec des documents à la main et s'assit en face de lui.

« La carte bancaire appartient à un certain Aron Heisel », annonça-t-il en présentant un document qui confirmait ce qu'il venait de dire.

Wisting tira la feuille à lui. Numéro de compte, date de naissance, mais pas d'adresse. Wisting calcula qu'Aron Heisel devait avoir quarante-huit ans.

« Qui est-ce ? » Il coula un regard vers les papiers que Hammer avait gardés sur ses genoux.

Hammer lui montra des photos du fichier de la police, une de face, une de profil. C'était une version plus jeune de l'homme qu'avait décrit Suzanne. Épaules étroites, nez épaté, quelques cernes sous ses yeux gris et les dents du bonheur.

Wisting répondit d'un simple signe de tête pour encourager Hammer à lui expliquer pourquoi l'homme de la photo figurait dans le fichier de la police.

« Il a été condamné comme coupable principal lors de la découverte d'une grosse distillerie clandestine aux abords de Drammen en 1997. Ensuite il s'est encore fait prendre en 2002 pour contrebande d'alcool et il était suspect dans une autre affaire dans l'Østfold il y a trois ans, mais n'a pas été condamné.

— Où est-il maintenant ?

— Son dernier lieu de séjour était près de Marbella en Espagne. »

Wisting fit un signe de tête. Il connaissait la ville. Il y avait fait un déplacement professionnel avec Torunn Borg.

« Mais il est en Norvège en ce moment, poursuivit Hammer en présentant une liste de transactions dense. La carte a été utilisée en Espagne, précisa-t-il en glissant son index sur la liste. La dernière fois à l'aéroport de Málaga le 12 juillet. Ensuite on voit qu'il est en Norvège. »

Wisting plissa les yeux. La carte avait servi la veille au Rema 1000 de Holmejordet. Le supermarché se trouvait à l'entrée de Stavern et Wisting s'y arrêtait parfois pour faire ses courses en rentrant du travail.

Il chercha ses lunettes, mais ne les trouva pas et continua donc de scruter la liste les yeux plissés. Un achat dans un magasin de bricolage, un repas dans un restaurant du port, une somme importante dépensée chez Elkjøp. Il était allé à plusieurs reprises à la Paix dorée de Suzanne et, sauf la dernière fois, il avait toujours payé juste après minuit. La transaction suivante étant systématiquement Vestfold Taxi.

Wisting leva de nouveau les yeux et sentit poindre l'exaltation.

« On peut le retrouver, déclara-t-il en pointant le doigt sur une course de taxi. Quelqu'un l'a reconduit chez lui. »

5

Il fallut trois heures à Hammer pour mettre la main sur un chauffeur qui pensait avoir eu Aron Heisel dans son taxi. Les deux premiers auxquels il s'était adressé n'avaient souvenir ni du passager ni de la course, mais le troisième reconnut Aron Heisel sur la photo. Il l'avait conduit deux soirs de suite. Les deux fois, il l'avait déposé à Huken.

Le trajet en voiture depuis le commissariat prit dix minutes. Pour Wisting, Huken n'avait jamais été qu'un nom sur la carte, au bord de la départementale qui traversait les terres en direction de Helgeroa.

Lorsqu'ils approchèrent, Hammer ralentit et Wisting se pencha en avant pour observer les environs. La route était bordée de champs de pommes de terre. Ils arrivèrent d'abord à une maison de construction récente, au milieu de ce qui semblait être d'anciens bâtiments de ferme. Des enfants sautaient sur un trampoline entre les arbres, deux garçons plus âgés bricolaient une mobylette. Près de la route s'élevait un vieil atelier ou un garage à camions ; plus loin, derrière, quelques dépendances peintes en rouge, mais pas de grange.

« Continue. »

Ils passèrent devant un enclos où pâturaient quelques chevaux. Un homme sur une échelle peignait la façade de l'écurie. Il y avait dans la cour un tracteur équipé d'une fendeuse à bois et une pile de bûches à côté. Le soleil se reflétait sur les quelques vitres qui subsistaient d'une vieille pépinière. Un panneau signalait que l'ancienne cahute à lait au bord de la route faisait office d'arrêt de bus.

« Ici, annonça Hammer en pointant son index. Il l'a déposé ici. »

Derrière une clôture en pierre, un petit chemin presque recouvert par la végétation menait dans la forêt.

Wisting tourna. Telle une nuée d'insectes, des oiseaux s'envolèrent d'un arbre au feuillage dense. La voiture cahota lentement entre trous et touffes d'herbe. À gauche, le chemin était bordé d'un large fossé rempli d'eau stagnante. Il était recouvert d'algues vert acidulé. On ne voyait le noir de l'eau qu'ici et là.

La forêt se densifia autour d'eux avant de s'ouvrir de nouveau. Le chemin s'arrêtait à une petite ferme désaffectée. Avec, juste à la lisière des bois, une grange bonne à démolir. La moitié des tuiles du toit manquaient, le bâtiment évoquait un cadavre que des vautours auraient nettoyé de sa chair.

Wisting roula jusqu'à la maison et coupa le contact. Entre la maison et la grange s'élevaient deux dépendances au toit de tôle. Elles étaient entourées d'églantiers et de digitales pourpres.

Wisting sortit de la voiture et referma sa portière. Hammer laissa la sienne ouverte. On n'entendait que le bourdonnement estival des insectes au-dessus des herbes hautes.

La maison de maître autrefois blanche était désormais grise et délabrée. Les gouttières s'étaient décrochées et écroulées en tas aux coins du bâtiment. Il n'y avait pas de rideaux et un panneau en bois remplaçait une vitre cassée.

Wisting frappa à la porte. Sans attendre de réponse, il alla à la fenêtre la plus proche, mit ses mains contre le carreau et regarda à l'intérieur. Une cuisine bleue. Des assiettes, des tasses et des verres empilés dans l'évier. Des sacs en plastique, des bouteilles vides et des cartons à pizza sur le plan de travail. Il entrevit un chemin de fourmis qui allait d'un carton à pizza à l'encadrement de la fenêtre. Un journal était ouvert sur la table, à côté d'une tasse de café.

« Personne ? demanda Hammer derrière lui.

— Non, mais la maison est habitée. » Wisting toqua au carreau et appela avant de retourner à la porte et d'appuyer sur la poignée. « C'est fermé à clef, constata-t-il avant de se tourner vers la grange au toit affaissé. Voyons si on peut plutôt entrer par là-bas. »

Ils marchèrent dans les herbes hautes jusqu'à la double porte au milieu. Elle était maintenue fermée par un bout de planche qui partait en biais du sol. Hammer la poussa avec son pied. Les vantaux bougèrent de quelques centimètres, mais ils étaient retenus par une barre à l'intérieur.

Une autre porte un peu plus loin était verrouillée aussi. Il y avait des fenêtres à petits carreaux de part et d'autre. Le mastic desséché était largement effrité, mais les carreaux tenaient grâce aux petits clous de vitrier.

« On ne peut pas repartir sans avoir vérifié », conclut Hammer en triturant le cadre de la fenêtre.

Wisting acquiesça d'un signe de tête et resta sans bouger ni parler alors que Hammer retournait chercher une raclette à givre dans la voiture. Il la passa derrière les clous et les écarta. Bientôt il put retirer un carreau, glisser sa main à l'intérieur et ouvrir.

Wisting maintint la fenêtre ouverte pendant que Hammer se glissait à l'intérieur. Un juron, un raclement sur le mur, une chute. Puis Hammer tira la barre et poussa la double porte. Wisting l'ouvrit en grand et apprécia l'espace. L'odeur de paille sèche leur venait par bouffées. Des rais de lumière filtraient par des jours dans le bois des murs. Au bout de quelques secondes, leurs yeux s'accoutumèrent à la pénombre hachurée et la pièce prit forme. Deux portes dans la largeur de la pièce, à gauche une remorque-fourgon à double essieu. Derrière, des balles de foin et une palette de bidons blancs en plastique. Aux murs des fourches, des pelles, des râteaux, une faux et d'autres instruments. Dans l'autre coin, divers outils pour tracteur balancés avec de vieux pots à lait.

Un véhicule était garé au milieu. Il était recouvert d'une bâche grise qui ne descendait pas tout à fait jusqu'au sol.

Wisting s'avança. La poussière fine soulevée par ses pas lui chatouilla le nez.

Hammer saisit la bâche et la tira. C'était une Volvo V60 avec un lumineux de taxi sur le toit. Licence numéro Z-1086. La voiture de Jens Hummel.

Wisting se pencha vers le pare-brise et regarda sans rien toucher.

Le véhicule était vide.

Son regard erra dans l'habitacle. Clef dans le contact. Bouteille de Coca à moitié vide dans la colonne centrale. Une paire de gants en cuir sur le siège passager et un sandwich entamé moisi dans du plastique.

Hammer ôta entièrement la bâche et passa derrière pour ouvrir le coffre.

« Vide, déclara-t-il avant de revenir vers Wisting. Complètement vide. »

Ils restèrent à deux mètres de distance, observèrent la voiture. Wisting sentit les picotements d'un pressentiment : l'affaire Hummel était en passe de se rouvrir. Il sortit son portable pour appeler Mortensen afin qu'il procède à un examen technique du véhicule et de la grange. Il fallait organiser une fouille. Jens Hummel n'étant pas dans le taxi, il était peu probable qu'il soit ailleurs dans la grange, mais la ferme serait le point de départ des recherches. Il fallait regarder dans les ruisseaux et les cours d'eau, dans les fossés, les gravières et les puits desséchés. Partout où on pouvait imaginer que soit caché un corps.

Son téléphone sonna avant qu'il ait pu passer son coup de fil. C'était Suzanne.

Il répondit d'un « Wisting, j'écoute » au ton si dissuasif qu'il en fut frappé lui-même.

« Il est ici, chuchota-t-elle dans le combiné. L'homme qui a dit que le taxi de Jens Hummel était dans une grange. Il est ici, au café. »

6

Line fit deux pas en arrière, chassa les cheveux de son front du revers de sa main et examina le plafond du salon. La peinture fraîche brillait. La pièce entière paraissait plus grande en blanc, conclut-elle en lançant un coup d'œil vers le vestibule. Le lambris en pin attendrait demain. Là, elle avait mérité une pause.

Elle nettoya ses pinceaux, remballa le matériel et ôta sa salopette de peintre blanche.

Son père lui avait dit qu'il peindrait le plafond dans l'après-midi et il allait être fâché qu'elle l'ait déjà fait. Enfin, pas vraiment fâché, mais ça n'allait pas lui plaire. Dans son état… Mais elle avait hâte d'avoir fini et puis cette peinture ne contenait ni gaz ni composés volatils nocifs.

Sa main alla machinalement se poser sur son gros ventre. Bientôt huit mois. Avant même de naître, l'enfant avait changé sa vie. Ayant perdu le goût de la vie citadine, elle était revenue s'installer en terrain familier et rassurant. Elle avait quitté un poste de journaliste palpitant où le rythme et la pression élevés n'étaient pas compatibles avec la vie de jeune mère. La situation aurait peut-être été différente si elle avait eu quelqu'un avec qui partager les responsabilités, mais ce n'était pas le cas.

Elle alla chercher une bouteille d'eau du robinet dans le réfrigérateur et but en se plaçant face au salon. Elle aurait sans doute dû passer une deuxième couche sur les encadrements de fenêtres pendant qu'elle y était. Ça attendrait.

Le salon n'avait plus grand rapport avec ce qu'il était quand elle avait récupéré les clefs de la maison, mais elle n'arriverait sans doute jamais à se dégager entièrement du souvenir de l'homme qu'on avait retrouvé mort dans son fauteuil. À quoi il convenait d'ajouter que, juste après la construction à la fin des années 1960, un homme s'était pendu dans la cave.

Cette pensée la fit frissonner et elle posa une main protectrice sur son ventre. Elle était toujours surprise de le voir si volumineux, mais elle avait eu de la chance, c'était juste le ventre. Elle n'avait pas pris beaucoup de poids et se sentait en forme. À cet instant précis, elle avait le dos fatigué, mais c'était surtout parce qu'elle avait peint. Elle ne s'était par ailleurs pas sentie si énergique depuis longtemps.

Elle remit la bouteille d'eau dans le réfrigérateur et alla dans la salle de bains. Elle se félicitait de l'avoir fait refaire avant d'emménager au lieu de faire les travaux elle-même. L'achat de cette maison était une bonne opération. Elle l'avait payée au-dessous de la valeur estimée et la vente de son appartement à Oslo lui avait laissé un budget substantiel.

Elle se déshabilla et examina son ventre sous différents angles. Il n'avait jamais été aussi tendu que maintenant : on pouvait suivre les mouvements du bébé. Line rit doucement en gardant sa main au-dessus d'une boule dure qui dépassait. Était-ce la main ? Le pied ?

En revanche, elle n'aimait guère penser à l'accouchement. Il restait quatre semaines et elle appréhendait. Elle s'était documentée un peu, mais n'était pas sûre que ce soit d'un grand secours. Elle n'aurait qu'à prendre les choses comme elles venaient, se dit-elle en déportant son regard vers son visage. Deux taches blanches sur sa joue droite, une sur son cou. Elle les essuya et se lava les mains pour ôter toute la peinture avant de prendre une douche.

Une demi-heure plus tard, elle était dans sa voiture, en route pour le centre-ville. Avec ce ventre qui ne cessait de grandir, s'habiller n'était pas évident. En règle générale, c'était jogging ou tunique, mais là, elle avait mis une robe claire ample, avec une taille haute ceinturée.

Cela roulait mal dans le centre, où la plupart des petites rues étaient fermées à la circulation. En général, elle trouvait une place dans des ruelles moins fréquentées, mais elle dut cette fois se garer sur le parking payant qui occupait l'ancien court de tennis.

Elle espérait trouver une table libre à la Paix dorée ou un autre café avec terrasse, mais elle voulait d'abord faire un saut dans le petit magasin de décoration à l'angle de Skippergata et Verftsgata. Il y régnait une atmosphère agréable. Elle en ressortait toujours avec de nouvelles idées d'aménagement et en plus de tous les jolis objets décoratifs, on y vendait des vêtements et des bijoux.

Comme d'habitude, les rues grouillaient de monde. Line regarda quelques bijoux artisanaux à un étal de marché, mais s'éloigna quand le vendeur l'aborda.

Elle ôta ses lunettes de soleil en entrant dans la boutique de déco. Ici aussi, il y avait beaucoup de monde, mais il faisait plus frais. Le moindre mètre d'étagère était occupé par des articles tentants : bougies parfumées, miroirs, cadres, horloges, boîtes ornementales, vases, affiches, coussins, couvertures, tasses, plats, lampes, ardoises, patères, écriteaux, bougeoirs, caisses en bois, pots et seaux, petit mobilier.

Lassée de la mode nostalgique des vieux meubles, elle recherchait un style plus moderne et épuré. Tout en tenant à ce que son intérieur soit personnel. Elle voulait accrocher ses propres photos au mur. Elle avait du talent et se sentait photographe autant que journaliste. La perspective qui la réjouissait le plus était l'aménagement d'un bureau au sous-sol. Elle imaginait un style brut avec des lampes rouillées, des meubles d'archivage usés et, dans des cadres, les articles qu'elle avait signés et qui avaient fait la une.

Elle s'arrêta devant une horloge plutôt chouette, avec des chiffres romains. Elle levait l'étiquette de prix quand on la bouscula.

« Pardon ! »

Une femme de son âge avec un enfant dans les bras et des lunettes de soleil sur la tête posa délicatement la main sur son ventre.

« Je ne vous ai pas fait mal ? »

Line la rassura d'un sourire. Elle tendit de nouveau la main vers l'horloge, mais son regard revint à la femme avec l'enfant. Son visage lui semblait familier.

« Tu es Line ? fit la femme. Line Wisting ? »

Line sourit et acquiesça avant d'incliner la tête, les sourcils froncés, cherchant à se rappeler qui c'était.

« Je suis Sofie, l'aida la femme. On était à l'école

primaire ensemble. Ce n'est pas étonnant que tu ne te souviennes pas de moi ; moi, je t'ai vue dans le journal. Ou plutôt, j'ai lu beaucoup de tes articles. »

Son nom et son visage revinrent à Line.

« Sofie Mandt ! s'exclama-t-elle. Tu as déménagé quand on était en sixième, c'est ça ?

— L'année d'avant. Enfin, maintenant, je m'appelle Lund. Et ça, c'est Maja. » Elle chatouilla sa fille sous le menton, amenant ainsi un gargouillis de rire et deux profondes fossettes.

« Tu es mariée ? s'enquit Line en caressant les cheveux de la petite fille.

— Non, Lund, c'était le nom de jeune fille de ma grand-mère. Je suis seule avec Maja. »

Line avait envie de lui dire qu'elle aussi était seule, mais ne le fit pas.

« Vous êtes en vacances ici ? » demanda-t-elle à la place.

Sofie Lund secoua la tête.

« Je viens de revenir m'installer ici.

— Moi aussi ! J'ai vécu cinq ans à Oslo, mais j'en ai eu assez. » Elle posa la main sur son ventre. « Je me suis acheté une maison à Varden. Dans la rue où j'ai grandi. Je suis en train de faire des travaux. »

Sofie pointa l'index sur son ventre.

« C'est pour quand ?

— Fin août. » Line concentra son attention sur l'enfant dans les bras de Sofie. « Quel âge a-t-elle ?

— Elle a eu un an en mai. » Sofie posa la fillette par terre. Celle-ci fit quelques pas mal assurés avant de saisir la jambe de sa mère et de rester tout contre elle.

« Vous habitez où ?

— Dans le centre », répondit Sofie en indiquant la direction de la tête.

Line s'accroupit pour parler un peu avec Maja. En déménageant à Oslo, elle avait peu à peu perdu le contact avec ses anciens amis et s'en était fait d'autres parmi ses collègues de travail. Se créer un nouveau cercle d'amis pouvait prendre du temps, elle le savait, mais ceci était peut-être un début.

« Si on allait boire un café ? » proposa-t-elle en se redressant.

Sofie Lund ne répondit pas tout de suite. Elle regardait un petit écriteau qui disait que la vie, c'était comme le vélo. Pour garder l'équilibre, il fallait aller de l'avant.

« Avec plaisir », répondit-elle finalement en reposant l'écriteau.

Line sourit et vérifia le prix de l'horloge avant de partir. Près de mille deux cents couronnes. Si elle était encore en magasin à la fin de l'été, elle pourrait probablement l'avoir à moitié prix.

À la terrasse de la Paix dorée, un jeune couple se levait, leur laissant la place. À la table voisine, un homme avec une casquette leur fit un signe de tête et s'écarta légèrement pour faire de la place à Maja dans sa poussette.

Line alla commander à l'intérieur. Suzanne était au comptoir, mais ce fut l'une des jeunes femmes qui prit sa commande. Line ressortit avec deux parts de gâteau et des cafés latte.

Elles parlèrent de la pluie et du beau temps. La chaleur, le monde dans les rues, les touristes, leurs anciens camarades de classe.

« Pourquoi es-tu revenue t'installer ici ? » interrogea Line.

Sofie était arrivée à la moitié de son verre, elle se figea.

« J'ai hérité une maison. De mon grand-père maternel. Et puis ça tombait plutôt bien de déménager maintenant. De recommencer à zéro.

— C'était qui, ton grand-père ? s'enquit Line, mais elle sentit que Sofie n'aimait pas la question.

— Frank Mandt, répondit Sofie. Je n'avais pas tellement de contacts avec lui. Il est mort l'hiver dernier. »

Line savait qui était son grand-père. Comme la plupart des gens de Stavern.

« Et toi ? fit Sofie pour changer de sujet. Pourquoi as-tu déménagé ?

— Parce que je suis tombée enceinte. Ma vie à Oslo était liée à mon travail à *VG* et à mes collègues, je n'avais pas de liens avec cette ville hors de mon travail, et je préfère qu'elle grandisse ici. »

Sofie lança un coup d'œil vers son ventre.

« C'est une fille ? »

Line le confirma d'un signe de tête en songeant au petit corps qu'elle portait. Si les informations qu'elle avait lues étaient exactes, ce corps mesurait à présent plus de quarante centimètres et pesait deux kilos et demi.

« Et le père ?

— C'est une longue histoire, répondit Line en souriant. Il était sorti du tableau avant que je ne sache que j'étais enceinte.

— C'est aussi bien comme ça. Dans mon cas, il est

resté, mais il voyait d'autres femmes. Je suis mieux sans lui.

— Ce n'était pas exactement ma situation. Je l'ai rencontré en bossant, juste avant Noël. C'est un policier américain qui était venu travailler sur une affaire. »

Sofie éclata de rire en pointant le doigt sur son ventre.

« Donc ça, c'est le résultat d'une aventure d'un soir ? »

Line rit avec elle et sentit que cela lui faisait du bien.

« Pas juste un soir, souligna-t-elle. Il est resté quinze jours.

— Mais tu as gardé l'enfant ?

— J'ai vingt-neuf ans. En plus, ce n'est pas comme si elle n'était pas désirée.

— Tu as des contacts avec lui, l'Américain ? Il est au courant ?

— Oui, oui, on se parle sur Internet. Il a proposé de venir s'installer ici pour être près de nous, mais ce ne serait pas juste. Il a un boulot important là où il est. »

Une voiture arriva dans la rue piétonne, les passants s'écartèrent en rechignant. Line reposa son café à moitié bu et observa le véhicule qui se garait en face. L'homme qui en sortit marqua un temps d'arrêt en regardant dans leur direction. C'était son père.

7

Wisting attendit que Hammer soit sorti de la voiture avant de traverser la rue. Il avait à peine eu le temps de noter la présence de Line à la terrasse de la Paix dorée que l'homme de la table voisine se levait. Il baissa sa casquette sur son visage, écarta une poussette et quitta le café d'un pas vif.

Son visage était caché, mais sa taille, son âge et sa carrure étroite correspondaient au signalement d'Aron Heisel. Il avait dû repérer qu'ils étaient policiers à leur attitude générale. Leur air inquisiteur les trahissait, en tout cas auprès des gens qui étaient sur leurs gardes.

« Eh ! cria Wisting en emboîtant le pas à l'homme qui leur avait tourné le dos. Attendez un peu ! »

L'homme accéléra la cadence et se dirigea vers une moto garée avec un casque sur le guidon. Quand Wisting l'appela de nouveau, il changea d'avis et s'enfuit dans l'autre direction.

« Arrêtez-vous ! cria-t-il en allongeant le pas. Police ! »

Les témoins les plus proches se retournèrent et le dévisagèrent. L'homme jeta un bref coup d'œil derrière lui, poussa des enfants qui gênaient son passage et continua de courir.

Wisting se précipita à sa suite. Sa chemise sortit de son pantalon.

L'homme courut sur Dronningens gate et prit la première à droite. Il avait déjà disparu dans la foule quand le policier tourna le coin. Il pensait l'avoir perdu quand il aperçut sa casquette et son tee-shirt blanc. Il se fraya un chemin jusqu'à lui. L'homme fendait la foule composée de familles avec des enfants en bas âge. Trébuchant sur un petit vélo, il tomba, mais se releva aussitôt.

À l'angle suivant, il prit à droite et s'élança vers le port avant de couper brusquement à gauche et de détaler à travers une aire de jeux. Wisting gagnait du terrain, à la baraque à gaufres il put lui empoigner le bras, mais l'homme tira si fort qu'il le projeta tête la première dans un lampadaire. Il sentit un élancement, du sang qui coulait sur sa joue. L'homme poursuivit sa fuite sur le port.

Sans que Wisting voie d'où il arrivait, Nils Hammer déboucha soudain sur le côté, il se jeta sur l'homme et le renversa, le faisant basculer dans la mer. Hammer faillit tomber à l'eau aussi, mais retrouva l'équilibre et resta sur la terre ferme.

Sur la terrasse du restaurant le plus proche, plusieurs clients se levèrent pour voir ce qui se passait. Un instant, on aurait dit que l'homme allait partir à la nage, mais il secoua finalement la tête d'un air découragé et attrapa sa casquette qui flottait à la surface. Trois brasses le ramenèrent au bord, où Wisting et Hammer le hissèrent hors de l'eau.

« Aron Heisel ? » vérifia Wisting.

L'homme fit un signe de tête, mais resta penché en avant, les mains sur les genoux. L'eau ruisselait.

« Pourquoi vous êtes-vous enfui ? » voulut savoir Hammer.

Aron Heisel respira péniblement et poussa un profond soupir, mais ne répondit pas.

« Il faut que nous parlions de Jens Hummel et de son taxi, expliqua Wisting.

— Il s'est retrouvé là, c'est tout, fit l'homme d'un ton las. Je ne sais rien de plus. Il s'est juste retrouvé là. »

Un véhicule de patrouille arrivait. Hammer lui fit signe de venir et les badauds s'écartèrent.

« Amenez-le au commissariat et trouvez-lui des vêtements secs.

— Je n'ai rien fait de mal, protesta Heisel.

— Ça peut se discuter. » Wisting se prit le côté de la tête. Sa rencontre avec le réverbère lui avait laissé ce qui était déjà une belle bosse.

L'un des policiers en tenue ouvrit les portes arrière du fourgon cellulaire et y mena Aron Heisel.

« Qu'il reste donc un peu en garde à vue », commenta Hammer.

Wisting acquiesça. Si l'attente avant une déposition profitait à quelqu'un, c'était à celui qui posait les questions, pas à celui qui devait y répondre.

« Je voudrais retourner à la grange, annonça-t-il en observant les policiers qui refermaient le fourgon sur Aron Heisel. De toute façon, je pense que la voiture pourra nous apporter davantage de réponses que lui, là. »

8

Line reposa son verre vide.

Maja s'agitait. Elle ne voulait pas rester dans sa poussette, mais ne restait pas non plus tranquille sur les genoux de sa mère. Se tortillant comme une anguille, elle se mit à geindre.

« Elle est fatiguée, expliqua Sofie. Je vais rentrer à la maison pour qu'elle puisse dormir un peu. Tu veux venir ? »

Line guetta dans la direction où son père et Nils Hammer étaient partis, mais ils ne semblaient pas revenir à leur voiture. Elle se demandait ce qui s'était passé, elle interrogerait son père ce soir quand il passerait chez elle.

« Avec joie », répondit-elle.

Sofie installa Maja dans sa poussette et manœuvra entre les chaises et les tables.

Le trajet ne prit que cinq minutes. La maison Mandt se trouvait à côté du parc dit de la Pompe, parce qu'il y avait entre les grands bouleaux une vieille pompe. Autrefois, les gens venaient y chercher de l'eau, y laver leurs vêtements en écoutant les derniers ragots. Là, un photographe était en train d'y immortaliser un jeune couple.

L'entrée principale était à l'arrière de la maison. Sofie ouvrit la porte puis sortit Maja de la poussette. Line leur emboîta le pas. Il régnait une odeur de savon noir et le plancher blanc reluisait. Des cartons s'alignaient contre les murs.

« J'ai encore beaucoup de rangement à faire », prévint Sofie en enlevant ses chaussures. Elle guida Line vers le salon et ouvrit les portes de la véranda qui donnait sur le parc. « Je reviens tout de suite, dit-elle avant de disparaître dans la cuisine avec sa fille dans les bras. Fais comme chez toi. »

Line resta debout à regarder autour d'elle, piquée d'une pointe d'envie. Cette maison était plus vaste, plus lumineuse, plus spacieuse que la sienne. C'était haut de plafond et les grosses poutres contribuaient à la majesté des lieux. En revanche, les meubles bohèmes que Sofie avait rapportés d'Oslo ne parvenaient pas à remplir l'espace et ne s'y intégraient pas vraiment.

Sofie reparut à la porte de la cuisine. Maja buvait son biberon.

« Comme c'est joli, ici, déclara Line en promenant son regard encore une fois dans le grand salon.

— Monte avec nous, proposa Sofie. Comme ça tu pourras voir le premier étage. Je vais coucher Maja. »

L'escalier était usé, plusieurs marches grincèrent sous leurs pas. En haut, il faisait plus chaud et l'air était plus renfermé. Sofie entra dans la première chambre sur la gauche, ouvrit une fenêtre et coucha sa fille dans un lit à barreaux contre le mur. La petite gigota un peu avant de s'adonner complètement au biberon de lait que sa mère lui avait réchauffé.

Après avoir refermé la porte sans bruit, Sofie fit visiter les lieux à Line. La plupart des chambres étaient vides, mais elles étaient de bonne taille, avec un plancher en pin à lattes larges, un papier peint aux couleurs passées et des fenêtres à petits carreaux et rebords profonds.

« Des artisans vont venir jeter un œil la semaine prochaine, expliqua Sofie. Je voudrais juste repeindre les plafonds et retapisser les murs, à part ça, il n'y a pas grand-chose à refaire. »

Line désigna une porte entrouverte.

« Et puis il faut que je rénove la salle de bains », ajouta Sofie en l'ouvrant.

Des toilettes dont la lunette était noire, un lavabo fissuré avec des taches de rouille autour de la bonde, là où le robinet gouttait, et une gigantesque baignoire ancienne. La pièce était sans fenêtres et l'humidité avait décollé le papier peint fleuri.

« Il y a du boulot, commenta Line.

— J'ai aussi hérité d'argent, répondit Sofie en souriant. De toute façon, ce n'est pas urgent. Il y a une salle de bains presque neuve au sous-sol.

— Il y a aussi un sous-sol ? »

Sofie acquiesça et se dirigea vers l'escalier.

« Grand et vide, expliqua-t-elle. À part un coffre-fort que je ne peux pas sortir.

— Pourquoi ? »

Sofie baissa le ton en passant devant la chambre d'enfant.

« Il est trop gros, dit-elle tout bas. On dirait presque

qu'il a été mis dans la cave avant la construction de la maison.

— Mais pourquoi veux-tu le sortir ? » Line la suivit dans l'escalier. « C'est pratique, un coffre.

— Je n'ai pas la clef et il est verrouillé.

— Verrouillé ? Ça veut dire que tu ne sais pas ce qu'il y a dedans ? »

Au pied de l'escalier, Sofie se tourna vers elle.

« Aucune idée. Viens, tu vas voir ! »

Elle se dirigea vers la porte du sous-sol, l'ouvrit et alluma la lumière. Le soudain courant d'air souleva légèrement quelques papiers sur une commode du vestibule.

Line descendit la première. Il régnait un peu de cette odeur brute indéfinissable qu'il y avait dans sa propre cave et qui s'apparentait à l'odeur de vêtements mouillés restés trop longtemps dans la machine.

Elle passa une tête dans certaines des pièces de part et d'autre du couloir, et le froid qui restait accroché dans les murs la fit frissonner.

Dans la pièce du fond, le soleil tombait à l'oblique par un soupirail. Line se mit là où la lumière arrivait sur le sol en béton grossier et posa la main sur son ventre.

Le coffre était vraiment gros. Il avait dû passer la porte de justesse, sans parler de l'escalier.

Elle avança et repoussa le cache-serrure.

« Tu l'as cherchée ? » Elle balaya la pièce du regard.

Sofie secoua la tête.

« Moi, non, mais j'ai fait vider la maison et les gens qui l'ont fait n'ont rien trouvé.

— Elle doit bien être quelque part. » Line lança encore un regard à la ronde.

Une conduite d'eau courait le long du mur. Se hissant sur la pointe des pieds, elle passa la main le long de la conduite sans rien trouver. Il y avait une grille d'aération, mais trop haut pour qu'elle puisse regarder. Elle glissa ses mains dedans. Poussière et moutons. Line se moqua d'elle-même en s'excusant de son sans-gêne.

« C'est juste que ça éveille fortement ma curiosité. Que crois-tu qu'il puisse y avoir dans ce coffre ? »

Sofie garda le silence un instant avant de répondre.

« Il est sûrement vide.

— Tu pourrais faire venir quelqu'un pour le percer ou un truc dans ce genre. Ce ne serait sûrement pas un problème pour un serrurier. J'en connais un qui fait ça.

— Si jamais il y a quelque chose à l'intérieur, je ne sais pas si j'ai vraiment envie de savoir quoi, rétorqua Sofie en repartant vers la porte. Ce n'est sûrement pas quelque chose de bien. Le Vieux a emmené ce secret dans la mort, qu'il y reste.

— Comment est-il mort, d'ailleurs ? demanda Line en la suivant hors de la pièce.

— Il est tombé. » Sofie s'arrêta devant une tache sombre sur le béton. « Dans l'escalier, là. Il n'a été découvert que quelques jours plus tard. »

Line observa l'escalier raide.

« Tu trouves ça bizarre ? Que je veuille habiter ici ? »

Line secoua la tête.

« Un homme est mort dans ma maison aussi. Deux, même », rectifia-t-elle en pensant au père de Viggo Hansen qui s'était pendu dans sa cave près de cinquante ans auparavant.

Sofie rit. Un rire d'abord bref et hésitant, qui s'amplifia et s'égaya quand Line se joignit à elle.

« Je n'ai pas tellement songé au fait qu'il était mort ici, expliqua Sofie dans l'escalier. J'ai plutôt réfléchi à tout le mal qu'il avait fait de son vivant. »

Line la suivit en sentant qu'elle avait envie d'en savoir plus. Il y avait une histoire là-dessous.

Elle s'était mise en disponibilité de son poste de journaliste à *VG*, mais n'avait en réalité aucune intention d'y retourner. Elle espérait employer son congé pour terminer un manuscrit commencé quelques années plus tôt et, à terme, vivre de sa plume d'auteure-journaliste free-lance. Ce qu'elle aimait particulièrement dans ce métier, c'était la possibilité d'écrire une bonne histoire. Là, elle en entrevoyait une, mais attendit pour poser d'autres questions.

Sofie faisait tinter des verres dans la cuisine alors que Line attendait dans le salon. Une grande bibliothèque avait trouvé sa place, mais la plupart des livres étaient encore dans des cartons, classés par ordre alphabétique. Les écrivains de A à E étaient sur les rayonnages, les autres attendaient leur tour par terre.

« Allons dehors », proposa Sofie, qui arrivait avec un pichet et deux verres. Line la suivit et elles s'installèrent derrière la maison, dans un petit coin ombragé à l'abri du bruit et des regards.

Les fleurs rouges d'un rosier grimpant se déployaient sur la façade.

Sofie leur servit du thé glacé.

« Qu'est-ce que ton grand-père avait fait de mal ? demanda Line en buvant une gorgée de thé pour détourner l'attention et arrondir un peu les angles de cette question directe.

— Tu as entendu parler de lui, non ? » Sofie s'adossa à son fauteuil de jardin.

Line acquiesça :

« Il vendait de l'alcool. De l'alcool de contrebande.

— Il a fait plus que ça. » Sofie devint grave. « Il a tué ma mère. »

La phrase resta en suspens. Line se figea dans son geste, le verre levé, et ne put se résoudre à l'interroger.

Sofie toussota avant de poursuivre : « Si j'ai déménagé quand j'étais petite, c'est parce que ma mère était allée en prison. Elle a dû purger une peine pour un délit que lui avait commis. »

Line reposa son verre. Elle avait le sentiment qu'elles étaient devenues proches dans le bref laps de temps écoulé depuis leurs retrouvailles.

« Là, il faut que tu me racontes. »

Sofie croisa les bras sur sa poitrine en braquant son regard sur le sol, comme si elle ne savait pas par où commencer. Line comprit que c'était un sujet qu'elle évitait, mais elle savait aussi que quand on se tait depuis longtemps, le besoin de parler peut être grand.

« On l'appelait le roi de la contrebande, commença Sofie en la regardant avec une soudaine colère dans le regard. Comme s'il pouvait y avoir de la noblesse ou de l'honneur dans ces activités ! »

Elle secoua la tête, l'air accablée, avant de reprendre :

« Il a démarré son activité dans les années 1960. Il était docker, ce qui lui donnait l'occasion d'acheter quelques bouteilles bon marché à des équipages en provenance de Rotterdam, Bremerhaven et autres ports européens. Il les revendait ensuite avec une bonne marge, mais tout de même moins cher qu'au Vinmonopol. Les quelques bouteilles se sont faites caisses et, à un moment donné, il s'est mis à opérer avec sa propre flotte. Il louait les services de capitaines de pêche qui traversaient le Skagerrak avec de gros chargements d'alcool et de cigarettes.

« Il venait de se marier à l'époque, donc l'argent était bienvenu. Maman est née en 1964. Ma grand-mère est morte peu après. Dans un sens, Maman est née et a grandi là-dedans.

« Au bout d'un certain temps, le Vieux s'est mis à faire venir l'alcool aussi par la route. Des camions en provenance d'usines en Espagne livraient à des entrepôts dans tout l'Østlandet.

— Il ne s'est jamais fait prendre ?

— Pas lui. Certains camions étaient arrêtés à la frontière. Il perdait un chargement de temps à autre, mais lui-même en réchappait toujours. Ensuite, il s'est lancé dans d'autres produits aussi. D'abord le haschich. Plus facile à passer que les bouteilles et les bidons d'alcool. Ça prenait moins de place et le rendement était plus élevé. »

Line avait entendu des rumeurs sur une grande partie de ce que racontait Sofie.

« Qu'est-il arrivé à ta mère ?

— Maman était seule avec moi. Mon père n'était qu'un nom. Je ne l'ai jamais rencontré et je ne sais pas où il habite. Je ne sais même pas comment Maman et lui se sont rencontrés. Elle n'a pas vécu assez longtemps pour me raconter. J'avais dix ans, enfin, presque onze, quand elle est morte. »

Sofie tendit le bras et ôta une rose du buisson qui fleurissait contre le mur.

« C'était un samedi vers la fin de l'été, poursuivit-elle en enlevant un pétale. On allait à la foire de

Skien. On y allait tous les ans. Fête foraine et concerts d'artistes connus. »

Line fit un signe de tête. Elle y était elle-même allée des années plus tôt.

« On habitait dans un petit appartement juste là-bas, poursuivit Sofie, indiquant la direction d'un regard. Maman avait une vieille Opel. Elle avait beaucoup de problèmes avec, et ce jour-là, elle refusait carrément de démarrer. On est venues ici pour emprunter une des voitures du Vieux. Comme nous l'avions souvent fait. Il n'était pas chez lui, mais sa Volvo était garée devant. Maman est entrée dans la maison avec ses clefs, elle a trouvé celles de la voiture et lui a laissé un mot. »

Le dossier du siège de Sofie grinça quand elle changea de position. Ses cheveux foncés tombèrent dans ses yeux. Elle les chassa dans un sourire hésitant.

« Au niveau de Vallermyrene, à Porsgrunn, on s'est fait arrêter par la police. Je ne sais pas pourquoi. C'était peut-être une coïncidence, ou alors le Vieux était sous surveillance et sa voiture était sur une liste. Quoi qu'il en soit, la police est venue se mettre juste derrière nous et le gyrophare s'est allumé. Maman s'est rangée sur le bas-côté. Les policiers lui ont posé un tas de questions et ils ont commencé à fouiller la voiture. Il y avait trois kilos de haschich et un kilo d'amphétamines sous mon siège. »

Line resta bouche bée :

« Mais elle ne pouvait pas savoir !

— Elle a écopé d'une peine de cinq ans de prison. La présence d'un enfant dans la voiture était un facteur aggravant, tout comme son refus de coopérer avec la police.

— Mais elle n'a pas dit la vérité ? Qu'elle avait juste emprunté la voiture ?

— Si, mais le Vieux a nié tout rapport avec l'affaire. Il a sacrifié sa fille pour sauver sa peau.

— Et le mot qu'elle lui avait laissé ? insista Line. Ça devait bien pouvoir prouver ce qu'elle disait.

— La police ne l'a jamais trouvé. Le Vieux avait dû le brûler ou le déchirer en petits morceaux et le balancer aux toilettes.

— Donc il est juste resté à regarder ta mère se faire condamner alors qu'elle était innocente ?

— Il avait engagé des avocats hors de prix qui étaient censés l'aider, mais ça devait surtout être pour savoir ce qui était écrit dans le dossier et ce que la police avait sur lui. Pour lui, elle n'était qu'un pion qu'on pouvait sacrifier. Il a sans doute plus souffert de perdre la drogue que de voir le sort réservé à sa fille. »

Line posa une main protectrice sur son ventre.

« Il l'a tuée, tu disais ?

— Maman n'a pas tenu plus d'un an en prison. Une nuit, elle a cassé un verre et s'est tranché les veines. Je ne lui avais rendu visite qu'une seule fois. Une expérience épouvantable. Franchir les murs épais de la prison était déjà une épreuve en soi, mais le pire, c'était de ressortir en la laissant à l'intérieur. »

La rose n'avait plus de pétales. Sofie se rapprocha et les posa en petit tas sur la table.

« Et toi, qu'es-tu devenue quand ta mère a été incarcérée ? s'enquit Line.

— Les premiers jours, j'habitais ici, chez le Vieux. Il était question que j'y reste. Je trouvais ça bien. Je connaissais tous les gamins du quartier, j'étais près de l'école, mais il ne voulait pas de moi ici. D'après lui, ça faisait trop. Alors il m'a envoyée en famille d'accueil. J'en ai eu trois. D'abord à Arendal, puis Hamar et pour finir Oslo. »

Une guêpe se posa sur le bord du pichet en verre. Line la chassa.

« Elle m'a écrit une longue lettre d'adieu, que je n'ai pu lire qu'à l'âge adulte. Il était écrit sur l'enveloppe de me la donner quand j'aurais dix-huit ans. Elle me parlait de ce qui s'était passé, de la trahison de son père, de son sentiment de m'abandonner. Elle me priait aussi de couper complètement les ponts avec lui. »

Elle balaya les pétales de la table d'un geste vif avant de reprendre : « Donc je me sens un peu mal de récupérer cette grande maison. Ça me lie à lui.

— Il ne faut pas voir les choses comme ça », protesta Line.

Sofie but une gorgée de thé glacé.

« Et toi, quel genre de relations as-tu avec ta mère ? s'enquit-elle.

— Elle est morte, elle aussi, répondit Line.

— Désolée.

— Non, ne t'inquiète pas. C'était il y a six ans cet été. Un accident de voiture en Afrique. Elle travaillait pour un programme d'éducation pour les réfugiés. La voiture dans laquelle elle était est tombée d'une falaise. Ils sont tous morts.

— Elle te manque ?

— Surtout en ce moment. » Line caressa son ventre. « Elle était toujours de bon conseil. Je me prends encore à me dire que je vais l'appeler quand j'ai un truc à raconter.

— Je sais. » Sofie sourit et fit un signe de tête vers

le premier étage, où dormait sa fille. « Ça fait mal de penser qu'elle n'aura pas pu rencontrer sa petite-fille et que Maja n'aura pas pu connaître sa grand-mère. En plus, c'est à peine si j'ai des photos. »

Elles restèrent quelque temps sans rien dire. Le soleil avait bougé, et elles n'étaient plus à l'ombre.

« Papa aussi a un coffre dans sa cave, dit Line au bout d'un moment. Un coffre-fort ignifugé. Il s'en sert pour garder des vieilles photos et des négatifs. Des photos de Maman. »

9

Wisting manœuvra doucement jusqu'à la maison de maître, se gara et sortit. Il fut ébloui par les reflets du soleil sur le toit en tôle. Les véhicules de la police scientifique avaient couché les hautes herbes jusqu'aux portes de la grange et une voiture sérigraphiée avait conduit les policiers qui allaient boucler le périmètre de sécurité.

Nils Hammer resta dans la voiture à parler au téléphone.

De la grange sortit Espen Mortensen, vêtu de l'obligatoire combinaison blanche des techniciens en identification criminelle. Les mauvaises herbes lui arrivaient presque aux genoux.

Wisting était content de le voir. C'était un policier expérimenté et méticuleux, qui avait l'œil pour les détails. Dans l'examen d'une scène de crime, il ne s'agissait pas seulement de trouver des traces matérielles, mais tout autant d'interpréter ce qu'on voyait. Wisting savait d'expérience que l'impression qu'on retirait de la scène de crime reflétait souvent le mode de vie du coupable. En général, une scène de crime ordonnée impliquait que la personne recherchée était quelqu'un de très organisé. Une scène de crime chaotique, avec des traces évidentes, pouvait être le signe de quelqu'un de confus, à la vie dictée par ses impulsions.

Mortensen savait particulièrement bien lire ce genre d'informations, tout en se gardant toujours de faire des raccourcis, de tirer des conclusions hâtives. Au contraire, il restait toujours à l'écoute des remarques et suggestions.

« Qu'en penses-tu ? » Wisting lança un regard vers la grange.

Espen Mortensen retira son masque et le laissa pendre sous son menton.

« Il est trop tôt pour se prononcer.

— Quelle est ta première impression ? »

Mortensen toussota.

« Que ceci n'est pas une scène de crime. Quoi qu'il soit arrivé à Jens Hummel, ça ne s'est pas passé ici. Selon moi, la voiture a été conduite ici et mise dans la grange par des tiers. »

Wisting sentait le soleil lui chauffer le dos. Il aurait espéré davantage.

« C'est déjà quelque chose, conclut-il. Que la voiture soit cachée renforce l'hypothèse du meurtre.

— Et puis c'est un point d'ancrage, renchérit Mortensen. Un nouveau point de départ. »

Wisting acquiesça. Jusqu'ici, le point de départ de l'enquête avait été la dernière fois qu'on avait vu Jens Hummel et son taxi devant le Grand Hotell de Storgata, où il avait déposé un passager. Il se représenta le plan de Larvik. La distance du centre au lieu de la découverte était de seulement huit kilomètres. Le trajet de sortie de la ville était court, peu urbanisé.

Des champs, quelques fermes en retrait de la route principale, des chemins qui menaient à des étangs de pêche et des petits chalets de vacances. Jens Hummel avait probablement fait une halte. Une dernière halte.

« Et les traces matérielles ?

— Nous allons acheminer la voiture au garage, procéder aux analyses habituelles : empreintes digitales et ADN. Le compteur et l'électronique nous apporteront peut-être quelques réponses, mais on sait déjà que le taximètre n'était pas allumé, non ? »

Wisting confirma d'un signe de tête. C'était une partie du mystère. Un compteur de taxi pouvait fournir quasiment la même information que les traces électroniques d'un téléphone portable, mais il fallait pour cela qu'il soit utilisé.

Nils Hammer claqua sa portière et les rejoignit.

« Deux équipes cynophiles seront là d'ici une demi-heure, annonça-t-il en remettant son téléphone dans la poche de son pantalon.

— Bien, approuva Wisting. Qui possède cette ferme ?

— On va bientôt le savoir. »

Wisting regarda la végétation envahissante autour de lui.

« Il y avait cinquante centimètres de neige quand Hummel a disparu, observa-t-il. Il n'y a pas trente-six endroits où cacher un corps ici.

— Eh bien, il n'est pas dans la grange en tout cas », assura Mortensen avant de remettre son masque et de repartir vers le bâtiment.

Wisting traversa les herbes hautes vers les deux dépendances. De grosses abeilles bourdonnaient tranquillement autour des fourrés d'églantiers.

Aucune des dépendances n'était fermée à clef.

Wisting regarda à l'intérieur de la première. Des taches de soleil jouaient sur le sol. Le ciel bleu apparaissait à travers des trous dans la toiture. Il n'y avait rien à part quatre vieux pneus empilés dans un coin.

« J'ai envoyé des hommes faire du porte-à-porte au niveau de la route principale aussi, indiqua Hammer en le suivant vers l'autre dépendance. Quelqu'un pourrait avoir vu quelque chose. »

Wisting acquiesça et regarda par une fenêtre de la deuxième dépendance. On ne voyait presque rien, à part une dizaine de mouches prises dans une toile d'araignée.

Il alla à la porte et fit coulisser la barre de verrouillage. Les gonds gémirent. Il y avait trois moteurs hors-bord couchés par terre. Des pièces détachées et des outils sur un établi.

Le portable de Hammer sonna. Il le tira de sa poche et resta dehors pour répondre.

Wisting entra, il y avait une autre porte au bout de la pièce. Elle était verrouillée. Il voyait le pêne dans la gâche.

Il prit un tournevis sur l'établi et le glissa entre le vantail et l'encadrement. Le bois craqua, mais il parvint à repousser le chambranle et à forcer la porte sans trop de dommages.

Cette pièce-là était dans la pénombre. Wisting tâtonna le long du mur jusqu'à ce qu'il trouve un interrupteur. Il le tourna, sans résultat.

L'unique fenêtre était occultée. Des bouteilles en verre vides rendaient l'accès difficile. Il tendit le bras par-dessus et arracha le plastique noir de la fenêtre. Une épaisse couche de poussière tourbillonna et resta en suspens dans les airs.

Au bout de la pièce s'élevait une machine en acier inoxydable. Avec une espèce de tapis roulant de part et d'autre. La poussière s'était accumulée là aussi, et le matériel semblait inutilisé depuis longtemps. Une caisse de bouchons à visser. Wisting en prit un. En lettres bleues était inscrit « Absolut Vodka ».

Il laissa retomber le bouchon dans la caisse et fit un pas en arrière. C'était une machine à boucher et sceller des bouteilles. Ils avaient enquêté sur quelques affaires locales de commerce illégal d'alcool dans les années 1990, sans arriver au fond de la question. Leurs renseignements indiquaient que l'alcool produit dans des distilleries d'Europe du Sud était passé en contrebande dans de grands bidons et fûts en plastique pour être ensuite mis en bouteilles avec de fausses étiquettes.

Nils Hammer apparut à la porte derrière lui.

« On t'a dit qui possédait la ferme ? s'enquit Wisting.

— D'après le centre de commandement, c'est un certain Trygve Marsten, mais l'ensemble de la propriété est loué avec un bail de longue durée.

— À qui ?

— Frank Mandt. »

Wisting se passa la main sur la nuque.

« Le roi de la gnôle », commenta-t-il d'un air songeur en se grattant.

Nils Hammer avait troqué son portable contre une boîte de tabac à chiquer qu'il avait sortie de sa poche.

« Il s'est tué en tombant dans son escalier l'hiver dernier », précisa-t-il en façonnant le tabac entre ses doigts.

Wisting se souvenait de l'affaire. Un enquêteur

avait travaillé dessus, pour finalement conclure à un accident.

Hammer leva sa lèvre supérieure et y glissa la boule de tabac.

« C'était à peu près au moment de la disparition de Jens Hummel, non ? »

10

Après les heures de bureau, la climatisation était éteinte. Une mesure d'économie parmi tant d'autres. De toute façon, il n'était pas nécessaire de dépenser de l'argent à refroidir tout un étage quand on n'avait pas de budget pour assurer la présence d'enquêteurs au commissariat.

Wisting retroussa ses manches au-dessus de ses coudes et ouvrit la fenêtre de son bureau. Le ciel blanc était brumeux. Des hirondelles plongeaient entre les toits. Il resta quelque temps à regarder dehors, appuya deux doigts sur sa tempe et sentit que sa bosse avait bien gonflé. Avant d'aller chercher Aron Heisel pour l'interroger, il voulait voir ce qu'ils avaient sur Frank Mandt.

L'essentiel figurait dans le fichier de renseignement électronique, c'étaient des informations que Wisting se souvenait avoir entendues à des réunions et dans le cadre de diverses missions. Frank Mandt était évoqué comme organisateur et artisan d'une contrebande à grande échelle, dont les origines remontaient à loin. Des informateurs parlaient de vingt et un mille litres d'alcool pur par mois. La marchandise venait de distilleries espagnoles et était déclarée comme cageots de tomates. En Allemagne du Nord, le chargement était divisé en cargaisons plus petites, qui étaient passées en Suède, puis en Norvège. Les bénéfices pouvaient être de cent cinquante couronnes par litre livré sur le marché noir norvégien.

On avait tenté de démanteler la filière. La police et les douanes avaient collaboré sur plusieurs opérations et certaines cargaisons avaient été stoppées à la frontière, mais on n'avait jamais réussi à établir le lien avec Frank Mandt.

Des notes plus récentes suggéraient que Mandt se retirait du secteur de l'alcool. La mafia d'Europe de l'Est cassait les prix et était en passe de dominer le marché. Les renseignements indiquaient que Mandt s'orientait davantage vers le trafic de drogue.

Le dossier concernant son décès était maigre. Le document le plus épais était le rapport iconographique qui montrait Frank Mandt gisant sur le sol en béton en bas de l'escalier de la cave. Il y était resté trois jours avant qu'un dénommé Klaus Wahl ne le trouve.

Dans une brève audition, Wahl se présentait comme une connaissance de Mandt. Ils avaient coutume de se retrouver tous les vendredis à la boulangerie pour boire un café, mais le vendredi 13 janvier, Mandt n'était pas venu. Il avait soixante-dix-neuf ans, souffrait de diabète, avait parfois des vertiges et le pied peu sûr. Inquiet, Wahl s'était rendu à son domicile. Personne n'avait répondu quand il avait frappé puis sonné à la porte. Il avait fait le tour de la maison et regardé par les fenêtres : rien. La porte était verrouillée, mais les deux voitures étaient garées devant.

Finalement, Klaus Wahl avait cassé un soupirail de la cave, s'était faufilé à l'intérieur et avait trouvé Frank Mandt tel que le montraient les photos.

Le rapport d'autopsie indiquait de multiples fractures : axis, côtes, pommette droite et crâne. Toutes concordaient avec une chute dans l'escalier. On ne pouvait rien affirmer quant à l'heure de la mort, mais il y avait dans la boîte aux lettres des journaux et du courrier remontant au 11 janvier. La date de la mort avait donc été déterminée comme étant le mardi 10 janvier. Wisting lança un coup d'œil vers son calendrier. C'était quatre jours après la disparition de Jens Hummel.

Son portable sonna alors qu'il se levait pour aller chercher Aron Heisel. Il grimaça involontairement. C'était Line. Il lui avait promis de repeindre son plafond dans l'après-midi.

« Je t'ai vu devant la Paix dorée aujourd'hui, commença-t-elle. Tu avais l'air occupé.

— Oui, un type sur qui on avait besoin de mettre la main.

— Vous l'avez eu ? »

Wisting porta de nouveau sa main à sa tempe.

« Hammer l'a attrapé, répondit-il en changeant son téléphone d'oreille.

— Je t'appelle parce que j'ai acheté trop de viande et je me demandais si tu voulais venir faire un barbecue avec moi ce soir. »

Wisting répondit tout en marchant dans le couloir :

« Je vais être un peu occupé ce soir. » Il ouvrit la porte de l'escalier qui descendait aux cellules de garde à vue au sous-sol. « Et je ne vais sans doute pas avoir le temps de venir peindre non plus.

— J'ai fait le plafond du salon ce matin. La prochaine étape, c'est la pose de papier peint. Là, on est presque obligés d'être deux.

— Tu n'aurais pas dû, Line, soupira-t-il. Je t'ai dit que j'allais le faire. »

Elle l'ignora.

« Le papier peint que j'ai commandé va arriver demain, poursuivit-elle. Tu crois que tu auras un peu de temps avant le week-end ? »

À mesure qu'il s'enfonçait dans l'escalier, la ligne devenait de plus en plus mauvaise.

« Il faut que je le prenne. Mets-moi donc un peu de viande de côté, je la réchaufferai en rentrant.

— Ça attendra demain, déclara Line sans se départir de son ton enjoué. Un barbecue toute seule, ce n'est pas très marrant.

— Bien. Je passerai de toute façon, sauf s'il est tard. »

Line raccrocha. Wisting resta avec le téléphone dans la main devant la porte qui ouvrait sur le couloir des cellules. Il la voyait avec son gros ventre. L'idée de devenir grand-père l'exaltait. La situation avec le père de l'enfant était ce qu'elle était, mais il se réjouissait à cette perspective. Sa joie était bien sûr ternie par le fait qu'Ingrid n'allait jamais connaître son petit-enfant, mais pour la première fois depuis longtemps, il allait vers l'avenir avec espoir.

Chassant ces pensées, il ouvrit la porte et pénétra dans le corridor gris. Aron Heisel était dans la cellule 8. Il était le seul en garde à vue. Depuis l'ouverture d'une maison d'arrêt centrale à Tønsberg, les cellules du sous-sol ne servaient presque plus. Certaines étaient devenues des entrepôts d'archives ou d'objets saisis.

Aron Heisel se leva de sa banquette.

« Désolé, dit-il avec un regard vers la bosse de Wisting.

— Ne vous en faites pas. Montons dans mon bureau. »

Heisel fit un signe de tête et marcha pieds nus devant Wisting. On lui avait trouvé un pantalon de jogging et un pull un peu trop petit, ses chaussures mouillées étaient restées devant la porte de la cellule.

Wisting attendit que l'homme se soit assis dans le fauteuil pour s'installer à son bureau. Il consacra quelques instants aux formalités, s'assurant que les renseignements personnels étaient exacts et suivant la procédure d'une audition de police. Le regard de Heisel se déroba, descendit vers le bureau, poursuivit vers la fenêtre avant de revenir se poser sur ses mains qu'il gardait sur ses genoux.

« Parlez-moi du taxi », demanda Wisting en allant droit au but.

Son interlocuteur tressaillit, comme si cette question directe l'effrayait.

« Je ne sais rien, répondit-il après s'être éclairci la voix. Il s'est juste retrouvé là, c'est tout. »

Wisting avait passé une partie considérable de sa vie de policier à entendre des menteurs. Cet homme-là avait sûrement bien des choses à cacher, mais son intuition lui disait que l'histoire du taxi qui s'était simplement retrouvé dans la grange pouvait être vraie.

« Quand l'avez-vous découvert ?

— Le jour où on parlait de l'affaire de disparition dans le journal. Ce devait être jeudi, jeudi dernier. »

Wisting se renfonça dans son siège pour signifier qu'il souhaitait un approfondissement.

« Il s'est juste retrouvé là, répéta encore Aron Heisel. J'allais dans la grange pour voir si je trouvais une tondeuse. L'herbe avait beaucoup poussé devant la maison. J'ai ouvert et la voiture était là. Il y avait de la poussière sur la bâche, donc ça devait faire un certain temps.

— Quand étiez-vous allé dans la grange la dernière fois ? »

Aron Heisel changea de position dans son fauteuil.

« L'été dernier. J'habite en Espagne, mais je passe quelques semaines en Norvège tous les étés.

— À la ferme ?

— Oui.

— Vous avez eu de la visite ?

— Non.

— Qui possède les lieux ? » demanda Wisting, bien qu'il connût la réponse.

Heisel garda le silence quelques instants.

« Je ne sais pas comment s'appelle le propriétaire, mais c'est une de mes connaissances qui le loue. Il me laisse y habiter quelques mois chaque été en échange de travaux d'entretien. Je donne un coup de peinture, je tonds, des choses comme ça.

— Frank Mandt ? »

Aron Heisel acquiesça.

« Il est mort cet hiver. Je ne sais pas comment ça se passe pour le bail et tout, mais j'ai un contrat qui me permet d'y habiter en été.

— Et en hiver ?

— Il n'y a personne, je crois. En tout cas, pas que je sache.

— Et à quoi est-ce que Frank Mandt utilisait la ferme ? À part vous laisser y habiter quelques mois par an ? »

Aron Heisel haussa les épaules.

« Je ne sais pas. Je crois qu'elle lui servait peut-être d'entrepôt. »

Wisting attrapa un stylo-bille avant de s'adosser de nouveau. La découverte du taxi Z-1086 dans la grange en ruine avait certes tiré le dossier Hummel du statut « en suspens », mais elle l'avait aussi élevé à un autre niveau de complexité. Par l'intermédiaire d'Aron Heisel, on savait maintenant que l'affaire de disparition avait un lien avec le réseau dans lequel opérait Frank Mandt. Il s'agissait à présent d'acquérir une vue d'ensemble des divers acteurs du milieu et de leurs rôles et missions. Une tâche difficile, songea-t-il en faisant tourner le stylo entre ses doigts. Le fichier indiquait que c'était un milieu fermé que le renseignement n'avait pas réussi à infiltrer.

Aron Heisel tira sur les manches de son pull.

« Comment aviez-vous rencontré Frank Mandt ? voulut savoir Wisting.

— Par des connaissances communes. »

Wisting se redressa sur sa chaise en lançant son stylo-bille sur le bureau.

« Écoutez-moi. Nous savons que la ferme a été utilisée comme entrepôt et lieu de transit d'alcool, mais ce n'est pas ce qui nous intéresse maintenant. Ce qui nous intéresse, c'est de savoir comment le taxi de Jens Hummel a atterri là. Si vous ne pouvez pas répondre, vous allez devoir donner le nom de quelqu'un d'autre qui avait accès à la grange. »

Un souffle d'air fit onduler les rideaux.

« Je crois que je devrais peut-être parler à un avocat », répondit Aron Heisel.

Wisting poussa son téléphone fixe vers lui. Son désir de parler à un avocat ne signifiait pas nécessairement qu'il savait quelque chose ou allait faire des aveux dans l'affaire Hummel. Il voulait user de précautions quand il s'expliquerait sur des circonstances pouvant impliquer des tiers.

L'avocat, dénommé Reidar Heitmann, arriva une heure plus tard. Il s'entretint brièvement en tête à tête avec son client avant de laisser Wisting poser d'autres questions. Aron Heisel s'expliqua alors en détail sur le moment où il était arrivé en Norvège et sur ses faits et gestes pendant son séjour, mais il esquiva tout sujet concernant Frank Mandt et ses activités. Wisting dut le raccompagner à sa cellule sans être mieux renseigné sur le sort de Jens Hummel.

11

L'une des missions de Wisting dans son travail était de tenir la substitut du procureur informée de l'évolution des grosses affaires. Après avoir enfermé Aron Heisel dans sa cellule et raccompagné son avocat à la sortie, il se munit de son calepin et d'un café et se rendit dans le bureau de Christine Thiis.

Le soleil vespéral qui entrait à l'oblique par la fenêtre atteignit le côté droit de son visage quand elle leva les yeux. Wisting s'assit. La chaleur collait sa chemise à son dos moite.

« Les médias sont au courant que nous avons trouvé le taxi », annonça-t-elle.

Wisting fit un signe de tête. Il fallait s'y attendre. Une dépanneuse avait traversé la moitié de la ville avec le taxi recherché sur son plateau, et puis il y avait les policiers qui faisaient leur enquête de voisinage autour de la ferme.

« Qu'est-ce que tu leur réponds ?

— Juste quelques commentaires sommaires. Je confirme qu'on a retrouvé le véhicule, mais qu'on recherche toujours Jens Hummel et qu'un homme occupant la ferme est entendu. »

Wisting pensa à Line. Il était resté bref quand il avait décliné son invitation à dîner et ne lui avait pas expliqué sur quoi il travaillait. Maintenant elle allait pouvoir le lire dans n'importe quel journal en ligne.

« Il faut que quelqu'un parle à sa grand-mère, se souvint-il. Pour lui éviter de découvrir ça en lisant la presse.

— J'ai prévenu Torunn Borg. »

Wisting acquiesça. Torunn Borg avait déjà été désignée comme contact des proches au moment de la disparition de Jens Hummel six mois plus tôt. Wisting était content d'y échapper. Il n'était pas toujours aisé de trouver le point d'équilibre entre le rôle officiel de policier et celui d'humain compatissant. Il fallait payer largement de sa personne, ce qui pouvait détourner des responsabilités de directeur d'enquête.

« L'audition a été fructueuse ? s'enquit Christine Thiis.

— Non et je ne crois pas qu'Aron Heisel sache quoi que ce soit sur la disparition.

— Nous devons le laisser partir », déclara-t-elle en déplaçant quelques papiers.

Wisting la regarda avec de petits yeux.

« J'ai réservé un fourgon pour le transférer à la maison d'arrêt centrale, poursuivit-elle. Nous n'avons pas de fondement juridique pour le garder ici.

— Gardons-le au moins jusqu'à ce que nous ayons fini les examens de la grange et de la ferme. »

Elle soupira. Wisting voyait qu'elle soupesait les aspects juridiques en regard des considérations purement stratégiques. Les directives en regard des désirs et besoins de Wisting.

« Ce qu'il y a de plus intéressant chez Aron Heisel,

c'est sa connexion avec Frank Mandt, expliqua-t-il, qui suggère que cette affaire de disparition serait une histoire de règlement de comptes dans les milieux criminels.

— Jens Hummel n'est pas un criminel, protesta-t-elle. Il a un casier judiciaire vierge.

— Frank Mandt aussi, alors que c'était probablement l'une des personnes qui a introduit le plus d'alcool et de drogue dans ce pays.»

Christine Thiis changea de position afin de ne plus avoir le soleil dans le visage.

«Tu as eu des nouvelles de la police technique et scientifique?»

Wisting consulta sa montre. Espen Mortensen avait suggéré que les techniciens et lui auraient terminé leurs examens autour de 20 heures. Il était maintenant 20 h 15 et ils n'étaient toujours pas revenus.

«Non, mais ils m'auraient appelé s'ils avaient trouvé des éléments intéressants.

— Et l'enquête de voisinage?»

Wisting secoua la tête.

«La ferme est à l'écart de l'agglomération. Mandt et ses hommes y ont entreposé de l'alcool pendant des années sans que jamais personne ne remarque quoi que ce soit. On ne peut pas s'attendre à ce que quelqu'un ait repéré un taxi.»

Son téléphone sonna. Nils Hammer. Il fixa un regard interrogateur sur les yeux sombres de Christine Thiis sans décrocher.

«OK, fit-elle. On le garde jusqu'à demain.»

Wisting sourit et répondit à l'appel.

«Les chiens ont fait une trouvaille derrière la grange, annonça Hammer. Tu reviens?

— Qu'est-ce qu'ils ont trouvé ? demanda Wisting en lançant un coup d'œil vers Christine Thiis.

— Je ne sais pas encore. Ils s'intéressent à un vieux cellier en terre battue. Mortensen et les techniciens vont y entrer maintenant. »

Wisting se leva de son siège.

« On arrive. »

12

Le périmètre de sécurité avait été étendu et commençait désormais à la route principale. Un véhicule de reportage de l'antenne locale de la NRK était garé en face, derrière deux voitures. Plusieurs journalistes s'étaient rassemblés en un petit groupe. Wisting ralentit et en reconnut un, celui qui avait écrit l'article critiquant le travail de la police dans l'affaire de disparition. Un photographe leva son appareil et le braqua sur lui. Wisting détourna le regard et fit signe à un policier qui se tenait les bras croisés. Le policier leva la rubalise rouge et blanche et les laissa entrer sur le chemin envahi par la végétation.

Wisting se gara au même endroit que la dernière fois et sortit. Christine Thiis claqua sa portière et resta à observer les lieux. Le moteur émit quelques bruits secs de refroidissement.

Hammer arriva en pataugeant dans les hautes herbes à côté de la grange. Derrière, un chien aboyait.

Wisting lança un regard interrogateur à son collègue.

« On pensait qu'il serait peut-être à l'intérieur,

expliqua celui-ci avec une mine découragée. Les chiens étaient fous, mais on se trompait. »

Christine Thiis regardait, derrière lui, le sentier dans les herbes hautes.

« Complètement vide ? demanda-t-elle.

— Pas complètement. » D'un signe de tête, Hammer leur indiqua de le suivre.

Le soleil à l'ouest avait disparu derrière la forêt, mais l'air restait chaud. Le dos de Hammer était trempé de sueur. La tache humide sur sa chemise changeait de forme alors que la transpiration cheminait vers ses reins.

Le sentier passait derrière la grange. Environ cent mètres plus loin dans le pré, plusieurs personnes étaient rassemblées en demi-cercle. L'un des deux chiens policiers se leva à leur arrivée.

Le cellier en terre battue ne formait qu'une légère surélévation dans un paysage par ailleurs plat, il était presque invisible. L'entrée était dans un renfoncement. Une porte vermoulue aux gonds et ferrures rouillés était maintenue ouverte par un bâton.

« C'était probablement un champ de pommes de terre. » Espen Mortensen fit un geste de la main droite. « Ces celliers servaient à conserver les récoltes avant l'invention du réfrigérateur. L'humidité du sol en terre battue apportait de la fraîcheur en été et empêchait le gel en hiver. Ç'aurait été bien pour nous qu'il y ait un corps caché là. Il aurait été comme dans un grand frigo. »

Wisting s'accroupit et regarda par l'ouverture sombre.

« Qu'est-ce que vous avez trouvé, au juste ? »

Mortensen alla chercher une grande lampe torche dans sa mallette et la braqua sur l'ouverture.

« Va jeter un œil », proposa-t-il.

Wisting s'accroupit et entra. Christine Thiis lui emboîta le pas. L'air était d'une fraîcheur agréable, avec une odeur brute de terre. Il leur fallut quelques instants pour s'accoutumer à la pénombre. Les murs étaient empierrés, mais le plafond était en rondins de bois. Le mur du fond s'était écroulé, laissant un éboulis.

« Là-bas, indiqua Mortensen en pointant la torche vers les pierres tombées. Fais juste attention où tu mets les pieds. »

Wisting baissa les yeux et avança en évitant les taches blanches, du plâtre versé dans les empreintes de pas qui était maintenant en train de prendre. Il avait sa petite idée de ce que les chiens avaient trouvé.

Le plafond était plus bas dans la dernière partie et il dut marcher la tête baissée. Le mur s'était bel et bien écroulé, mais les pierres ne reposaient pas telles qu'elles étaient tombées. Elles étaient empilées de façon à créer un vide, qui était occulté par une dalle en pierre.

« L'un des chiens est à la fois chien de patrouille et chien de stups, précisa Mortensen en braquant le faisceau lumineux sur des piles de paquets marron clair dans l'espace creux.

— De la drogue ? vérifia Christine Thiis.

— Hammer pense que ce sont des amphétamines », confirma Mortensen.

Wisting s'accroupit devant la cachette en prenant appui sur une pierre. Les sachets avaient la forme et la taille de paquets de cigarettes, scellés avec du scotch.

S'il s'agissait bien d'amphétamines, ils devaient peser deux cent cinquante grammes chacun. Il essaya de les compter et arriva à dix-sept, mais il y en avait probablement d'autres entre les pierres. Quoi qu'il en soit, ils n'avaient pas fait de si grosse saisie de stupéfiants depuis longtemps.

Il ressortit en plissant les yeux face à la lumière du jour. La découverte de drogue confirmait le tableau qui avait commencé à se dessiner dans la journée. Jens Hummel avait disparu dans le sillage d'autres événements criminels.

13

Le téléphone sonna alors qu'il entrait chez lui. C'était Suzanne.

« Vous avez trouvé le taxi ?

— Nous avons trouvé la grange, répondit Wisting. Le taxi y était, comme ton client l'avait dit. » Il ôta ses chaussures. « Je suis content que tu m'aies appelé, ajouta-t-il, sans trop savoir si c'était parce que cela leur avait permis de trouver le taxi ou s'il était juste content d'avoir de ses nouvelles.

— Tu es toujours au boulot ?

— Je viens de rentrer.

— Tu as dîné ?

— Oui », confirma-t-il, tout en sentant que ça faisait un certain temps.

Suzanne attendit un peu avant de poursuivre : « Je pensais peut-être passer. Ça te conviendrait ?

— Oui, très bien », assura Wisting. Ils raccrochèrent.

Après cette longue journée d'été, la maison sentait le renfermé. Il ouvrit la porte de la terrasse et put aérer avant qu'elle ne sonne à la porte. C'était curieux. Pendant plus d'un an, elle avait vécu avec lui, elle avait sa clef et allait et venait à sa guise. Maintenant, c'était une invitée.

« Qu'est-ce qui t'est arrivé ? s'enquit-elle en tendant la main vers sa tempe.

— C'est un peu ta faute », fit-il en souriant, avant de la guider vers la terrasse tout en lui racontant l'interpellation d'Aron Heisel.

Elle portait une robe vert sombre au tombé fluide sur sa silhouette svelte. Elle resta contre la balustrade à contempler la ville et le fjord, non sans une certaine inquiétude dans le regard. Un voilier impressionnant mettait le cap sur le port de plaisance.

« J'avais douze ans la première fois que j'ai vu la mer. On était allés voir des cousins à Karachi. Ils nous ont emmenés sur la côte. Le sable des plages était d'un blanc éblouissant et l'eau parfaitement limpide, entre le vert et le bleu. »

Wisting songeait rarement au fait que Suzanne venait d'ailleurs et avait un autre parcours que lui.

« Pour moi, la mer a toujours été là. Grande et bleue. J'ai appris à nager l'été de mes cinq ans. »

Une légère brise du large faisait parfois bruisser le feuillage des vieux fruitiers.

« Je vais aller nous chercher à boire », annonça-t-il.

Il ne trouva qu'une demi-brique de jus de pomme. Il la vida dans une carafe en verre et compléta avec quelques glaçons.

Quand il revint, Suzanne s'était assise.

« Vous avez trouvé autre chose ?

— Pas si c'est à Jens Hummel que tu penses, répondit Wisting en posant un verre devant elle.

— Que pensez-vous qu'il lui soit arrivé ? »

Wisting resta silencieux pendant qu'il la servait.

« Je ne crois pas qu'il soit en vie, en tout cas », répondit-il.

Suzanne prit son verre, mais ne but pas.

« Ça n'agit pas sur toi ? s'enquit-elle.

— Comment ça ?

— Celui qui doit combattre des monstres doit prendre garde à ne pas devenir monstre lui-même. »

Wisting reconnut les mots du philosophe allemand.

« Ça, c'est Nietzsche, dit-il en souriant avant de compléter la citation. Si tu plonges longtemps ton regard dans l'abîme, l'abîme te regarde aussi.

— Mais n'est-ce pas un peu vrai ? Ça ne doit pas laisser indemne d'être face au mal et à la mort aussi souvent que toi dans ton travail. »

Wisting réfléchit. Il n'était aujourd'hui pas le même que lors de sa première rencontre avec la mort quand il était jeune agent de police. Dans son travail, il avait vu certaines des pires choses qui habitent les hommes, mais aussi les meilleures, et en fin de compte, son métier d'enquêteur lui avait peu appris sur la mort, mais énormément sur la vie.

« Si ça m'a fait un effet, c'est d'avoir compris combien la vie pouvait être fragile. La mort, la douleur, le deuil mettent bien des choses en perspective. Nous pouvons tous être frappés. Tomber gravement malade, être blessé sur la route ou, dans le pire des cas, être victime d'un crime. La vie n'est pas que joie et bonheur. La vie, c'est pour le meilleur et pour le pire, et parfois, elle est dure et brutale. »

Il s'étira en avant pour lui prendre la main, mêla ses doigts aux siens. Un bref instant, le spectacle de la main de Suzanne dans la sienne le rendit sentimental.

Il lui lança un regard encourageant et secoua leurs mains entremêlées. Elle sourit en se libérant.

« Je crois qu'une des filles du café vole dans la caisse », observa-t-elle.

Wisting se redressa.

« Qu'est-ce qui te fait penser une chose pareille ?

— Les comptes.

— Il manque de l'argent ? »

Suzanne secoua la tête.

« Je crois qu'elle est plus maligne que ça. Ces derniers soirs, en l'occurrence, il y avait trop d'argent dans la caisse. »

Wisting fit un signe de tête. Il connaissait le procédé. Souvent, les clients qui réglaient en espèces avaient leurs billets à la main pendant qu'on préparait leur verre. L'employé faisait alors comme si le montant était déjà tapé et prenait l'argent. Il gardait mentalement le compte de ce qu'il n'avait pas enregistré et prenait l'excédent à la fin de la journée.

« Samedi, quarante-deux cocktails à base de vodka ont été tapés, poursuivit Suzanne. Ça fait près de deux bouteilles et demie de vodka, mais le stock avait diminué de cinq bouteilles. Ce qui correspond mieux à nos ventes habituelles pour un samedi de cette période, près de cent cocktails. »

Wisting calcula dans sa tête.

« Ça fait presque cinq mille couronnes. Tu sais qui c'est ?

— Je sais en qui j'ai confiance et en qui je n'ai pas confiance, mais je trouve la situation difficile.

— Tu as une suspecte ?

— Une dénommée Unni. C'est une de mes meilleures serveuses, une des plus enjouées, mais elle fait toujours un tas d'erreurs en tapant les consommations et en rendant la monnaie, et puis les problèmes dans les comptes surviennent systématiquement quand elle est de service. »

Wisting resta pensif. Un employé qui volait dans la caisse, c'était toujours difficile à gérer pour l'employeur. C'était un véritable champ de mines, tant du point de vue juridique qu'émotionnel.

« Quel genre de contrat as-tu avec elle ?

— Elle est en CDI. En automne et en hiver, elle vient un week-end sur deux, mais cet été, elle travaille presque plus qu'à plein temps. Je ne peux pas la licencier sur un simple soupçon.

— Je connais quelqu'un qui a une compagnie de surveillance, dit Wisting. Les contrôleurs ont des méthodes pour détecter le vol à la caisse. Ils te font un rapport et tu as de l'assistance pour le licenciement. Tu récupéreras tes frais en un soir ou deux. »

Suzanne acquiesça. De toute évidence, elle y avait déjà réfléchi.

« J'espérais que tu pourrais m'aider. Tu n'as sûrement pas le temps maintenant, mais j'aurais apprécié que tu viennes un soir ou deux regarder ce qui se passe au bar, pour que je puisse être tout à fait sûre avant de continuer.

— Elle sait sûrement qui je suis, observa Wisting. Elle ne va pas tenter le coup quand je suis au bar.

— Mais tu as travaillé en filature, protesta Suzanne. Tu peux te mettre à une table à côté et faire comme si tu étais en train de lire le journal ou un truc dans ce genre. »

Wisting mit sa main autour de son verre embué et le leva. Suzanne l'imita en le regardant par-dessus le sien. Les fines rides de sourire qu'elle avait habituellement au coin des yeux étaient absentes. Elle n'a personne d'autre, songea-t-il. Elle avait quelques copines, mais pas de famille ou de proches qui la connaissent aussi bien que lui. Elle n'avait personne à aller trouver dans les moments difficiles.

« Je viendrai faire un tour demain soir », déclara-t-il en buvant une gorgée de jus de pomme.

Une étincelle apparut dans les yeux noisette de Suzanne.

« Merci beaucoup », répondit-elle en souriant.

Ils restèrent sur la terrasse jusqu'à ce que le soir tombe et que les bateaux qui étaient encore sur l'eau allument leurs lanternes, puis il la raccompagna à la porte et la regarda partir en voiture. Il était minuit passé de trois minutes, l'air nocturne s'était paré d'un courant froid.

14

Line était attablée dans sa cuisine devant un café, des toasts et de la confiture. La radio diffusait une musique de vacances et le journal local était ouvert sur la table. Les nouvelles de la veille faisaient les gros titres. La police avait retrouvé le taxi de Jens Hummel. Il n'y avait rien de plus que ce qu'elle avait lu sur Internet le soir précédent, mais on avait utilisé d'autres photos. Notamment une de son père en voiture avec un policier en tenue levant une rubalise sur le chemin qui menait à la grange où on avait découvert le taxi.

Elle se pencha vers la fenêtre pour regarder la maison de son père. Il était rentré tard. Elle n'avait vu sa voiture que quand elle s'était levée pour aller aux toilettes vers 2 heures du matin, et voilà qu'il était déjà reparti.

D'après le journal, la police avait fouillé les environs de la ferme désaffectée jusqu'à une heure avancée de la soirée sans trouver trace de Jens Hummel.

Elle attrapa son ordinateur et l'ouvrit pour voir ce que *VG* écrivait. Il y avait une brève du desk, qui faisait référence au journal local. *VG* avait en outre interrogé la substitut du procureur Christine Thiis afin de pouvoir la citer directement.

Dagbladet avait son propre article, mais pas en une. Il était illustré d'une photo amateur du taxi à l'arrière d'une dépanneuse. La voiture était partiellement recouverte d'une bâche grise, mais cela rendait la photo d'autant plus efficace, car elle permettait au journaliste de se livrer à des conjectures sur les secrets que ce taxi longtemps recherché pouvait receler.

Line sentit la journaliste s'éveiller en elle. Le lieu de la découverte n'était qu'à quelques minutes de route. Elle connaissait des gens ici et pourrait trouver des angles qui feraient gagner son journal dans la course aux infos.

Le bébé donna un coup de pied brusque dans son ventre et elle poussa un petit gémissement de douleur. C'était la première fois qu'un mouvement lui faisait mal.

Elle attendit un peu avec la main sur son ventre, mais il n'y eut pas d'autres coups. Juste de légers tressaillements quand la vie qu'elle portait se retourna.

À la radio passait une chanson d'été suédoise, une histoire d'eau et de vents bleus. Elle la fredonna jusqu'à ce que le bébé trouve une position confortable et reste tranquille. Puis elle débarrassa la table et alla contempler le plafond du salon repeint. Avant de retapisser, il fallait passer une deuxième couche de peinture sur les plinthes et les encadrements de fenêtres. Ça, en tout cas, elle pouvait y arriver toute seule.

Elle ouvrit toutes les fenêtres avant de s'y mettre. La chaude brise d'été s'engouffra dans la pièce. La peinture allait sécher en un clin d'œil.

Son téléphone était resté dans la cuisine. Elle avait fini la première fenêtre quand il sonna. Numéro inconnu. Depuis qu'elle avait cessé d'écrire dans le journal, il lui arrivait rarement d'être appelée par des inconnus.

Elle essuya ses doigts sur ses cuisses pour s'assurer qu'il ne restait pas de peinture avant de décrocher.

« Allô, c'est Sofie. Sofie Lund. J'ai trouvé ton numéro sur Internet.

— Salut », répondit Line en souriant. Elle écarta des cheveux de son front du revers de la main. « Merci pour hier. C'était sympa.

— J'ai appelé un serrurier, pour le coffre, expliqua Sofie. Il va venir vers midi.

— Comme c'est excitant !

— Je ne connais personne ici. Alors j'espérais que tu pourrais être là quand il arrivera. Parce que je ne sais pas ce qu'il y a à l'intérieur.

— Bien sûr. Je finis juste de peindre quelques fenêtres et j'arrive. »

Sofie la remercia.

« On se voit tout à l'heure, alors », conclut-elle.

Line regagna sa fenêtre, ramassa son pinceau et le plongea dans le pot de peinture. Ses pensées quittèrent ce que les journaux qualifiaient d'« énigme Hummel ». Elle songea au vieux coffre-fort de la maison Mandt.

15

La porte de la salle de réunion était ouverte et tous les regards se braquèrent sur Wisting quand il entra. Sur son visage on lisait une concentration pleine de gravité.

Wisting referma la porte derrière lui et s'installa en bout de table, à côté de Christine Thiis. Il y avait par ailleurs Espen Mortensen, Torunn Borg et Nils Hammer. Wisting aurait bien voulu les voir plus nombreux, mais le principal était d'avoir des enquêteurs dévoués et travailleurs.

Il ouvrit la réunion en récapitulant les événements de la veille. Puis il pria Espen Mortensen de rendre compte du travail des policiers scientifiques.

Mortensen cliqua sur une souris sans fil et une photo de la ferme désaffectée s'afficha sur l'écran.

« Commençons par la grange. Nous savons qu'elle était à la disposition de Frank Mandt depuis les années 1990. Elle semble avoir servi d'entrepôt dans le cadre de ses activités de contrebande d'alcool. Il y a notamment des palettes de bidons vides. La plupart sont couverts de poussière et la grange semble ne pas avoir été utilisée depuis longtemps.

— Le marché de l'alcool a été repris par les Européens de l'Est, observa Hammer alors que défilaient sur l'écran des photos des différentes pièces de la grange. Ces dernières années, Mandt était plutôt un client des stups.

— Nous n'avons trouvé aucune trace de Jens Hummel sur place, poursuivit Mortensen, mais nous allons continuer d'y travailler quelques jours. À mon avis, nos résultats seront liés surtout aux activités illégales qui s'y sont déroulées. »

Il leur présenta d'autres photos, notamment d'une pièce de travail. Des noms et des numéros de téléphone inscrits sur des feuilles volantes sur le bureau. Le tout recouvert d'une fine couche de poussière.

La photo suivante montrait la voiture.

« Nous avons fait deux trouvailles notables dans le taxi, expliqua Mortensen en poussant une petite boîte en carton sur la table. Juste deux petites choses d'abord. »

La curiosité de Wisting était éveillée, mais il se renfonça patiemment dans son siège. Le travail des policiers scientifiques était toujours intéressant. Toutes les affaires arrivaient à un point où les lignes techniques et judiciaires de l'enquête finissaient par se couper, et c'était à cette croisée que pouvait se trouver la solution.

Mortensen cliqua sur une photo de l'habitacle. On voyait la bouteille de Coca à moitié vide dans la console centrale et le sandwich entamé moisi sur le siège passager, que Wisting avait lui-même observés quand ils avaient trouvé la voiture.

« Ça correspond à la carte que nous avions tracée cet hiver. » Mortensen afficha une photo de la caméra de surveillance de la station Shell de Storgata, ouverte vingt-quatre heures sur vingt-quatre. Wisting la reconnut. Jens Hummel à la caisse avec un Coca et un sandwich. Elle avait été prise environ quarante-cinq minutes avant sa disparition et ils en avaient utilisé une partie dans leur avis de recherche pour montrer à quoi il ressemblait et quels vêtements il portait au moment des faits.

C'était assez satisfaisant de voir ces deux photos l'une à côté de l'autre. Le passé s'imbriquait dans le présent. Une petite pièce de puzzle semblait s'être insérée au bon endroit.

Mortensen enchaîna sur les détails de leurs examens. Kilométrage, position des sièges et du rétroviseur intérieur. Il étala quelques tickets de parking qui contribuaient à compléter la chronologie jusqu'à la disparition ainsi que d'autres petites choses.

La photo suivante montrait le coffre presque vide. Un jerricane de lave-glace et un parapluie, rien d'autre.

« Nous pensons qu'il y avait un tapis en caoutchouc dans le coffre, expliqua Mortensen. C'est-à-dire que Jens Hummel aurait été dans ce coffre et on aurait enlevé le tapis en même temps que lui. »

Wisting se pencha en avant. Mortensen présentait un plan rapproché de la paroi du coffre, juste à côté de la serrure. Quatre taches sombres, l'une un peu plus large que les autres.

« C'est du sang humain, affirma Mortensen. Nous en avons trouvé à deux endroits sur les parois, mais pas au fond. Nous pensons donc qu'il y a eu un blessé dans le coffre et que le tapis en caoutchouc a été ôté avec lui. »

C'était dans l'air depuis le premier jour, mais cela n'avait jamais été exprimé : l'affaire Hummel était une affaire d'homicide.

« Quand aurons-nous confirmation qu'il s'agit du sang de Hummel ? s'enquit Hammer.

— Dans quelques jours, répondit Mortensen. Nous avons des échantillons de référence prélevés sur sa brosse à dents. Donc dès que nous obtiendrons l'analyse ADN du sang de la voiture, nous pourrons faire une comparaison. »

Wisting prit note.

« Tu parlais de deux trouvailles intéressantes, rappela-t-il.

— Voici l'autre. » Mortensen tira vers lui la boîte en carton. Il en sortit un sachet transparent contenant un téléphone portable.

« Il était caché sous l'arbre de direction. Jens Hummel avait un téléphone dont nous ignorions l'existence. Abonnement avec cartes prépayées contracté il y a plus de deux ans. Au nom d'Ola Nordmann d'Oslo », précisa-t-il en traçant des guillemets en l'air de sa main libre pour souligner que c'était un faux nom.

Nils Hammer jura tout haut et lui prit le scellé des mains.

« Il n'y a qu'une seule raison d'avoir deux mobiles, et c'est qu'on fait des trucs qui ne doivent pas se savoir. »

Wisting se frotta la racine du nez. Il apparaissait de plus en plus clairement que Jens Hummel avait été impliqué dans le trafic de drogue de Mandt et que cette affaire était un règlement de comptes interne.

« Ça colle, remarqua Torunn Borg en feuilletant un

classeur de documents de l'enquête. Plusieurs dépositions indiquent qu'il faisait plus ou moins office de coursier et transportait des prostituées et des chargements de drogue. Ça cadre aussi avec toutes ses longues courses de taxi.

— Et avec le fait que, avant de disparaître, il ait éteint son compteur, renchérit Hammer. Il allait à un rendez-vous qu'il ne voulait pas qu'on puisse retracer. »

Wisting écoutait, les doigts sur ses lèvres. Ils avaient consacré du temps et des ressources à explorer ces rumeurs de drogue et de prostitution. Les résultats n'étant pas immédiats, ils avaient élargi l'enquête au lieu de creuser une seule piste.

« Que pouvons-nous tirer du téléphone ? » demanda-t-il en montrant le scellé d'un mouvement de tête.

Nils Hammer retourna le sachet transparent.

« Il y a quinze jours, nous y aurions peut-être trouvé la solution, mais toutes les données des compagnies de télécommunications sont effacées au bout de six mois. Nous n'en tirerons rien de plus que ce qui est enregistré dans l'appareil même.

— Ce qui pourrait être tout un tas de choses, non ? » rappela Christine Thiis.

Hammer acquiesça.

« Donnez-moi quelques heures. »

Wisting resta à observer les deux photos sur l'écran.

« Et les empreintes digitales et l'ADN ?

— Nous avons les deux, mais ce taxi a pris des passagers pendant plusieurs années. Le volant a l'air d'avoir été essuyé. Nous avons relevé une empreinte de main partielle sur le toit côté passager. Ce n'est pas assez pour faire une comparaison avec les fichiers, mais il s'agit probablement de la main de la dernière personne qui est montée dans la voiture. »

Wisting nota et tourna la page.

« Et l'enquête de voisinage ? s'enquit-il auprès de Torunn Borg.

— Le résultat le plus intéressant est le nom d'un conducteur de tracteur qui était chargé de déneiger le chemin de la ferme en hiver. Si le taxi est arrivé jusqu'à la grange, c'est forcément que le chemin était déneigé. Cet homme va venir dans la journée pour être entendu.

— Bien. » Wisting orienta la discussion sur la découverte dans le cellier. L'affaire de stupéfiants qui était tombée du ciel constituait un élément tangible, une brèche à explorer, qui pourrait peut-être avoir des ramifications, apporter du nouveau.

« 12,4 kilos, annonça Mortensen. Nous envoyons le produit en analyse. Ça va aussi être intéressant de voir ce que donne la comparaison des semelles d'Aron Heisel avec les empreintes sur le sol en terre battue. »

Wisting fit un signe de tête puis s'orienta vers Christine Thiis.

« Je vais préparer une demande de détention provisoire, dit-elle. Nous le mettons en examen pour possession de drogue et demandons quatre semaines de détention. »

La réunion du matin se poursuivit encore trente minutes. Ils répartirent les tâches et discutèrent des hypothèses et possibilités. La conversation revenait sans cesse à la question centrale : où était Jens Hummel ?

16

Une mouche se posa sur le grand coffre-fort. Line passa la main sur l'acier froid et la chassa. La surface était rugueuse, la laque vert pâle fendillée à plusieurs endroits.

« Je ne me plais pas dans ce sous-sol, déclara Sofie en croisant les bras, comme si elle avait froid. Cette nuit, j'ai entendu des bruits qui venaient d'ici. »

Line leva les yeux vers les conduites qui couraient sous le plafond. L'une d'elles était recouverte d'une mince couche de condensation.

« Il y a peut-être de l'air dans les tuyaux ? suggéra-t-elle. C'était comme ça quand j'habitais à Oslo. Ça n'arrêtait pas de claquer et de faire des bruits bizarres.

— Bien sûr, il y a toujours un tas de bruits dans les vieilles maisons, mais ce n'est pas marrant d'être seules, juste Maja et moi. »

Line se redressa en posant la main sur son ventre.

« Tu crois aux fantômes ? »

Sofie agita la main pour chasser une mouche.

« Je ne serais pas surprise que le Vieux hante les lieux, ricana-t-elle. Ce serait bien son genre.

— J'ai deux hommes morts dans ma maison,

rappela Line. Il n'y en a aucun qui revienne. Toi, tu n'en as qu'un. »

Elles rirent en regardant le grand cube de métal au milieu de la pièce.

« Le serrurier va l'abîmer en perçant, dit Line. Tu es sûre qu'il n'y a pas une clef quelque part dans la maison ?

— Elle n'a toujours pas refait surface », répondit Sofie en souriant.

Line prit un peu de recul pour observer le coffre.

« Est-ce que tu sais si ton grand-père s'en servait ?

— Avant que l'avocat m'en parle, je ne savais même pas qu'il avait un coffre.

— S'il s'en servait, la clef doit bien être quelque part dans la maison. »

Line se tourna vers Sofie :

« Il n'avait pas de trousseau de clefs ?

— On ne m'en a donné qu'une, celle de la maison. Il avait deux voitures, mais elles ont été vendues sans que je les voie. »

Trois mouches voletaient contre le soupirail. Sofie l'ouvrit pour les libérer. Le bruit d'une tondeuse leur arriva du voisinage.

« Tu devrais peut-être changer le verrou ?

— Comment ça ?

— Il pourrait y avoir des clefs dans la nature. Quand j'ai pris possession de ma maison, on m'en a donné trois. »

Sofie traversa la pièce et se posta dos au mur.

« Je peux toujours demander au serrurier ce qu'il en pense. »

Au même instant, on sonna à la porte.

« Pourvu qu'il ne réveille pas Maja », dit-elle en se précipitant vers l'escalier.

Line lui emboîta le pas.

Le serrurier approchait de la trentaine, il était grand et robuste, portait un pantalon de travail à multiples poches et un tee-shirt aussi noir que ses cheveux qui épousait son corps hâlé sans rien cacher de sa physionomie.

Line et Sofie échangèrent un regard.

« Je cherche Sofie Lund.

— C'est moi, dit Sofie en faisant un pas en arrière pour le faire entrer.

— Je m'appelle Atle, se présenta-t-il en serrant la main de Line aussi.

— Entrez, l'invita Sofie. C'est au sous-sol. »

L'homme posa une grosse caisse à outils devant le coffre-fort.

« Un vieux Kromer, constata-t-il aussitôt. Allemand. Fabriqué dans les années 1930. » Il s'accroupit en prenant appui sur la porte.

« Ça va être difficile ? s'enquit Line.

— Non, mais ça demande un peu de travail. Les coffres faits pour résister à des artisans professionnels qui ont un peu de temps devant eux et de bons outils, c'est très rare. Là, on a juste un placard ignifugé, une mince plaque d'acier sur une couche d'isolant, mais il me faut tout de même du matériel un peu plus solide que ça. » Il se releva. « Vous avez cherché la clef ? »

Sofie et Line le confirmèrent en chœur.

Le serrurier sourit.

« Je vérifiais juste », fit-il en levant la main devant lui alors qu'il sortait de la pièce à reculons.

Quand il revint, ce fut avec une perceuse, un

support de perçage magnétique et une rallonge. Il fixa le support en angle droit sur la porte, monta la perceuse et chercha où se brancher.

Sofie lui prit le câble des mains et le connecta à la prise murale.

« Je vais percer un trou d'essai », expliqua le jeune homme en mettant ses lunettes de protection et son casque.

Une profonde plainte emplit la pièce quand la mèche atteignit l'acier. Line se boucha les oreilles.

« Il faut que j'aille voir si tout va bien pour Maja ! » lui cria Sofie.

Line acquiesça d'un signe de tête et continua de suivre le travail de l'homme agenouillé devant le coffre. Il avait des petits poils plus clairs que ses cheveux sur ses longues mains attachées à des poignets fins. Il souriait à part soi, comme s'il savait une chose que tous les autres ignoraient. À moins que ce ne soit juste parce qu'il aimait son travail.

Millimètre par millimètre, la mèche dévora l'acier, jusqu'à ce que le bruit change et qu'il la retire. Une odeur âcre se répandit dans la pièce. Line fronça le nez.

« C'est quoi, cette odeur ?

— Du métal chauffé, expliqua-t-il.

— Vous êtes arrivé de l'autre côté ? »

Le serrurier secoua la tête.

« Ça, c'est juste pour pouvoir regarder le verrou. » Il ôta le support de perçage et fouilla dans sa caisse à outils jusqu'à ce qu'il trouve quelque chose qui n'était pas sans rappeler l'instrument dont se servent les ophtalmologistes pour examiner l'œil et la rétine. « C'est pour voir où je suis, précisa-t-il en regardant dans le trou qu'il venait de faire. Un peu plus bas à gauche», murmura-t-il pour lui-même, l'œil plaqué contre l'instrument. Puis il sortit un feutre et traça une marque sur la porte avant de remettre le support de perçage.

«Si je tombe juste cette fois, je pourrai ôter le verrou avec un tournevis.»

Sofie reparut avec un babyphone à la main.

«Elle dort toujours, annonça-t-elle en souriant. On n'entend presque rien au premier quand les portes sont fermées.»

Le serrurier les regarda.

«Vous êtes prêtes?»

Elles firent toutes deux signe que oui et se bouchèrent les oreilles jusqu'à ce que le trou soit percé.

«Vous l'avez déjà fait? demanda Line quand il retira la mèche. Ouvrir un coffre, je veux dire.

— Oui, plein de fois.

— Qu'est-ce que vous trouvez d'habitude?»

L'homme assis par terre changea de position.

«En règle générale, ils sont vides, répondit-il avant de regarder par le nouveau trou, mais parfois, il y a des trucs bizarres. Du vieux cognac, des œuvres d'art. Le plus souvent, ce sont des clefs, des papiers d'assurance, des photos et des titres de bourse qui n'ont plus de valeur.

— Tu pourras le prendre, déclara Sofie en regardant Line.

— Qu'est-ce que tu veux dire?

— S'il y a quelque chose à l'intérieur, tu n'auras qu'à le prendre.»

Le serrurier l'observa.

«Des fois, il y a de l'argent aussi», précisa-t-il.

Sofie haussa les épaules et lança un regard vers Line.

« Tu n'es pas en train de rénover entièrement ta maison ? »

Line n'aurait rien eu contre un budget plus ample pour ses travaux, mais elle ne se voyait pas accepter quoi que ce soit.

« Tu connais ma position sur le Vieux et ce qu'il a laissé, poursuivit Sofie. Je n'en veux pas. »

Line secoua la tête.

« Moi non plus. S'il y a quelque chose qui a de la valeur là-dedans, tu n'auras qu'à le donner à une organisation caritative.

— On verra », conclut Sofie en souriant.

Le serrurier déplaça le support de perçage et se mit à percer de l'autre côté de la serrure. Il était penché sur son matériel, concentré. La pointe de sa langue dépassait entre ses lèvres, la sueur perlait légèrement sur son front.

Une demi-heure plus tard, la porte en métal était percée de sept trous.

« Voilà, fit-il en s'épongeant le front du revers de la main. Ça devrait suffire. » Il introduisit un petit tournevis dans l'un des trous et l'instrument d'inspection dans l'autre. « Il a été utilisé régulièrement. Pas un gramme de rouille. Les pênes sont faciles à pousser. »

Une mouche se posa au-dessus de ses sourcils. Il souffla dessus et la pointe de sa langue ressortit.

« Maintenant, je vais juste faire tourner un cylindre pour entraîner le mécanisme et ce sera fait », expliqua-t-il.

Il y eut un choc sourd dans le coffre. Il retira le tournevis, tourna la poignée et entrouvrit la porte.

Line jeta un coup d'œil vers Sofie et fit un mouvement de tête vers le coffre.

« Fais-le, toi », demanda Sofie.

Line s'avança et tira la porte. Elle était lourde, mais glissa facilement.

Le coffre était aménagé comme un placard, avec trois étagères et un tiroir au fond. Sur l'étagère du bas se trouvaient plusieurs grosses enveloppes en kraft et des carnets noirs. Sur celle du milieu, cinq classeurs noirs. Sur celle du dessus, enfin, des liasses de billets entourées d'élastiques. Line en prit une et la leva vers Sofie. C'étaient des billets de cinq cents, cinquante mille couronnes au total, estima-t-elle. D'autres liasses de mille et de deux cents. Le tout devait se monter à un demi-million de couronnes.

Elle ne put retenir son rire. Qui contamina Sofie, même si elles savaient toutes deux que l'argent n'avait pas été gagné honnêtement.

Le serrurier remplissait un formulaire en ne regardant le coffre que d'un œil, comme si le contenu ne le concernait pas vraiment. Il tendit à Sofie la facture.

« Ne donnez pas tout, fit-il en souriant. Prenez un peu de bon temps. »

Line reposa l'argent et découvrit une clef qui devait être celle du tiroir du bas du coffre-fort. Elle la laissa et raccompagna l'homme à la porte avec Sofie.

Maja se fit entendre et Sofie alla la chercher avant de redescendre au sous-sol.

« On compte ? » proposa Line en ressortant une liasse de billets.

Sofie acquiesça et passa Maja sur son autre hanche.

Line empila les liasses au-dessus du coffre à mesure

qu'elle les comptait et arriva à quatre cent quatre-vingt mille couronnes.

« Il y a autre chose, dit-elle en sortant une enveloppe qui avait été glissée tout au fond de l'étagère du dessus.

Sofie tendit le cou pour voir.

« Encore de l'argent », dit Line, le souffle coupé, en lui montrant le contenu avant de vider les billets, qui n'étaient pas reliés, à côté des liasses.

C'étaient des billets de mille, peut-être un million de couronnes au total. Ils semblaient tous avoir été tachés d'encre rouge.

« C'est l'argent d'un braquage », commenta Line à voix basse.

Elle en avait parlé dans un article. Les valises utilisées dans les transports de valeurs et les cassettes des distributeurs d'argent étaient munies de cartouches d'encre. Quand on cherchait à les ouvrir illégalement, les ampoules d'encre s'ouvraient et teintaient les billets, qui perdaient ainsi toute valeur.

« Repose-les. Maja a besoin de manger un peu. »

Line rangea l'argent et prit la petite clef.

« On n'a pas regardé dans le tiroir. »

La clef tourna facilement et elle s'en servit comme poignée pour tirer le tiroir.

Il y avait un objet, enveloppé dans un bout de tissu gris. Line le prit, le posa sur le sol et déplia le tissu.

C'était un revolver.

« Je le savais, soupira Sofie. Je savais qu'on n'aurait que des problèmes en l'ouvrant. D'abord l'argent d'un braquage et maintenant une arme. »

Maja commençait à protester.

« Nous ne pouvons pas le refermer, poursuivit Sofie. Le verrou est détruit. »

Line prit l'arme et la retourna dans sa main. Du métal noir mat.

« Sois prudente, prévint Sofie en se détournant, avec sa fille contre elle. Il pourrait être chargé.

— Mon père m'a emmenée dans la salle de tir du commissariat une fois », expliqua Line en dégageant le verrou du barillet. Il y avait des cartouches dans deux des six chambres.

« On peut le balancer à la mer », proposa Sofie.

Line fit rouler les deux cartouches dans sa paume et remit le barillet.

« Je peux le prendre, répondit-elle. Tu me disais que je pouvais prendre ce qu'il y avait dans le coffre. »

Sofie plissa le front.

« Qu'est-ce que tu vas en faire ?

— Je vais le remettre à la police. Mon père pourra l'emporter au commissariat. On leur donne toujours des vieilles armes pour destruction. » Elle vit que Sofie n'était pas convaincue. « Ce sera parfaitement anonyme. Je vais juste dire que l'arme me vient d'une copine qui l'a trouvée dans les affaires de son grand-père.

— OK, conclut Sofie, avant d'avancer jusqu'au coffre-fort et d'attraper quelques billets d'une liasse, mais seulement si tu me laisses t'inviter à déjeuner. »

17

Wisting avait oublié que la cantine du commissariat était fermée en été. Il se rendit dans la salle de réunion et trouva un paquet de biscottes qui traînait depuis longtemps dans le placard de la kitchenette. Il en prit deux et les mangea nature, debout à la fenêtre. Elles étaient insipides et ramollies.

Une voiture avec la musique à fond passa dans la rue. Il la suivit du regard jusqu'à ce qu'elle disparaisse. Puis il revint dans le coin cuisine, ouvrit le robinet et le laissa couler jusqu'à ce que l'eau soit froide.

Il se sentait agité. De nombreux éléments suggéraient que Jens Hummel avait mené une double vie sur laquelle ils n'avaient pas réussi à lever le voile pendant l'enquête initiale.

Il sortit un verre du placard, le remplit et but.

Ils avaient trouvé la bonne piste, mais au lieu de la regarder de plus près, ils avaient élargi leurs recherches et étaient partis dans d'autres directions.

Cela pouvait s'expliquer par l'augmentation du volume de travail et le manque de personnel, mais, au final, c'était tout de même une erreur d'appréciation qu'il lui fallait assumer.

Il prit son verre et retourna à la fenêtre. Depuis l'époque où il patrouillait dans les rues, il était devenu un enquêteur expérimenté et respecté, mais il se demandait à présent s'il n'était pas en train de devenir trop vieux. Il avait cinquante-cinq ans, allait bientôt être grand-père et n'aimait pas ce qu'il voyait autour de lui. Le crime organisé gagnait du terrain, le cadre juridique de l'enquête s'était complexifié et présentait des exigences formelles plus strictes, les méthodes de travail ne cessaient de gagner en sophistication et devenaient toujours plus chronophages. À quoi s'ajoutait la diminution des effectifs pour accomplir les tâches.

Il but.

En trente-deux ans, la criminalité s'était transformée. L'attitude générale aussi. Globalement, par le passé, les gens venaient toujours relater à la police ce qu'ils avaient vu et entendu. Désormais, la police se heurtait de plus en plus fréquemment à un mur de silence, même quand les renseignements qu'elle recherchait étaient largement en périphérie d'un crime. La peur avait pris le dessus. Les gens ne voulaient être mêlés à rien et ils craignaient de parler à la police. Ils étaient de surcroît devenus plus étrangers les uns aux autres et se préoccupaient moins de ce qui se passait autour d'eux.

Wisting alla vider son verre dans l'évier.

Oui, c'était ça. Prétendre que le métier de policier était bien plus dur aujourd'hui n'était sans doute qu'un prétexte pour refuser d'admettre que les temps changeaient, que la société évoluait et la criminalité aussi.

Nils Hammer apparut à la porte et s'appuya au chambranle.

« Aucun résultat, dit-il en agitant le sachet dans lequel se trouvait le téléphone. Les messages et les appels ont dû être effacés au fur et à mesure. Il n'y a rien dans la mémoire interne. »

Wisting l'observa. Il avait espéré que le téléphone caché dans la voiture de Hummel les ferait avancer.

« On ne peut pas reconstituer les messages qui ont été effacés ? Comme sur un PC ?

— On peut demander à quelqu'un de jeter un œil, mais ça va être long et pas forcément fructueux. » Hammer alla poser le sachet du téléphone sur la table et agita le thermos pour voir s'il restait du café avant de se chercher une tasse dans le placard. « Je pensais qu'il referait surface à la fonte des neiges, moi », ajouta-t-il en remplissant sa tasse.

Wisting acquiesça. Pendant les heures suivant la disparition de Jens Hummel, avant que la police ne soit avertie, une légère chute de neige dans le sud du Vestfold avait effacé les traces.

« Tu penses qu'Aron Heisel sait quelque chose ? demanda Hammer.

— Pas sur Jens Hummel, mais je pense qu'il en connaît un rayon sur Frank Mandt et le trafic de drogue. Assez pour savoir qui avait accès à la grange et qui pourrait y avoir mis le taxi.

— Tu crois qu'il parlera ? »

Wisting se sortit une tasse aussi.

« J'ai bien peur que nous ne tirions pas davantage de lui que de ce téléphone.

— As-tu remarqué que nous avions un lien manquant ?

— Nous en avons même plusieurs.

— Je pense à Frank Mandt, expliqua Hammer. S'il était toujours en vie, nous l'aurions fait venir. Personne ne mettait un taxi tout chaud dans sa grange sans son autorisation.

— Il ne nous aurait rien dit.

— Je sais, fit Hammer en se dirigeant vers la porte, mais ç'aurait pu être enfin une occasion de le prendre. Il y avait douze kilos d'amphétamines à la ferme. Il aurait été obligé de répondre de ça aussi. »

Emportant son café, Wisting le suivit dans le couloir et s'enferma dans son bureau.

À 16 heures, il rassembla de nouveau les enquêteurs dans la salle de réunion. Christine Thiis arrivait droit de l'audience où elle avait sollicité la détention provisoire d'Aron Heisel.

« Il n'a pas su expliquer au juge d'où venait la drogue que nous avons trouvée, si ce n'est en disant qu'il n'était pas au courant, informa-t-elle.

— Personne ne le croira », commenta Espen Mortensen en avançant deux photos. L'une d'une semelle de chaussure, l'autre du moulage en plâtre de l'empreinte. Le dessin de la semelle était identique. « Aron Heisel est allé dans le cellier. »

Wisting examina les deux photos de plus près.

« Enfin des éléments qui peuvent être mis en corrélation », observa Nils Hammer d'un ton laconique.

Mortensen reprit ses photos et en sortit trois autres de son dossier.

« Puisque nous parlons de chaussures, voilà ce qu'on a trouvé sur le tapis devant le siège conducteur et sur la pédale de frein dans le taxi de Jens Hummel. »

Cela ressemblait à trois bouts de papier déchirés, de la taille d'un ongle.

« Qu'est-ce que c'est ? dut demander Wisting.

— De la sciure de bois », répondit Mortensen.

Christine Thiis prit l'une des photos.

« D'où vient-elle ?

— Nous ne savons pas combien de temps elle a passé là, mais deux explications se présentent. Ou Jens Hummel a marché dessus et l'a rapportée dans la voiture ou c'est le tueur en garant la voiture dans la grange.

— Pourrait-elle venir de la grange ? » s'enquit Wisting.

Mortensen secoua la tête.

« Non, nous n'avons pas trouvé de sciure dans la grange. Elle vient d'ailleurs. »

Wisting se redressa sur sa chaise.

« Nous avons recensé tous les mouvements de Jens Hummel au cours des vingt-quatre heures précédant sa disparition. Je n'ai pas souvenir d'endroits où il aurait pu en ramasser.

— Où trouve-t-on de la sciure, au juste ? demanda Christine Thiis.

— Dans les usines de rabotage, les scieries, les ateliers de charpentiers et de menuisiers et sur les chantiers de construction, répondit Torunn Borg.

— Et dans un cirque », suggéra Hammer.

Wisting pointa son stylo sur lui.

« Fais une liste », demanda-t-il avant de passer à la suite.

Torunn Borg avait parlé avec le conducteur du chasse-neige.

« Rien de très fructueux. Le vieux chemin de ferme

fait partie de sa tournée. Il a un contrat avec Frank Mandt depuis dix ans. En ce qui concerne la nuit de la disparition de Jens Hummel, il avait noté qu'il commençait à neiger vers 7 heures du matin et il est sorti déneiger de 9 heures à près de 15 heures. La ferme de Huken étant à peu près en milieu de tournée, il pense y être allé vers midi, mais il n'a pas souvenir d'avoir vu quoi que ce soit de notable. S'il y avait eu des voitures ou des gens, il s'en serait probablement souvenu. Il n'a jamais rien vu. »

La conversation revint à la drogue dans le cellier. Cette découverte les rendait optimistes. Les affaires de stupéfiants impliquaient toujours beaucoup de monde. Destinataire, fournisseur, coursiers et dealers. À la différence des meurtres, les étapes étaient multiples, de nombreux incidents pouvaient constituer un accès à l'affaire.

Au bout d'une heure, ils avaient tracé leur feuille de route et la réunion se termina. Wisting était seul dans son bureau quand il reçut un message de Line. Elle relançait son invitation à un barbecue et l'argumentait en précisant que la viande ne pouvait pas attendre plus longtemps.

Ils étaient dans une phase de désœuvrement, consistant en grande partie à attendre des réponses. Les conclusions des interrogatoires de routine et des enquêtes de voisinage, les résultats des examens techniques, les analyses et tous les autres éléments constitutifs d'une enquête. Il pouvait aussi bien attendre ailleurs et il quitta donc son bureau.

Dans sa voiture, il pensa à son petit-enfant, qui allait grandir sans père, à moins que Line ne rencontre un nouvel homme prêt à endosser ce rôle. Quand il réfléchissait au père qu'il avait lui-même été, il lui fallait reconnaître que son métier de policier avait souvent porté ombrage à sa vie privée. Bien trop souvent, il avait donné la priorité à son travail plutôt qu'à sa famille.

Il se gara devant chez lui et fit à pied les quelques mètres qui le séparaient de la maison de Line. Une odeur de barbecue émanait du jardin. Traversant les mauvaises herbes, il passa derrière la maison. Line l'accueillit en l'embrassant.

« Tu surveilles la viande ? » fit-elle avant de disparaître à l'intérieur.

Il alla tourner les pièces qui grillaient. Line ressortit avec un grand bol de salade.

« Ça a l'air prêt, observa Wisting en retournant la viande encore une fois.

— J'ai pris le risque de les mettre à cuire avant ton arrivée, expliqua-t-elle en lui présentant un plat sur lequel mettre la viande. Je suis contente que tu aies pu venir.

— Moi aussi, dit-il en souriant avant de s'attabler. Tu es allée chercher le papier peint ?

— Non, mais il est arrivé au magasin. » Elle se servit. « Tu crois que tu auras le temps de m'aider ?

— Je vais le prendre », promit-il encore.

Line planta sa fourchette dans la viande.

« Vous en savez plus sur ce qui est arrivé à Jens Hummel ? s'enquit-elle en coupant un morceau.

— Pas vraiment.

— Mais dans quelle direction est-ce que ça part ? A-t-il pu garer le taxi dans la grange et partir aux Caraïbes, par exemple ? »

Wisting finit de mastiquer.

« Nous ne pensons pas qu'il ait disparu de son plein gré.

— Qui possède la grange ? continua d'interroger Line.

— Tu ne travailles plus comme journaliste », lui rappela-t-il en souriant.

Line lui tira la langue.

« C'est une ferme désaffectée, expliqua Wisting. La plupart de tes collègues ont sans doute identifié le propriétaire dans le cadastre, mais il est hors de cause. Il la loue depuis des années. »

Ils continuèrent de parler de l'affaire tout en mangeant. Line n'obtint pas de détails, mais elle en apprit suffisamment pour saisir qu'il y avait un développement.

En dessert, elle servit de la glace. Il en prit deux fois et s'appuya ensuite contre son dossier.

« J'ai une affaire dont j'aimerais que tu t'occupes, annonça-t-elle.

— Quoi donc ? »

Line se leva, alla à l'intérieur et revint avec un sac en plastique qu'elle posa sur ses genoux.

Wisting regarda dedans et souleva un tissu gris qui était enroulé autour d'un objet lourd, ses yeux plongèrent sur un revolver à canon octogonal.

« Une ancienne copine de l'école primaire l'a trouvé en rangeant les affaires de son défunt grand-père », expliqua Line avant qu'il n'ait le temps de poser la question.

Wisting leva le revolver, ouvrit le barillet et vérifia qu'il n'était pas chargé.

« Ça fait longtemps que tu l'as ?

— Juste quelques heures. Il n'était sûrement pas

déclaré. Elle voulait le jeter à la mer, mais j'ai proposé que nous le fassions détruire. »

Wisting hocha la tête. Il n'était pas rare de trouver des armes à feu dans les successions. Des fusils, des carabines, des pistolets et des revolvers dont les héritiers ne voulaient pas et dont ils ne savaient que faire.

« C'est un Nagant, déclara-t-il. 7,5 millimètres. Fabriqué en Belgique à la fin du dix-neuvième siècle. » Il arma le chien et il y eut un déclic quand il appuya sur la queue de détente.

« Il marche ? » s'enquit Line.

Il acquiesça.

« Les revolvers sont d'un fonctionnement très sûr. Il marche aussi bien que le jour où il a été fabriqué.

— Que deviennent les armes envoyées à la casse ?

— On les passe dans une broyeuse à métal et elles finissent comme clous. »

Wisting remit le revolver dans le tissu.

« Qu'est-ce qu'ils disent, ces clous-là ? fit-il en regardant le bardage de la maison de sa fille. L'histoire est dans les murs. »

Line s'enthousiasma.

« C'est bien vrai. Cette histoire, je pourrais sûrement la vendre à *Vi Menn* par exemple. » Elle se leva et entreprit de desservir.

« Il a été dans l'armée ? demanda Wisting en remettant le revolver dans le sac.

— Qui ça ?

— Le propriétaire, précisa-t-il en levant le sac pour lui faire comprendre ce qu'il voulait dire. Les revolvers Nagant étaient utilisés dans l'armée de terre et dans la marine.

— Je ne crois pas, répondit furtivement Line en

s'arrêtant à la porte de la terrasse avec ses assiettes vides dans les mains pour regarder le sac que brandissait son père. Je ne sais pas pourquoi il l'avait, ni à quoi il s'en servait », ajouta-t-elle avant d'entrer dans la maison.

18

Wisting enferma le vieux revolver dans le coffre-fort qu'il avait dans un placard du sous-sol. Il dut déplacer un album photo pour avoir la place. C'étaient des photos de l'été de son mariage avec Ingrid, trente ans auparavant. Il resta à le feuilleter. Les festivités s'étaient déroulées au restaurant de l'hôtel Wassilioff à Stavern, avec la famille proche. Ses beaux-parents et sa mère étaient encore en vie. Même la grand-mère maternelle d'Ingrid avait participé à la fête. Le lendemain, ils étaient partis en voiture pour le Danemark et avaient campé à Løkken. Il avait plu pendant trois jours d'affilée, mais c'était l'un des meilleurs souvenirs de sa vie.

L'une des photos était prise à côté d'une église qui, au fil des siècles, avait été ensevelie dans le sable porté par le vent. L'édifice même avait fini par être démonté et déplacé, et il n'y avait plus que la tour carrée qui dépassait du sable. Il se souvenait de l'instant où il avait pris la photo. Ingrid riant, les cheveux mouillés par la pluie. Elle était bien plus jeune que Line aujourd'hui, mais la ressemblance était frappante. Deux mois plus tard, Ingrid était enceinte.

Ils y étaient retournés l'été des douze ans de Line et de son frère jumeau. Les dunes étaient alors moins hautes et la tour apparaissait davantage, mais un homme leur avait expliqué qu'elle était construite sur un sol de moraine progressivement lessivé par les eaux de pluie et les brisants. Le temps passant, le sol allait disparaître sous la tour et elle allait s'écrouler dans la mer.

Il reposa l'album en se demandant si on voyait toujours cet amer depuis le large.

La photo de mariage elle-même avait été accrochée dans la chambre à coucher. Il l'avait enlevée quelques jours après sa première nuit chez lui avec Suzanne. La photo avait laissé un rectangle plus sombre et un clou sur le mur, mais ni lui ni elle n'avaient fait de commentaires. La photo encadrée n'entrant pas dans le coffre, il l'avait simplement posée debout dans sa penderie. Il n'avait jamais songé à la remettre sur le clou et envisagea un instant de le faire maintenant, mais y renonça. Il pourrait peut-être plutôt solliciter l'aide de Line pour retapisser la chambre.

Il changea de pantalon et enfila une chemise propre avant de repartir en ville pour aller à la Paix dorée. Le café était à moitié plein. Les haut-parleurs diffusaient une musique en sourdine qui ne troublait pas les conversations autour des tables. Il y avait une clientèle de tous âges, des gens du coin comme des estivants.

Suzanne était debout à côté d'une table du fond, elle parlait avec un jeune couple. Elle lui signala qu'elle l'avait vu d'un bref signe de tête avant de détourner le regard.

Il se trouva une table contre le mur où on ne le

voyait pas très bien, mais où lui avait vue sur le comptoir et la caisse. Il posa un journal sur la table et suspendit sa veste au dossier de sa chaise avant d'aller au bar.

La fille qui le servait avait un badge sur lequel était écrit Unni. C'était elle que Suzanne soupçonnait de voler. Une blonde joyeuse, avec les cheveux en queue-de-cheval.

Wisting commanda un café et une part de gâteau au caramel. Il régla avec des pièces qu'il posa sur le comptoir. La fille mit un certain temps pour les ramasser. Wisting lui avait tourné le dos avant qu'elle ne les ait dans la main. Il l'entendit taper les consommations et mettre l'argent dans la caisse.

Outre Suzanne et Unni, deux autres filles assuraient le service. Elles étaient toutes occupées et semblaient tenir le bar, desservir et faire la plonge en se relayant sans ordre établi.

Bien que mal à l'aise dans le rôle de flic de terrain au bar, il levait les yeux de son journal chaque fois qu'Unni prenait une nouvelle commande au comptoir. Il lui sembla à un moment donné qu'elle avait mal tapé une commande. Un homme aux cheveux gris lui avait tendu un billet de deux cents pour une bière, mais le tiroir s'était ouvert plusieurs fois avant qu'elle ne lui rende sa monnaie.

Suzanne passa devant lui à plusieurs reprises, mais il ne la regarda pas. Son café avait refroidi. Il l'avala et entreprit de lire un article sur les Norvégiens et leurs vacances. L'une des autres filles vint débarrasser sa tasse vide. Nina, indiquait son badge. Elle semblait plus réservée que les deux autres et lui fit un sourire timide avant de repartir.

Quand il eut lu son journal, il se leva et alla au bar. Il commanda un autre café et s'attarda quelques instants. Suzanne évoluait avec légèreté entre les tables et souriait aux clients sans faire de manières. Elle était belle. Grande et svelte, avec des cheveux de velours noirs.

Son téléphone sonna alors qu'il se tenait ainsi au comptoir. C'était Christine Thiis.

« Il y a du nouveau ? s'enquit-elle.

— Il devrait y en avoir ?

— Je ne fais en réalité que transmettre la question. Je suis à un dîner avec le commissaire divisionnaire et les autres magistrats. »

Trois hommes à une table en vitrine se retournèrent vers Suzanne qui passait les mains chargées de verres vides.

« Rien de nouveau, répondit Wisting. Je t'aurais prévenue.

— Je sais. » Christine Thiis attendit un peu avant de poursuivre. « Il est critique.

— Qui ?

— Le commissaire divisionnaire. Il m'a prise à part, il se demandait si tu étais l'homme de la situation pour diriger cette enquête. »

Wisting prit son café et regagna sa table. Ivan Sundt venait de prendre son poste. Ancien juge, il n'avait pas l'expérience requise pour comprendre le travail d'enquête concret.

« Pourquoi se pose-t-il la question ?

— Il se focalise sur l'article de journal, celui avec la grand-mère de Jens Hummel. »

Suzanne passa devant sa table. Wisting leva les

yeux et elle lui adressa un sourire furtif avant de disparaître derrière le comptoir.

« Qu'est-ce que tu lui as répondu ?

— Que tu avais ma pleine et entière confiance. Je sais que tu vas résoudre cette affaire. »

Wisting la remercia. Il raccrocha, tracassé. Il aurait dû être au bureau à s'attaquer à sa pile de papiers au lieu de jouer les détectives privés.

Il resta encore deux heures. Quand il se leva pour partir, il avait dépensé près de deux cents couronnes en cafés sans observer le moindre détail qui puisse étayer les soupçons de Suzanne. Il était au milieu de ce qui était, selon toute vraisemblance, une enquête sur un homicide et il avait l'impression d'avoir perdu sa soirée.

Dans sa voiture, il envoya un SMS à Suzanne lui promettant de revenir un autre soir et lui souhaitant une bonne nuit. Elle répondit d'un bref « OK, merci » alors qu'il arrivait chez lui.

19

La réunion du matin fut informelle et vite terminée. La nuit n'avait rien apporté. L'ambiance était tendue, les gens présents n'avaient pas envie de partager leurs pensées et théories, ils voulaient se mettre au travail.

Wisting passa la matinée à préparer une nouvelle audition d'Aron Heisel. Si aucun élément n'apparaissait ailleurs, Heisel était la personne qui pouvait faire avancer l'affaire.

Il aimait le jeu psychologique des interrogatoires. Il rencontrait alors tout le spectre des émotions humaines et pouvait faire usage de tout son bagage professionnel et de toute sa psychologie. Il s'agissait d'être rusé, stratégique et de toujours garder une bonne vue d'ensemble.

Les interrogatoires étaient tous différents. On ne pouvait pas simplement s'asseoir et engager la conversation ou poser une liste de questions, il fallait construire l'interrogatoire autour des thèmes qu'on souhaitait éclairer. Dans un premier temps, on avait besoin de recueillir des informations sur l'homme qui pour l'instant était mis en examen pour possession d'amphétamines. Quel était son parcours ? À quel genre de milieu appartenait-il ? D'où venait-il ? Qu'avait-il fait ? Qui avait-il rencontré ? C'était seulement quand un portrait commencerait à se dessiner que la conversation pourrait descendre dans les profondeurs où pouvaient exister aussi des liens avec Jens Hummel et sa disparition.

Ils avaient déjà découvert qu'Aron Heisel avait un numéro de téléphone norvégien et un espagnol. L'accès au numéro espagnol allait être long à obtenir. Quant au norvégien, il ne révélait rien. Ils avaient prié la police espagnole de fouiller son appartement à Marbella. Les douanes les assistaient en recensant ses voyages et la brigade financière se penchait sur ses comptes. Quant à eux, ils avaient aussi établi qui étaient sa famille et ses proches. Aucun de ses parents n'était en vie. Il avait une sœur aînée qui était mariée et vivait à Trondheim. Son dernier emploi déclaré était un poste de chauffeur dans une compagnie de coursiers automobiles à Oslo.

À 11 heures, il mit ses papiers de côté pour aller se chercher un en-cas, mais n'eut pas le temps de se lever de sa chaise qu'il recevait un texto de Suzanne. Le message était bref : « Perte de 8 dl de vodka hier. 2000 couronnes. »

La fraude avait dû se produire avant son arrivée, songea-t-il. Il avait suivi ce qui se passait quasiment chaque fois qu'une commande était passée au comptoir. Les consommations avaient toutes été tapées. Il allait la rappeler, mais un numéro inconnu s'afficha sur l'écran.

« Allô ? Wisting, j'écoute.

— Ici Reidar Heitmann. » C'était l'avocat de Heisel. « Je viens d'avoir un entretien avec Heisel en prison. En l'état actuel des choses, je lui ai conseillé de ne pas s'expliquer.

— Pourquoi cela ?»

L'avocat toussota : « Heisel n'est pas au courant des faits qui lui sont reprochés et qui motivent sa mise en examen et vous allez orienter tous vos échanges.

— Que voulez-vous dire ?

— Allons ! » L'avocat souffla par le nez. « Vous savez aussi bien que moi que le principal ici, ce n'est pas l'affaire des stupéfiants. Ce dont il s'agit vraiment, c'est Jens Hummel. C'est une affaire où mon client a déjà dit le peu qu'il savait.

— Nous aimerions lui parler encore.

— Il n'en sera pas question tant qu'il sera mis en examen.

— Qu'êtes-vous en train de dire, au juste ? Qu'il nous donnera des renseignements dans l'affaire Hummel si nous abandonnons l'affaire des stupéfiants ?

— De toute façon, vous n'avez pas de dossier contre lui. Ce que je dis, c'est que, en l'état actuel des choses, il ne souhaite pas faire de déposition. »

Aron Heisel était parfaitement en droit de ne pas répondre aux questions de la police. De son point de vue, c'était sage. Dans une déposition, il pourrait facilement s'empêtrer dans des contradictions qui renforceraient les soupçons contre lui. Wisting ne pouvait pas vraiment faire autrement que prendre acte de sa décision.

Il reposa le téléphone et resta penché en avant, les coudes sur son bureau. Un mis en examen qui refusait de s'expliquer, ça pouvait mettre l'enquête au point mort. Un chemin long et difficile les attendait.

20

Dernièrement, Line se réveillait de plus en plus tôt le matin. Elle avait lu que les troubles du sommeil étaient fréquents en fin de grossesse, mais c'était la première fois qu'elle voyait le chiffre 5 sur son réveil.

Une fois réveillée, elle peina à trouver une position confortable, et des fourmillements insidieux dans les jambes la forcèrent à se lever pour marcher.

Quand le bébé serait là, c'en serait fini des grasses matinées, donc autant s'habituer dès maintenant aux nuits plus courtes.

Elle alla chercher le journal et commença par l'affaire Hummel. Bien qu'on ait retrouvé son taxi depuis deux jours, il n'y avait rien de neuf. L'homme qui séjournait à la ferme était mis en examen dans le cadre d'une affaire de stupéfiants. Il était en détention provisoire pour quatre semaines, mais refusait de s'expliquer.

À 7 heures, elle vit la voiture de son père reculer, il partait travailler.

Elle employa les heures suivantes à peindre les derniers encadrements de fenêtre du salon. Quand elle eut terminé, le soleil avait percé la brume matinale et la lumière mate était devenue éclatante.

Après s'être douchée, elle but un café puis alla chercher son papier peint dans le magasin de décoration. Elle s'arrêta sur le chemin du retour pour acheter quelques petits pains frais.

Son père avait promis de l'aider dans la semaine. Elle avait assisté à la pose de papier peint une fois par le passé et, indéniablement, c'était un avantage d'être deux, mais elle pourrait sans doute y arriver toute seule.

Impatiente de terminer les travaux du salon, elle décida de tenter le coup. L'ancien papier était enlevé, les trous rebouchés et poncés, la surface bien régulière. Elle commença dans le coin derrière la porte, où les irrégularités du dernier raccord seraient cachées. Les premiers rouleaux ne posèrent pas de problème. Elle avait choisi un papier uni, dans un vague ton de brun, afin de ne pas avoir à se soucier des raccords de motifs. Arrivée à la moitié du mur, elle s'aperçut que le papier était de travers. Il se plissait et des cloques s'étaient formées à plusieurs endroits. Ce mur terminé, elle dut admettre que ce n'était pas une grande réussite.

Elle s'en voulut d'avoir commencé toute seule. Son père était plus précis et avait plus de patience dans ce genre d'activités. Elle décida de l'attendre pour le reste et refermait le seau de colle quand on sonna à la porte.

Elle se dirigea vers le vestibule. C'était la première fois qu'elle avait de la visite. Elle supposait que c'était un colporteur ou quelqu'un qui s'était trompé.

C'était Sofie. Elle berçait Maja qui semblait profondément endormie dans sa poussette.

« Salut, fit-elle en souriant. On faisait juste un tour et on s'est dit qu'on allait voir si on trouvait ta maison. »

Line écarta les cheveux de son front.

« C'est super sympa ! J'avais justement besoin d'une pause. » Elle se pencha pour regarder dans la poussette. « On peut faire le tour de la maison et l'emmener sur la terrasse, dit-elle en saisissant la poignée. Comme ça on l'entendra mieux si elle se réveille. »

Elle dirigea la poussette vers le jardin broussailleux.

« Tu veux jeter un œil ? proposa Line en faisant coulisser la porte de la terrasse.

— Avec plaisir. »

Line lui fit visiter les lieux et lui montra les pièces rénovées et ce qui restait à faire. Puis elles s'installèrent dehors.

« J'étais en route pour le bureau de poste », expliqua Sofie en désignant du menton la poussette où se trouvait un paquet enveloppé dans du papier kraft.

Line ne comprit pas ce qu'elle voulait dire.

« C'est l'argent. J'ai prévu de l'envoyer à une association qui fait de la prévention contre la drogue. »

Line rit.

« Tu te promènes avec un million et demi de couronnes dans ta poussette et tu as l'intention de les envoyer par la poste ?

— Il n'y a qu'un million. J'ai juste pris les billets colorés. J'ai lu sur Internet que les gens qui avaient reçu des billets neutralisés avec de l'encre pouvaient les faire changer à la Banque de Norvège. »

Line riait toujours. « Quelqu'un va avoir une surprise en ouvrant sa boîte aux lettres. Tu as regardé le reste du coffre ? »

L'expression du visage de Sofie changea.

« Pas de très près, admit-elle en se dirigeant vers le sac à main accroché à la poussette. C'est surtout des lettres et des documents de ses avocats et de la police, mais j'ai trouvé ça. » Elle sortit une enveloppe et la tendit à Line.

C'était une petite pile de photos.

« Maman et moi », commenta Sofie.

Line les regarda. Une Sofie venant de naître dans les bras de sa mère, qui lui caressait les cheveux. Une photo où elles se serraient dans les bras l'une de l'autre. Le premier jour d'école, des anniversaires, Noël.

« Il n'était peut-être pas si indifférent que ça, finalement, suggéra Line en les lui rendant.

— Peut-être, fit Sofie en haussant les épaules. Nous ignorons beaucoup de choses à son sujet.

— Et tous les classeurs et les papiers ? On pourrait peut-être découvrir qui il était et ce qu'il fabriquait ?

— Je ne suis pas sûre d'en avoir ni l'envie ni la force », répondit Sofie.

Line sentit qu'elle était curieuse. C'était peut-être surtout la journaliste en elle qui lui donnait envie de fouiller dans les vieux papiers. Sofie lui avait proposé de prendre tout ce qui était dans le vieux coffre, mais elle n'osait pas demander.

« Ne jette rien, conseilla-t-elle à la place. Ton point de vue sur la situation va peut-être changer plus tard.

— On verra. Pour l'instant, je laisse ça comme c'est. »

21

À 13 h 30 le mercredi 25 juillet, la police scientifique acheva son travail à la ferme de Huken.

Emmenant Nils Hammer avec lui, Wisting y retourna pour une fouille, car si les policiers scientifiques cherchaient des empreintes digitales, des empreintes de pas, des cheveux, des fibres de vêtements et autres traces objectives, la mission de l'enquêteur était de trouver des notes, des papiers, des documents avec des noms ou d'autres indications qui puissent donner des points de repère, dire qui avait vécu dans les lieux et ce que fabriquaient les gens qui s'y étaient rendus. Peut-être pourraient-ils trouver un élément à utiliser comme levier dans le prochain interrogatoire d'Aron Heisel.

La ferme avait l'air différente de la première fois qu'ils étaient venus. Elle paraissait moins inhabitée, moins abandonnée. Les herbes hautes étaient piétinées et aplaties par les voitures, et devant la large porte de la grange voletaient les restes d'une rubalise.

Wisting se gara et sortit. Le silence était le même, juste une faible chorale d'insectes dans l'air chaud.

Hammer sortit un trousseau de clefs et ouvrit la porte de la maison.

La police scientifique et technique avait laissé des traces : des restes de poudre de relevé d'empreintes digitales sur la poignée de porte et d'autres endroits qu'on touchait naturellement. Parfois, il y avait en outre de petits autocollants avec des lettres et des chiffres.

La cuisine était telle qu'il l'avait vue par la fenêtre la première fois. Bleue, en désordre. L'évier plein d'assiettes sales, de couteaux, de fourchettes et de verres. Des bouteilles vides et encore du désordre sur le plan de travail. On entendait le bourdonnement bas des mouches qui tournoyaient dans la pièce.

Wisting ouvrit placards et tiroirs et regarda quelques papiers au-dessus du réfrigérateur, sans rien trouver d'intéressant.

Le salon était impersonnel, avec peu de meubles. Un canapé usé, une table et des chaises, un meuble télé et une table basse. Pas de tableaux aux murs ni de livres dans les bibliothèques.

Wisting se rendit dans la chambre à coucher attenante pendant que Hammer inspectait les placards du salon. Une couette en boule au bout du lit. Quelques hebdomadaires par terre, des chaussettes sales et des tee-shirts. Le plus intéressant semblait être une valise glissée sous le lit. Wisting la sortit, mais elle ne contenait que des vêtements.

Il ouvrait le tiroir de la table de chevet quand Hammer l'appela du salon. Le tiroir était vide, mais une nuance dans la voix de Hammer fit qu'il ne prit pas le temps de le refermer.

Hammer était à la fenêtre du salon.

« Il y a quelqu'un dans le champ. »

Wisting se posta à côté de lui, sans rien voir que des herbes hautes.

« Tu es sûr ?

— Ça pouvait être un animal, admit Hammer. Je l'ai juste aperçu, mais on aurait dit un homme qui marchait le dos courbé pour être caché par les herbes. Maintenant il a disparu. »

Ils restèrent à guetter ce qui était autrefois un champ cultivé et, soudain, une tête claire émergea, juste au niveau du monticule qui marquait l'emplacement du cellier.

Lâchant un juron, Hammer s'élança dehors. Wisting le suivit.

Ils empruntèrent le sentier que les policiers avaient tracé à force de piétiner l'herbe. Hammer courait deux mètres devant Wisting. L'homme qu'ils traquaient avait mis le cap sur les bois. Il trébucha, mais ne tomba pas.

« Arrêtez-vous ! Police ! » cria Nils Hammer selon la formule consacrée.

Son ordre resta sans le moindre effet et l'homme continua de courir entre les arbres. La végétation était si dense qu'il devait forcer son chemin. Des petits oiseaux prirent peur et s'envolèrent à tous les vents.

C'était la deuxième fois que quelqu'un essayait de les fuir. Wisting était essoufflé et sentait son pouls battre violemment. Des petites branches cinglaient son visage et obstruaient son champ de vision.

Au bout de cinquante mètres, le terrain devint plus ouvert, planté de hauts pins. L'homme qu'il traquait creusa son avance et repéra un sentier.

Plus loin, Wisting distinguait la route principale.

Un camion ralentit et doubla une voiture rangée sur le bas-côté. Hammer accéléra. Wisting restait à la traîne, il trébucha sur un arbre couché. Étalé ainsi de tout son long, il vit l'homme se jeter dans la voiture qui attendait. Les roues projetèrent des cailloux en patinant dans la terre.

Wisting se remit sur ses pieds, épousseta ses vêtements. Hammer arriva au petit trot.

« Tu as pu relever le numéro ? lui demanda Wisting.

— J'ai juste vu que c'était une plaque norvégienne. Immatriculée à Kristiansand, je crois.

— Et le modèle de la voiture ? »

Hammer secoua la tête.

« Une asiatique gris métallisé. Elles sont toutes pareilles. »

Ils regagnèrent la ferme sans parler. Ils savaient tous deux ce qu'ils venaient de manquer. Les détails de la saisie de drogue ne figuraient pas dans les journaux. Il y avait donc des gens au courant de l'existence du cellier et ils étaient venus à la ferme quand la police avait découvert la cachette du taxi. Si tel était le cas, ils pouvaient aussi détenir des informations sur Jens Hummel.

22

Hammer et Wisting passèrent le reste de la journée à fouiller les bâtiments de la ferme. Ils ne savaient pas ce qu'ils cherchaient, ils savaient juste qu'ils comprendraient en le trouvant. Un nom sur un papier, un numéro de téléphone ou une facture. Un élément manquant dans le tableau global, un détail susceptible de révéler des informations dont ils n'avaient pas connaissance à ce jour.

Leur travail fut infructueux.

Ensuite, Wisting se rendit chez Line. Ils tapissèrent le reste du salon et dînèrent ensemble. Il s'abstint de commenter les rouleaux déjà posés, lui assurant que tout aurait l'air bien une fois les meubles installés et les tableaux accrochés au mur.

Il passa ensuite sa fin de soirée à la Paix dorée, mais cette fois encore, il lui fut impossible de trouver une preuve que des employées volaient dans la caisse.

Les jours suivants furent longs et pénibles. Ils retournèrent les piles de documents et les parcoururent de nouveau. Ils relurent soigneusement les rapports, encore et encore, les firent circuler entre eux, pour le cas où ils auraient fait une impasse. Ils procédèrent à de nouveaux interrogatoires et enquêtèrent sur les renseignements communiqués par le public. Ils partagèrent des idées, des réflexions, des hypothèses, analysèrent toutes les possibilités, mais rien n'indiquait qu'ils progressaient. Le seul élément nouveau était les deux empreintes de pas dans le cellier laissées par l'homme qui leur avait échappé.

À 6 h 30 le lundi 30 juillet, Wisting se leva avec l'impression que quelque chose avait changé. Ce n'était probablement que le temps. Pour la première fois depuis longtemps, la brise de mer n'apportait pas uniquement de l'air surchauffé. La pluie n'était pas loin, mais pour l'instant, l'augmentation du taux d'humidité ne faisait qu'intensifier la chaleur.

Une semaine s'était écoulée depuis qu'ils avaient trouvé le taxi Z-1086. Deux cent six jours depuis la disparition de Jens Hummel.

La plupart des affaires graves étaient résolues rapidement, pendant ces premiers jours frénétiques où elles faisaient encore la une des journaux. D'autres nécessitaient plus de temps. Certaines, très rares, n'étaient jamais résolues.

À la réunion du matin, Torunn Borg avait rendu compte des recherches du jour, autour de Tanumsaga cette fois. Ils savaient que les chances d'y trouver Jens Hummel étaient maigres, mais les trois petits copeaux de sciure trouvés sur le tapis du taxi les obligeaient à vérifier cette scierie privée. Ce genre d'opération donnait l'air d'avancer, mais n'était en réalité que du travail de procédure ne menant qu'à l'augmentation de l'épaisseur des piles de papiers.

Wisting se posta devant la carte murale. Des épingles indiquaient leurs points de repère dans l'affaire de disparition et des zones hachurées montraient où on avait cherché avec des chiens ou fait une battue.

Son téléphone sonna. Les premiers chiffres lui indiquèrent que c'était un numéro de la Kripos, la police criminelle. Il s'installa sur sa chaise de bureau et attrapa un crayon tout en décrochant.

L'homme qui appelait se présenta comme Erik Fossli, du département technique.

« D'habitude, nous envoyons juste un rapport, mais là, on a un cas suffisamment particulier pour que je préfère vous appeler », expliqua-t-il.

Wisting serra sa main autour de son portable.

« Dites-moi.

— Comme nous le faisons systématiquement, nous avons tiré avec cette arme. Le projectile nous a donné une correspondance dans le fichier balistique.

— Comment ça ? » Wisting fronça les sourcils.

Au bout du fil, le policier poussa un soupir, comme s'il était las de devoir expliquer des évidences.

« Les armes à feu ont toutes des rainures uniques à l'intérieur du canon, qui laissent des empreintes tout aussi uniques sur les balles tirées, dit-il patiemment. Un peu comme des empreintes digitales.

— Je sais tout ça, l'interrompit Wisting, mais de quelle arme parlez-vous ? »

L'explication lui apparut à l'instant où il posait la question.

« Un Nagant, 7,5 millimètres, répondit l'expert en balistique de la Kripos. Remis anonymement. Vous avez envoyé d'autres armes ?

— Non, non. J'étais juste distrait, s'excusa Wisting.

— Quoi qu'il en soit, nous faisons des essais de tir

pour toutes les armes, quelle que soit la façon dont elles nous parviennent. C'est la procédure.

— Et vous avez eu une correspondance dans quelle affaire ? voulut savoir Wisting.

— Une affaire de meurtre. »

Les mots restèrent en suspens dans les airs, les pensées se précipitèrent. C'était Line qui avait apporté le revolver. D'après ce qu'elle disait, il venait de la succession du grand-père d'une ancienne copine de classe. Il ne lui avait pas posé davantage de questions et quand il avait fait suivre l'arme, il avait simplement indiqué qu'elle avait été remise anonymement, comme on le faisait quand des gens remettaient des armes à feu et des munitions dont ils ne voulaient plus. Il supposait que la copine habitait dans le coin, mais ne voyait pas de quelle affaire de meurtre il pouvait s'agir. Ce devait être une vieille affaire, d'avant son époque, ou d'une autre ville.

« Quelle affaire ? s'enquit-il.

— Le meurtre du Nouvel An.

— Le meurtre du Nouvel An ? Mais cette affaire va être jugée maintenant.

— On n'a jamais retrouvé l'arme du crime, lui rappela l'homme de la Kripos. J'ai essayé d'appeler les enquêteurs de Kristiansand, mais je n'ai eu personne. Je leur envoie une copie du rapport, mais ils seront sans doute très curieux de savoir comment le revolver a atterri chez vous. »

Wisting dessinait des cercles sur le bloc-notes devant lui. Il se souvenait de cette affaire, il avait lu la presse. La victime s'appelait Elise Kittelsen, elle avait vingt et un ans. Le soir du 31 décembre, elle avait été abattue de deux balles, en pleine rue, dans le centre de Kristiansand. La police n'avait mis que quatorze minutes pour interpeller le coupable. Ce dont Wisting se souvenait le mieux, c'était sa photo. Elle allait à une soirée et avait posté un selfie sur les réseaux sociaux avant de sortir de chez elle. La photo avait un côté dramatique. Une jeune femme aimant la vie qui faisait un autoportrait quelques minutes seulement avant d'être tuée. Les journaux l'avaient bien sûr publiée.

« Quelle certitude avez-vous qu'il s'agit bien du même revolver ?

— Nous sommes aussi sûrs qu'on peut l'être, répondit Erik Fossli. Chaque arme est unique, mais celle-ci a en plus des traces d'usure tout à fait caractéristiques à l'intérieur du canon. Les traces sont identiques sur tous les projectiles, les deux qu'on a sortis de la fille de Kristiansand et celui du tir chez nous, elles ne peuvent venir que du passage dans le canon de cette arme-ci.

— Je vois.

— J'enregistre le revolver dans le système de la Kripos. Pour analyse d'ADN et d'empreintes digitales. Le meurtre remonte à plus de six mois, mais il se peut qu'on obtienne des résultats.

— Il y aura sans doute mes empreintes aussi, précisa Wisting sans mentionner sa fille.

— Vous devez être enregistré dans le système, donc ils devraient arriver à faire le tri. Et puis de toute façon, le tueur a été interpellé, donc ce n'est pas si important. Le principal est que l'arme ne soit plus dans la nature. »

Les cercles avaient grandi sur le bloc de Wisting.

Ils n'avaient pas de sens, n'étaient que le fruit de son agitation intérieure.

« Je vais faire envoyer tous nos rapports directement à l'enquêteur de Kristiansand, poursuivit Fossli. Comme ça, vous n'aurez pas besoin de jouer les intermédiaires. De toute façon, vous avez de quoi faire avec votre affaire Hummel, non ?

— Bien, remercia Wisting, mais j'aimerais avoir des copies.

— Bien sûr. »

Ils convinrent de certains détails pratiques avant de raccrocher.

Wisting s'enfonça dans sa chaise de bureau en essayant de se souvenir plus en détail du meurtre du Nouvel An. Aux dernières nouvelles, le jeune coupable allait passer au tribunal. On l'avait interpellé dans une rue près des lieux du crime aussitôt après le meurtre et pendant le bref laps de temps qui s'était écoulé, il avait eu le temps de se débarrasser de l'arme. Qui avait maintenant refait surface, et lui avait été apportée par Line.

23

Tous ces derniers jours, Line avait retrouvé Sofie et Maja à 13 heures pour déjeuner. Elle se levait tôt et travaillait un peu dans la maison, mais aux heures les plus chaudes de la mi-journée, il faisait bon profiter de l'ombre du jardin de Sofie. Ensuite, elle reprenait ses travaux l'après-midi et le soir.

Elle aimait parler avec Sofie. Maintenant que le terme approchait, elle sentait qu'elle redoutait de plus en plus l'accouchement. Pas seulement l'accouchement lui-même, mais aussi ce qui allait venir après, quand elle serait seule pour s'occuper d'un enfant. Ses conversations avec Sofie tempéraient ses inquiétudes. Sofie pouvait répondre à de nombreuses questions qui la préoccupaient, mais leurs discussions révélaient aussi que c'était une mère seule peu sûre d'elle, qui avait besoin de soutien et d'interlocuteurs.

Ce jour-là, la porte d'entrée était ouverte quand elle arriva. Un pot de fleurs l'empêchait de se refermer. Line toqua et appela dans la maison, sans obtenir de réponse.

Elle entra, mais ne voulait pas appeler encore, pour le cas où Maja serait endormie.

Dans la cuisine, il y avait un demi-melon et un grand couteau sur la planche à découper. Un pichet de sirop d'orange et deux verres sur le plan de travail. À côté, un sachet de glaçons qui avaient commencé à fondre formait une petite flaque.

Line continua d'avancer. Dans le salon, la radio était allumée. Les portes de la terrasse ouvertes. Les rideaux blancs fins remuaient avec légèreté dans le courant d'air.

« Il y a quelqu'un ? » appela doucement Line en passant une tête dehors.

La table était mise, mais il n'y avait personne.

Line rentra et entendit des pas dans l'escalier du premier.

« La porte était ouverte, s'excusa-t-elle quand Sofie apparut, alors je suis juste entrée. »

Sofie avait l'air fatiguée et Line allait lui demander si elle avait mal dormi quand elle comprit qu'elle était préoccupée.

« Ça va ? s'enquit-elle.

— Tu as lu le journal ? répondit Sofie en passant devant elle pour se diriger vers la cuisine.

— Lequel ? »

Sofie attrapa une tablette, activa l'écran et lui montra.

C'était la une de *Dagbladet*, dont le gros titre était : « Le don anonyme de un million de couronnes pourrait être le butin d'un braquage ». Le papier était illustré par ce qui devait être une photo d'archive de billets de banque neutralisés avec de l'encre.

Line prit la tablette et lut l'article. La source du journaliste était le président de Non à la Drogue. Trois jours plus tôt, l'association avait reçu un paquet par la poste. Aucun nom d'expéditeur, un peu plus d'un million de couronnes à l'intérieur. L'ensemble des billets étant colorés sur les bords, l'argent avait été remis à la police d'Oslo.

Un enquêteur confirmait que la police avait reçu l'argent et qu'il s'agissait très probablement du butin d'un acte criminel. Les banques, les bureaux de poste, les transports de valeurs et les distributeurs de monnaie étaient des cibles de choix pour les milieux criminels et au moins cent millions de couronnes n'avaient pas encore été retrouvés après une série de braquages dans l'Østlandet au début des années 2000. Les billets étaient envoyés à la Kripos pour analyse d'empreintes.

L'attaché de presse de la Banque de Norvège signalait que le don risquait d'être sans valeur. L'association pouvait demander l'échange des billets, mais s'ils étaient liés à un braquage, il n'en serait pas question.

Le président de Non à la Drogue était au désespoir. L'argent aurait été bienvenu dans le travail de prévention auprès des jeunes.

La police comme le président de l'association refusaient de se livrer à des conjectures sur l'auteur du don. Il n'y avait pas de lettre dans le paquet et le cachet de la poste n'indiquait pas le lieu d'envoi.

Line rendit sa tablette à Sofie.

« C'était bête de ma part, soupira cette dernière. Je ne sais pas à quoi je pensais. Il m'aurait suffi de brûler l'argent. Maintenant ils vont trouver nos empreintes sur les billets.

— Tu es dans le fichier ?

— Comment ça ?

— Tes empreintes sont enregistrées à la police ?

— Non.

— Alors ils ne vont pas découvrir que c'est toi qui as envoyé l'argent.

— Ne le dis à personne !

— Mais non.

— Tu me le jures ? Ne parle à personne du coffre-fort.

— Je te le jure. »

Sofie s'appuya sur le plan de travail.

« Comment est-ce que le journal l'a découvert, au juste ?

— Il y a beaucoup de possibilités », répondit Line, qui réalisait qu'elle aurait bien voulu travailler là-dessus. C'était un bon sujet, qui éveillait la curiosité des lecteurs et générait de nombreux clics sur le site du journal. « Il se peut que le président de l'association soit allé trouver le journal, mais c'est typiquement le genre d'histoire qui se répand vite. Les enquêteurs en parlent à leurs collègues à la cantine. À leurs femmes le soir. Qui en parlent à leurs copines, et ainsi de suite. Quelque part au milieu de tout ça, quelqu'un connaît quelqu'un qui travaille à *Dagbladet*. C'est comme ça que j'ai obtenu beaucoup de mes meilleurs papiers. »

Sofie entreprit de trancher le melon.

« Je voulais juste aider, et maintenant ça ne fait que causer des problèmes. »

Line attrapa le sachet de glaçons, le déchira et en versa le contenu dans le pichet de sirop.

« De toute façon, tu as bien aidé, même si la Banque de Norvège refuse d'échanger l'argent. La nouvelle va se répandre et *Dagbladet* va suivre l'affaire. On va parler de l'association, ça va susciter de la compassion. Les gens vont donner. Si l'association a un peu de jugeote, elle va vite lancer une opération de collecte pendant que l'affaire est encore dans les médias. Les gens donneront plus facilement la prochaine fois qu'ils seront sollicités par quelqu'un qui passera avec une tirelire ou qui vendra des fleurs au profit de Non à la Drogue. »

Sofie stoppa son geste.

« Je devrais peut-être leur envoyer une partie de l'autre argent. Il est toujours dans le coffre.

— Attends donc de voir, suggéra Line. Il faut penser à Maja aussi. Tu es toute seule avec elle et cet argent pourrait t'être utile. »

Sofie acquiesça, reposa son couteau et sortit un plat pour le melon.

Le portable de Line sonna. C'était son père. Il ne l'appelait jamais du bureau, à moins que ce ne soit très important.

24

Son père n'avait pas voulu lui expliquer de quoi il s'agissait au téléphone. Il avait juste dit qu'il avait besoin de lui parler et demandé où elle était. Elle lui avait proposé de le rejoindre au commissariat. Dans la voiture, elle s'interrogea sur ce qui pouvait bien être si important. La seule idée qui lui vint à l'esprit fut qu'il avait dû arriver quelque chose à son frère. Thomas était pilote d'hélicoptère dans la défense et il avait servi notamment en Afghanistan. À l'époque, elle s'inquiétait pour lui et lisait tous les communiqués de presse en provenance de ce pays en guerre, mais, s'il lui restait encore quatre ans de service, il n'était pas en mission à l'étranger en ce moment.

Elle trouva une place sur le parking du commissariat et passa par l'entrée du public. Le policier à l'accueil appela son père, qui descendit la chercher. Ils montèrent dans son bureau, il referma la porte derrière eux et ils s'assirent.

« Qu'est-ce qu'il y a ? »

Son père garda le silence un instant, comme s'il ne savait pas trop comment s'exprimer, bien qu'il ait eu le temps d'y réfléchir.

« Qui t'a donné ce revolver ? »

Line se sentit soudain prise de vertige. Gagnée par une sensation de nausée.

« Je te l'ai dit, répondit-elle en posant la main sur son ventre noué par l'inquiétude et le pressentiment. Une ancienne copine de classe. Ça venait de son grand-père. »

Son père la dévisagea.

« Peux-tu me dire qui ?

— J'ai promis de ne pas le faire. »

Son père se tut. Elle ne lui avait pas du tout parlé de Sofie Lund. Quand ils s'étaient vus, elle avait tout gardé pour elle. Il devait être question du grand-père de Sofie, même si elle ne voyait pas vraiment en quoi.

« Pourquoi ?

— Toutes les armes à feu remises à la police subissent un examen balistique. Les projectiles sont comparés à ceux d'affaires résolues ou non élucidées. »

Line eut le souffle coupé.

« Vous avez eu une correspondance ! s'exclama-t-elle en sentant sa respiration difficile. Un braquage ?

— Quelque chose comme ça », confirma son père.

Elle resta à réfléchir à l'argent dans le coffre.

« Si j'avais su qu'il y aurait ce genre d'examen, je ne suis pas sûre que tu aurais eu le revolver. Il aurait probablement atterri au fond de la mer. Je croyais que c'était anonyme.

— Depuis combien de temps ton amie l'a-t-elle ?

— Elle l'a trouvé le jour où je te l'ai donné.

— Et quand est-ce que son grand-père est mort ?

— Il y a six mois. »

Elle vit son père se perdre dans ses pensées.

« Je suis obligé de te poser la question sous un autre angle. »

Line attendit. Son père regarda par la fenêtre.

« Avec qui étais-tu la semaine dernière à la terrasse de la Paix dorée ? Le jour où Nils Hammer et moi avons couru après votre voisin de table ? »

Line se mordit la lèvre inférieure. Elle avait envie de garder l'amitié de Sofie et ne voulait donc pas lui causer d'ennuis. En même temps, garder le secret sur son identité vis-à-vis de son père serait tâche impossible.

« Elle s'appelle Sofie, mais elle n'a rien à voir avec le revolver. Si ce n'est qu'elle l'a découvert en rangeant les affaires de son grand-père. »

Son père garda longtemps le silence.

« Tôt ou tard, ça va se savoir, déclara-t-il. Le revolver a servi dans un meurtre. »

Les mots heurtèrent Line comme un coup de poing dans le ventre et l'obligèrent à rester parfaitement immobile jusqu'à la fin du spasme. Puis elle respira profondément plusieurs fois.

« Quel meurtre ?

— Le meurtre du Nouvel An à Kristiansand. L'affaire est élucidée, mais l'arme du crime n'a jamais été retrouvée. Faute de mieux, l'avocat risque d'en faire tout un numéro. On pourrait me demander d'expliquer comment l'arme m'a été remise. Tu risquerais alors d'être citée à comparaître et d'être obligée de t'expliquer. »

Line gémit en songeant aux complications qu'elle avait occasionnées, à la fois pour Sofie et pour elle-même, et dans le cas présent, elle ne pouvait pas s'abriter derrière la protection de la source journalistique.

« Parle-lui, suggéra son père. Mieux vaut s'expliquer maintenant que se retrouver avec une citation à comparaître. »

Line se leva péniblement de son siège. Elle avait chaud, se sentait mal.

« Que vas-tu faire ?

— Je dois parler aux enquêteurs responsables de l'affaire. » Il se leva et avança vers elle. « Ça va ?

— Oui, oui, assura-t-elle en prenant appui sur le dossier du fauteuil. C'est juste que tout à coup, je me suis sentie tellement fatiguée. » Elle se concentra pour respirer lentement et profondément. « Ça va, promit-elle en se dirigeant vers la porte.

— Je te raccompagne à ta voiture », déclara son père avec inquiétude avant de la précéder vers l'ascenseur.

Elle lui assura de nouveau qu'elle allait bien.

« J'ai juste besoin de me reposer un peu, dit-elle en s'installant au volant.

— Sois prudente sur la route. »

Elle fit un signe de tête à son père et lui lança un regard alors qu'elle sortait de son stationnement. Il avait l'air largement aussi fatigué qu'elle. Pâle, le regard inquiet. Le sachant au milieu d'une enquête difficile, elle avait mauvaise conscience de lui avoir infligé des soucis supplémentaires.

25

Wisting resta assis sans rien faire à son bureau. L'arme du crime était le noyau même d'une affaire de meurtre. D'après ce qu'il avait lu à l'époque dans la presse, la police de Kristiansand avait multiplié les efforts pour retrouver l'arme, sans succès, et voilà qu'elle avait refait surface par l'intermédiaire de Line.

Il se pencha en avant et appuya sur la touche « Espace » de son clavier pour ranimer son écran. Il alla sur le site du fichier d'état civil, puis s'arrêta, hésitant à aller au bout de la démarche qu'il avait en tête. Il avait le sentiment d'enquêter sur sa propre fille. Il ne se souvenait de personne du nom de Sofie, mais la réponse n'était qu'à quelques touches de distance.

Il tapa « Sofie » dans le champ du prénom, ajouta l'année de naissance de Line et limita la recherche à la commune de Larvik. Après quelques instants de doute, il appuya finalement sur la touche d'entrée.

La recherche donna trois résultats : Nina Sofie Lund, Sophie Fladen et Sofie Hekkensmyr. Seule la première vivait à Stavern. Il cliqua pour obtenir les détails et constata qu'elle avait déménagé d'Oslo à Johan Olsens gate seulement quelques jours plus tôt et qu'elle avait une fille âgée de un an. Il acquiesça pour lui-même en songeant à la poussette entre Line et son amie à la terrasse de la Paix dorée.

Un commentaire indiquait que Sofie Lund avait changé de patronyme. Cela n'avait rien d'inhabituel en cas de mariage, mais Sofie Lund était célibataire.

Un nouveau clic lui apprit que son ancien nom était Mandt.

Wisting s'approcha de l'écran en sentant son cœur faire un bond. Il déglutit. Le fichier lui confirma ce qu'il savait déjà : le grand-père de l'amie de Line était Frank Mandt.

26

Line s'allongea sur le canapé du salon qu'elle venait de réaménager, mais elle était trop agitée pour se détendre. Elle alla donc chercher son ordinateur, le posa sur son ventre et se cala avec un gros coussin dans la nuque.

L'article le plus récent sur le meurtre du Nouvel An indiquait que le procès contre le prévenu, un homme de vingt-cinq ans, allait commencer le lundi 6 août.

Elle cliqua sur un article récapitulatif. Le coupable n'avait pas avoué, mais trois témoins l'avaient vu s'enfuir des lieux du crime. On avait en outre relevé de la poudre sur ses mains et il avait dans sa poche arrière un plan des lieux où l'attaque s'était produite.

Son casier parlait contre lui. Condamné à plusieurs reprises pour violence et trafic de drogue, il avait été relâché en liberté conditionnelle quelques jours avant Noël, après avoir purgé neuf mois pour le vol d'un sac à main sous la menace d'un couteau.

Le meurtre était décrit sobrement. Jeune femme de vingt et un ans, Elise Kittelsen, domiciliée Kristian IVs gate, se rendait à une soirée chez des amis. C'était à Tangen, à dix minutes à pied. Devant l'école désaffectée de Kongens gate, on lui avait tiré dessus et elle avait succombé à ses blessures.

L'un des témoins s'appelait Terje Moseid. Il racontait qu'un copain et lui avaient essayé de sauver la vie de la jeune femme, sans parvenir à arrêter les hémorragies. Ils avaient d'abord entendu deux claquements secs et vu quelqu'un partir en courant. Le signalement qu'ils avaient donné avait conduit à l'interpellation du prévenu aussitôt après.

Dans les médias, la police avait insisté sur la rapidité avec laquelle l'affaire avait été élucidée. L'hypothèse était celle d'un braquage qui aurait dérapé. L'arrestation aurait pu être encore plus rapide si le coupable n'avait pas tenté de s'enfuir. Deux agents l'avaient poursuivi dans les rues du centre-ville. Pendant un temps, il les avait semés, mais on n'avait pas tardé à le retrouver derrière une benne à ordures.

La presse couvrait l'affaire en proposant l'habituel portrait de la jeune victime. Une interview des deux amies qui l'attendaient à la soirée où elle n'était jamais arrivée. L'illustration qui revenait sans cesse était une photo qu'Elise Kittelsen avait mise sur Facebook le soir même.

L'avocat du prévenu n'avait pas grand-chose à confier aux médias, si ce n'est que son client niait tout rapport avec l'affaire.

Line sentit un coup de pied dans son ventre, comme si le bébé protestait contre l'emplacement de l'ordinateur. Elle le referma et le posa sur la table.

La question de savoir comment l'arme avait échoué dans le coffre du grand-père de Sofie restait entière, mais quelle que soit la réponse, c'était maintenant un problème.

Elle sentait que ce n'était pas très bien de sa part de cacher des renseignements à son père, mais elle trouvait tout aussi difficile de trahir son amie. Elle bascula tant bien que mal sur le côté et prit appui sur son bras pour s'asseoir. Puis elle trouva son téléphone et envoya un message à Sofie, lui demandant si elle pouvait passer la voir.

Sofie répondit par un smiley et une demi-heure plus tard, elles étaient de nouveau dans son jardin. Il faisait lourd, pas un souffle de vent. Maja rampait sur un tapis dans l'herbe.

Line ne savait pas par où commencer.

« Je crois que ce n'était pas une super idée de remettre le revolver à la police », dit-elle.

Le visage de Sofie tressaillit.

« Pourquoi ? fit-elle en baissant les yeux sur sa fille.

— Ils l'ont examiné. Ils examinent toutes les armes à feu qu'ils reçoivent. »

Sofie tritura l'ongle de son pouce.

« J'ai parlé avec Papa, poursuivit Line. Ils ont fait un tir d'essai.

— Pourquoi ?

— Pour voir la balle. Ils comparent les sillons avec les projectiles d'autres affaires.

— Mon Dieu ! gémit Sofie en saisissant les accoudoirs. Il a peut-être été utilisé dans le braquage d'où venait l'argent ? »

Line déglutit.

« Je suis désolée de t'avoir causé des problèmes. On aurait dû faire ce que tu proposais et le jeter à la mer.

— Qu'est-ce qu'ils ont découvert ? »

Line s'avança.

« Que quelqu'un s'était fait tirer dessus avec », murmura-t-elle.

Sofie resta immobile. Quelque part dans les environs, un goéland criait.

« Je suis désolée, s'excusa encore Line.

— Et la victime est morte ? » Sofie cligna des yeux.

Line hocha la tête.

« Qui ça ? »

Line respira profondément :

« Tu as entendu parler du meurtre du Nouvel An ? » Elle vit que Sofie cherchait dans sa mémoire.

« Peut-être. Je sais qu'il a fait beaucoup de mal, dit Sofie en se tournant vers elle, mais un meurtre ?

— Non, non, s'écria Line. Ce n'est pas lui qui a tué. Un homme de vingt-cinq ans a été interpellé pour le meurtre. Le procès commence dans une semaine. »

Sofie alla prendre sa fille et se rassit avec elle.

« Comment peuvent-ils être sûrs que c'est le même revolver ? »

Line haussa les épaules.

« Je ne comprends pas comment il a pu atterrir dans le coffre, poursuivit Sofie, avant de s'interrompre. Tu as dit à ton père où tu avais eu le revolver ?

— Non. Il est déclaré comme remis anonymement, mais je lui ai dit que c'était une ancienne copine de classe qui l'avait trouvé en rangeant les affaires de son grand-père. » Elle se tut quelques instants. « Je lui ai parlé de toi. Il nous a vues ensemble à la Paix dorée. Il va faire le rapprochement. Nous pourrions être obligées de témoigner. »

Sofie se prit le front.

« Témoigner ? Mais nous n'avons rien à dire. Nous

ne savons rien à part que nous avons trouvé le revolver dans le coffre. »

Maja commençait à montrer des signes d'impatience.

« Mais ça, nous serons peut-être obligées de l'expliquer, dit Line. Si j'avais su, je n'aurais jamais donné le revolver à Papa. »

Sofie donna à Maja un trousseau de clefs qui était sur la table. La petite le mordit avec bonheur.

« N'y pense plus, répondit Sofie dans un petit sourire. Ce n'est pas de ta faute. C'est la faute du Vieux, tout ça. »

27

D'après le fichier des affaires pénales, l'enquêteur en charge du meurtre du Nouvel An était Harald Ryttingen. Wisting ne le connaissait pas, mais il savait qu'il dirigeait la brigade criminelle départementale de l'Agder. Il l'avait entendu à des conférences sur l'enquête et il l'avait vu s'exprimer dans les médias. C'était un homme athlétique aux cheveux de jais, qui paraissait sûr de lui dans son travail.

Wisting trouva le numéro de sa ligne directe et le composa. Ryttingen répondit d'un ton indifférent, comme s'il était occupé, mais se ressaisit quand Wisting se présenta.

« J'ai reçu les analyses balistiques, dit-il dans le dialecte guttural du Sørlandet. Ça ne change rien à notre affaire.

— Je serais tenté de croire que ça soulève quelques questions, rétorqua Wisting.

— Les questions principales ont déjà leurs réponses. Le coupable a été interpellé au bout de quatorze minutes. Le ministère public a engagé des poursuites. Le procès commence dans une semaine.

— L'arme ayant été remise ici, je voudrais juste

que vous sachiez que nous apporterons volontiers notre concours si vous souhaitez que nous effectuions certaines investigations.

— L'arme a été remise anonymement, non?

— Oui, mais nous avons la possibilité d'examiner son origine de plus près.

— On ne va pas vous imposer ça. L'enquête est terminée.

— Vous en avez déjà parlé avec le procureur?»

Ryttingen éluda la question.

«Écoutez. Ceci est notre affaire. Vous n'avez pas besoin de faire d'autres investigations. Le rapport d'analyses balistiques que nous avons reçu nous suffit amplement.

— Ça pourrait être intéressant pour votre affaire de découvrir comment le revolver a échoué ici, insista Wisting.

— Ce serait inutile. Les armes illégales changent de main sans arrêt.

— Votre coupable a dû le balancer dans sa fuite ou le confier à un tiers. Avez-vous envisagé la possibilité qu'il n'ait pas été seul?

— Écoutez!» Le ton de Ryttingen était plus tranchant à présent. «Nous avons trois témoins oculaires dans cette affaire. Je n'ai pas l'intention de laisser ce pistolet nous causer des problèmes au tribunal.

— Revolver», rectifia Wisting.

Son interlocuteur poussa un soupir.

«Mon travail est de présenter une affaire aussi solide et convaincante que possible. Je n'ai pas besoin que quelqu'un vienne troubler le juge en laissant la place au doute.»

Wisting allait protester. Une enquête, ce n'était pas ça. Une enquête, c'était exposer tous les faits.

« Je vous remercie d'avoir pris contact, poursuivit Ryttingen. Nous nous occupons de la suite. »

Wisting était mitigé. Line allait être contente que les enquêteurs de Kristiansand ne souhaitent pas suivre la piste de l'arme, mais à ses propres yeux c'était une erreur. Une décision qui le rendait hautement dubitatif.

Christine Thiis apparut à la porte. Elle avait son sac à main à l'épaule et il comprit qu'elle rentrait chez elle et souhaitait examiner un dernier point sur l'affaire avant de partir. Un profond sillon se creusa entre ses sourcils quand son regard croisa celui de Wisting.

« Il y a un problème ? s'enquit-elle en entrant dans la pièce.

— Je ne sais pas », admit-il.

Christine Thiis tira le fauteuil et s'assit.

« Il ne s'agit pas réellement de notre affaire, expliqua-t-il en lui passant le rapport d'analyses balistiques.

— Tu as eu la police de Kristiansand ? demanda-t-elle après avoir parcouru les papiers.

— Je viens de raccrocher. Ils considèrent l'enquête comme terminée. Le procès commence dans une semaine et ils ne veulent pas que nous entreprenions quoi que ce soit.

— De toute façon, il n'y a pas grand-chose de plus à faire, observa-t-elle en reposant le rapport. Le revolver a été remis anonymement. »

Wisting prit le document et le rangea dans un dossier.

« Ce n'est pas tout à fait comme si quelqu'un avait

posé le revolver sur le perron et était parti sur la pointe des pieds, expliqua-t-il. Nous disposons de quelques éléments sur sa provenance. »

Christine Thiis pencha la tête sur le côté et soutint son regard.

« Il vient d'une succession, poursuivit Wisting. Il faisait partie des affaires laissées par Frank Mandt. »

La climatisation au plafond s'éteignit et son bourdonnement régulier céda au silence complet.

« Ça ne semble pas complètement extraordinaire, conclut-elle après un temps de réflexion. Nous savons que Frank Mandt était un acteur central des milieux criminels de l'Østlandet. Qu'une arme illégale ait fini entre ses mains n'est pas forcément très surprenant. »

Nils Hammer arriva avec une tasse de café et un bloc-notes.

« Qu'est-ce qui n'est pas forcément très surprenant ? » s'enquit-il.

Wisting répéta ses explications, toujours sans mentionner Line.

« Il y a tout de même plusieurs éléments étonnants ici, conclut Hammer. L'arme d'un meurtre, c'est chaud. On s'en débarrasse aussi vite que possible.

— Et le tueur n'aurait pas pu s'en débarrasser plus vite, expliqua Wisting. Il a été interpellé quatorze minutes après que la police a été alertée.

— Je me souviens de ça, oui. » Hammer but une gorgée de café. « Même le directeur de la police avait loué l'opération.

— Quelqu'un a dû trouver le revolver, le ramasser et l'apporter ici. »

Nils Hammer but une autre gorgée de café.

« Juste par curiosité, poursuivit-il, où était Jens Hummel le soir du Nouvel An ? »

Wisting se figea une seconde ou deux avant de faire tourner sa chaise de bureau et de sortir un classeur intitulé « Traces électroniques ».

« Le compteur n'était pas allumé, dit-il avant de tourner une page.

— N'est-ce pas un peu étrange ? fit Hammer. Un taxi qui ne tourne pas le soir du Nouvel An ? »

Wisting trouva les documents qui retraçaient les communications du téléphone portable de Jens Hummel pendant les six mois précédant sa disparition. Ils les avaient regardées par le passé et avaient parlé à toutes les personnes avec qui il avait été en contact, sans que cela les fasse progresser.

Son index glissa sur la page jusqu'aux lignes du 31 décembre. Pendant toute la journée, le téléphone bornait à différents relais de Larvik. Vers 16 heures, il commençait à se déplacer vers le sud. Il passait par quelques villes avant d'envoyer un SMS du centre-ville de Kristiansand à 18 h 28.

28

Nils Hammer avait affiché la liste des appels et messages sur l'écran. Priés de ne pas rentrer chez eux, les enquêteurs étaient rassemblés autour de la table de réunion.

« Nous savons qu'Elise Kittelsen a été tuée dans le centre de Kristiansand le 31 décembre à 19 h 21, avec une arme qui appartenait à Frank Mandt, commença-t-il.

— Nous ne savons pas si elle appartenait à Mandt, rectifia Mortensen. Elle a été retrouvée parmi ses effets après sa mort.

— Soit, concéda Hammer. Ce que nous savons aussi, c'est que Jens Hummel était dans le centre de Kristiansand à 18 h 28. » Il pointa le doigt sur l'appel souligné en rouge. « Ensuite, il reçoit un message en passant Bamble à 21 h 34, sur le chemin du retour.

— Le trajet de Kristiansand à Bamble prend précisément deux heures, glissa Mortensen. Ça veut dire qu'il quitte Kristiansand juste après les tirs.

— De qui sont les messages ? demanda Christine Thiis.

— Ça, nous l'avions recherché, répondit Wisting.

Il s'agit de vœux de bonne année. Quelques-unes des personnes à qui nous avons parlé ne savaient même pas qu'elles lui avaient envoyé un SMS. Jens Hummel était dans leur répertoire et elles avaient envoyé le message à tous leurs contacts. Les messages envoyés par Jens Hummel aussi étaient des vœux.

— Il avait un second téléphone, leur rappela Espen Mortensen.

— Il semblerait qu'il y ait un lien, observa Wisting avant de récapituler. Hummel était à Kristiansand quand le meurtre a été commis. On a retrouvé sa voiture à la ferme de Mandt et l'arme du crime dans les affaires de Mandt. Tout cela pourrait n'être que des coïncidences, mais si ça n'en est pas, qu'est-ce donc ? »

Torunn Borg fut la première à se lancer.

« Jens Hummel a rapporté l'arme à Larvik.

— Jens Hummel pourrait être le tueur, suggéra Nils Hammer.

— Le tueur a déjà été pris », remarqua Christine Thiis.

Nils Hammer défendit son hypothèse.

« Ils pourraient avoir arrêté la mauvaise personne. Si Frank Mandt était le commanditaire, il n'aurait sûrement pas eu de mal à procurer à Hummel un faux passeport pour qu'il puisse s'enfuir à l'étranger.

— Tu penses que Jens Hummel était un tueur à gages ? » Christine Thiis esquissa un sourire.

« Pourquoi Frank Mandt en voudrait-il à la vie d'une fille de vingt et un ans de Kristiansand ? renchérit Torunn Borg. Et puis tu oublies le sang de Hummel dans le taxi.

— Ça, ça peut peut-être s'expliquer autrement. » Hammer interrogea Mortensen du regard.

« Les quantités étaient minimes, répondit celui-ci. Hummel conduisait le taxi depuis plusieurs années. Il n'est pas impensable que, à un moment ou un autre, il se soit coupé et ait laissé du sang dans son coffre, mais moi non plus, je ne l'imagine pas comme homme de main de Frank Mandt. »

Hypothèses et suppositions furent lancées. L'une d'elles était que Jens Hummel était un témoin gênant qu'il avait fallu liquider. Une autre qu'il n'avait de lien ni avec l'arme ni avec le meurtre et que son seul délit avait été de glisser l'argent d'une longue course dans sa poche.

Wisting attendait qu'on lui demande comment il savait que le revolver venait de la succession de Frank Mandt, qu'on l'interroge sur les circonstances de sa remise à la police, mais ce ne fut pas le cas. La conversation finit par se tarir, sans résultats plus tangibles.

« Nous avons oublié une question cruciale, souligna Hammer. Qui était le passager de Jens Hummel quand il est allé à Kristiansand le soir du Nouvel An ? C'était peut-être Frank Mandt lui-même ? »

Ils n'aboutirent guère qu'à une liste de questions sans réponses. Quand ils se levèrent, le ciel s'était assombri.

29

La pluie arriva vers 19 heures. Assise sur le sol en béton devant le grand coffre-fort, Line lança un regard vers le soupirail. Ce n'était pas le genre de précipitations qui allait mettre un terme à la sécheresse, mais une pluie d'été pure et fraîche qui rinçait la poussière de l'herbe et des feuilles.

C'était Sofie qui avait proposé à Line de regarder le coffre. Elles avaient parlé des autres secrets qu'il pourrait receler et étaient arrivées à la conclusion que mieux valait le ranger.

Sofie l'avait accompagnée à la cave. Elles avaient d'abord mis tout l'argent dans un sac en plastique que Sofie allait cacher dans la maison. Le reste, elle le laissait à Line.

« Mais nous ne devons rien apporter d'autre à la police », avait-elle précisé en souriant.

Il y avait cinq classeurs, plusieurs chemises en plastique, des calepins et des enveloppes.

Le premier classeur semblait contenir tout ce qui avait un rapport avec la maison. Papiers d'assurance, évaluation foncière, plans, modes d'emploi, factures et bons de garantie. Sofie serait sans doute bien inspirée de garder certains papiers, mais le reste était sans intérêt.

Line mit le classeur de côté et ouvrit le suivant. Il était plein de petites pochettes en plastique contenant diverses coupures de presse. Elle en déplia une. Le papier avait jauni et l'encre pâli.

L'article datait du 17 août 1972. Il était titré « Abordage d'un bateau de contrebande au large de Jomfruland ». Les douanes avaient abordé un bateau de pêche à sept milles marins de Jomfruland et trouvé sept cent vingt litres d'alcool. Le bateau avait été remorqué jusqu'à Langesund et le capitaine, qui était seul à bord, avait été interpellé.

La pochette contenait deux autres coupures de presse. Un petit article indiquant que le capitaine, un homme âgé de cinquante-huit ans, admettait la tentative de contrebande, mais refusait de coopérer avec la police. La dernière coupure était un entrefilet sur un homme de cinquante-huit ans qui avait été condamné à soixante jours de prison ferme pour contrebande de sept cent vingt litres d'alcool.

La pochette suivante concernait une affaire de 1976. Un fourgon chargé de cigarettes et de plusieurs centaines de litres d'alcool avait été impliqué dans un accident de la circulation sur la nationale 22, juste à côté de la frontière suédoise. Le chauffeur était légèrement blessé et allait être poursuivi pour contrebande.

Ce genre de notices revenaient à peu près tous les trois ans, classées par ordre chronologique dans le classeur.

C'était une singulière collection, et la seule explication qui venait à Line était que Frank Mandt avait conservé les articles de presse sur des affaires qui le concernaient d'une manière ou d'une autre, probablement comme commanditaire.

Les deux classeurs suivants abritaient essentiellement des déclarations de revenus et autres documents financiers. Les chiffres lui firent écarquiller les yeux. Si Sofie était seule héritière de son grand-père, elle était devenue très riche. Entre les comptes bancaires, les actions et les propriétés, sa fortune déclarée était de quatorze millions de couronnes, et d'autres papiers suggéraient que ce n'était pas tout. Les relevés de compte de la Bank Julius Bär de Zurich présentaient toute une série de versements de plusieurs centaines de milliers d'euros. Line avait entendu parler des comptes en Suisse, mais elle n'avait jamais rien vu de tel. Il n'y avait ni nom ni adresse du titulaire du compte. Juste un numéro. « Relationship No. 0016.2426 » masquait l'identité du titulaire. Pour accéder à l'argent, il suffisait probablement d'un mot de passe.

Les documents suivants indiquaient que Frank Mandt était travailleur indépendant et que son autoentreprise s'occupait d'immobilier. Il y avait des plans du cadastre et des titres de propriété qui remontaient à loin. En toute fin d'un classeur se trouvaient des paiements de gains hippiques. Line savait que c'était une méthode courante chez les criminels pour se procurer un capital de départ officiel. On achetait des tickets gagnants à l'hippodrome. C'était plus ou moins une situation gagnant-gagnant. Le véritable vainqueur pouvait encaisser jusqu'à vingt-cinq pour cent de plus que le gain indiqué et l'acheteur pouvait blanchir son argent. Les investissements immobiliers étaient une autre façon de faire fructifier de l'argent sale. D'abord on achetait à bas prix une propriété à rénover, puis on faisait travailler des artisans au noir et on revendait la propriété avec des bénéfices.

Mais le classeur ne prouvait rien, si ce n'est le sens de l'ordre presque maniaque de Frank Mandt.

Le dernier classeur contenait des documents de police. Des témoignages et des interrogatoires de suspects dans des affaires en cours. Un dénommé Aron Heisel avait été interrogé par la police de Halden le 6 juin 2002 et mis en examen pour importation de deux mille quatre cents litres d'alcool dans des bidons en plastique. Il reconnaissait sa culpabilité, mais ne souhaitait s'expliquer ni sur le destinataire ni sur l'origine de la cargaison. Un autre nom récurrent était celui de Per Gregersen, qui s'était expliqué à la police notamment à propos d'une affaire de trafic de haschich. D'après ce qu'elle lisait, les Hells Angels danois semblaient avoir été impliqués aussi.

Line retourna au classeur des coupures de presse et trouva un article du 7 juin 2002 du *Halden Arbeiderblad*, où il était écrit que les douanes avaient arrêté une Volkswagen Transporter chargée de plus de deux mille litres d'alcool. Une coupure plus ancienne du *Fædrelandsvennen* parlait d'un homme condamné pour l'importation de huit kilos de haschich. Pendant le procès, il avait refusé de s'expliquer sur ses liens avec le milieu de motards criminels que constituaient les Hells Angels danois.

Frank Mandt avait ses petites archives personnelles d'affaires qui avaient échoué. C'était de la folie quand on songeait que la police pouvait les trouver, mais s'il avait exercé depuis les années 1960 sans se faire prendre, il avait probablement gagné une certaine assurance. Et puis ces coupures de presse n'auraient constitué que des indices.

Les documents de police venaient de divers endroits. Différents enquêteurs, mais les noms des avocats étaient à peu près toujours les mêmes. Elle doutait que Mandt ait obtenu ces papiers auprès de la police et partait du principe qu'il s'agissait de copies des dossiers de procédure que les avocats avaient utilisés au tribunal. En travaillant sur des affaires de crime organisé, elle avait appris que souvent, les gens qui se faisaient prendre devaient apporter la preuve de leur loyauté envers les commanditaires et apporter la preuve qu'ils n'avaient donné aucun nom en fournissant une copie de leur déposition à la police.

L'eau coulait dans les gouttières. À la longue, rester assise sur ce sol dur était douloureux. Le dos se raidissait et, avec son ventre, Line pouvait difficilement se pencher. Elle changea de position et prit l'un des calepins noirs. Il était rempli de chiffres, une forme de comptabilité de toute évidence, mais les colonnes ne portaient aucun titre. Parfois, il y avait des dates ou une ou deux lettres séparées d'un point, comme des initiales. Un enquêteur de l'Økokrim en aurait sans doute retiré davantage qu'elle.

Les enveloppes étaient ce qui l'intriguait le plus. Sofie avait déjà trouvé celle des photos d'elle avec sa mère, mais il en restait encore quelques-unes au fond du coffre.

La première était bosselée et contenait des petites cassettes. Quand elle travaillait au journal local, l'un de ses collègues les plus âgés utilisait ce genre de cassettes pour dicter ses notes au lieu de les écrire sur un calepin. Elle-même avait parfois recours à son téléphone quand elle avait besoin d'enregistrer une conversation.

Les minicassettes portaient une date et une année. Il y en avait beaucoup, plus d'une vingtaine. Mais pas de lecteur.

Elle mit l'enveloppe de côté et regarda la suivante. Des photos qui ressemblaient à des images de surveillance. Vieilles, avec un grain grossier et prises de loin. Deux hommes marchant sur un trottoir. L'un gesticulait, comme s'il était lancé dans des explications. Ces images rappelaient la célèbre photo des années 1980 de la rencontre entre Gennady Titov, le général du KGB, et Arne Treholt, le diplomate norvégien condamné pour espionnage.

Il y avait encore une enveloppe de photos similaires, mais prises dans une zone industrielle. Le photographe semblait avoir voulu immortaliser surtout l'emplacement et les bâtiments.

Venait ensuite une autre série de photos en couleur, cette fois. Prises à l'étranger. Sur certaines, on voyait des palmiers et des fleurs exotiques en arrière-plan. Des gens se tenaient autour d'une voiture et n'avaient pas l'air de se savoir photographiés.

Il était évident que les photos avaient un sens. Le contre-espionnage avait fini par devenir un aspect important du crime organisé, qui suivait les faits et gestes tant de la police que des autres groupes criminels. Les photos étaient anciennes et on n'aurait trop su dire pourquoi Frank Mandt les avait conservées. C'était peut-être juste qu'elles n'avaient jamais été jetées. Même si elles ne pouvaient rien raconter à Line aujourd'hui, elles témoignaient de la façon dont il avait construit son empire criminel. Quand elle se releva tant bien que mal et remit tout dans le coffre, elle avait davantage de questions que de réponses.

30

Lorsque le réveil sonna sur sa table de chevet, Wisting était réveillé depuis déjà une demi-heure. Ses pensées tournaient autour de la mort de Frank Mandt. La dernière fois que quelqu'un l'avait vu en vie, c'était le lundi 9 janvier. Le mardi 10 avait été indiqué comme date du décès parce que les journaux de ce jour étaient sur la table de la cuisine, alors que le courrier des jours suivants n'avait pas été relevé. Il n'était pas sûr, mais il lui semblait se souvenir d'un détail sur une photo de sa maison qui, à la lumière des éléments révélés ces derniers jours, pourrait être intéressant.

Il rejeta sa couette sur le côté et alla dans la salle de bains. Le linge sale s'accumulait par terre derrière la porte et il fallait qu'il pense à faire une lessive en rentrant.

À 6 heures et demie du matin, il était déjà au commissariat. Les nuages bleu-gris laissaient filtrer des bouquets épars de soleil. La pluie de la veille s'était déjà évaporée et la journée allait encore être chaude.

Le dossier Mandt était toujours sur son bureau. Il le prit et tourna les pages jusqu'aux photos de la table de cuisine. À titre documentaire, Mortensen avait pris un plan rapproché du journal local du mardi 10 janvier. Le journal faisait sa une sur un litige concernant le droit de pêche au saumon dans la Lågen. La deuxième photo représentait la boîte aux lettres, dont dépassait le journal daté du 11 janvier, mais c'était la suivante qui avait émergé dans le subconscient de Wisting. Une vue générale de la table de cuisine. À côté du journal local et d'une tasse de café, se trouvaient des ciseaux et une édition de *VG* ouverte sur un article sur le meurtre du Nouvel An. Cela n'avait pas forcément la moindre signification en soi, mais cela pouvait être important.

Jusqu'ici, ils étaient partis de Jens Hummel pour chercher un lien avec Frank Mandt, sans rien trouver. Il leur fallait maintenant renverser l'enquête, faire le chemin inverse, voir si Frank Mandt avait un lien avec le chauffeur de taxi disparu. La police essayait de faire parler des gens de Frank Mandt et de ses activités criminelles depuis des décennies, mais il semblait diriger ses hommes d'une main de fer. Maintenant qu'il était mort, la situation était différente pour son entourage. Peut-être serait-on plus disert ?

Les tâches furent réparties entre Torunn Borg et Nils Hammer lors de la réunion du matin. Ensuite, Wisting alla s'asperger le visage d'eau froide aux toilettes. Ses yeux retrouvèrent leur acuité et il étudia son visage dans le miroir. Le côté droit restait bleuté, mais la bosse s'était résorbée.

En général, à 8 heures et demie, tous les commissariats de police du pays avaient accompli leur routine administrative matinale et Wisting composa le numéro de Harald Ryttingen à Kristiansand. Il rendit brièvement compte de ce qu'ils voyaient comme un lien possible entre Jens Hummel et le meurtre du Nouvel An.

« J'aimerais avoir une copie de vos documents d'enquête pour voir s'il pourrait y avoir des relations avec notre affaire, conclut-il.

— Comme je vous l'ai dit, l'enquête est terminée, répondit Ryttingen d'un ton sec. Elle est chez le procureur, qui va la présenter au tribunal.

— J'ai juste besoin d'un accès électronique, expliqua Wisting. Pour que nous puissions nous connecter sur le dossier depuis chez nous.

— Nous en avons parlé hier, trancha Ryttingen d'un ton plus sec encore. Nous n'avons pas besoin de votre assistance.

— Je sais, mais là, c'est nous qui voudrions votre aide. Il pourrait y avoir chez vous des informations intéressantes pour notre affaire de disparition.

— Il me faut d'abord le feu vert du procureur. Je vous contacterai dès que je l'aurai obtenu. »

Wisting passa son téléphone sur son autre oreille. Ryttingen n'avait aucune raison de demander une autorisation pour lui donner ces informations, ce ne pouvait donc être qu'une manœuvre dilatoire.

« Qui est en charge de l'affaire chez le procureur ?

— Je vais l'appeler, promit Ryttingen. Je vous rappelle. »

Ainsi se conclut leur conversation.

Cette réticence à impliquer la police d'une autre ville ne pouvait s'expliquer que par les remous qu'on allait créer dans une enquête considérée comme close depuis longtemps. Wisting ne pouvait toutefois pas faire autrement qu'attendre. Il décida de patienter devant le tableau de la salle de réunion, où était récapitulée toute l'affaire. Une chronologie s'étirait du 31 décembre à aujourd'hui. Les événements étaient indiqués par des mots clefs de diverses couleurs et augmentés d'éléments de cartes géographiques et de photos de la police scientifique.

Qu'est-ce donc que nous ne voyons pas ? songea-t-il.

Dans toute affaire, il y avait une porte secrète. Une ouverture cachée qu'on ne trouvait qu'en examinant les faits dans le bon contexte.

À midi, Wisting sentit qu'il avait faim. Ce jour-là non plus, il n'avait pas apporté de casse-croûte. Emportant ses réflexions avec lui, il traversa la place du commissariat. Quelques nuages épars subsistaient, mais ils étaient blancs et aériens.

Il s'acheta un hot dog et une bouteille de Farris au point presse Narvesen, puis alla s'asseoir sur un banc et mangea, un œil distrait posé sur des goélands qui se battaient pour un bout de pain. Il n'avait pas souvenir d'avoir passé autant de temps sur une affaire tout en restant si loin d'une solution. D'autres affaires avaient été pénibles et compliquées, mais jamais il n'avait vu passer six mois sans entrevoir davantage que de vagues contours des événements. Ce n'était peut-être pas l'affaire. C'était peut-être lui qui commençait à se faire vieux et qui perdait la main.

Les goélands s'envolèrent quand quelqu'un se laissa tomber à côté de lui sur le banc. Wisting s'essuya les doigts sur une serviette et se tourna à demi vers la gauche. C'était Christine Thiis. Elle sourit en lui tendant une glace Krone.

Bien que ce n'ait pas été son prix qui avait donné

son nom, couronne, au fameux cône, Wisting se souvenait de l'époque où il coûtait effectivement une couronne.

« Merci », fit-il en prenant la glace.

Elle ôta le papier de la sienne.

« Il ne faut pas la laisser t'engloutir, dit-elle.

— Quoi donc ?

— Est-ce qu'il t'arrive de penser à autre chose qu'à l'affaire ? »

Wisting plia l'emballage de sa glace sans rien dire. Les questions sans réponses le rongeaient en permanence. Elles le rendaient mutique et renfermé.

« Tu as besoin d'une pause, poursuivit-elle. C'est comme quand on a perdu ses clefs ou un autre truc important, on ne les retrouve que quand on arrête de chercher. Le meilleur moyen de résoudre une affaire est souvent de faire une pause.

— Tu as raison. » Il sourit et mangea un peu de sa glace.

Christine Thiis se leva.

« Chez moi ce soir, à 19 heures. Je vais t'apporter un peu de distraction. »

Il la regarda sans comprendre.

« Une pause, expliqua-t-elle. Pour dîner. J'en ai assez de ne cuisiner que pour moi. »

Wisting essuya la glace sur sa lèvre supérieure du revers de sa main. Il n'avait pas eu le temps d'accepter que Christine Thiis était déjà repartie.

31

Sofie suivait une recette trouvée sur Internet. Elle mit des fraises, des tranches de melon et des glaçons dans le blender qu'elle venait d'acheter avant de presser un citron vert. Line saupoudra un peu de sucre glace, puis Sofie posa le couvercle et tourna la molette. Au fond du bocal en verre, les couteaux s'attaquèrent au mélange, avant de se taire brusquement. Line regarda la lampe au plafond.

« Le courant a sauté, conclut-elle. Ça doit être un fusible.

— Le tableau électrique est en bas, dit Sofie. Tu veux bien t'en occuper ? »

Line descendit au sous-sol et trouva le tableau au bout du couloir. Le dispositif était relativement moderne, avec des fusibles automatiques, mais le tout était recouvert d'une fine couche de poussière. Les gens qui s'étaient occupés du nettoyage avaient manifestement fait l'impasse dessus.

Le fusible 13 avait basculé. Line l'enclencha, mais il rebascula aussitôt dans un claquement sec.

« Essaie d'éteindre le lave-vaisselle ! cria-t-elle à Sofie.

— D'accord ! »

Line renouvela l'opération. Cette fois, le mixeur démarra.

Elle allait refermer la porte du tableau électrique, mais s'arrêta net dans son geste. Il y avait au fond une petite lampe de poche, quelques vis, l'étui vide d'un interrupteur différentiel, quelques papiers de l'installateur, mais aussi une clef. Partiellement cachée sous une vieille facture d'électricité pliée.

Line la sortit. C'était une longue clef, avec un jeu de dents complexe.

Elle jeta un coup d'œil dans la pièce du coffre, puis remonta dans la cuisine.

« Sofie ? »

Sofie ne l'entendait pas à cause du mixeur, mais elle éteignit l'appareil quand elle entra dans la pièce.

« Tu as déjà vu cette clef ? »

Sofie approcha et la lui prit des mains.

« Elle était dans le tableau électrique, expliqua Line.

— Tu crois que c'est la clef du coffre ? »

Line sourit.

« Il n'y a qu'une seule façon de le découvrir. »

Elle précéda Sofie dans l'escalier et alla dans la pièce du fond. Sofie glissa la clef dans la serrure. Le verrou avait été détruit par le serrurier, mais c'était incontestablement la bonne clef.

Sofie rit.

« J'ai reçu la facture du serrurier hier. Près de quatre mille couronnes.

— Zut, alors ! gémit Line.

— C'est toujours comme ça. On trouve quand on arrête de chercher.

— Enfin, conclut Line en testant la clef à son tour. Au moins, ce mystère-là est résolu. »

Elles laissèrent la clef dans la serrure et remontèrent dans la cuisine. Sofie envoya Line sur la terrasse avec un bol de salade de fruits de mer.

C'est toujours Sofie qui paie, songea Line. Cela lui donnait un peu mauvaise conscience, même si elle savait que son amie avait les moyens.

L'achat de la maison avait porté un coup à ses finances. Line se figurait qu'elle serait à l'aise, mais les travaux avaient coûté plus cher qu'elle ne le pensait. Ce n'allait pas être évident de payer les traites et les intérêts avec des revenus de pigiste quand elle serait seule avec un enfant à charge.

Maja bougea dans sa poussette à l'ombre des vieux arbres. Line se dit qu'elle n'aurait qu'à apporter quelque chose la prochaine fois. Un gâteau ou un cadeau pour Maja.

Sofie arriva du salon avec un pichet en verre dans une main et son iPad dans l'autre.

« Ils ont trouvé, annonça-t-elle en levant les yeux de l'écran. L'argent vient d'un braquage à Drammen. »

Line se leva. Sofie lui tendit la tablette. C'était *Dagbladet* qui annonçait la nouvelle. Le don d'un million de couronnes était issu d'un braquage brutal.

Line parcourut l'article. La police avait découvert que plusieurs billets venaient du braquage d'un transport de valeurs devant le centre commercial Gullskogen à Drammen en 2005. Deux gardes de Securitas avaient été menacés au revolver et au fusil de chasse. L'un d'eux avait perdu connaissance quand on l'avait frappé avec la crosse de l'arme.

Le montant total du braquage s'élevait à près de

huit millions de couronnes, mais avec l'argent que les braqueurs avaient pris, il y avait aussi une mallette de billets qui devaient remplir un distributeur et c'étaient ces billets dont on venait de retrouver les numéros de série dans ce don anonyme.

Personne n'avait jamais été arrêté pour cette infraction.

« Qu'est-ce qu'on fait ? demanda Sofie en se laissant choir dans un fauteuil de jardin.

— Rien, répondit rapidement Line.

— Imagine s'il a participé… »

Line cliqua sur un lien vers le dossier sur l'affaire que *Dagbladet* avait constitué en 2005.

« J'en doute, dit-elle, sans dévoiler l'impression qu'elle s'était faite du grand-père de Sofie comme commanditaire et organisateur. Il était déjà vieux à l'époque », lui rappela-t-elle.

L'article de 2005 n'expliquait rien de plus, si ce n'est que ce braquage était le septième en deux ans dans la région de Drammen.

« Mais pourquoi avait-il l'argent dans son coffre ?

— On a pu le lui donner comme paiement », suggéra Line.

Elle s'était renseignée après qu'elles avaient découvert l'argent. L'argent marqué était souvent utilisé comme moyen de paiement dans les milieux criminels, mais à seulement dix pour cent de sa valeur. L'acheteur de billets neutralisés s'occupait aussi de les changer dans des machines à sous et autres lieux de paiement où les billets étaient lus par une machine.

« Pourquoi ne les a-t-il pas juste brûlés ? poursuivit Sofie. Ils ne valaient rien de toute façon. »

Line se rassit et posa l'iPad sur la table.

« Tu n'es pas responsable de ça, dit-elle en les servant de boisson fraîche. Tu ne peux pas avoir mauvaise conscience pour un truc qu'a fait ton grand-père.

— Je sais, mais j'ai quand même le sentiment de devoir réparer tous les torts qu'il a causés.

— Le mieux que tu puisses faire est de prendre soin de toi, de faire en sorte que Maja ait une meilleure enfance et un meilleur point de départ dans la vie que toi. »

Sofie lui sourit furtivement.

Line se pencha au-dessus du saladier.

« Je peux manger des fruits de mer sans risque ? » Line connaissait la réponse, mais elle essayait de lui changer les idées.

« Oui, oui, assura Sofie, mais il paraît qu'il faut faire attention aux crevettes quand on allaite, pour éviter une allergie chez l'enfant. Alors tu devrais en profiter maintenant. »

Line se servit. Elles changèrent de sujet et parlèrent de matériel de puériculture, de travaux et de décoration. Line devait parfois faire un effort pour ne pas perdre le fil. Ses pensées revenaient constamment au contenu du vieux coffre. Les billets colorés y étaient depuis des années, mais le revolver n'avait pas dû y rester longtemps. La dernière fois qu'il avait servi était le 31 décembre. Juste après, Frank Mandt était mort, et le coffre n'avait pas été ouvert jusqu'à la semaine précédente. L'homme qui s'était servi du revolver avait été interpellé juste après le meurtre. L'arme du crime avait donc dû être acheminée ici et enfermée dans le coffre pendant les derniers jours de Frank Mandt. Le déroulé des faits paraissait illogique.

De l'autre côté de la haie, on démarra une tondeuse. Le bruit réveilla Maja et elles regagnèrent le salon, où elles la laissèrent jouer par terre.

Au bout d'une heure, Line se leva. Sofie aurait bien voulu la garder plus longtemps, mais elle avait des choses à faire chez elle.

La pelouse des voisins était tondue. La vieille dame qui y habitait était au portail, où elle payait un jeune homme torse nu pour son travail. Elle suivit Line du regard.

« Ce n'est pas vous qui venez d'aménager ?

— Non, répondit Line. Je viens juste en visite.

— Vous êtes la fille de Wisting, non ? C'est vous qui écrivez dans le journal ? »

C'était toujours comme ça. La plupart des gens savaient qui était son père.

« Je suis en congé maternité, là », précisa-t-elle en souriant et en se caressant le ventre.

Le garçon qui avait tondu la pelouse sauta sur son vélo. La voisine fit quelques pas, elle souhaitait manifestement assouvir un peu sa curiosité.

« Vous connaissez la femme qui a repris la maison ? s'enquit-elle en saisissant le portail en fer forgé d'une main.

— Nous étions ensemble à l'école primaire, répondit Line, qui ne savait pas exactement ce qu'elle pouvait dire sur le passé de Sofie. Ensuite, elle a quitté la ville. Nous ne nous étions pas revues depuis des années et tout à coup je l'ai croisée dans la rue. »

De l'autre côté du portail, la dame ne disait rien. Line sortit ses clefs de voiture.

« Elle a une très jolie maison, commenta-t-elle, surtout pour combler le silence.

— Oui, nous sommes contents d'avoir de nouveaux voisins », répondit la femme.

Line allait clore la conversation en lui souhaitant une bonne fin d'été quand une idée lui vint :

« Vous connaissiez l'homme qui habitait ici avant ? Frank Mandt ? »

La voisine secoua la tête avec détermination.

« Nous n'avions aucune relation avec lui. »

Line revint sur ses pas, vers le portail.

« Étiez-vous chez vous le soir du Nouvel An ?

— Le soir de Noël et le soir du Nouvel An, confirma la voisine. Pourquoi ?

— Savez-vous si Frank Mandt était chez lui ?

— Oui, mais nous ne lui avons pas parlé.

— Mais il était chez lui le soir du 31 décembre ?

— Oui, il me semble me souvenir de l'avoir vu, mais je ne crois pas qu'il ait eu de visite. Pas ce soir-là en tout cas. Il restait beaucoup sur son quant-à-soi. Je ne crois pas qu'il avait de la famille.

— Quand l'avez-vous vu le 31 décembre ? Vous vous en souvenez ?

— Eh bien, notre fils est venu nous voir avec nos petits-enfants vers 17 h 30. Ils étaient invités à 17 heures, mais il avait neigé et ils ont eu du mal à se garer. Mandt n'avait pas précisément facilité l'opération. Il avait pelleté son allée en envoyant toute la neige dans la rue, mais je n'ai rien dit. »

Line resta perdue dans ses pensées.

« Pourquoi ? s'enquit la voisine.

— Non, pour rien, répondit Line en se dirigeant vers sa voiture. Je me demandais juste s'il pouvait avoir été ailleurs. »

32

Il était 15 h 15 quand l'accès électronique à l'affaire du Nouvel An s'ouvrit. Wisting imprima le dossier complet, remplit un thermos de café et se lança dans sa lecture.

Il y avait d'abord un rapport d'intervention qui rendait compte de la façon dont la police avait été avertie du meurtre et de ce qu'avait trouvé la première patrouille arrivée sur les lieux du crime.

L'alerte avait été donnée par le central des ambulances. Une femme vivant dans un appartement du voisinage avait entendu deux détonations alors qu'elle était dans l'escalier. Comme on tirait des feux d'artifice le 31 décembre, elle n'avait d'abord pas réagi, mais en sortant, elle avait entendu quelqu'un crier d'appeler une ambulance et vu deux hommes accroupis à côté d'une femme au sol.

La police était arrivée avant l'ambulance. Un médecin qui passait par là avait fait un massage cardiaque, mais la femme était morte.

Parmi les gens qui s'étaient massés sur les lieux du crime, trois hommes étaient indiqués comme témoins oculaires. L'un d'eux avait vu la scène, les deux autres avaient entendu les coups de feu et vu le coupable s'enfuir. Ils avaient donné un signalement concordant, qui avait été transmis sur la radio de la police.

Wisting soulignait certaines phrases et écrivait des notes dans la marge, tout en sachant qu'il trouverait sans doute des réponses aux questions soulevées plus loin dans la pile de documents.

Le rapport suivant évoquait l'arrestation de Dan Roger Brodin, un homme de vingt-cinq ans. La voiture de patrouille Kilo 2-0 se dirigeait vers la scène de crime quand l'avis de recherche avait été lancé. Au niveau de l'Ernst Hotell, les policiers avaient vu quelqu'un qui correspondait. Celui-ci avait changé de direction en les voyant et s'était mis à courir. Ils l'avaient poursuivi à travers quelques cours d'immeubles. À la gare routière, ils l'avaient perdu de vue, mais l'avaient finalement interpellé peu après, derrière des bennes à ordures de l'embarcadère de Color Line. Il avait dans la poche la fameuse carte que la police estimait être la preuve qu'il avait planifié d'intervenir là où il l'avait fait.

Après l'arrestation, on l'avait conduit sur les lieux du crime, où se trouvaient toujours les témoins, et il avait été identifié comme étant bien le coupable.

Wisting cocha dans la marge. C'était une façon peu traditionnelle, mais efficace, de confronter les témoins avec un suspect. La valeur de preuve était réduite parce qu'il n'était pas identifié parmi d'autres personnes, comme quand on plaçait les témoins face à des photos et qu'ils devaient choisir parmi plusieurs visages, mais en même temps, les témoins se souvenaient mieux quand les événements étaient récents. Quand ils n'avaient pas encore subi l'influence des médias ou autre et n'étaient pas encore en proie au doute et à l'incertitude.

Le rapport de scène de crime ne contenait pas grand-chose. Une description de la victime elle-même, une autre des lieux, des renseignements comme le temps, le vent et la température. Avant le meurtre, il était tombé trente centimètres de neige dans le centre de Kristiansand, mais la majeure partie avait été dégagée. L'asphalte de la rue où gisait la victime était sec, si bien qu'ils n'avaient pas pu relever d'empreintes de pas.

Wisting survola les photos. Il n'éprouvait pas le besoin d'examiner les détails du dossier iconographique, mais le laissa ouvert sur une carte où était indiqué le lieu du crime.

Le rapport d'autopsie décrivait une trajectoire unique dans le dos, qui avait provoqué de grandes déchirures dans la cage thoracique. La balle dans la nuque avait été instantanément mortelle et les blessures à la poitrine étaient de nature létale aussi. On avait trouvé de la poudre brûlée autour de l'impact dans la nuque, ce qui indiquait une distance de tir de moins d'un mètre. La balle dans le dos avait été tirée à une distance comprise entre un et trois mètres.

Wisting souligna les mots dos et nuque. Puis il trouva un post-it, traça un point d'interrogation dessus et le colla au sommet de la page. Le meurtre du Nouvel An était dépeint comme un braquage qui avait mal tourné. Le coupable avait pris le téléphone de la victime, son sac était resté, mais les tirs semblaient avoir été ciblés.

Il s'abstint de regarder les photos du corps nu sur

la table d'autopsie, mais étudia les deux projectiles en forme de champignon qu'on avait retirés du corps.

Un long rapport décrivait la recherche de l'arme du crime. Aussi infructueuse que celle du téléphone.

Quand il lisait dans quelles rues on avait cherché avec des chiens, quelles poubelles avaient été fouillées et où on avait plongé, Wisting se reportait à la carte. On était même allé sur des toits d'immeubles pour le cas où le tueur y aurait lancé le revolver. Tout ce travail était resté vain.

La déposition du témoin principal laissait peu de doute quant à ce qui s'était passé. Comme la victime et plusieurs témoins, le dénommé Einar Gjessing se rendait à une soirée, mais contrairement à de nombreux autres, il n'avait pas encore commencé à boire et était sobre quand il avait assisté au meurtre.

Il venait de franchir le coin de Holbergs gate et Dronningens gate quand son attention avait été attirée par la victime et le coupable. La femme s'était dégagée alors que l'homme la tenait. Celui-ci avait braqué un pistolet sur elle et tiré deux balles. Les tirs avaient projeté la femme au sol. Le tueur avait ensuite couru vers lui et l'avait croisé à seulement quelques mètres de distance. Le témoin avait choisi de le poursuivre pour renoncer après un pâté de maisons et revenir sur les lieux du crime. Entre-temps, les deux autres témoins étaient arrivés sur place. Puis des gens s'étaient attroupés, notamment le médecin qui avait déclaré la mort de la femme.

Einar Gjessing avait été entendu à deux reprises. Il s'était expliqué de la même façon les deux fois, mais plus en détail lors de la deuxième audition. La description du coupable et de ses vêtements était plus exhaustive, et il indiquait plus avant d'où il arrivait lui-même et jusqu'où il avait suivi le tueur. En même temps, il précisait que c'était sous réserve que ses souvenirs soient bons. L'interrogatoire s'étirait sur plus de huit pages, mais Wisting nota que certaines questions n'étaient pas posées, comme celle de savoir si le tueur ou la victime avaient dit ou crié quelque chose.

Les autres témoins étaient deux copains du même âge, Terje Moseid et Finn Bjelkevik.

Ils allaient à la même fête et avaient eu la même perception des événements. Ils avaient entendu les tirs, vu la femme au sol et un homme qui s'enfuyait. Ils avaient fait leur possible pour stopper les hémorragies et secourir la femme mourante, en vain. Ils avaient l'impression qu'elle était déjà morte avant l'arrivée du médecin qui était passé par là.

L'interrogatoire du prévenu était bref. Dan Roger Brodin, surnommé Danny. Il niait le meurtre et tout rapport avec l'affaire. La majeure partie de l'interrogatoire avait été consacrée à ses explications sur sa précédente condamnation. Libéré en conditionnelle le 22 décembre, après avoir purgé une peine pour violences et consommation de drogue, il vivait dans un logement social aux abords de la ville.

Certaines des questions et réponses étaient consignées sous forme de dialogue :

« Pourquoi couriez-vous ?

— Parce que la police arrivait.

— Et pourquoi vous êtes-vous caché ?

— Pour ne pas qu'on me trouve. »

Il n'y avait eu aucun aveu et l'interrogatoire s'était terminé au bout d'à peine une heure. C'était la seule déposition que Dan Roger Brodin ait faite. Dans le procès-verbal d'interrogatoire suivant, son avocat avait déclaré que son client n'avait rien à ajouter aux explications fournies.

Wisting progressa dans la pile, où il trouva des auditions qui, assemblées, donnaient une idée du parcours de Brodin. Son père ne faisait plus partie du paysage avant même sa naissance. Sa mère s'était ensuite mariée et avait divorcé deux fois, Danny et elle avaient beaucoup bougé. Huit écoles primaires. Première arrestation à l'âge de treize ans. On l'avait retiré à sa mère et il était devenu un de ces enfants toujours entre deux portes des services sociaux. Avant qu'on ne renonce à son cas quand il avait dix-sept ans, il était passé par trois familles d'accueil, trois foyers et institutions de psychiatrie pour adolescents et quatre foyers de soin. Il avait fugué de la plupart de ces endroits. Ailleurs, il avait été si difficile qu'il s'était fait expulser pour la raison même pour laquelle on l'avait d'abord admis.

Le dossier suivant contenait les témoignages sur la victime. Elise Kittelsen était la plus jeune de trois enfants. Ses parents tenaient un magasin de chaussures, où elle travaillait le soir et le week-end. En deuxième année de formation pour devenir institutrice, elle avait un large cercle d'amis.

Les interrogatoires indiquaient clairement que c'était une gentille fille. Des enquêteurs avaient néanmoins essayé de gratter un peu sous la surface. Son frère aîné l'avait plusieurs fois mise en garde contre certains de ses amis, consommateurs de drogues, notamment un garçon plus âgé avec qui elle avait une liaison. Personne n'avait très envie de critiquer une morte, mais quelques copines confirmaient qu'elle traînait dans un milieu peu fréquentable. Cela ne changeait rien au fait que c'était une victime et les médias brossaient d'elle un portrait sans aspérités.

Pour finir, Wisting s'attaqua aux rapports de laboratoire. L'un d'eux mentionnait des restes de poudre relevés sur la main droite et la manche de veste du prévenu. Quant aux analyses de sang, celles de la victime montraient un taux d'alcool de 0,08 g/L, ce qui concordait avec la bouteille de cidre de poire vide dans sa chambre. Dan Roger Brodin, lui, avait un taux d'alcool de 1,79. On avait en outre identifié des traces de THC parce qu'il avait fumé du haschich.

Rien de ce que Wisting avait lu ne semblait avoir un quelconque rapport avec l'affaire Hummel. Le plus approchant était l'interrogatoire de deux chauffeurs de taxi qui avaient assisté à la fuite de Brodin dans les rues du centre, sans qu'il parvienne à identifier de lien avec leur propre chauffeur de taxi disparu.

Cette pile de papiers avait beau faire presque vingt centimètres de haut, il aurait bien voulu avoir aussi accès aux documents code zéro, c'est-à-dire les tuyaux du public, les analyses et le renseignement qui ne figuraient pas dans le dossier – mais il doutait que Ryttingen accepte de les partager.

La documentation dont il disposait avait beau être conséquente, il sentait qu'il manquait quelque chose. L'enquête n'avait pas permis de révéler ce qu'il était advenu de l'arme du meurtre, d'accord, mais d'où venait-elle, cette arme ? Où Dan Roger Brodin l'avait-il obtenue ? Parmi ses connaissances, personne ne l'avait jamais vu avec une arme ni entendu en parler.

Il était près de 19 heures et il sentit qu'il devrait se sustenter quelque peu avant de continuer de faire le tri dans ses pensées. Subitement, il se souvint qu'il avait accepté l'invitation à dîner de Christine Thiis.

Il se leva et lorsqu'il posa la pile de papiers sur son bureau, les documents du dessus glissèrent par terre. Il les laissa et partit en toute hâte.

33

Il n'était jamais allé chez Christine Thiis, mais savait qu'elle habitait Bekkegata à Langestrand. C'était la partie la plus ancienne de la ville. Les rues étroites partaient en tous sens et il avait toujours du mal à y trouver son chemin.

La maison était en contrebas de la colline. Blanche avec une porte d'entrée verte et un petit jardin.

En sortant de sa voiture, il songea qu'il aurait dû apporter une bouteille de vin ou des fleurs, mais c'était trop tard.

Il sonna à la porte, recula de deux mètres et contempla la maison pendant qu'il attendait. Elle semblait repeinte de frais, et des plantes vertes vigoureuses ornaient les fenêtres.

Christine Thiis arriva par l'arrière de la maison. Vêtue d'une robe longue en coton, elle était pieds nus et cet été ensoleillé semblait lui avoir donné de nouvelles taches de rousseur.

« Je suis désolé d'être en retard, s'excusa-t-il.

— L'essentiel, c'est que tu sois venu, répondit-elle en souriant. J'ai préparé trop de nourriture pour manger seule. »

Il la suivit dans le jardin.

« Je lisais le dossier de Kristiansand », expliqua-t-il.

Elle ne releva pas et il se souvint que cette visite était censée être un intermède dans le travail.

La table était mise pour deux, avec une nappe blanche et un bouquet luxuriant. Christine Thiis partit à l'intérieur et revint avec divers petits mets sur un plat : œufs garnis, brochettes, asperges au jambon cru, galettes, boulettes de viande et poulet.

« Tout ça juste pour nous deux ? » s'étonna-t-il.

Elle sourit.

« Je ne savais pas ce que tu aimais.

— Tu n'aurais pas dû te donner tout ce mal. »

Elle se dirigea de nouveau vers la porte de la terrasse. Elle revint avec un saladier qu'elle posa sur la table, un souffle de vent plaqua le tissu fin de sa robe sur son corps.

« Tout vient du rayon traiteur du supermarché. Sauf la salade, que j'ai faite moi-même. »

Ils dînèrent sans évoquer le travail. Elle lui parla d'un restaurant de tapas en Espagne, et lui fit part de ses expériences gastronomiques en France lors d'un voyage professionnel. Elle s'enquit de Line et de ses travaux. Il répondit et l'interrogea à son tour sur ses enfants. Elle avait quinze ans de moins que lui, ses enfants vivaient toujours chez elle, mais là, ils passaient un mois dans la capitale, chez leur père.

Ils continuèrent sur ce mode jusqu'à ce que la conversation se tarisse.

« Ce que tu as lu t'a-t-il renseigné ? » demanda-t-elle.

Wisting reposa ses couverts.

« Pas vraiment, répondit-il avant de lui faire un bref résumé. Je crois que je voudrais lui parler, conclut-il.

— À qui ?

— Dan Roger Brodin. »

Elle fronça les sourcils.

« Le tueur ? »

Il acquiesça.

« J'ai besoin qu'on m'explique de façon sensée comment l'arme a atterri là.

— Ce n'est pas notre affaire, lui rappela-t-elle. Tu ne peux pas poser des questions au prévenu d'une autre affaire.

— Pourquoi ?

— Il a déjà refusé de répondre à celles des enquêteurs qui en ont la charge. »

Wisting saisit la bouteille de nectar de pomme et ôta le bouchon. Il y avait aussi une bouteille de vin, mais comme il était venu en voiture et devait conduire pour rentrer, elle était restée intacte.

« Justement, dit-il en la servant avant de remplir son propre verre. Peut-être qu'il voudra répondre aux miennes.

— Ils ne te laisseront pas l'interroger. C'est leur affaire.

— Nous aussi, on a une affaire. Dan Roger Brodin est un témoin du dossier Hummel. À notre connaissance, il est la dernière personne à avoir eu le revolver entre les mains.

— Mais on est loin de Jens Hummel. Le seul lien que nous ayons, c'est l'arme retrouvée parmi les effets de Mandt et le taxi dans sa grange. C'est terriblement maigre.

— À quoi s'ajoute que Hummel était à Kristiansand au moment du meurtre. »

Le crépuscule était descendu. Christine se leva pour allumer quelques bougies. Il était vingt-deux heures passées, mais il faisait encore suffisamment chaud pour rester dehors.

« Son avocat non plus ne marchera jamais là-dedans, déclara-t-elle après avoir réfléchi, son client nie tout rapport avec le meurtre. Il ne va jamais te dire comment l'arme du crime a pu atterrir chez nous. »

Wisting haussa les épaules.

« Je peux lui poser d'autres questions.

— Lesquelles ?

— S'il connaît Frank Mandt ou s'il sait qui est Jens Hummel. Ça ne peut pas faire de mal d'essayer.

— Ça pourrait faire du mal à tes relations avec tes collègues de Kristiansand et aux miennes avec le procureur de la Couronne.

— Tu as raison », admit-il en s'avançant au-dessus de la table pour chasser un papillon de nuit qui volait dangereusement près de la flamme d'une bougie.

Elle secoua la tête.

« Non, c'est toi qui as raison, bien sûr. Si tu penses que Dan Roger Brodin pourrait avoir des informations importantes pour nous, il faut bien sûr que tu ailles lui rendre visite en prison.

— Voyons d'abord ce que la journée de demain nous apportera », conclut Wisting en souriant.

Au même instant, son téléphone sonna. Il était si profondément enfoncé dans sa poche qu'il dut finalement se lever pour l'extirper de son pantalon.

C'était Suzanne. Il envisagea de ne pas répondre, mais le fit quand même.

« Salut, fit-il en s'éloignant à quelques mètres de la table.

— Salut, répondit Suzanne. J'espère que je ne dérange pas.

— Non, c'est bon.

— Elle est démasquée, expliqua Suzanne. Le contrôleur de la société de surveillance que tu avais fait venir l'a prise sur le fait. »

Wisting passa le téléphone sur son autre oreille.

« Elle a avoué ?

— À la fin, oui. On vient de se réunir. Elle a invoqué beaucoup d'excuses et de prétextes, mais à la fin, elle a signé une lettre de démission et une reconnaissance de dette de cinquante mille couronnes. Beaucoup de larmes et d'explications. Je me sens complètement vidée et j'avais besoin de parler à quelqu'un.

— Je suis content de savoir que c'est terminé. »

Suzanne prit une inspiration difficile.

« Il est trop tard ou tu as la possibilité de venir faire un tour ?

— Maintenant ?

— Enfin, seulement si ça te convient. »

Il regarda sa montre, puis Christine, qui ressortait de la maison avec du café et un gâteau sur un plat. Il avait envie de rester plus longtemps, mais ne trouvait pas les mots justes pour éconduire Suzanne.

« Ou alors tu pourrais passer demain, proposa Suzanne comme il hésitait.

— Je peux venir juste après le boulot », promit-il.

Suzanne le remercia et conclut son appel en s'excusant d'avoir téléphoné si tard.

Wisting se rassit. Une sauterelle commençait à chanter. Jugeant qu'il devait expliquer à Christine qui l'avait appelé, il lui parla des vols dans la caisse du café de Suzanne.

Le coup de fil avait un peu cassé l'ambiance et, une demi-heure plus tard, il rentra chez lui.

34

Il n'était que 7 heures du matin, mais il faisait déjà lourd quand Wisting se rendit au commissariat. Au large, le ciel se recroquevillait sur des nuages bleu foncé. Il allait pleuvoir avant la fin de la journée.

Chaque jour sans résultats rendait les réunions fixes du matin plus laborieuses. Les enquêteurs avaient tous leurs missions, mais leurs investigations ne faisaient pas avancer l'affaire.

« C'est difficile de faire parler quelqu'un, fit remarquer Hammer. Frank Mandt a mené ses activités pendant des décennies sans que personne du milieu ne le dénonce.

— Ce sera peut-être plus facile maintenant qu'il est mort, suggéra Christine Thiis. Plus personne n'a de crainte à avoir. »

Nils Hammer haussa les épaules.

« Peut-être, répondit-il en se levant, mais ces gens n'ont pas précisément la réputation d'aider la police. »

Les chaises raclèrent le sol et la salle de réunion se vida. Wisting classa ses papiers et fut le dernier à se lever. Christine Thiis l'attendait à la porte.

« Merci pour hier soir, fit-elle en souriant.

— C'est moi qui te remercie. » Wisting sourit aussi, il chercha un commentaire plaisant à faire sur leur soirée, mais elle avait déjà disparu dans son bureau.

Il rejoignit le sien et demanda à Nils Hammer de venir.

« J'aimerais que tu m'accompagnes chez Klaus Wahl. »

Hammer accepta d'un signe de tête et passa un cure-dent d'un coin de sa bouche à l'autre.

« Il fait partie du cercle de relations de Frank Mandt, poursuivit Wisting. C'est l'un de ses proches. C'est lui qui l'a trouvé mort dans sa cave.

— Qu'est-ce que tu sais d'autre sur lui ?

— Pas grand-chose. Casier judiciaire vierge. Soixante-quatorze ans, il travaillait dans une entreprise de fret de conteneurs. Veuf depuis 2002. Il habite Blokkhusveien. »

Hammer se leva.

« Alors on y va ? »

Les casemates étaient bien visibles sur les hauteurs de Stavern. Elles ressemblaient à des greniers de ferme sur pilotis et avaient été construites à la fin du dix-huitième siècle comme postes de vigie et positions de tir. La rue qui portait leur nom se trouvait à Ausrød, à la sortie du centre-ville.

Klaus Wahl vivait dans une maison individuelle entre les buttes rocheuses. C'était un vieil homme de petite taille, aux cheveux argent. Quand ils arrivèrent devant chez lui, il était penché avec une clef anglaise au-dessus d'une tondeuse démontée. Ses jambes blanches dépassaient d'un short bien trop ample. Un mégot pendait au coin de sa bouche.

Il les observa alors qu'ils sortaient de la voiture et le saluaient d'un petit signe de tête.

« Klaus Wahl ? fit Wisting.

— Qui le demande ? »

Wisting et Hammer se présentèrent.

« C'est au sujet de Frank Mandt », précisa Wisting.

Les yeux du vieil homme se plissèrent.

« Il faut le laisser reposer en paix.

— Et il va reposer en paix, assura Wisting, mais il a laissé des traces derrière lui. »

Wahl ne dit rien.

« C'est vous qui l'avez trouvé ? » vérifia Hammer.

Klaus Wahl acquiesça.

« Ça faisait quelques jours qu'il était mort. Je vous ai déjà tout expliqué.

— Vous aviez l'habitude de vous voir à la boulangerie ?

— Il était diabétique et avait souvent des vertiges. Comme il ne venait pas, je suis allé chez lui. Il était tombé dans l'escalier de la cave. Voilà, c'est tout. »

Wisting montra des meubles de jardin sous un parasol devant la maison.

« On peut s'asseoir ? »

Klaus Wahl les suivit un peu à contrecœur vers la table et les chaises.

« Il avait arrêté ces histoires d'alcool, vous savez, observa-t-il en s'asseyant. Il s'était retiré. Il avait près de quatre-vingts ans.

— Il avait toujours la ferme de Huken », remarqua Wisting.

Klaus Wahl eut l'air de chercher une réponse adéquate.

« Ça faisait plusieurs années qu'il n'y était pas allé », dit-il en ramassant un briquet sur la table.

Wisting le regarda alors qu'il rallumait la cigarette qui pendait toujours à sa commissure.

« C'est là qu'on a retrouvé le taxi de Jens Hummel.

— Je lis les journaux, répondit Wahl.

— Savez-vous s'ils se connaissaient ? »

Wahl ôta un brin de tabac de sa lèvre inférieure.

« Ben, ça lui arrivait de prendre le taxi.

— Et Aron Heisel ? tenta Wisting. Il habitait à la ferme quand il n'était pas en Espagne. »

Klaus Wahl recracha lentement sa fumée par le nez.

« Je n'ai jamais été dans ces trucs-là. On avait fait un peu les cons ensemble quand on était dockers, il y a près de cinquante ans. On était jeunes. Pour moi, ça n'a duré qu'un temps, mais Frank était plus audacieux. Il a pris des risques que je n'étais pas prêt à prendre.

— Mais vous êtes restés en contact ?

— C'est une petite ville. C'étaient plutôt nos femmes qui se fréquentaient. Des copines d'enfance. Nous, on suivait. Quand elles ont disparu, on a continué de se voir. »

Wisting fit une nouvelle tentative :

« Que savez-vous d'Aron Heisel ?

— C'était un aide. Un garçon de courses. Enfin, je n'ai pas l'intention de vous parler de ça. Il n'a qu'à le faire lui-même, s'il en a envie. »

Wisting se renfonça dans sa chaise et croisa les jambes. Hammer l'imita. Ils étaient convenus de faire une rencontre informelle. Dans les milieux comme celui dont Frank Mandt avait été une figure dirigeante, il était toujours plus facile de faire parler les gens hors de la salle d'interrogatoire, sans que rien ne soit écrit ni enregistré.

« Qui lui a succédé ? » interrogea Hammer.

Klaus Wahl le dévisagea sans rien dire, comme s'il n'avait pas compris la question ou trouvait que Hammer aurait dû savoir qu'il était vain de poser une question pareille.

« Vous disiez que Frank Mandt avait arrêté, continua Hammer. Qu'il s'était retiré. Qui lui a succédé ? »

Le vieil homme sortit ce qui restait de sa cigarette de sa bouche et l'éteignit en pinçant la braise entre son pouce et son index.

« Je ne sais pas si quelqu'un lui a succédé, répondit-il en jetant son mégot sous un arbuste aux fleurs violettes. Quand il est devenu diabétique, il a levé le pied et ensuite il s'est arrêté.

— Il y avait douze kilos d'amphétamines à Huken, l'informa Hammer.

— Aron Heisel doit bien avoir une explication ? »

Wahl ramassa sa clef anglaise sur la table, ce que Wisting prit comme un signe que leur conversation se terminait. L'homme ne voulait clairement rien dire qui puisse ternir la mémoire de son défunt ami.

« Pour moi, c'était un type bien, déclara Klaus Wahl en se levant. Je ne sais pas ce que vous avez entendu sur lui, mais je n'étais pas seul à le penser. » Il cracha et se dirigea vers sa tondeuse. « Il n'y avait peut-être pas grand monde à son enterrement, mais l'église était pleine de fleurs. »

Son regard resta vissé à celui de Wisting, puis il se pencha sur son moteur démonté. On aurait dit qu'il cherchait à dire avec les yeux qu'il en savait bien plus long.

Hammer prit le volant. À ses côtés, Wisting se repassait mentalement leur conversation avec Klaus Wahl. Il essayait d'analyser ses réponses pour trouver une voie qui leur permette d'avancer.

Soudain, une idée le frappa. Il ne savait pas si Klaus Wahl avait réellement cherché à parler avec ses yeux au moment de leur départ, mais la question valait la peine d'être explorée.

« Tourne là ! » dit-il à Hammer en désignant une rue latérale.

Hammer obéit et se gara devant le fleuriste Stavern Blomstermakeri. La maison de Frank Mandt était de l'autre côté du Pumpepark. Elle était abritée des regards par une grande haie, mais on pouvait voir deux fenêtres ouvertes au premier.

« Qu'est-ce qu'on va faire ? demanda Hammer en suivant Wisting hors de la voiture.

— Le fleuriste », répondit Wisting en entrant dans le magasin sans autre explication.

Il n'était pas entré dans cette boutique depuis longtemps, mais la femme derrière le comptoir sembla le reconnaître. Elle confectionnait un ornement floral sur une bouteille de vin mais posa son ouvrage.

« C'est à propos de fleurs pour un enterrement, annonça Wisting.

— Oui, fit la propriétaire, dont le regard prit des reflets de compassion.

— L'enterrement de Frank Mandt, précisa Wisting, en expliquant que c'était une enquête. Il est mort en janvier. Avez-vous livré des fleurs ? »

La femme sortit un classeur.

« Oui, j'avais des fleurs, mais pas beaucoup. Il n'y avait pas de famille ni de proches. »

Elle feuilleta son classeur et trouva les bons documents.

« La succession a payé la raquette de fleurs du cercueil et une couronne, et puis il y avait quelques bouquets simples avec des messages de condoléances… et puis, oui, bien sûr, il y avait aussi une grande décoration commandée par Floragram. Il fallait des fleurs pour un montant de cinq mille couronnes. D'habitude, une décoration de cercueil coûte la moitié. C'était presque trop.

— Qui l'avait commandée ? » voulut savoir Wisting.

La fleuriste chaussa les lunettes pendues à un cordon autour de son cou.

« Voyons voir, c'était un homme du Sørlandet. La décoration avait été commandée au Floriss de Markens gate à Kristiansand. Il fallait inscrire PG sur le ruban, mais j'ai son nom complet et son adresse quelque part. »

Elle fit glisser son doigt sur la page en cherchant.

« Phillip Goldheim. »

Le nom ne disait rien à Wisting.

« Pourrais-je avoir une copie de ces documents ? »

La femme sortit les papiers du classeur et les passa dans un vieux télécopieur. Les documents qui en sortirent étaient plus pâles que l'original, mais parfaitement lisibles.

Wisting les plia et partit avec. Le vent s'était levé et les nuages sombres s'étaient rapprochés de la côte.

Hammer démarra et Wisting jeta un nouveau coup d'œil vers la maison de Frank Mandt. Il était normal que les gens qui avaient fait partie de son entourage de son vivant soient présents aussi à sa mort, songea-t-il en observant les commandes de fleurs d'un air satisfait. Klaus Wahl avait acheté un bouquet pour trois cent quatre-vingt-quinze couronnes, avec l'inscription « Merci pour tout » sur le ruban, le cabinet d'avocats Krogh & Co avait dépensé sept cent cinquante couronnes.

« Qu'est-ce qui était écrit sur le ruban de la grande décoration ? » s'enquit Hammer en tournant sur Larviksveien.

Wisting trouva la copie de la facture de Phillip Goldheim :

« Avec tout mon respect. »

35

Phillip Goldheim était un quadragénaire bien droit, aux yeux ardoise et aux longs cheveux rassemblés en queue-de-cheval.

Son visage occupait tout l'écran d'ordinateur de Wisting. Un regard pénétrant, comme s'il cherchait à lire les pensées du policier qui le photographiait. Wisting eut un petit frisson et recula légèrement pour permettre à Hammer et Christine Thiis d'examiner l'homme qui avait rendu un dernier hommage si généreux à Frank Mandt.

L'extrait de casier judiciaire indiquait deux condamnations mineures pour violences et une plus lourde pour l'importation de huit kilos de haschich, une affaire qui avait aussi vu un célèbre dirigeant des Hells Angels danois sur le banc des accusés.

Les fichiers de la police expliquaient qu'il s'appelait initialement Per Gregersen, mais avait changé de nom après sa libération en 2002 pour s'appeler Phillip Goldheim. Après des débuts réussis dans l'importation de voitures, il avait investi en bourse. Doué d'une éloquence certaine et d'une belle aptitude à jongler entre les emprunts et les comptes courants d'associés, il était peu à peu devenu un homme d'affaires prospère. L'argent coulait à flots. Il le dépensait en voitures de luxe et nouvelles idées commerciales. Il avait notamment lancé une société d'importation de tabac à chiquer qui n'avait pas tardé à faire faillite. Lors de ses nombreuses vacances à l'étranger, il logeait dans les meilleurs hôtels d'Europe : l'Arts à Barcelone, le Ritz à Paris et le Don Pepe à Marbella. Les vêtements de couturiers italiens cousus main étaient de plus en plus nombreux dans sa garde-robe et s'assortissaient de montres chères et de bagues en or.

La police de Kristiansand soupçonnait ces activités lucratives de reposer sur la criminalité et le blanchiment d'argent de la drogue.

Dans le cadre d'une mission de renseignement dont le nom de code était Mister NiceGuy, les enquêteurs avaient effectué un gros travail de recensement des finances de Phillip Goldheim, mais ils ne semblaient pas avoir trouvé leur chemin dans ce dédale d'emprunts, de comptes courants d'associés et de changements de créditeurs. Nombre des investissements étaient faits dans des pays comme l'Espagne et le Brésil. Les revenus étaient administrés par des sociétés immobilières et financières étrangères. La vieille formule « suivez l'argent » semblait inopérante. Ils avaient donc suivi une autre piste. Il apparaissait clairement qu'ils avaient un informateur dans l'entourage de Phillip Goldheim. Quelqu'un qui aurait la possibilité de mettre la police sur le coup la prochaine fois qu'il recevrait une cargaison de drogue.

Au cours de l'automne précédent, les informations de la source avaient commencé à devenir plus concrètes, mais elles semblaient s'être soudain taries complètement. Était-ce une coïncidence que ce soit arrivé au moment de la mort de Frank Mandt ?

« Avec tout mon respect, lut Christine Thiis à voix haute. Comment est-on censé interpréter ça au juste ?

— Bonne question, commenta Hammer. Mandt et lui étaient-ils partenaires ? Ou était-ce un hommage à un concurrent respecté ? »

Wisting ne savait pas comment attaquer cette nouvelle information. D'après ce qu'il lisait, Goldheim semblait être un personnage central des milieux criminels du Sørlandet, tout comme Mandt dans l'Østlandet. Le lien qui les unissait était cette décoration funéraire.

Les premières gouttes de pluie atteignirent la fenêtre alors que Torunn Borg et Espen Mortensen entraient dans son bureau chacun avec son café. Wisting n'avait pas vu de raison de déplacer tout le monde dans la salle de réunion.

« OK, fit-il en se redressant sur sa chaise. Que savons-nous sur Frank Mandt que nous ne savions pas ce matin ?

— La seule famille qu'il ait, c'est une petite-fille et une arrière-petite-fille, informa Torunn Borg. La petite-fille s'appelle Sofie Lund. »

Wisting ramassa son stylo-bille sur la table et le fit tourner entre ses doigts en écoutant.

« Je n'ai pas trouvé son numéro de téléphone, donc je suis allée chez elle, elle habite dans la maison de son grand-père, mais il n'y avait personne.

— Elle a un casier ? demanda Hammer.

— Non, seulement deux affaires de scène de ménage à Oslo. La police est allée à l'appartement qu'elle partageait avec le père de l'enfant. Il n'était manifestement pas gentil avec elle. »

Wisting adressa un signe de tête à Torunn Borg et voulut passer à la suite, mais elle continua : « En revanche, j'ai pu parler aux voisins, qui m'ont dit que Frank Mandt était chez lui le 31 décembre. Il a pelleté de la neige dans l'après-midi.

— Alors ce n'est pas lui qui est descendu à Kristiansand dans le taxi de Jens Hummel », conclut Hammer.

Dehors, la pluie se renforçait à mesure que les enquêteurs présentaient leurs résultats du jour. Rien de ce qu'ils avaient déterré n'indiquait un lien entre Frank Mandt et Jens Hummel. Il leur manquait un maillon de la chaîne. Un point de jonction.

Torunn Borg resta dans le bureau après les autres.

« Nous ne sommes pas les seuls à avoir interrogé les voisins sur les allées et venues de Frank Mandt le soir du Nouvel An, dit-elle.

— Non ?

— Line leur a posé la même question. »

Wisting reprit son stylo. Au loin, il entendait le tonnerre.

« Elle était à l'école primaire avec la petite-fille de Mandt, répondit-il en toussotant. Elles se sont rencontrées par hasard cet été.

— Donc le revolver n'a pas été remis de façon tout à fait anonyme ?

— C'est Line qui l'a apporté, admit Wisting. Sofie Lund l'a trouvé dans les affaires de son grand-père maternel et elle voulait le balancer à la mer. Je vais les faire venir demain, toutes les deux. Comme ça, nous aurons une déposition officielle. »

Torunn Borg acquiesça. Elle attendit quelques instants, puis quitta le bureau.

Wisting se pencha en avant, posa les bras sur son bureau et joignit les mains en écoutant pensivement la pluie tambouriner sur le rebord de la fenêtre. Le téléphone le tira de ses pensées creuses.

L'homme qui l'appelait se présenta comme Ragnvald Hagen, de l'identité judiciaire de la Kripos.

Wisting serra sa main autour du téléphone. En règle générale, un appel direct de l'identité judiciaire signifiait qu'on avait une correspondance.

« Vous êtes au courant de l'affaire du don braqué ? » demanda l'homme au bout du fil.

Le concept était étranger à Wisting.

« Le don braqué ?

— On en a parlé dans les journaux, expliqua Hagen. L'association Non à la Drogue a reçu un don anonyme d'un million de couronnes la semaine dernière, mais les billets étaient neutralisés. Les numéros de série ont été retracés et ils viennent du braquage d'un transport de valeurs à Drammen en 2005. »

Wisting regarda dehors en entendant un coup de tonnerre. La pluie tombait dru.

« Nous avons reçu les billets pour examen, poursuivit le spécialiste des empreintes digitales. On a trouvé plusieurs empreintes dessus, mais il y a un motif de boucle qui revient. C'est pour ça que je vous appelle. Cette empreinte est celle d'Aron Heisel. L'homme que vous avez en détention provisoire. »

Wisting put enfin utiliser son stylo. Il écrivit.

« L'argent venait d'un braquage en 2005, vous disiez ?

— Oui, deux gardes s'étaient fait agresser devant

un centre commercial de Drammen. Notre interprétation est que Heisel a dû être en contact avec l'argent après.

— Et l'argent reparaît maintenant, comme don anonyme ?

— Oui, envoyé par la poste.

— Vous savez d'où il a été envoyé ?

— Non, impossible de le retracer. La poste ne met plus le nom de lieu sur le cachet. »

Un nouveau coup de tonnerre fit clignoter la lumière du plafond.

« Je vous envoie une copie de nos rapports par la voie habituelle, conclut Ragnvald Hagen, mais c'est tout de même assez particulier, donc je voulais vous informer tout de suite. »

Wisting le remercia et raccrocha, sans trop savoir si ce qu'il avait appris allait les aider pour la suite ou seulement ajouter à la confusion générale. Quoi qu'il en soit, il suspectait largement d'où venait l'argent.

36

Line ouvrit le robinet et versa une bonne dose de sels de bain dans la grande baignoire. Jusqu'ici, elle s'était contentée de douches et ne l'avait pas encore testée, mais aujourd'hui, les nuages sombres invitaient à un bon bain délassant.

Elle se déshabilla et fit tourner une machine pendant que la baignoire se remplissait peu à peu. Puis elle tamisa la lumière et alla chercher une bougie parfumée avant de se glisser lentement dans l'eau chaude. Elle se renversa en arrière en soupirant d'aise. Pendant les trente prochaines minutes, elle n'allait rien faire d'autre que se relaxer.

La mousse embaumait la vanille et la cannelle. Elle souffla sur le savon qui recouvrait sa poitrine et son ventre rond. Les bulles iridescentes éclatèrent, révélant sa peau pâle.

Le bébé vint lui rappeler ce qui approchait en donnant quelques coups de pied. Chaque jour qui passait, elle redoutait un peu plus l'accouchement. C'était une forme de peur qu'elle n'avait pas connue par le passé. Peur de la douleur, de la longueur de l'accouchement, peur de ne pas y parvenir, de ne pas arriver à temps à l'hôpital, peur de l'épisiotomie, de la déchirure, peur aussi qu'il y ait un problème chez l'enfant. Elle n'avait pas le contrôle et elle était toute seule. C'était cela le plus effrayant.

Elle s'enfonça un peu plus dans l'eau, ferma les yeux et laissa son esprit se vider de ses pensées alors que la vapeur montait autour d'elle. Puis elle plongea la tête sous la surface et resta longtemps sans respirer avant de se remettre assise.

Le silence régnait dans la maison. On n'entendait que les chocs sourds du lave-linge et la pluie à l'extérieur, Line regrettait de n'avoir pas mis un peu de musique douce.

Elle tendit la main vers son éponge, mais un bruit l'interrompit dans son geste. Comme si la porte d'entrée s'ouvrait. Elle avait envisagé de la verrouiller quand elle était dans la laverie, mais avait ensuite oublié.

Elle resta parfaitement immobile, l'oreille tendue, elle était sûre d'avoir entendu des pas. Quelqu'un dans la maison.

Puis elle entendit une voix familière dans le vestibule.

« Il y a quelqu'un ? »

Son père.

« Oui, je suis là ! Je prends un bain.

— Ta sonnette ne marche pas.

— Je sais.

— Tu en as pour longtemps ? s'enquit-il de l'autre côté de la porte.

— Comment ça ?

— Il faut que je te parle. En attendant, je peux

regarder si je trouve comment marche ta machine à café. »

Line se pencha pour déboucher la baignoire.

« Donne-moi juste quelques minutes. »

Ce devait être important s'il ne pouvait pas rentrer chez lui pour repasser une demi-heure plus tard.

Elle se rinça les cheveux, se shampouina et répéta le processus avec du démêlant. Puis elle s'extirpa de la baignoire. L'eau ruisselait sur le sol.

Elle attrapa une serviette et s'essuya avant d'enfiler un peignoir.

Son père était dans le salon, avec un café. Il examinait les encadrements de fenêtres fraîchement repeints, et se retourna vers elle quand elle entra dans la pièce. Il avait les épaules trempées par la pluie.

« Tu devrais verrouiller ta porte », conseilla-t-il avant de boire une gorgée de café.

Elle acquiesça. Ses cheveux mouillés pendaient sur ses épaules.

« Tu vas bien ? s'enquit-il, la tête sur le côté.

— Tout le monde va bien, mon ventre et moi. C'est juste que je redoute l'accouchement. »

Son père eut l'air soucieux, mais le balaya d'un sourire furtif.

« Ça va bien se passer », lui assura-t-il.

Elle acquiesça, mais comprit que lui aussi pensait à sa mère. Ç'aurait été tellement plus simple si elle avait été là.

« Promets-moi que tu seras là le moment venu, dit-elle en sentant son ventre se contracter à cette seule idée. Que tu viendras avec moi à l'hôpital.

— Bien sûr, promit-il avant de changer de sujet. C'est drôlement joli, ce que tu as fait. »

Pendant les travaux, tous les meubles de son salon d'Oslo étaient restés empilés dans un coin, sous une bâche en plastique. Ils étaient maintenant installés dans la pièce.

Line le remercia, mais elle n'était pas entièrement satisfaite.

« Ce salon est plus grand. Il va me falloir d'autres meubles.

— C'est un bon début », jugea son père.

Line passa ses doigts dans ses cheveux mouillés.

« Pourquoi es-tu passé ?

— Il s'agit de l'affaire Hummel, répondit son père en faisant quelques pas vers elle. Tu sais qu'on a retrouvé son taxi dans une grange de Huken ?

— Et que vous avez aussi trouvé de la drogue », confirma Line.

Son père reposa sa tasse sur la table basse.

« C'est Frank Mandt qui avait cette grange. »

Line fronça les sourcils. Quelques gouttes tombèrent de son front.

« Je croyais que c'était un agriculteur du coin, dit-elle en essayant de se rappeler ce qu'elle avait lu dans les journaux.

— C'est effectivement un agriculteur du coin qui possède l'exploitation. Mandt avait un bail de location longue durée, mais il n'y était pas allé depuis longtemps. »

Line essaya de rassembler ses pensées.

« Vous croyez qu'il pourrait avoir un rapport avec ça ?

— Il a joué un rôle quelconque, mais il est toujours resté caché dans les coulisses. Je doute qu'il ait un rapport direct avec la disparition. »

Line croisa les bras, essaya de faire cadrer ce qu'elle avait appris avec tout ce qu'elle savait déjà sur Frank Mandt.

« Il était chez lui le soir du Nouvel An, lâcha-t-elle.

— Mais Jens Hummel était à Kristiansand », l'informa son père.

Line s'installa dans un fauteuil. Son ventre appuyait sur ses côtes.

« Comment est-ce que tout ça se goupille ? »

Son père s'assit en face d'elle et admit qu'il ne savait pas.

« Quoi qu'il en soit, il faut que Sofie et toi veniez au commissariat demain pour vous expliquer sur le revolver. J'en suis désolé, mais je vous ai déjà gardées en dehors de cela bien trop longtemps. »

Line acquiesça.

« Bien sûr. Sofie y est préparée.

— Comment l'avez-vous trouvé ?

— Il était dans un coffre-fort. C'était tout ce qui restait dans la maison quand Sofie a emménagé. Il n'y avait pas de clef et elle a dû faire venir un serrurier pour l'ouvrir. J'étais présente quand il l'a fait.

— Donc le revolver est resté enfermé entre la mort de Frank Mandt et la semaine dernière, quand vous avez ouvert le coffre ? résuma son père.

— Très vraisemblablement, confirma Line. J'ai retrouvé la clef dans le tableau électrique hier. »

Son père prit sa tasse de café.

« Qu'avez-vous trouvé d'autre dans le coffre ? »

Line hésita à répondre. Elle avait promis à Sofie de ne le dire à personne.

« Y avait-il de l'argent ? » demanda-t-il avant qu'elle ait eu le temps de répondre.

Line se sentit rougir et il vit sans doute que cette question avait touché un point sensible.

« Des billets colorés ? insista-t-il.

— J'ai promis à Sofie de ne rien dire. Il y a assez de problèmes comme ça avec le revolver.

— Y avait-il d'autres choses ? Qui pourraient avoir leur importance dans l'affaire sur laquelle je travaille ?

— Juste des photos et des papiers personnels. »

Ce n'était pas directement un mensonge, Line n'en savait pas assez sur l'affaire Hummel pour être en mesure d'évaluer si le contenu du coffre pouvait présenter un intérêt dans l'enquête.

« Vous avez la moindre piste ? demanda-t-elle pour esquiver d'autres questions. Vous avez trouvé des traces dans le taxi ?

— Il avait un téléphone portable avec un abonnement à un faux nom caché sous le tableau de bord », expliqua-t-il.

Line se tortilla sur sa chaise en regardant son père avec curiosité. Peinant à trouver une position confortable, elle cala un coussin du canapé sous ses lombaires.

« Tous les numéros et messages étaient effacés, poursuivit le père.

— Et les données de la circulation routière ?

— Ces informations aussi ont disparu. » Il fit un geste des mains. « Elles sont effacées au bout de six mois.

— Alors quel est le lien entre Frank Mandt et Jens Hummel ?

— Nous n'avons pas réussi à en trouver, si ce n'est que le taxi a été découvert dans la grange de Frank Mandt.

— Et que dit l'homme que vous avez en détention provisoire ?

— Rien. Il refuse de s'expliquer.

— Des traces matérielles ? Vous avez vraiment aussi peu d'éléments que les journaux en donnent l'impression ? »

Son père hésita.

« Je ne veux pas que tu en parles, dit-il.

— Je suis en congé », lui rappela-t-elle.

Il fit un signe de tête. Il savait qu'elle ne transmettrait pas d'informations que la police ne voulait pas voir sortir.

« On a trouvé du sang de Jens Hummel dans le coffre.

— Donc il a été tué ?

— C'est en tout cas notre hypothèse de travail.

— Des traces du coupable ? »

Son père se leva et resta au milieu de la pièce avec un air découragé.

« Tout ce que nous avons, c'est un peu de sciure de bois.

— De la sciure de bois ? D'où vient-elle ? »

Il fit quelques pas vers la sortie.

« C'est bien ce que nous nous demandons. Nous sommes allés voir les scieries et les ateliers de charpenterie, mais jusqu'ici, ça n'a rien donné. »

Line saisit les accoudoirs de son fauteuil et se mit debout.

« Je peux nous faire à manger tout à l'heure, proposa-t-elle en serrant la ceinture de son peignoir. Tu pourrais venir dîner.

— Je dois passer chez Suzanne, répondit-il en souriant. L'une de ses employées volait dans la caisse. Elle s'est fait prendre la main dans le sac hier et Suzanne a besoin d'en parler. »

Line raccompagna son père à la porte et le regarda rejoindre sa voiture en courbant la nuque sous la pluie. Elle aimait bien Suzanne et avait été triste que sa liaison avec son père se termine. Il avait besoin d'un point fixe dans sa vie à côté de son travail. Qu'ils conservent des relations était une bonne chose.

37

Suzanne vivait dans un logement sous les toits au-dessus de la Paix dorée. Wisting n'y était jamais allé. Un escalier raide dans la cour du café menait à une porte légèrement grinçante qui ouvrait sur un sympathique appartement au plancher peint et aux murs tapissés de papier à petites fleurs.

Il repoussa un coussin et un plaid pour s'asseoir sur un fauteuil en cuir. Les velux laissaient sans doute entrer beaucoup de lumière, mais le ciel était obscurci par des nuages noirs. Pour compenser, Suzanne avait disposé des bougies de toutes tailles sur la table.

Elle alla chercher du café dans le coin cuisine, ainsi qu'un plat avec le gâteau au caramel qu'il prenait toujours quand il venait dans son café.

« Ce n'était pas elle, déclara Suzanne en s'asseyant.

— Hmm ? »

Suzanne le servit de café.

« Ce n'était pas celle que je croyais, Unni, mais une autre fille.

— Qui ça ?

— Nina. Elle travaillait les deux soirs où tu es venu. »

Wisting se souvenait d'elle. Une blonde aux cheveux courts qui avait paru plus introvertie que les autres.

« J'étais tellement sûre que c'était Unni, poursuivit Suzanne. Elle faisait tellement d'erreurs en tapant les consommations, mais je suppose qu'elle est juste un peu maladroite. »

Il goûta le café. Il était meilleur que celui qui était servi en bas.

« Comment s'y prenait-elle ? Je les ai toutes regardées et je n'ai remarqué aucune irrégularité.

— C'était relativement simple. Sur la caisse, il y a une fonction qui permet de demander le prix des différentes boissons. Donc au lieu d'entrer les consommations en mode vente, elle tapait « Demander le prix ». La somme s'affichait et, pour le client, tout avait l'air normal.

— Mais elle mettait l'argent dans la caisse ?

— Elle a tout expliqué. En début de service, elle mettait une poignée de cacahuètes dans sa poche droite de pantalon. Chaque fois qu'elle n'avait pas enregistré une commande pour un certain type de consommation, elle passait une cacahuète dans sa poche gauche. À la fin de la soirée, elle les comptait et il ne lui restait qu'à calculer le montant qu'elle pouvait sortir de la caisse sans que ça se voie.

— Savamment étudié, commenta Wisting.

— Elle a tout avoué. Elle a signé une lettre de démission et dit qu'elle rembourserait.

— En tout cas, tu n'auras plus de problèmes. »

Un éclair fendit le ciel pluvieux, suivi d'un coup de tonnerre. Suzanne se leva pour débrancher la télévision et l'ordinateur. Elle marqua un temps d'arrêt, porta la main derrière sa tête et arrangea son chignon. Cela rappela à Wisting quand elle lâchait ses cheveux avant de faire l'amour, le sourire espiègle qui apparaissait quand ses cheveux dansaient autour de ses épaules.

« Comment va l'affaire Hummel ? s'enquit-elle en se rasseyant.

— Je ne sais pas trop.

— Je suis contente que tu aies pu m'aider. »

Wisting sourit.

« J'ai sans doute perdu un peu de mes capacités de surveillance.

— Mais quand même, fit-elle en lui rendant son sourire. Je suis contente que tu en aies pris le temps. »

Ils continuèrent de parler, comme à l'époque où elle vivait chez lui. De gens qu'ils avaient rencontrés, de livres qu'ils avaient lus, de films qu'ils n'avaient pas pu voir.

Au milieu de leur conversation, le courant sauta. Ils ne commentèrent pas l'obscurité, restèrent sans rien dire. Les flammes des bougies projetaient des ombres vacillantes dans la pièce et se reflétaient dans les yeux de Suzanne. Son regard était un peu différent dans la pénombre. Elle eut soudain l'air triste et pensive, presque comme si elle pleurait.

Elle cligna des yeux, tendit sa main et la posa sur celle de Wisting. Se rappelant comment c'était de se réveiller à ses côtés tous les matins, il songea qu'il l'avait laissée partir trop facilement. Longtemps, il n'y avait eu qu'une seule femme dans sa vie. À la mort d'Ingrid, il ne concevait pas qu'il pût y avoir de la place pour quelqu'un d'autre. Suzanne était arrivée de façon tout à fait inattendue dans sa vie et elle en avait emporté un bout en repartant.

Elle toussota et allait parler quand le téléphone de Wisting sonna. Il envisagea de le laisser sonner, mais retira sa main et la plongea au fond de sa poche de pantalon.

C'était Christine Thiis.

« Tu es au bureau ? »

Wisting s'éclaircit la voix.

« Pourquoi ?

— Tu n'es pas au courant ? On a retrouvé Jens Hummel. »

38

La pluie tombait à l'oblique devant la voiture. Les essuie-glaces couinaient en étalant l'eau et des dépouilles d'insectes sur le pare-brise.

On avait découvert le corps à la ferme de Brunla. Un vaste domaine au nord-ouest de Stavern dont l'histoire remontait à bien avant les Vikings. La ferme et ses terres étaient passées d'une grande famille à l'autre, puis la propriété avait peu à peu été parcellisée et l'exploitation avait cessé. Au milieu des années 1970, on y avait ouvert un grand centre équestre. Wisting y avait emmené Line quelquefois, jusqu'à ce qu'elle se rende compte que le cheval n'était pas son truc.

Il quitta la route principale. Une partie de la pluie s'était transformée en vapeur en atteignant le sol chaud et nimbait la ferme d'un voile gris.

La cour devant le bâtiment principal était boueuse. La voiture zigzaguait sur le sol glissant. Wisting suivait les traces de véhicules plus lourds qui étaient passés avant lui. Elles menaient de l'autre côté de l'écurie.

Trois voitures de police et un gros tracteur y étaient

garés. À quoi s'ajoutait le véhicule de la police scientifique.

Wisting sortit sous la pluie. La boue faisait un bruit de succion sous ses pas.

L'écurie avait besoin d'un coup de peinture. Les mauvaises herbes étaient hautes contre les murs blancs au-dessous du bardage en bois, l'enduit s'effritait par grandes plaques. Plusieurs fenêtres étaient cassées, des tuiles détachées, une gouttière décrochée, si bien que l'eau ruisselait le long du mur.

Les policiers formaient un demi-cercle autour des restes d'un tas de fumier balancé apparemment depuis la passerelle de la grange.

Le moteur du tracteur était allumé, la pelle levée. La pluie tombait en fils scintillants dans la lumière des phares.

Wisting respira profondément l'air humide et essuya la pluie sur son visage.

Le corps était contre le mur décrépi, toujours à moitié recouvert de sciure et de crottin.

Quelque part à l'intérieur, un cheval hennit. Un peu plus loin, un autre lui répondit.

La pluie lavait le corps, dont une bonne partie avait disparu. Wisting voyait des galeries et des traces dans le fumier qui indiquaient que les rats avaient trouvé le chemin du cadavre. Ils semblaient avoir rongé la gorge et la tête. À certains autres endroits, il ne restait que des bouts d'os sombres.

Wisting avança vers les agents de police les plus proches et les salua de la tête sans s'adresser à personne en particulier. Il essayait simplement de se faire une idée de ce qui s'était passé.

Le taxi avec Jens Hummel dans le coffre avait fait le

tour de l'écurie, s'était arrêté devant le tas de fumier et avait peut-être reculé jusqu'à l'endroit le plus propice. Puis on avait sorti Hummel et on l'avait recouvert de fumier. Un homme seul pouvait y arriver.

« Qui l'a trouvé ? s'enquit-il.

— Le responsable d'écurie », répondit un agent en désignant un homme en combinaison qui était allé s'abriter de la pluie.

Wisting remonta la passerelle et le rejoignit dans l'entrée de l'écurie. À l'intérieur, les chevaux se retournèrent dans leurs box et le regardèrent. Ils avaient les oreilles pointées, ils sentaient une présence inhabituelle.

Le responsable d'écurie était un quinquagénaire svelte et longiligne.

« Il est là depuis longtemps, observa-t-il sans que Wisting ait eu besoin d'entrée en matière. Depuis le début de l'hiver.

— Vous avez probablement raison.

— Le fumier est épandu dans les champs. On n'enlève pas tout chaque fois, mais juste avant Noël, j'ai presque tout raclé. Ensuite j'en ai pris une ou deux pelletées pendant les vacances d'hiver et quelques autres quand la neige a commencé à fondre en mars, mais je n'étais pas descendu aussi profond avec la pelle depuis décembre. »

En bas, les policiers en tenue bouclaient le périmètre tandis que Mortensen montait la tente de scène de crime pour pouvoir être à l'abri et au sec. Un travail laborieux l'attendait. Chercher le corps, c'était une chose, mais passer toute la zone au peigne fin, c'en était une autre.

« À quoi ça ressemble ici en hiver ? voulut savoir Wisting.

— Je déneige la passerelle et autour de l'écurie. On peut rouler jusqu'au tas de fumier.

— Qui pourrait l'avoir mis là ? »

Le responsable d'écurie haussa les épaules.

« N'importe qui, répondit-il. Après 22 heures, il n'y a personne, sauf quand les filles ont l'idée de passer la nuit ici. »

Wisting lança un coup d'œil dans l'écurie. L'air était chaud et lourd. Des pigeons sales se massaient sous le toit.

« Ne faut-il pas connaître les lieux pour avoir l'idée de cacher un cadavre dans un endroit pareil ? »

Le responsable d'écurie déporta son regard des policiers pour dévisager Wisting.

« Je ne sais pas ce qui s'est passé, dit-il en se léchant les lèvres, mais ce qui est certain, c'est que personne de cette écurie n'a fait ça. »

Les chevaux s'agitaient. Wisting resta sans rien dire. Un groupe de curieux s'étaient rassemblés devant le périmètre de sécurité et observaient les policiers à l'œuvre. Trois jeunes filles en bottes de cheval, un homme avec un chien, deux garçons à vélo. Ils se déplacèrent quand une voiture de police cahota à travers la cour boueuse. Nils Hammer au volant, Christine Thiis sur le siège passager.

Wisting redescendit à l'endroit de la découverte et se serra avec ses deux collègues sous la tente de Mortensen. Il y avait une odeur chaude de fumier et d'urine, mais à présent, il sentait aussi l'odeur du cadavre.

« Tu peux te prononcer ? demanda Christine Thiis.

— C'est bien sûr Jens Hummel. » Mortensen l'affirma même s'il était bien trop tôt pour tirer des conclusions. « Tout concorde. Le cadre temporel, les lambeaux de vêtements restants.

— Et la sciure, rappela Hammer en donnant un coup de pied dans le sol.

— Ils utilisent le fumier dans les champs, expliqua Wisting avec un signe de tête vers le tracteur. La dernière fois qu'ils ont vidé le tas, c'était en décembre, avant la neige.

— Quelle distance y a-t-il d'ici à la ferme où nous avons trouvé son taxi ? voulut savoir Christine Thiis.

— Un peu moins de deux kilomètres.

— On aurait dû y penser ! s'exclama Hammer. Je veux dire, dans combien d'endroits est-ce qu'on peut cacher un corps en plein hiver en mettant de la sciure sur ses chaussures ? »

Wisting ne se reprochait pas de n'avoir pas trouvé la cachette plus tôt.

« Nous n'y avons pas pensé, mais le tueur si. Que faut-il en déduire ? Connaît-il les lieux ? Est-il déjà venu ? Habite-t-il dans le coin ? A-t-il un cheval dans cette écurie ? Ou est-il juste tombé sur cet endroit par hasard ? »

Les questions étaient nombreuses et les réponses ne pourraient venir qu'après plusieurs journées de travail procédurier.

Mortensen prépara son appareil photo. Il allait passer la nuit ici et, tel un paysan labourant son champ, il allait devoir retourner tout le périmètre bouclé pour être sûr de n'avoir rien oublié.

Wisting resserra sa veste autour de son cou.

« J'ai fait ce que j'avais à faire ici, déclara-t-il.

— Je rentre au commissariat avec toi », fit Christine Thiis.

Ils se dirigèrent vers la voiture, firent signe aux policiers qui allaient garder la scène de crime pendant la nuit. Des mottes de terre collaient à leurs chaussures.

39

Le lendemain matin, Wisting choisit d'aller de Stavern au commissariat de Larvik par les terres. En chemin, il s'arrêta à la ferme de Brunla.

La pluie avait cessé dans la nuit. Les nuages avaient dérivé et le soleil du matin était déjà parvenu à assécher une bonne partie de la boue.

Il gara sa voiture et se dirigea vers le périmètre bouclé. Assis dans l'ouverture de son fourgon à porte coulissante, Espen Mortensen mâchait un sandwich, un thermos à côté de lui. Des oiseaux chantaient dans les arbres et les premières palefrenières remontaient la passerelle de l'écurie.

« Longue nuit ? fit Wisting en guise de salut.

— On arrive au bout », répondit Mortensen en prenant un gobelet en carton. Il le remplit de café et le tendit à Wisting.

« Tu en sais plus ?

— On lui a tiré dessus. »

Le café était chaud. Wisting mordilla le bord du gobelet.

« Les pompes funèbres l'ont emmené vers 5 heures du matin, poursuivit Mortensen en consultant sa montre. Il devrait être sur la table d'autopsie d'ici une heure, mais selon moi, il s'est pris deux balles tirées par-derrière. »

Le policier scientifique attrapa l'appareil photo dans un sac derrière lui.

« Le corps n'était pas en trop mauvais état, continua-t-il. Dans le temps, on utilisait la sciure de bois comme isolant. »

Il afficha une photo sur l'écran de son appareil et la montra à Wisting. C'était l'arrière d'un crâne avec une ouverture de la taille d'une pièce d'une couronne. Le trou était entouré d'éclats osseux et rempli d'une matière molle indéfinissable.

Mortensen passa ensuite à la photo d'une déchirure dans la veste tachée, à peu près entre les omoplates.

« Ça ressemble à une exécution », commenta-t-il en reposant l'appareil.

Wisting but du café. Quelques mouches lui tournaient autour.

« Autre chose ? » demanda-t-il en essayant de les empêcher de se poser.

Mortensen hocha la tête et fit le tour du fourgon. Wisting lui emboîta le pas.

« Portefeuille dans la poche arrière droite », dit Mortensen en prenant un sachet à l'arrière du fourgon.

C'était un portefeuille en cuir noir. Les bords étaient gonflés. Le contenu avait été sorti et réparti dans d'autres sachets. Wisting prit celui avec le permis de conduire. Le plastique qui le protégeait était gondolé, mais le nom restait parfaitement lisible : Jens Hummel.

« Y a-t-il des éléments qui puissent nous en dire

davantage ? » Wisting passa en revue les autres sachets. L'un d'eux contenait quelques billets.

« Juste les trucs habituels, estimait Mortensen. Carte bancaire, permis de conduire et vieux tickets de caisse. »

Dans l'écurie, un cheval hennissait.

« Et dans ses autres poches ? » s'enquit Wisting avant de boire une autre gorgée de café.

Mortensen secoua la tête.

« Mais j'ai juste fait un examen superficiel. Ce sera fait correctement avant l'autopsie. »

Wisting fit un pas de côté et désigna une boîte contenant de petites enveloppes marron numérotées.

« C'est quoi, ça ? »

Mortensen leva la boîte.

« Des chewing-gums. Ça n'a très probablement aucun rapport avec l'affaire. On en a trouvé plus de vingt. C'est sans doute les filles de l'écurie qui les ont crachés dans la sciure et pelletés avec le fumier. »

Deux filles en bottes descendaient la passerelle avec chacune son cheval, elles chuchotèrent quelques instants avant de monter en selle et de se diriger vers l'un des enclos.

Wisting chassa une mouche, froissa son gobelet et le lança dans un sac-poubelle déjà plein de gants jetables et autres équipements de protection.

« Rentre donc dormir un peu, conseilla-t-il en jetant un dernier coup d'œil sur les trouvailles que les policiers scientifiques avaient faites dans la nuit. Il n'y a rien là-dedans qui réclame un rapport urgent. »

40

Les médias parlaient bien sûr de la découverte du corps. Christine Thiis leur avait indiqué comment on l'avait trouvé et expliqué qu'il faudrait attendre l'autopsie pour déterminer la cause de la mort et l'identité du défunt. Elle avait partiellement éludé la question de savoir si la police supposait qu'il s'agissait de Jens Hummel en répondant que c'était la seule personne de sexe masculin déclarée disparue dans la région.

Wisting retrouva le journal avec l'interview où la grand-mère de Jens Hummel demandait une réponse de la police sur ce qui était arrivé à son petit-fils. Elle ne croyait pas une seconde qu'il avait pu simplement partir. Il était prévenant et attentionné, avait-elle expliqué, et elle avait du mal à comprendre qu'on puisse lui vouloir du mal. C'était un gentil garçon au cœur généreux, avec un grand sens de la justice.

Parvenir à informer la famille et les proches des développements d'une affaire avant que la presse ne le fasse était toujours une gageure. Jens Hummel n'avait qu'une grand-mère. Elle avait quatre-vingt-trois ans et, par bonheur, elle n'avait pas Internet, mais les détails de la découverte du corps à la ferme de Brunla n'allaient pas tarder à arriver jusqu'à elle. Il était juste de l'informer dès à présent.

Erna Hummel avait fait une déposition à la police au début de l'enquête, mais c'était avant qu'on ne sache que Jens Hummel était descendu à Kristiansand le soir du Nouvel An. Ils étaient obligés de l'interroger sur ce qu'elle savait du 31 décembre. En même temps, elle avait dit dans le journal des choses qui n'apparaissaient pas dans sa déposition à la police. Le portrait qu'elle brossait de son petit-fils contribuait à étayer une frêle hypothèse que Wisting n'avait pas encore partagée avec les autres. Il pria Torunn Borg de l'accompagner à la maison de retraite.

Il n'y avait pas de procédure standard pour annoncer un décès. Il fallait s'adapter à la situation et aux circonstances.

Enfoncé dans un canapé en velours vert, Wisting resta à écouter Torunn Borg qui menait la conversation. Une employée des lieux était présente aussi.

Torunn Borg était prévenante et s'exprimait sans fioritures.

Erna Hummel était préparée à ce qui allait venir. Elle prit la nouvelle apparemment avec calme, mais sembla avoir le souffle un peu coupé.

La vieille dame avait perdu tant de gens dans sa vie, songea Wisting. D'abord ses propres enfants, et maintenant elle survivait à son unique petit-fils. Elle n'avait personne d'autre.

Elle regardait ses mains sur ses genoux, l'âge s'y traduisait par des rides, des taches et des veines bleu-noir sur sa peau pâle. Ses doigts tremblants trituraient un mouchoir.

Wisting prit la parole.

« Depuis la dernière fois, nous avons découvert quelques éléments nouveaux. Nous pensons que Jens avait peut-être un lien avec un homme dénommé Frank Mandt et que ça pourrait avoir un rapport avec l'affaire. »

Erna Hummel fronça les sourcils, comme si elle se concentrait pour réfléchir. Ses lunettes glissèrent sur son nez.

« Je ne connais pas ce nom, dit-elle en tendant lentement la main vers un verre d'eau sur la table entre eux.

— Et Phillip Goldheim ? » tenta Wisting.

Nouvelle pause pour se souvenir. Erna Hummel porta son verre à ses lèvres. Sa main tremblait. L'eau déborda et coula le long de son poignet, sous sa manche et sur son chemisier, mais elle ne parut pas s'en apercevoir.

« Non, dit-elle après avoir avalé. Je ne connais pas ce nom non plus. »

L'aide-soignante l'aida à reposer son verre sur la table.

« Il vit à Kristiansand, expliqua Wisting. Vous savez si Jens connaissait quelqu'un là-bas ? »

Un nouveau sillon barra le front d'Erna Hummel.

« Non, conclut-elle en secouant la tête.

— La dernière fois qu'il y est allé, c'était le soir du Nouvel An, dit Wisting.

— Là, il travaillait, déclara Erna Hummel avec fermeté. Il travaillait toujours quand les autres prenaient des congés. Le soir de Noël et ce genre d'occasions. Le soir du Nouvel An aussi. Il est venu me voir le lendemain.

— Le 1er janvier ? »

Erna Hummel acquiesça.

« Il avait apporté un gâteau. Nous l'avons mangé à cette table.

— De quoi vous a-t-il parlé ?

— Je serais bien en peine de m'en souvenir. Peut-être de l'année qui venait de se terminer. Je ne sais pas. Nous avions écouté le discours de la Première ministre, mais il était surtout sur son téléphone. »

Wisting se pencha vers elle.

« Ça pourrait être important. Est-ce que vous savez à qui il parlait ?

— Il ne parlait à personne, expliqua Erna Hummel. Il lisait les nouvelles. Il pouvait faire ça sur son téléphone.

— Y avait-il un sujet qui l'intéressait particulièrement ? » glissa Torunn Borg.

Erna Hummel joignit ses mains décharnées sur ses genoux.

« Non, répondit-elle. Il se préoccupait de toute l'injustice de ce monde. La Première ministre en parlait aussi. »

Wisting envisagea de l'interroger sur le meurtre du Nouvel An, mais ç'aurait été une question tendancieuse qui l'aurait sans doute inquiétée.

« J'avais compris qu'il était comme ça, dit-il à la place. Gentil et juste.

— Il tenait ça de son père, approuva-t-elle, et Wisting vit dans ses yeux qu'elle plongeait dans le passé. On n'avait pas voulu de lui dans l'équipe de foot à cause de ça. Il était bon footballeur, mais si jamais l'arbitre faisait une erreur et donnait indûment le ballon à son équipe, il le disait pour que l'équipe adverse le récupère. »

Wisting fit un signe de tête en cherchant l'expression qu'elle avait employée dans le journal.

« Il avait un cœur généreux ? »

Un sourire doux s'afficha sur le visage de la vieille dame.

« C'était un gentil garçon. Un jour, sa mère l'avait emmené dans un magasin de jouets. Il voulait un camion de pompiers avec des gyrophares et une échelle sur le toit. Je lui avais donné un peu d'argent, mais sinon, c'était surtout ses économies à lui. Quand ils sont allés au magasin, il ne restait plus qu'un seul camion de pompiers et au moment où ils allaient payer, un autre garçon est arrivé, qui voulait le même camion. Jens a eu tellement de peine pour lui qu'il le lui a laissé. »

Erna Hummel tendit de nouveau la main vers son verre d'eau.

« Mais son père était comme ça aussi. Crédule et gentil à en être bêta. Incapable de dire non. Ce n'est pas toujours une qualité. »

L'aide-soignante lui prit le verre des mains alors qu'elle poussait un gros soupir et que ses paupières retombaient.

« Je crois que ça suffit maintenant, dit l'aide-soignante en regardant Wisting. D'habitude, Erna s'allonge un peu à cette heure. »

Wisting hocha la tête et se leva.

« Il faudra revenir », dit Erna Hummel. Sa voix était devenue rocailleuse pendant leur conversation. « Il faudra revenir pour me dire ce qui s'est passé.

— Nous n'y manquerons pas », assura Wisting.

41

Le rapport d'autopsie préliminaire arriva à 14 h 30. Le défunt n'était pas encore identifié, mais on le décrivait comme un homme âgé de trente à quarante ans. La cause de la mort correspondait aux conclusions d'Espen Mortensen. On supposait que la première balle tirée était celle dans le dos. Elle avait touché la colonne vertébrale et déchiré des nerfs et des muscles, mais n'avait sans doute pas été mortelle. La deuxième balle était entrée par la partie inférieure de l'os pariétal pour ressortir par le palais. Elle avait largement détruit le tronc cérébral et entraîné la mort instantanément. On estimait que le décès était intervenu entre quatre et huit mois plus tôt. La date formelle serait fixée à partir de renseignements objectifs quand le défunt serait identifié par l'analyse d'ADN. En pratique, cela signifiait que la date gravée sur sa pierre tombale serait le 6 janvier, jour de sa disparition.

L'élément le plus intéressant du rapport était le dernier point. On avait trouvé dans la cage thoracique un projectile d'arme à feu. Il n'y avait pas de description plus précise, mais le projectile avait été confié à l'agent de la Kripos présent pour l'autopsie.

Wisting feuilleta ses notes et retrouva le nom d'Erik Fossli, l'expert en balistique qui l'avait appelé pour l'informer que le revolver remis par Line était l'arme du meurtre.

Il se montra tout de suite intéressé quand Wisting se présenta.

« Il y a du nouveau sur le revolver qui a été utilisé à Kristiansand ?

— Je ne sais pas, répondit Wisting, mais nous avons fait une autopsie aujourd'hui. »

Son interlocuteur avait manifestement lu les journaux.

« Le chauffeur de taxi.

— Très probablement, confirma Wisting. Il n'est pas encore identifié, mais on a découvert un projectile dans son corps.

— Quel genre ?

— Je n'en sais pas plus, mais il est en route vers votre département. J'appelais juste pour savoir dans quel délai vous pourrez le regarder.

— Je vois, répondit Fossli. Ici, les procédures à la réception sont toujours longues. Des formulaires d'enregistrement et des demandes à remplir en plusieurs exemplaires qui ensuite cheminent lentement dans le courrier interne. Je vais monter directement chez les gars de l'identité judiciaire pour voir qui était à l'autopsie et je récupérerai la balle. Vous aurez probablement de mes nouvelles demain dans la matinée. »

Wisting le remercia, raccrocha et resta avec le téléphone dans la main. L'affaire Hummel était officiellement devenue une affaire de meurtre. Il songea à appeler Ryttingen à Kristiansand pour l'en informer, se venger un peu de son arrogance, mais il se domina. Leur procès commençait le lundi suivant.

42

Line s'assit au soleil devant le commissariat. L'audition de Sofie prenait plus de temps que la sienne. Elles s'étaient concertées sur ce qu'elles allaient dire. Il ne s'agissait pas de mentir ni de taire des renseignements, mais d'omettre certains détails. Ce qu'il y avait dans le coffre-fort de Frank Mandt présentait son réseau et une grande partie de ses activités criminelles. Même six mois après sa mort, ces informations seraient intéressantes pour la police, mais Sofie ne voulait pas les donner. Ce n'était pas pour préserver la mémoire de son grand-père, mais pour prévenir les désagréments qui s'ensuivraient si tout était révélé. Son grand-père lui avait infligé suffisamment de douleur et de chagrin de son vivant, il n'avait pas besoin de le faire aussi maintenant qu'il était mort.

Line la comprenait, mais elle se sentait déloyale envers son père.

Elles s'étaient mises d'accord pour parler du revolver et des billets neutralisés. De toute façon, il était déjà au courant. Si la police demandait à voir le reste du coffre, Line devait répondre que la décision appartenait à Sofie, et Sofie dirait qu'elle s'en était débarrassée. Ce qui, pour le coup, était un mensonge. Les papiers étaient toujours dans le coffre.

La question n'avait pas été posée. L'enquêteur avait semblé surtout soucieux de coucher sur le papier ce que la police savait déjà.

Line lança un coup d'œil vers le grand bâtiment en brique. Son père était là quelque part, à traquer celui ou ceux qui avaient tué Jens Hummel. Il semblait penser qu'il existait un lien entre les deux affaires. Elle ne lui avait pas parlé depuis la découverte du corps et n'avait pas eu envie de passer le voir après avoir été entendue.

Dans son travail de journaliste, elle avait couvert plusieurs affaires où elle avait parlé de suspects qui s'étaient entendus sur leurs dépositions. En général, cela signifiait qu'ils avaient quelque chose à cacher, du moins c'était comme ça qu'il fallait le comprendre, ils avaient menti à la police et construit un autre déroulé des faits. La coordination des dépositions nuisait à l'enquête, mais aussi à celui qui se faisait finalement prendre pour avoir menti.

Les portes coulissèrent et Sofie sortit du commissariat avec Maja dans sa poussette.

Line se leva.

« Comment ça s'est passé ? »

Sofie haussa les épaules.

« Bien, mais c'était désagréable. Ils ont posé toutes sortes de questions sur le Vieux, comme si je le connaissais. Je n'ai bien sûr pu répondre à rien.

— On se trouve un café ? proposa Line.

— Avec plaisir. »

Elles se dirigèrent vers la place. Sofie reçut un appel et Line prit la poussette. Elle sentit qu'elle se réjouissait à la perspective de pousser la sienne et songea qu'il fallait qu'elle se préoccupe d'en acheter une. Sofie pourrait peut-être l'accompagner dans un magasin de puériculture.

Line la manœuvra dans la cour de ce qui avait jadis été une verrerie. Sofie était au téléphone et marchait quelques pas derrière.

Line choisit une table où la poussette pouvait être à l'ombre. Sofie raccrocha et s'assit en face d'elle.

« C'était mon avocat.

— Tu as engagé un avocat ?

— Pas à cause de ça, dit Sofie en agitant la main en direction du commissariat. C'est un spécialiste des affaires familiales. Je dois aller à un rendez-vous à Oslo la semaine prochaine à propos de l'autorité parentale et du droit de garde. D'ailleurs, est-ce que tu pourrais garder Maja ? Je ne veux pas l'avoir avec moi à un rendez-vous de ce genre.

— Bien sûr. » Line sourit en se penchant au-dessus de la poussette.

Un serveur apparut. Sofie prit le menu qu'il lui glissait.

« Est-ce qu'ils t'ont renseignée sur toute cette histoire ? s'enquit-elle. Je veux dire, tu as travaillé sur ce genre de trucs pour le journal, donc tu sais un peu comment pense la police. »

Line attendit que le serveur soit reparti.

« Je crois qu'ils pensent qu'il pourrait exister un lien entre le meurtre du Nouvel An et l'affaire Hummel.

— Comment ça ?

— L'arme du meurtre de Kristiansand a été retrouvée dans le coffre-fort de ton grand-père et la voiture de Jens Hummel a été retrouvée dans sa grange.

— Ça a peut-être un rapport avec Phillip Goldheim ? observa Sofie en étudiant la carte.

— Qui ? »

Sofie leva les yeux.

« Ils ne t'ont pas posé la question ?

— Non, qui est-ce ?

— Un type de Kristiansand. Ils voulaient savoir si le Vieux le connaissait, mais je n'ai pas su répondre. Je n'ai jamais ni vu ni entendu son nom. » Son regard parcourut de nouveau le menu. « Et toi ? »

Line secoua la tête.

« Je crois que je vais prendre une salade de poulet », poursuivit Sofie.

Line reposa son menu.

« Moi aussi, dit-elle en souriant. Quand as-tu besoin d'une baby-sitter ?

— Mardi. »

43

Wisting souleva la verseuse avant que le café ne soit entièrement passé. L'eau qui tombait du filtre grésilla sur la plaque pendant qu'il se servait. Il avait un léger mal de tête, comme presque toujours quand il avait peu dormi.

Christine Thiis entra dans la salle de réunion. Il lui proposa du café.

Elle secoua la tête.

« J'ai le directeur de la police dans mon bureau. Il voudrait te parler. »

Wisting la suivit jusqu'à son bureau au bout du couloir.

Ivan Sundt resta assis et le salua d'un simple signe de tête. Le commissaire divisionnaire avait son bureau à Tønsberg au siège de la circonscription policière. Il ne faisait que rarement les trente minutes de voiture jusqu'au commissariat de Larvik.

Sundt était le septième commissaire divisionnaire que Wisting voyait passer. On le présentait comme un dirigeant à même de voir les difficultés de la police sous un angle social et d'effectuer les changements nécessaires pour affronter les défis de l'avenir. L'une de ses premières actions avait été de restructurer les services en déplaçant les ressources de l'investigation vers l'intervention. Wisting comprenait le désir d'avoir une police plus visible et présente, mais toute affaire, qu'elle soit grave ou non, devenait rapidement une laborieuse histoire de paperasse, où toutes les pistes devaient être explorées, et on avait alors besoin d'enquêteurs.

« Je suis venu voir comment allait cette affaire Hummel, expliqua Ivan Sundt. Elle n'était pas résolue quand j'ai pris mes fonctions et elle ne l'est toujours pas aujourd'hui. Plus de six mois plus tard. »

Wisting s'assit dans le fauteuil libre avec son café à la main.

« C'est l'une des affaires les plus difficiles que nous ayons eues, reconnut-il.

— On a retrouvé le corps, maintenant. N'était-ce pas ce que vous attendiez ?

— Cela nous donne quelques réponses, mais aussi de nouvelles questions.

— Vous avez des suspects ?

— Pas en l'état actuel des choses. »

Le commissaire divisionnaire grogna en s'éclaircissant la voix.

« Beaucoup de gens commencent à être impatients. Y compris moi.

— Nous attendons les résultats d'analyse des laboratoires suite à l'autopsie et à l'examen des lieux de la découverte, expliqua Wisting sans entrer dans les détails. J'espère que nous ferons des progrès dans les jours qui viennent. »

Le directeur de la police se leva, comme pour signifier qu'il avait dit ce qu'il avait à dire.

« Puisque nous parlons des jours prochains, le procès de Dan Roger Brodin commence lundi à Kristiansand. J'ai cru comprendre que vous étiez allé mettre le nez dans leurs dossiers, mais quoi que vous fassiez dans votre propre affaire, ne faites surtout rien qui puisse compliquer la leur. Leur enquête est terminée et c'est un exemple de travail rapide, efficace et de qualité. N'allez pas parasiter l'affaire. »

Wisting se leva aussi, sa tasse toujours à la main.

« Il y a quelques questions sans réponses… commença-t-il.

— Il y a toujours des questions auxquelles nous n'obtenons pas de réponse, coupa le commissaire divisionnaire. J'ai été juge pendant près de vingt ans. Le doute théorique n'est pas souhaitable dans un tribunal. Ne faites rien qui apporte de l'eau au moulin de la défense. »

Wisting le regarda s'éloigner. Il trempa les lèvres dans sa tasse. Son café n'avait pas eu le temps de refroidir.

44

L'appel de l'expert en balistique de la Kripos arriva juste avant 11 heures. Il fut bref. L'arme qui avait privé Jens Hummel de ses jours était celle qui avait été utilisée dans le meurtre du Nouvel An.

Wisting rassembla les enquêteurs dans la salle de réunion sans leur dire de quoi il s'agissait. Il referma la porte derrière le dernier entré et appuya sur l'interrupteur qui allumait la lampe rouge côté couloir.

Les enquêteurs s'assirent, Wisting resta debout en bout de table, jambes écartées, comme un capitaine prêt à changer de cap.

« Nous avons du nouveau, annonça-t-il en attrapant le dossier de la chaise. Nous avons trouvé l'arme qui a tué Jens Hummel. »

Ses paroles furent accueillies par des regards surpris. Wisting rendit compte des récents résultats d'analyse, qui ne laissaient aucun doute sur le fait que Jens Hummel et Elise Kittelsen avaient été tués avec la même arme à feu.

Il s'assit et la parole se libéra autour de la table. Elise Kittelsen était une victime aléatoire. Le coupable était déjà sous les verrous. L'affaire Hummel semblait avoir des ramifications dans la criminalité organisée. La victime de leur affaire se trouvait à Kristiansand quand Elise Kittelsen avait été tuée.

« Jens Hummel pourrait tout simplement avoir ramassé l'arme jetée par le coupable, suggéra Torunn Borg. Si tel était le cas, il ne serait pas le premier à être tué par sa propre arme. »

Wisting soupira. Christine Thiis lui lança un regard, comme pour lui rappeler l'injonction du commissaire divisionnaire de ne pas interférer dans l'affaire de Kristiansand. Wisting ne se sentait pas convaincu, mais il devait admettre que l'hypothèse de Torunn Borg fournissait une explication logique que l'appareil judiciaire accepterait aussi.

« S'il a été tué avec sa propre arme, ça ne nous rapproche pas du tueur, observa-t-il en poussant le rapport balistique sur la table. La question qui demeure est : que faisait Jens Hummel à Kristiansand le soir du Nouvel An ? »

Nils Hammer consulta ses notes.

« Je crois que ça pourrait avoir un lien avec Phillip Goldheim. La police de Kristiansand a un gros dossier sur lui. Je suis en train d'organiser les informations.

— Bien, approuva Wisting. C'est quelqu'un sur qui nous devrions nous concentrer. » Il tourna les pages de son bloc jusqu'à une page vierge. « Et sinon, du neuf du côté de la ferme de Brunla ? demanda-t-il en braquant son regard sur Torunn Borg.

— Nous commençons à avoir une vue d'ensemble sur toutes les personnes qui avaient des chevaux à l'écurie en janvier. Nous avons tout juste commencé à parler à certaines d'entre elles, mais je doute que ce soit fructueux. »

Il y eut encore une demi-heure de discussions sur les liens et les connexions, puis ils se répartirent les tâches et partirent chacun de leur côté.

Wisting regagna son bureau et ferma la porte. Il savait que la police de Kristiansand avait reçu le rapport comparant les projectiles des deux affaires. Il avait espéré que Harald Ryttingen l'appellerait, mais c'est encore lui qui dut le faire.

Le téléphone sonna longtemps avant que Ryttingen finisse par répondre, d'un ton sec et indifférent.

« Je suppose que vous avez reçu le rapport balistique, commença Wisting.

— Oui, confirma Ryttingen sans commenter les résultats.

— Avez-vous une idée de la façon dont tout cela pourrait se tenir ? s'enquit Wisting.

— Nous avons déjà eu cette conversation. Il n'y a pas de lien.

— Il y en a un, protesta Wisting. La même arme a été utilisée dans les deux affaires.

— Ce sont des facteurs extérieurs. Ce n'est pas pareil qu'un lien entre les affaires.

— J'ai juste du mal à saisir ce qui s'est passé exactement. Du meurtre à l'arrestation du coupable, vous avez une fenêtre de quatorze minutes. Dans ce laps de temps, l'arme change de mains, et peu après, elle est utilisée dans un autre meurtre à près de deux cents kilomètres de distance.

— La fenêtre temporelle est bien plus vaste. L'arme pourrait avoir été trouvée et ramassée n'importe quand au cours des jours suivants. »

La police de Kristiansand avait cherché l'arme du crime la nuit du meurtre et pendant les jours suivants. La carte qui allait avec le rapport était sur le bureau de Wisting. Les zones fouillées étaient hachurées dans différentes couleurs. Ils ne semblaient pas avoir pu oublier le moindre endroit.

« Mais où s'est-il débarrassé de l'arme ? demanda Wisting.

— Là où il s'est débarrassé du téléphone de la victime », répondit Ryttingen.

Wisting tira la carte vers lui.

« Mais il reste tant de questions sans réponses. Avez-vous envisagé d'ajourner le procès ? »

Sa question ne recueillit qu'un reniflement.

« Nous avons des preuves irréfutables dans cette affaire, déclara Ryttingen en haussant le ton. Le coupable a été interpellé juste à côté des lieux du crime, quelques minutes seulement après le meurtre. Trois témoins l'ont désigné et il avait de la poudre sur la main droite. En plus, il avait sur lui une carte des lieux. Cette affaire marche comme sur des roulettes depuis le départ. Maintenant elle va passer tout aussi vite et bien dans l'appareil judiciaire. Avec un peu d'espoir, elle pourra corriger légèrement l'impression qu'ont les gens d'une police molle et incompétente. »

Wisting interpréta cette dernière phrase comme une allusion claire à sa gestion de l'affaire Hummel.

« Qu'est-ce que vous voulez, au juste ? demanda Ryttingen.

— Je voudrais accéder à vos documents zéro, les tuyaux du public et vos dossiers de surveillance.

— Que voulez-vous en faire ? Vous croyez que nous cachons quelque chose ?

— Je voudrais voir les informations de notre point de vue, de mes propres yeux.

— Vous pensez que nous avons fait une impasse ? fit Ryttingen d'un ton sarcastique. Que vous allez voir des éléments que nous n'avons pas vus ? C'est ce que vous vous dites ? Que vous êtes meilleurs que nous ?

— Je ne veux pas laisser de possibilités non explorées, c'est tout. »

Ryttingen poussa un gros soupir.

« Les renseignements que vous demandez ne sont pas enregistrés électroniquement. Ils sont dans des classeurs. Je peux vous les faire photocopier et vous les envoyer la semaine prochaine.

— Je peux descendre les regarder à Kristiansand », proposa Wisting.

Le silence se fit au bout du fil.

« De toute façon, je vais y aller pour lui parler, poursuivit Wisting en sortant du dossier la photo du jeune homme mis en examen pour le meurtre du Nouvel An.

— À qui ?

— Dan Roger Brodin.

— Ça, vous pouvez tout de suite oublier, trancha Ryttingen. C'est notre homme.

— Oui, mais c'est mon témoin, répondit calmement Wisting. Il est la dernière personne à notre connaissance qui ait possédé l'arme qui a tué Jens Hummel. »

Harald Ryttingen était clairement agacé.

« Je sais que vous avez des problèmes, mais là, vous vous raccrochez aux branches, Wisting. Je croyais qu'on vous avait signifié de ne pas parasiter cette affaire ? »

Wisting se rassit. Parasiter, c'était le terme que son commissaire avait employé. On avait manifestement parlé en coulisse.

« Vous pensez vraiment qu'il va vous raconter quoi que ce soit ? poursuivit Ryttingen. Il nie tout rapport avec l'histoire. Comment pourrait-il vous dire ce qu'il a fait du revolver ? Il faudrait d'abord qu'il admette l'avoir utilisé. Vous pensez qu'il va avouer le meurtre simplement parce que c'est vous qui lui demandez ? » Il souffla. « Vous perdez votre temps. Dan Roger Brodin refuse de coopérer avec la police depuis le premier jour, mais faites donc, je vous en prie, et bonne chance ! »

45

Line ouvrit la double porte de la terrasse, laissa le soleil entrer dans son salon. Elle se posta dos au jardin et croisa les bras. Les travaux avaient pris plus de temps que prévu, mais le salon était enfin rénové. Ces derniers jours, elle avait eu mal au bas du dos et elle se rendait compte qu'elle en avait peut-être trop fait. Elle ne s'attendait pas à ce que son père l'aide tant, mais il était venu chaque fois qu'il avait un moment de liberté.

Elle posa une main sur son ventre. Les mouvements avaient changé. Le bébé était plus calme, comme si la place commençait à manquer et que ce n'était plus très facile de bouger.

Le reste des travaux devrait attendre après la naissance, songea-t-elle. Elle savait que cela approchait et elle sentait revenir sa nervosité des débuts. Il n'y avait rien à craindre, avait affirmé la sage-femme. À chaque minute qui passait, des enfants naissaient partout dans le monde. Elle oubliait toutefois que pour Line et pour toutes les femmes qui accouchaient pour la première fois, c'était une expérience toute nouvelle. Elle ne savait pas ce qu'elle appréhendait le plus. L'accouchement en soi ou les responsabilités de mère célibataire.

La porte d'entrée s'ouvrit.

« Bonjour ! »

Son père.

« Salut ! » Elle alla à sa rencontre en souriant. « Tu as trouvé le temps de venir ?

— J'ai acheté des piles », annonça-t-il en enlevant la sonnette de son logement au-dessus de la porte d'entrée. Elle laissa une ombre pâle sur le mur.

Line le remercia.

« Tu as le temps de prendre un café aussi ?

— Avec plaisir. »

Son père ôta le couvercle à l'arrière. Les piles avaient fui et étaient recouvertes d'un dépôt blanc. Attrapant un tournevis qui traînait, il entreprit de gratter le compartiment.

« Ça fait longtemps que tu n'as pas eu de visite ? fit-il en souriant avant de souffler sur l'oxydation qui se détachait.

— Tu as de la chance. Je crois qu'il me reste aussi un peu de gâteau glacé. »

Elle sortit la glace et démarra la machine à café. Le café n'était même pas prêt qu'elle entendait sonner dans le vestibule.

Ils s'assirent dans la cuisine et discutèrent des travaux jusqu'à ce que son père change de sujet.

« Tu as parlé avec Sofie aujourd'hui ? »

Line secoua la tête.

« Je vais chez elle ce soir, répondit-elle en se servant de glace. Pourquoi ?

— J'ai lu vos dépositions. »

Elle n'était pas surprise.

« C'était bien, poursuivit-il. Merci de l'avoir amenée.

— Elle condamne totalement son grand-père et tout ce qu'il a pu fabriquer », précisa Line.

Elle lui raconta l'histoire de l'arrestation de la mère de Sofie avec la drogue du grand-père dans la voiture.

« Il l'a laissé écoper de sa peine, conclut-elle, et elle s'est suicidée en prison. »

Son père se perdit dans ses pensées et resta avec la cuillère à la main.

« Ta glace fond, remarqua Line en pointant le doigt sur son assiette. À quoi penses-tu ?

— À Dan Roger Brodin, répondit-il avant de se remettre à manger.

— Qui ?

— Le prévenu du meurtre du Nouvel An. Le procès commence lundi. »

Line acquiesça. Le nom du prévenu n'avait pas été rendu public, mais elle l'avait entendu à la rédaction avant son congé.

Son père reposa sa cuillère et saisit sa tasse de café.

« Vous avez des reporters pour couvrir l'affaire ?

— Je suppose. On l'avait largement couverte au moment des faits. »

Son père sortit une feuille pliée de sa poche arrière.

« J'ai un élément qui pourrait peut-être être intéressant pour eux », dit-il en la dépliant.

Line reconnut le logo de la Kripos. Son père posa la main sur la feuille.

« Ce n'est pas la peine de dire où tu l'as eue.

— Qu'est-ce que c'est ? »

Son père ne répondit pas. Il se leva brusquement et se dirigea vers la porte. « Merci pour le café et la glace.

— Tu pars déjà ? »

Line resta interdite tandis que son père prenait le chemin de la sortie. Puis elle tira le document vers elle. C'était un rapport du département technique de la Kripos, une comparaison de projectiles. Les détails et descriptions techniques la laissaient un peu perplexe, mais le contenu lui était familier. Le projectile de l'arme du crime de l'affaire du Nouvel An venait du revolver qu'elle avait remis à son père. Ça, elle le savait déjà, mais ce n'était pas tout. Il était aussi identique au projectile de l'affaire 10899421 : le meurtre de Jens Hummel.

Line cligna des yeux et sentit qu'elle avait froid. Pensées et questions fusaient dans sa tête et elle aurait voulu que son père ne parte pas si vite.

Elle relut le rapport pour s'assurer qu'elle avait bien compris la conclusion, mais la méprise était impossible. L'arme du coffre-fort de Sofie avait servi dans deux meurtres.

Une mouche se posa sur son assiette vide. Line se leva et commença à débarrasser la table. Son père ne lui avait jamais donné d'informations de cette façon, et c'était sans doute pour cela qu'il était venu. Pas pour la sonnette.

C'était sûrement aussi pourquoi il était reparti si vite.

46

Wisting emporta un thermos de café dans son bureau et s'attaqua de nouveau au dossier du meurtre de Kristiansand. Repartant de zéro, il vérifia les noms des témoins et des autres personnes mentionnées dans les fichiers. Plusieurs amis d'Elise Kittelsen avaient des liens avec le milieu de la drogue de Kristiansand. L'un de ceux qui avaient été entendus s'appelait Julian Broch. Certains avaient parlé de lui comme du petit ami d'Elise, mais lui-même disait qu'ils étaient « juste copains ». Il avait entre autres été condamné pour escroquerie et vente de stupéfiants. Il se dessinait de plus en plus clairement qu'Elise Kittelsen avait évolué aux marges d'un milieu criminel, mais aucune connexion n'apparaissait avec des acteurs centraux comme Phillip Goldheim. Rien ne suggérait qu'elle ait pu être autre chose qu'une victime innocente.

À 15 h 55, Christine Thiis entra dans son bureau. Il était parti de chez Line depuis précisément une heure quarante.

« J'ai reçu un coup de fil de *VG*, annonça-t-elle en s'asseyant. Ils sont au courant pour le revolver. Qu'il a été utilisé dans les deux meurtres. »

Wisting s'adossa à sa chaise et fixa son regard sur sa tasse à moitié vide.

« Ce genre d'information a tendance à sortir.

— Mais on dirait qu'ils ont eu accès au rapport.

— De toute façon, ce ne sont pas des informations que nous pouvions retenir. Le procès commence lundi. La police de Kristiansand a dû être obligée de faire connaître le rapport à la défense. »

Christine Thiis secoua la tête avec découragement.

« Qu'est-ce que tu leur as dit ? demanda-t-il en la regardant droit dans les yeux.

— Le moins possible. Je leur ai confirmé qu'il s'agissait de la même arme et qu'elle nous avait été remise après la mort de son propriétaire.

— Ils n'ont pas dû lâcher l'affaire si facilement ?

— J'ai été forcée de leur dire que le revolver était resté dans un coffre-fort depuis la mort de son propriétaire en janvier et qu'il venait d'être retrouvé. »

Wisting se retourna vers son ordinateur et alla sur le site de *VG*. L'affaire n'était pas encore sortie. Si la rédaction se sentait sûre d'être seule sur le coup, elle voulait peut-être attendre et en faire la une de son édition papier du lendemain matin.

Christine Thiis lança un coup d'œil vers les notes de Wisting.

« Quels sont tes projets ? s'enquit-elle.

— Je vais descendre à Kristiansand demain matin. »

Elle leva les yeux vers lui. Un sillon se creusa à la racine de son nez, comme quand elle était dubitative.

« Qu'est-ce que tu vas faire là-bas ?

— Harald Ryttingen nous a donné accès aux documents zéro de leur affaire », expliqua-t-il, sans préciser comment il avait obtenu une chose pareille.

Elle ne répondit rien, mais suggéra d'un mouvement de tête qu'elle attendait la suite.

« Et puis je vais entendre un témoin, poursuivit Wisting.

— Quel témoin ?

— Dan Roger Brodin. »

Le sillon à la racine de son nez s'effaça quand elle écarquilla les yeux.

« Le tueur ?

— Il n'y a que lui qui sache ce qu'est devenue l'arme du meurtre. Il est le seul qui sache quel est le lien avec notre affaire.

— Si lien il y a.

— En tout cas, nous ne pouvons pas négliger cette possibilité.

— Tu crois qu'il racontera quelque chose ? » Le sillon était revenu. « Tu crois qu'il voudra seulement te parler ? »

Wisting prit le thermos de café.

« J'ai laissé un message sur le répondeur de son avocat. Je pars du principe qu'il m'appellera dès qu'il aura lu *VG*. »

Christine Thiis se leva et resta à le regarder.

« Je t'accompagne. »

47

On était vendredi après-midi. Les bruits habituels de téléphones qui sonnent et de portes de bureau qui s'ouvrent et se ferment se turent. Lentement mais sûrement, le commissariat se vida de ses enquêteurs. Wisting resta penché sur ses dossiers encore quelques heures sans trouver davantage de réponses.

À 19 heures, il monta dans sa voiture et quitta la cour du commissariat. Sur le siège passager, il avait un plan du centre-ville de Kristiansand et une copie de la déposition de Finn Bjelkevik, l'un des trois témoins principaux de l'affaire du Nouvel An. Il vivait à Sandefjord et avait célébré le Nouvel An à Kristiansand. Wisting tapa son adresse dans le système de navigation et vit que cela lui prendrait vingt-deux minutes de se rendre à son domicile.

D'après les documents, il vivait chez ses parents. Ce n'était pas sûr qu'il y soit maintenant, mais un face-à-face valait toujours mieux qu'une conversation téléphonique.

Il descendit Prinsegata avant de prendre à gauche au carrefour de Storgata. C'était une chaude soirée d'été, sans vent. Il baissa sa vitre. De la musique venait d'un restaurant du port.

Finn Bjelkevik et son camarade étaient arrivés juste après les tirs et avaient vu Dan Roger Brodin s'enfuir de la scène de crime. La déposition tenait sur un peu moins de deux pages.

Wisting savait d'expérience que dans un témoignage, il y avait toujours des détails et des nuances qui n'étaient pas couchés sur le papier. Ce pouvait être des mots, l'ordre dans lequel ils avaient été prononcés, des mouvements, des réactions, des réflexions. Mais même si tout ce qui s'était passé n'était pas écrit noir sur blanc dans le procès-verbal d'interrogatoire, Wisting n'attendait nullement que sa conversation avec Bjelkevik apporte de nouveaux éléments. Sa déposition contenait largement de quoi faire condamner Dan Roger Brodin pour le meurtre. Il était ce qu'on faisait de plus approchant d'un témoin oculaire. Il avait entendu les coups de feu et vu Brodin s'enfuir avec un revolver à la main. C'était sur ce revolver que Wisting voulait en savoir le plus possible.

Le système de navigation amena Wisting dans une zone résidentielle coquette sur la rive ouest du fjord de Sandefjord. Sa maison, une villa en bois sur deux niveaux, avec des rosiers grimpants sur la façade, se trouvait au bout d'une voie sans issue, tout au bord de l'eau. Wisting se gara sur le parking devant la maison. Avant de sortir de sa voiture, il consulta le site de *VG* sur son téléphone. La nouvelle faisait maintenant la une et était illustrée par une photo d'Elise Kittelsen. Wisting cliqua sur l'article et vit qu'il était sur le site depuis moins de six minutes. Il commença à le lire, mais une femme d'une cinquantaine d'années sortit sur le perron et il n'eut pas le temps de terminer.

Il rangea le téléphone dans sa poche et se dirigea vers elle. C'était la mère de Finn Bjelkevik. Wisting lui expliqua qu'il s'agissait du meurtre auquel son fils avait assisté à Kristiansand.

« Une affaire épouvantable, commenta-t-elle. Ce sera bien quand ce procès sera terminé.

— Est-il à la maison ?

— Oui, il est dans le jardin », dit la mère en le menant derrière la maison.

Finn Bjelkevik était debout à côté du barbecue.

D'après les documents de l'affaire, Wisting savait qu'il avait vingt-deux ans. Il était grand et athlétique, avec des lunettes et des cheveux courts couleur sable.

Au bout d'une table était assise une fille du même âge. Un homme plus âgé arrivait d'un ponton avec un chien à poils longs trottant à sa suite.

La mère expliqua qui était Wisting et celui-ci leur serra la main. La fille était la petite amie de Finn Bjelkevik, l'homme au chien son père. Il doutait qu'ils aient lu l'article sur VG-nett et ne voyait aucune raison de leur en parler.

« Vous dînez avec nous ? proposa le père en lançant un regard vers la viande sur le gril. Il y en a largement assez. »

L'odeur de viande sur le feu se répandait dans l'air chaud du soir.

« Non merci. Je n'en ai pas pour longtemps. Je voudrais juste récapituler encore une fois ce qui s'est passé le soir du Nouvel An. »

Finn Bjelkevik tendit la fourchette à viande à son père.

« J'ai eu Ryttingen au téléphone aujourd'hui, nous avons déjà tout récapitulé. »

La mère tendit à Wisting un verre de Farris avec des glaçons.

« Merci, dit-il en souriant.

— Nous avons parlé du fait qu'il était important que je paraisse tout à fait sûr au tribunal, poursuivit Finn Bjelkevik. Que je ne laisse pas de place au doute. »

Wisting avait souvent préparé des témoins. La plupart d'entre eux n'avaient pas d'expérience du tribunal. Il fallait alors les familiariser avec des détails pratiques, où ils allaient se tenir, où seraient le procureur et le prévenu, ce que le juge allait demander. En revanche, il ne leur avait jamais donné d'instructions sur ce qu'ils devaient dire. Il leur rappelait qu'il importait d'être précis dans leurs propos mais, contrairement à Ryttingen, il avait aussi l'habitude de leur dire de laisser la place au doute s'ils avaient des incertitudes.

Ils s'éloignèrent et se dirigèrent vers le bord de l'eau.

« Avez-vous des doutes sur ce qui s'est passé ? s'enquit Wisting.

— Pas réellement. »

Wisting s'arrêta, but une gorgée d'eau gazeuse.

« Comment ça, pas réellement ?

— C'est allé tellement vite, tout ça, expliqua Finn Bjelkevik en continuant vers le petit ponton privé. Je n'ai pas pu voir grand-chose, mais la police est arrivée avec le tueur juste après.

— Vous l'avez reconnu ? »

Le jeune homme ramassa une pierre et la lança dans l'eau.

« Tout de suite. »

Un goéland décolla d'un poteau au milieu du fjord.

« Là, vous n'êtes pas au tribunal, lui rappela Wisting. Vous n'avez pas besoin d'avoir une certitude à toute épreuve.

— J'avais pas mal bu. Terje l'a vu mieux que moi.

— Quelle quantité d'alcool aviez-vous bue ? »

C'était une des questions qui n'avaient pas été posées à l'interrogatoire.

Finn Bjelkevik haussa les épaules.

« Je ne sais pas. Six ou sept pintes de bière, peut-être, mais j'ai dessoûlé en un clin d'œil. Je veux dire, c'était un choc, quoi. Une fille tuée sous vos yeux...

— Est-ce qu'on peut recommencer depuis le début encore une fois ? Que s'est-il passé au juste ? »

Le jeune homme soupira en jetant un coup d'œil vers sa petite amie.

« Eh bien, fit-il en prenant son élan. On avait été chez Terje. Il habite à Lund, mais on allait chez un de ses copains dans le centre. On traînait dans les rues en picolant. Terje avait des bières et un peu de vin dans son sac à dos. On a fait une halte pour que je sorte deux bouteilles de son sac. C'est là qu'il y a eu les détonations. Deux. D'abord j'ai pris ça pour des feux d'artifice, comme on était le soir du Nouvel An, mais c'était différent. Je me suis tourné vers le bruit. La fille était déjà à terre. Je ne l'avais pas vue, mais elle marchait dans notre direction. Le type qui lui avait tiré dessus a fait deux pas en arrière en glissant l'arme dans son pantalon. Ensuite, il a pivoté et il est parti en courant. »

Finn Bjelkevik battit des bras, comme si l'histoire s'arrêtait là.

« Et après ? voulut savoir Wisting.

— J'étais sous le choc. D'abord, on est juste restés sans rien faire du tout pendant deux, trois secondes, et puis on s'est regardés et on a couru vers elle, mais elle était déjà morte. J'ai soulevé sa tête pour essayer d'établir un contact, mais il n'y avait rien. Ses yeux étaient complètement vides et des caillots de sang sortaient de sa bouche. C'était impossible de stopper l'hémorragie. »

Wisting acquiesça, mais ne dit rien.

« D'autres gens sont arrivés, poursuivit Finn Bjelkevik. D'abord le type qui avait essayé de courir après le tireur. Je ne sais pas si c'était pour faire du bouche-à-bouche ou un massage cardiaque ou quoi, mais il l'a mise sur le dos. Enfin, c'était sans espoir. Juste après, un type est arrivé, il était médecin et il a dit qu'il n'y avait plus rien à faire. »

Sa voix s'était affaiblie au fil de son récit et Wisting comprit que raconter encore cette histoire rouvrait d'anciennes plaies.

« La police est arrivée presque tout de suite. C'était l'anarchie totale. Avec Terje, on est restés à attendre à l'arrière d'une voiture de police. On entendait tout ce qui se passait sur la radio de la police. Qu'ils poursuivaient le tueur dans la ville et ensuite qu'ils l'avaient interpellé. »

Wisting resta perdu dans ses pensées. L'essentiel, il l'avait déjà lu dans les documents de l'affaire. Il ne savait pas vraiment à quoi il s'était attendu.

« L'homme qui a tiré… commença Wisting, tâtonnant pour continuer la conversation.

— Oui ?

— Pourriez-vous me le décrire encore ?

— Pull col roulé noir avec une inscription, coupe-vent gris, pantalon foncé et baskets bleues. »

Wisting acquiesça. Il était écrit Magic sur le pull noir de Dan Roger Brodin, avec la silhouette d'un oiseau.

« Vous l'aviez déjà vu ?

— Non, mais je ne suis pas de Kristiansand.

— Quelle était la distance entre vous ? »

Le jeune homme haussa les épaules.

« On était devant une salle de sport ou un truc dans ce genre. Elle était au sol à peu près au niveau de l'entrée de la cour d'école. »

Wisting ne connaissait pas très bien les lieux.

« Ça fait quoi ? demanda-t-il en pointant le doigt vers le ponton. D'ici au bateau ?

— Oui, à peu près. »

Environ trente mètres, conclut Wisting.

« Comment était la lumière ? s'enquit-il.

— Il faisait assez sombre.

— Il y avait des réverbères ?

— Il y en avait un à peu près là où elle est tombée, mais il n'était pas allumé. La lumière venait des fenêtres d'en face.

— Avait-il des objets sur lui ? Est-ce qu'il portait autre chose que le revolver ? »

Finn Bjelkevik secoua la tête.

« Il a parlé ?

— Pas un mot. »

Wisting continua de poser les petites questions de routine qui ne figuraient pas dans le procès-verbal d'interrogatoire. La plupart avaient sans doute été posées, mais les réponses avaient probablement été jugées inintéressantes et n'avaient pas été notées.

Wisting n'avait pas pris de notes non plus. Il n'était rien ressorti de très nouveau. Cependant, cette conversation clochait quelque part. Les propos de Finn Bjelkevik le troublaient, mais il n'arrivait pas à déterminer en quoi.

48

Line était assise sur le canapé avec son ordinateur sur les genoux. Elle avait mis un coussin dessous pour le stabiliser. Elle n'était pas entrée dans le système de la rédaction depuis longtemps. Ce qu'ils appelaient le tableau de bord montrait à tout moment le nombre d'internautes sur le site de *VG*. Le papier sur l'arme du crime était l'article le plus lu. Il n'était publié que depuis deux heures, mais avait fait déjà deux cent cinquante mille clics. C'était plus que la plupart des articles qu'elle écrivait.

Un lien menait au meurtre du Nouvel An. Ils avaient pris une photo d'Elise Kittelsen et titré « La mystérieuse arme du crime réutilisée ».

Elle avait été obligée de jouer la comédie avec Sofie. Elle ne pouvait pas lui dire que son père lui avait donné l'information, mais l'avait appelée dès la publication de l'article. Elle craignait que Sofie ne soit fâchée. C'était elle qui l'avait convaincue de ne pas se débarrasser du revolver et de le remettre à la police. Sofie n'avait toutefois pas réagi ainsi, elle avait poussé un soupir découragé, presque comme si elle n'avait fait qu'attendre d'autres mauvaises nouvelles.

Ou alors elle n'avait pas conscience de tout le cirque que pouvait provoquer cet article. Elle semblait juste fatiguée.

Line n'avait pas franchement le goût des titres avec des mots comme mystérieux, énigmatique et inexplicable pour appâter les lecteurs, mais ces trois-là étaient pertinents en ce qui concernait le revolver qu'elles avaient trouvé dans le coffre-fort du grand-père de Sofie.

La curiosité l'avait poussé à parcourir les classeurs et calepins du coffre, qui lui avaient confirmé les affirmations de Sofie : son grand-père était un criminel. Sofie ne mesurait sans doute pas toutefois l'envergure de ses activités. Line tapa Frank Mandt dans la barre de recherche pour voir si des journalistes avaient pu enregistrer son nom dans la documentation.

La recherche donna un seul résultat. Son nom apparaissait dans des notes pour une série d'articles sur le crime organisé publiés quelques années auparavant. Le journaliste s'appelait Geir Hansen. Elle l'avait tout juste croisé. Il avait quitté *VG* et travaillait comme attaché de presse d'une entreprise d'État.

Elle trouva le paragraphe dans lequel était mentionné Mandt.

« Frank Mandt, du Vestfold, pourrait avoir un rôle central. C'est un homme d'un certain âge connu surtout pour l'importation et la vente illégales d'alcool. Probablement près de se retirer. »

Ces notes succinctes ne la renseignèrent guère. Le journaliste avait manifestement une source dans le milieu, mais il n'y avait pas de référence.

Elle essaya de se souvenir des noms qu'elle avait

lus dans les classeurs du coffre. L'un d'eux était un peu original, Aron Heisel.

Elle le tapa dans la barre de recherche. Plusieurs résultats. Le dossier de l'un des articles avait été mis à jour seulement deux jours auparavant. Elle plissa le front et comprit avec surprise qu'il s'agissait de la saisie de drogue à la ferme où on avait retrouvé le taxi de Jens Hummel. Son père n'avait jamais mentionné son nom, mais Aron Heisel devait être l'homme en détention provisoire qui refusait de s'expliquer.

Le document ne contenait rien de plus que ce qui était récapitulé dans le journal, à part le nom du mis en examen. Aron Heisel était mentionné précédemment dans le cadre d'une grosse affaire de contrebande dans l'Østfold, trois ans plus tôt, où il avait été désigné comme l'un des suspects principaux, mais pas condamné.

Un autre nom qu'elle se souvenait d'avoir lu dans les classeurs du coffre était celui de Per Gregersen. Elle le trouva là encore dans la documentation de la série d'articles sur le crime organisé, avec le nom de Frank Mandt. Dans un autre paragraphe était mentionné en passant que Phillip Goldheim s'appelait autrefois Per Gregersen.

Elle descendit sur la page et lut tout le paragraphe qui résumait les renseignements de la source.

« Phillip Goldheim. Libéré après une peine longue durée pour trafic de drogue en 2002. Collaboration étroite avec les Hells Angels par le passé. Fait profil bas. Blanchiment d'argent de la drogue. Importation de voitures. Spéculation boursière. Virage vers la criminalité financière. Escroqueries : recours à des entreprises fictives, hommes de paille, faux comptes.

Toujours prépondérant dans les amphétamines. Protagoniste central dans le Sørlandet. Ambition d'expansion. Réseau peu connu. »

Quelques clics plus tard, elle avait une photo de lui. Prise lors de son dernier procès.

On sonna à la porte avant qu'elle n'ait pu voir s'il y avait d'autres informations sur Phillip Goldheim dans le journal. Son père annonça sa présence dans le vestibule.

Elle répondit et alla à sa rencontre après avoir posé son ordinateur refermé sur la table.

Son père resta avec ses chaussures aux pieds entre le vestibule et la cuisine.

« Je voulais juste te prévenir que je vais m'absenter ce week-end.

— Où vas-tu ?

— À Kristiansand. Je pars demain matin. » Il lança un regard vers le ventre de Line. « Ça va aller ? »

Elle acquiesça.

« Tu pars longtemps ?

— Non, jusqu'à dimanche. »

Elle fit un pas de côté et s'appuya à la table de cuisine.

« Comment ça se passe ? Cette histoire d'arme à feu.

— Je ne sais pas, admit son père. C'est pour ça que je descends.

— Ça va te causer des problèmes ? L'article, je veux dire. »

Il sourit en secouant la tête.

« Ce qui crée des problèmes, c'est quand quelqu'un essaie de cacher des choses. Comment est-ce que Sofie l'a pris ?

— Ça va.

— Et toi ? Qu'en penses-tu ? »

Line haussa les épaules. L'idée d'avoir eu entre les mains une arme qui avait tué deux personnes la mettait un peu mal à l'aise.

« Tu voyages seul ? demanda-t-elle pour changer de sujet.

— Avec Christine Thiis. » Il jeta de nouveau un coup d'œil sur son ventre. « Appelle-moi s'il y a du nouveau.

— Sois prudent. »

Il fit un signe de tête.

« Et toi aussi », répondit-il en l'embrassant.

49

Wisting se réveilla avant que son réveil ne sonne. Il resta à écouter des goélands au loin, puis se leva.

Ce qui était convenu avec Harald Ryttingen était qu'un enquêteur les recevrait au commissariat de Kristiansand à 10 heures. Le trajet en voiture de Larvik prenait deux heures et demie.

Il lança une cafetière, se fit une tartine de confiture et s'assit à la table de la cuisine. Il mangea en regardant le ciel s'éclaircir, puis devenir limpide, bleu d'été.

Ce n'étaient pas les cris de goélands qui l'avaient tiré du sommeil, mais ses pensées sur l'affaire du Nouvel An. Si ce n'était que l'arme du crime avait disparu, l'affaire paraissait évidente, rapidement résolue. Presque trop. Le coupable avait été interpellé avant même que Ryttingen ou les autres enquêteurs n'aient été avertis. Quand ces derniers étaient arrivés au boulot, ils n'avaient plus eu qu'à suivre la piste tracée.

Wisting se leva, rangea sa tasse et son assiette vide dans le lave-vaisselle, puis alla dans la salle de bains se raser et prendre une douche avant de faire son sac.

Peu après 7 heures du matin, il passa prendre Christine Thiis. Elle se tenait prête devant chez elle.

Il n'y avait personne sur la route. Ni l'un ni l'autre n'étaient très diserts. Au petit matin, Wisting avait essayé de porter sur l'affaire un autre regard que les enquêteurs de Kristiansand. Il pensait avoir trouvé une explication logique à la présence du revolver à Larvik, mais il était trop tôt pour la partager.

Les écriteaux portant les noms des petites villes du Sørlandet défilaient : Risør, Tvedestrand, Arendal, Grimstad, Lillesand.

À 10 heures moins le quart, ils prirent la sortie Kristiansand. Avant de se rendre au commissariat, Wisting voulait voir l'endroit où Elise Kittelsen avait été tuée. Il manœuvra dans le quadrillage des rues du centre-ville jusqu'à Dronningens gate. Il n'avait pas très bien compris pourquoi les documents indiquaient qu'elle avait été tuée devant l'école désaffectée de Kongens gate quand la scène de crime se trouvait Dronningens gate, mais c'était parce que la cour de récréation donnait sur Dronningens gate. Elise Kittelsen avait été abattue là où le mur s'ouvrait sur une entrée dans la cour. Le dossier de l'affaire suggérait que le coupable s'était caché dans cette cour pour attendre une personne à attaquer.

Wisting dépassa doucement l'endroit avant de se garer au niveau de la salle de sport où Finn Bjelkevik était au moment des tirs. Il sortit de la voiture et resta là, à regarder. Il reconnaissait la configuration des rues d'après le dossier iconographique. La différence était que les photos avaient été prises de nuit, à la lumière artificielle des projecteurs, on voyait quelques tas de neige sur le trottoir, alors que maintenant, le soleil brillait et le feuillage vert des arbres pendait au-dessus du mur de l'école.

Christine Thiis se mit à côté de lui. Un jeune garçon passa sur un skate-board râpé. Les roues grondaient sur l'asphalte.

En effet, la distance jusqu'à l'endroit où Elise Kittelsen était tombée était de trente mètres environ. Ils avancèrent jusqu'au lieu exact du crime. Des oiseaux décollèrent des arbres au-dessus d'eux. L'ancienne école paraissait vide. Dans la cour, on voyait encore le blanc d'un terrain de hand sur le goudron, même si la grande cour déserte semblait servir désormais de parking.

Wisting se plaça là où Elise Kittelsen s'était tenue. Puis il situa les trois témoins et le tueur. Terje Moseid et Finn Bjelkevik marchaient vers elle. Dan Roger Brodin était sorti de la cour d'école obscure, revolver au poing. Vingt mètres derrière elle, Einar Gjessing avait tourné le coin de la rue seulement quelques secondes avant les tirs.

Wisting fit un pas de côté et changea de rôle. Il leva le bras droit en dépliant l'index et le pouce, comme s'il tenait une arme à feu et joua le rôle du tueur. Au lieu de courir, il partit d'un pas décidé dans la direction où s'était enfui Brodin. Au coin de Holbergs gate, il avait croisé Einar Gjessing, qui l'avait poursuivi. Il était ensuite passé devant un magasin de musique et avait traversé une petite place qui, dans les papiers de l'affaire, était appelée Olav den Vs plass, avant de continuer vers Østre Strandgate, où Einar Gjessing avait renoncé à le poursuivre.

Cette reconstitution simple était utile, mais ne permettait pas d'avoir une autre image des faits que celle dessinée dans les rapports.

À 10 heures précises, ils se garèrent devant le grand

commissariat de Tollbodgata. Wisting sortit de la voiture et renversa la tête en arrière pour observer le bâtiment de huit étages. Les deux étages supérieurs appartenaient à l'administration pénitentiaire et abritaient quarante-quatre cellules. Dans l'une d'elles se trouvait Dan Roger Brodin.

Ils s'adressèrent à un jeune agent en tenue à un guichet vitré. Cinq minutes plus tard, un enquêteur sortit de l'ascenseur et les conduisit à la brigade criminelle.

Il s'appelait Ivar Horne. Wisting se souvenait d'avoir lu son nom dans les documents de l'affaire. C'était un homme débraillé en jean et tee-shirt blanc, avec des cheveux indomptables et une barbe d'un peu plus de trois jours. Son allure générale ne correspondait pas à l'ordre et à la rigueur des rapports qu'il avait rédigés.

« On vous a sorti les documents », expliqua-t-il en les précédant dans un couloir gris.

Ils passèrent devant des bureaux, dont un occupé par un enquêteur qui ne leva pas le nez de son écran. Un peu plus loin, ils entendirent une radio. Pour le reste, les locaux étaient silencieux.

« Ici », annonça Horne en ouvrant la porte d'une salle de réunion.

Au milieu de la table se trouvaient trois cartons avec des classeurs de diverses couleurs.

« J'ai moi-même travaillé sur cette affaire, précisa-t-il en se dirigeant vers une kitchenette au bout de la pièce. Qu'est-ce que vous cherchez, au juste ?

— Un lien avec le meurtre de Jens Hummel », répondit Wisting en prenant un classeur bleu intitulé « Enquêtes – milieu de la drogue ».

Ivar Horne sortit trois tasses blanches d'un placard au-dessus de l'évier.

« Quel genre de lien ? » s'enquit-il en les posant sur la table.

Wisting rangea le classeur, prit une chaise et s'assit. Christine Thiis s'installa en face de lui.

« Ces deux affaires sont liées, commença Wisting. Puisque la même arme a été utilisée. »

Ivar Horne sortit la verseuse de la cafetière en leur lançant un regard interrogateur. Wisting fit oui de la tête.

« Et puis il y a aussi des connexions un peu plus floues », poursuivit-il.

Ivar Horne le servit puis rangea la verseuse.

« Lesquelles ? » Il s'assit en bout de table.

« Phillip Goldheim, répondit Wisting.

— PG ? » fit Horne les sourcils haussés.

Wisting acquiesça.

« Oui, c'est un nom intéressant, enchaîna Horne, mais je ne pense pas que vous le trouviez dans ces classeurs.

— Que savez-vous de lui ? demanda Christine Thiis.

— Il fait du trafic de drogue à grande échelle sous le couvert de diverses activités légales. Depuis des années. Nous avons tenté plusieurs fois de le prendre et il y a six mois on n'était pas loin d'y arriver.

— Que s'est-il passé ?

— Je ne sais pas, admit Horne. Une source qui s'est retirée et n'a plus parlé. L'essentiel se construisait autour de cette source qui était en position de nous informer de l'arrivée d'une cargaison et de nous dire comment la relier à Phillip Goldheim.

— L'opération Mister NiceGuy ? vérifia Wisting en repensant aux notes qu'il avait lues.

— *No more Mister NiceGuy*», fit Horne en souriant.

Wisting porta sa tasse à ses lèvres.

« Vous dites que ça s'est passé il y a six mois. Quand cette cargaison devait-elle arriver, au juste ?

— Mi-janvier. L'opération a été momentanément interrompue quand nous avons perdu notre source, mais maintenant, c'est reparti. On le file. »

Wisting but une gorgée de café. Les informations que la police tirait des milieux criminels étaient primordiales. En général, les informateurs jouaient un rôle déterminant dans l'élucidation des grandes affaires de drogue. C'était une méthode confidentielle à laquelle n'avaient accès ni le juge ni la défense et ça pouvait être un jeu dangereux, puisque les informateurs devaient tout de même abuser de la confiance des gens sur lesquels ils détenaient des informations et que personne n'aimait les traîtres. De simples rumeurs selon lesquelles quelqu'un avait parlé pouvaient conduire à des représailles. La sécurité des informateurs était donc capitale et la règle tacite était qu'un policier n'interrogeait jamais un collègue sur l'identité de sa source.

Ivar Horne se leva avec sa tasse.

« Bon, je ne vais pas vous retenir plus longtemps. Si vous avez besoin de moi, je suis dans le bureau d'en face. »

50

Wisting avait trouvé ses conversations téléphoniques avec Harald Ryttingen désagréables, s'était senti presque moqué, mais l'enquêteur qui venait de les accueillir était très cordial et sympathique.

« Par où on commence ? » Christine Thiis se pencha au-dessus d'un carton.

« N'importe », répondit-il en prenant le classeur d'enquêtes sur le milieu de la drogue.

Il contenait des formulaires tous semblables, où des protagonistes du milieu connus de la police avaient fait des dépositions rapides et informelles sur ce qu'ils savaient de Dan Roger Brodin. Les papiers étaient remplis à la main par les enquêteurs qui étaient allés sur le terrain. Wisting parcourut les premiers. On avait manifestement été à la recherche de quelqu'un qui avait vu Brodin avec une arme à feu. L'arme était le point non élucidé de l'affaire et si quelqu'un pouvait témoigner que Brodin avait eu accès à des armes, le dossier à charge allait être encore plus accablant.

Plusieurs personnes interrogées ne savaient pas qui était Dan Roger Brodin. D'autres ne l'avaient pas vu depuis longtemps. Ceux qui le connaissaient le décrivaient comme un bon garçon et ne comprenaient pas comment il avait pu commettre un tel acte.

Quand Wisting fut à la moitié du classeur, son téléphone sonna. Numéro inconnu.

« Olav Müller, à l'appareil. Je suis avocat stagiaire et je représente Dan Roger Brodin. »

Wisting prit un stylo et nota son nom. Dans le dossier de l'affaire et dans les journaux, c'était l'un des avocats stars habituels qui était mentionné.

« Je croyais que c'était Kvammen qui le défendait ?

— Je travaille avec lui. Il a un empêchement. J'ai repris la responsabilité du dossier et c'est moi qui vais représenter Brodin au tribunal.

— Je vois, dit Wisting, qui comprit que l'avocat star considérait le meurtre du Nouvel An comme une cause perdue et avait donc abandonné le destin de Brodin à un stagiaire. Eh bien, fit-il en toussotant, merci de me rappeler.

— Vous vouliez me parler ? fit l'avocat.

— Oui, enfin, j'aimerais bien parler à Brodin. »

Son interlocuteur resta silencieux. Wisting attendait qu'il lui dise que Brodin ne voulait pas donner d'explications à la police.

« C'est vous qui avez trouvé l'arme du crime ? finit par demander l'avocat.

— Elle nous a été remise, confirma Wisting, et les examens montrent qu'elle a aussi servi dans notre affaire.

— Soupçonnez-vous Dan Roger Brodin de ce meurtre également ? » L'avocat savait que Brodin était en détention provisoire au moment du meurtre de Jens Hummel et son ton était légèrement acerbe.

« Je suspecte que tout n'est pas exactement comme l'affirme la police de Kristiansand, répondit Wisting

— Qu'est-ce que ça signifie ? »

Wisting lança un coup d'œil vers Christine Thiis. Un stylo-bille à la bouche, elle écoutait la conversation.

« Il serait prématuré pour moi d'entrer dans les détails, mais il y a manifestement quelques trous dans l'enquête.

— Brodin ne dispose d'aucune information au-delà des explications déjà fournies, déclara l'avocat selon la formule consacrée. Ce n'est pas lui qui a abattu Elise Kittelsen. »

Wisting se tortilla sur sa chaise. Il lui fallait aller plus loin pour convaincre Olav Müller de le laisser rencontrer son client.

« Je travaille sur une affaire de meurtre dont le coupable est inconnu. Si ce que votre client affirme est exact, le lien entre les deux affaires pourrait dépasser l'utilisation de la même arme du crime.

— Vous voulez dire qu'il pourrait s'agir du même auteur ?

— Je veux dire qu'il est important que je puisse parler à Dan Roger Brodin », répondit Wisting.

Nouveau silence au bout du fil. Un craquement de plastique quand Christine Thiis mordit son stylo un peu trop fort.

« Je vais le voir à 15 heures aujourd'hui, finit par dire le stagiaire. Vous n'aurez qu'à venir avec moi. »

Wisting sourit, le remercia et raccrocha.

Christine Thiis retira le stylo de sa bouche.

« Tu crois vraiment ? voulut-elle savoir. Tu crois que

ce n'est pas une simple coïncidence si on a utilisé la même arme dans les deux affaires ? »

Wisting l'observa, il envisagea de lui dire ce qu'il pensait vraiment, mais renonça.

« Je ne crois pas aux coïncidences », répondit-il à la place.

51

La lumière extérieure filtrait par les stores et jetait des ombres au bord de la table de conférence. Wisting et Christine Thiis progressaient dans les classeurs. Le silence n'était interrompu que par les pages tournées par l'un ou l'autre.

Les papiers étaient bien lisses et rigides, comme si personne ne les avait regardés, ou ne s'était intéressé aux renseignements recueillis.

Du coin de l'œil, Wisting put voir que Christine Thiis prenait des notes et posait son stylo contre sa lèvre inférieure.

« Tu as quelque chose ? s'enquit-il.

— Une information d'un employé du McDo de Markens gate. Il était au collège avec Dan Roger Brodin. Dans la même classe jusqu'à ce que Brodin déménage.

— Ah ?

— Il travaillait le matin du 31 décembre et il se souvient que Brodin est passé acheter un menu burger. Il s'en souvient parce que Brodin a d'abord voulu payer avec un billet de mille, mais il n'y avait pas assez de liquide dans les caisses pour lui rendre la monnaie. »

Elle consulta ses notes. « Il y avait plusieurs billets de mille dans la liasse qu'il a remise dans sa poche de pantalon. »

Wisting s'adossa à sa chaise.

« Ça paraît invraisemblable, remarqua-t-il.

— En tout cas ça ne cadre pas avec le fait qu'il braque une femme quelques heures plus tard. L'homme du McDo a peut-être confondu avec un autre jour ?

— Comment s'appelle-t-il ?

— Mathias Gaukestad. »

Wisting se leva pour chercher le classeur des documents officiels de l'affaire. Il n'avait pas souvenir d'avoir vu ce nom et ne le trouva pas dans la liste des témoins.

« Il n'a pas été interrogé, conclut-il.

— N'aurait-il pas dû l'être ? »

Wisting ne répondit pas. Il chercha un autre document, le rapport standardisé sur l'arrestation proprement dite. Heure, lieu, vêtements, objets que Dan Roger Brodin avait sur lui et qui avaient été saisis. Un détail avait échappé à son radar la dernière fois qu'il avait consulté le document.

« Il avait un total de six cent quarante-trois couronnes sur lui quand il a été interpellé. Ça cloche quelque part, là.

— Où est passé le reste de l'argent ?

— Non seulement ça, mais toute l'affaire repose sur l'hypothèse d'un braquage qui aurait mal tourné.

— Il a été condamné pour vol à la tire et braquage au couteau par le passé, rappela Christine Thiis.

— C'étaient des situations où il recherchait désespérément de l'argent et en avait besoin rapidement pour rembourser des dettes auprès de gens qui menaçaient de le tuer. Pas le soir du Nouvel An. Et six cent quarante-trois couronnes, ça suffisait pour sa dose du jour et celle du lendemain. » Wisting pointa l'index sur le classeur ouvert devant elle. « Et puis il avait plus d'argent plus tôt dans la journée.

— Alors pourquoi n'a-t-on pas assuré le suivi de cette information ? »

Wisting referma le dossier.

« Parce que ça ne cadrait pas avec leur hypothèse. »

Christine Thiis resta à le regarder.

« Tu en as une autre ?

— Ton témoin pourrait se tromper, proposa Wisting.

— Qu'est-ce qu'on fait ? »

Il détacha un post-it, se pencha et le colla sur le formulaire devant elle.

« On continue », répondit-il en retournant au classeur des enquêtes dans le milieu de la drogue.

Cinq minutes plus tard, il trouva un élément qui suggérait que le témoin du McDo ne s'était pas trompé. Une fille du même âge que Dan Roger Brodin disait, comme les autres, qu'elle ne l'avait jamais vu avec une arme et à la question de savoir quand elle l'avait vu la dernière fois, elle répondait que c'était le 29 décembre, au centre commercial de Vågsbygd, ils étaient allés au Kafé Seblis, à l'étage. Une phrase précisait qu'il l'avait invitée.

Wisting rapporta les informations à Christine Thiis.

« On dirait qu'il avait de l'argent », commenta-t-il en arrachant un nouveau post-it. Il le colla et continua de regarder ses documents. Une autre fille du milieu confirmait. Elle s'appelait Leni Dyste. Ses réponses avaient été consignées dans un style télégraphique.

Wisting les lut à haute voix : « Connaît Danny depuis des années. Jamais vu / entendu parler d'armes. Vu la dernière fois le 30 décembre, devant la bibliothèque. Il avait beaucoup d'argent d'un "boulot". Il allait en avoir encore. »

« Quel genre de boulot ? »

Wisting haussa les épaules.

« Il n'y a rien d'autre, répondit-il en cherchant Leni Dyste dans la liste des témoins. Elle non plus n'a pas été interrogée formellement. »

Ivar Horne entra dans la pièce avec sa tasse vide.

« Trouvé des renseignements intéressants ? » s'enquit-il en se dirigeant vers la cafetière.

Wisting se fendit d'un « moui » évasif. Ce qu'ils avaient trouvé jusqu'à présent était maigre et sans pertinence directe dans leur affaire.

« Je doute que vos recherches soient très concluantes, observa Horne en remplissant sa tasse. C'est un dossier solide. » Il s'appuya contre le plan de travail et regarda fixement les cartons sur la table. « L'ironie, c'est que le témoin principal n'aurait pas dû être là, poursuivit-il.

— Comment ça ? demanda Christine Thiis.

— Einar Gjessing. Celui qui a couru après le tueur. Il aurait dû être en détention. »

Wisting recula sur sa chaise en plissant le front. Il voulait en savoir plus.

« La brigade financière a travaillé sur lui pendant près d'un an, poursuivit Horne. C'était une grosse affaire. Il était mis en examen pour détournement de fonds et fraude fiscale, mais le gros de l'accusation est tombé.

— Qu'est-ce qui s'est passé ?

— C'était un de ces créateurs de start-up, là. Je n'y connais rien, mais il a fondé une société qui faisait du microcrédit. Une espèce de société de crédit sur Internet. Ça s'appelle le P2P, *person to person*. L'idée était qu'il opérait en tant que courtier de prêt entre personnes privées. Au lieu de mettre son argent dans une banque normale, on le rendait disponible sur son site Internet pour des gens qui ne pouvaient peut-être pas obtenir d'emprunt ordinaire. Intérêts élevés et coûts cachés pour celui qui avait besoin de l'argent et gros risque pour celui qui le prêtait. Le seul qui s'enrichissait devait être Gjessing lui-même. »

Wisting acquiesça. Il avait lu des articles sur ces nouveaux acteurs de l'économie qui proposaient des prêts à la consommation rapides et sans sécurité.

« C'est l'Inspection des finances qui a porté plainte parce qu'il exerçait sans agrément d'établissement de crédit, poursuivit Horne. Il a été mis en examen pour fraude fiscale, comptes irréguliers, escroquerie, blanchiment d'argent et d'autres trucs financiers. Du relativement lourd, qui l'exposait à une peine conséquente.

— Escroquerie et blanchiment d'argent ? » répéta Wisting pour l'encourager à approfondir.

Ivar Horne but une autre gorgée de café.

« Oui, ou plutôt complicité de blanchiment d'argent, précisa-t-il. L'argent qui a atterri dans son capital de départ ne provenait pas toujours d'activités légales.

— Donc votre témoin principal a été condamné pour escroquerie ? »

Ivar Horne fit un pas en avant en agitant sa tasse au-dessus de la table de conférence.

« Non, justement, c'est ça le truc. » Il sourit en toussotant. « Il n'a jamais été condamné. La plupart des chefs d'accusation ont été abandonnés.

— Que s'est-il passé ?

— Ce qui s'est passé, c'est Harald Ryttingen.

— Ryttingen ? »

Le sourire d'Ivar Horne s'élargit encore plus.

« Vous le connaissez. » Il passa sa tasse dans son autre main. « Vous lui avez parlé en tout cas. Il n'aime pas perdre. Il n'aime pas aller au tribunal sans être complètement sûr de son affaire. L'affaire de P2P était compliquée, avec de nombreux témoins récalcitrants, surtout pour ce qui concernait le blanchiment d'argent. Avec l'équipe, on avait beaucoup investi sur ce dossier, mais, l'issue du procès restant incertaine, ils ont passé un marché. Einar Gjessing a reconnu des faits mineurs et écopé d'une peine bien moins lourde que celle qu'il aurait eue s'il avait été jugé pour tout. En même temps, nous avons épargné des mois de travail à la justice.

— Pour quoi a-t-il été condamné ? s'enquit Christine Thiis.

— Pour une histoire d'infraction à quelques décrets fiscaux et à l'obligation d'agrément de l'Inspection des finances pour offrir et promouvoir des services financiers. Il a écopé de six mois. La moitié avec sursis. Il avait purgé sa peine avant Noël. »

Une sirène de police se fit entendre. Ivar Horne regarda par la fenêtre.

« Dans la maison, beaucoup de gens ont trouvé ça critiquable, reprit-il en se tournant vers eux, mais le principal était sans doute de pouvoir démanteler la société d'Einar Gjessing. » Il sourit encore. « L'ironie, c'est que si Ryttingen avait fait son travail à ce moment-là, il n'aurait pas eu de témoins maintenant.

— Il y en a trois, lui rappela Christine Thiis.

— Oui, mais Gjessing était le seul qui soit sobre et c'est lui qui a le mieux vu le coupable. Brodin est passé juste devant lui en s'enfuyant. »

Gardant pour lui un commentaire sur le professionnalisme du directeur de la brigade qui les accueillait, Wisting changea de sujet.

« Savez-vous comment nous pourrions trouver Leni Dyste ?

— Ça, vous ne pouvez pas, répondit rapidement Horne. Elle est morte. Elle a fait une overdose en mai. Pourquoi ? »

Wisting l'informa de la conversation qu'un enquêteur avait eue avec elle le lendemain du meurtre.

« Je ne savais pas, admit Horne avant de lire le formulaire d'enquête.

— Pourquoi aurait-il voulu braquer quelqu'un alors qu'il venait de faire un travail bien payé et qu'il allait recevoir encore de l'argent ? demanda Christine Thiis. Et où est passé cet argent ?

— L'argent ne dure pas longtemps dans un milieu pareil, mais dans ce cas précis, il y a une explication logique.

— Laquelle ? »

Horne se dirigeait vers la porte.

« Il s'en est servi pour s'acheter un revolver », fit-il en souriant avant de quitter la pièce.

52

À 14 heures, Wisting se leva.

« On a besoin d'une pause », déclara-t-il en frottant ses yeux secs.

Christine Thiis se renversa sur sa chaise et approuva en s'étirant.

« Je vais essayer d'échanger quelques mots avec Einar Gjessing avant de voir Brodin en prison, poursuivit-il.

— Il faudrait aussi qu'on mange un peu, rappela-t-elle en se levant. Je viens. »

Ivar Horne reparut à la porte.

« Déjà fini ?

— Juste une pause, précisa Wisting. Jusqu'à quelle heure restez-vous ?

— Tard, répondit Horne en lui tendant sa carte de visite. Appelez-moi quand vous serez de retour, je viendrai vous ouvrir. »

La voiture était garée au soleil et il faisait chaud dans l'habitacle. Wisting alluma la climatisation à fond et orienta les ventilateurs de façon que l'air soit soufflé droit sur eux. Puis il tourna les pages de son bloc-notes, trouva l'adresse du témoin principal et la rentra dans le système de navigation.

Gjessing n'habitait qu'à quelques minutes du commissariat, dans le quartier de Lund, de l'autre côté du fleuve Otra. Ils s'arrêtèrent en chemin pour s'acheter à déjeuner dans un magasin de paris sportifs et mangèrent leur hot dog assis sur un banc.

« Je vais aller à la prison tout seul, annonça Wisting en croquant un bout de saucisse. Deux personnes de la police, ça pourrait être beaucoup pour lui », ajouta-t-il en mastiquant.

Christine Thiis acquiesça.

« Et moi, je n'aurai qu'à continuer de regarder les classeurs », proposa-t-elle.

Ils finirent leur repas et remontèrent en voiture. Le GPS les guida à travers un petit quartier de vieilles maisons en bois puis à une grande résidence d'appartements au bord du fleuve. Ils laissèrent la voiture sur le parking des visiteurs et longèrent l'immeuble jusqu'à ce qu'ils trouvent la bonne entrée.

Le nom d'Einar Gjessing figurait en haut de l'interphone. Wisting renversa la tête pour regarder l'appartement qui était baigné de soleil en haut de l'immeuble.

« Il a dû gagner de l'argent en jouant les banquiers », commenta Christine Thiis en appuyant sur la sonnette.

Ils attendirent. Un homme avec un chien passa sur le sentier. Elle appuya encore une fois. Wisting consulta sa montre.

« Allons faire notre check-in à l'hôtel, suggéra-t-il. On n'aura qu'à réessayer demain. »

Un homme avec des lunettes sombres et une

chemise blanche à manches courtes arriva vers eux alors qu'ils repartaient en direction de la voiture. Il sortit un trousseau de clefs et s'approcha de la porte.

« Einar Gjessing ? » s'enquit Wisting.

L'homme enleva ses lunettes.

« Qui le demande ? » répondit-il en souriant.

Wisting se présenta et présenta Christine Thiis.

« C'est au sujet du procès qui va commencer la semaine prochaine.

— Oui ? » Agacé, Gjessing contracta le coin de sa bouche et un sillon se creusa sur son visage.

« Je sais que vous l'avez déjà fait de nombreuses fois, mais auriez-vous le temps de répondre à quelques-unes de nos questions ? »

Gjessing enfonça sa clef dans la serrure en soupirant.

« Bon, montez, alors », les invita-t-il dans un dialecte appuyé du Sørlandet.

Deux minutes plus tard, ils étaient à une table sur la terrasse ensoleillée avec vue sur la ville et les anciennes fortifications de l'île d'Odderøya.

« Vous dites que vous êtes de la police du Vestfold ? »

Gjessing posa des verres et des canettes froides sur la table.

Wisting fit un signe de tête.

« Nous enquêtons sur une autre affaire », répondit-il avant d'expliquer le lien entre l'affaire du Nouvel An et le meurtre de Jens Hummel.

« Oui, j'ai lu ça dans le journal », précisa Gjessing en ouvrant un parasol avant de s'asseoir. L'ombre leur fit du bien.

Christine Thiis s'avança au bord de sa chaise.

« Pouvez-vous nous raconter ce qui s'est passé le soir du Nouvel An ?

— Je suppose que vous avez lu ma déposition ? »

Ils hochèrent la tête.

« Il n'y a pas grand-chose de plus à ajouter. J'allais à Strandpromenaden, où des amis à moi avaient loué une salle. Je descendais Holbergs gate et j'ai traversé au niveau de l'ancienne école. » Il s'interrompit pour attraper une canette de soda. « Enfin, vous savez où ça s'est passé. »

Il remplit son verre.

Christine Thiis accepta quand il leva sa canette pour lui proposer de partager. Wisting en prit une autre et l'ouvrit.

« J'ai d'abord cru que c'était un couple qui se disputait, poursuivit Gjessing. Il y en a beaucoup le soir du Nouvel An. Beaucoup de gens qui boivent et beaucoup de gens qui se disputent. » Il prit son verre et but. « Quoi qu'il en soit, l'homme tenait la femme par le bras où elle portait son sac à main. Elle s'est libérée et c'est là que j'ai vu le revolver. Elle lui avait déjà tourné le dos et commençait à courir quand il a levé l'arme vers elle. J'ai vu une flamme sortir du canon quand il a tiré. »

Einar Gjessing reposa son verre pour former une arme à feu avec son pouce et son index.

« Deux tirs, dit-il en imitant les détonations tout en faisant tressaillir sa main pour donner l'illusion du recul de l'arme. Elle s'est écroulée au sol. L'homme s'est retourné et est parti en courant dans ma direction. Moi, j'étais sous le choc, et je suis resté planté là. Il m'a dépassé. Je ne savais pas quoi faire, donc je lui ai couru après, mais j'avais des chaussures glissantes.

Je suis tombé deux fois et il m'a échappé. Alors je suis retourné là où c'était arrivé, mais il était déjà trop tard. Même si j'avais couru vers elle tout de suite, je n'aurais rien pu faire. Et puis d'autres gens étaient arrivés. »

Wisting hocha la tête pensivement, comme pour créer une distance entre l'explication que Gjessing venait de donner et les questions qu'il allait maintenant poser.

« Quand il a tiré, son arme était-elle déjà sortie ou l'a-t-il sortie au moment où elle se dégageait ? »

Comme dans l'interrogatoire, Einar Gjessing n'était pas sûr.

« Tout s'est passé tellement vite, mais je crois qu'elle était sortie depuis le début. Qu'il la menaçait avec, mais je ne sais pas si c'est juste une impression ou si ça s'est vraiment passé comme ça.

— Avez-vous vu ce qu'il avait fait du revolver ? »

Son interlocuteur eut un petit sourire.

« Vous ne pensez pas que je l'aurais dit à la police de Kristiansand ? C'est une des premières questions qu'on m'a posées. La police a cherché pendant des semaines.

— Bien sûr, répondit Wisting en souriant. Je voulais plutôt savoir s'il avait couru avec l'arme à la main ou s'il l'avait glissée dans son pantalon ou ailleurs. »

Einar Gjessing se réinstalla sur sa chaise et réfléchit.

« Il l'avait à la main quand il m'a dépassé. Ça, je m'en souviens bien, mais ensuite, il a dû la mettre dans son pantalon, parce que je me souviens qu'il courait avec ses deux mains libres.

— Où était-il arrivé quand vous avez vu qu'il avait les mains libres ?

— Pas très loin. À la fontaine, je crois. »

Wisting aurait eu besoin d'un plan, mais il se souvenait de la fontaine dans la première rue latérale.

« Ensuite, il a descendu en courant les marches qui mènent à Kongens gate, poursuivit Gjessing. Je ne l'ai pas suivi tellement plus loin avant de faire demi-tour.

— Quelle distance y a-t-il de l'endroit où il vous avait dépassé à la fontaine ? »

Einar Gjessing haussa les épaules.

« Ce n'est pas loin. Une centaine de mètres.

— Pourrait-il s'être débarrassé de l'arme sur ce tronçon ?

— La police a cherché.

— Je me demande si quelqu'un aurait pu la trouver et la ramasser avant que la police ne commence ses recherches, expliqua Wisting. Pourrait-il l'avoir jetée sans que vous le voyiez ?

— J'en doute.

— Vous avez dit que vous aviez glissé deux fois, lui rappela Christine Thiis. Ça s'est passé où ?

— La première fois, c'était presque tout de suite quand je me suis mis à courir. La deuxième, en bas de l'escalier. »

Wisting attendit que l'homme conclue de lui-même.

« C'est juste, poursuivit Gjessing, l'air songeur. Il a pu s'en débarrasser la première fois que je suis tombé. J'ai jeté un coup d'œil vers Dronningens gate en me relevant et j'ai vu que les deux autres témoins allaient vers la fille au sol.

— Où était-il arrivé quand vous vous êtes remis debout ?

— Je dirais qu'il avait une avance d'environ cinquante mètres.

— Vous avez vu d'autres personnes à proximité ? »

Einar Gjessing secoua la tête.

« Des voitures ? suggéra Wisting.

— D'habitude, il y a des voitures derrière la fontaine, mais je n'ai pas souvenir d'en avoir vu. Holbergs gate est une rue piétonne.

— Des taxis ? »

Gjessing secoua la tête.

« Je pense que je m'en serais souvenu. J'en cherchais un. »

Christine Thiis se redressa.

« Vous n'avez vu aucun taxi à proximité ?

— Non, vous comprenez, j'étais allé voir ma mère dans le quartier de Posebyen et j'avais prévu de prendre un taxi pour Strandpromenaden. Il y en avait un dans la rue, juste en bas de chez ma mère. L'enseigne n'était pas allumée, mais vu qu'il n'y avait pas de passager, j'ai essayé de le héler. C'était juste pour un kilomètre, mais comme ce n'était pas un taxi de la ville, le chauffeur n'avait pas le droit de prendre des passagers. »

Wisting lança un coup d'œil vers Christine Thiis.

« D'où venait-il ? » demanda-t-il.

Gjessing haussa les épaules.

« Où était-ce exactement ?

— Je ne m'en souviens plus, mais ma mère habite Tordenskjolds gate. C'était sans doute un ou deux pâtés de maisons plus bas. Skippergata ou quelque chose comme ça.

— Vous vous souvenez de la marque de la voiture ? s'enquit Christine Thiis.

— Non, juste que c'était un taxi.

— Couleur ?

— Sombre.

— À quoi ressemblait le chauffeur ? »

Gjessing secoua la tête.

« Il s'est juste tourné à demi vers moi quand j'ai ouvert la portière arrière et que je me suis assis sur la banquette. Je n'ai aucune idée de ce à quoi il ressemblait.

— Lunettes, barbe, moustache ? » tenta Wisting.

Gjessing secoua encore la tête.

« Mais c'était un homme ?

— Oui.

— Et il était seul dans la voiture ?

— Oui, mais il avait l'air d'attendre quelqu'un. »

Wisting avait la conviction que c'était Jens Hummel qui attendait dans le taxi. Il voulait en savoir plus, mais ne trouva aucune question qui puisse leur donner une idée plus précise de ce que Hummel avait fabriqué. Il revint donc au crime et posa les questions auxquelles les rapports n'avaient pas répondu.

« Des paroles ont-elles été prononcées ?

— Elise a crié, répondit Gjessing. "Non" ou "stop" ou un truc comme ça. »

Christine Thiis inclina la tête.

« Vous connaissiez la victime ?

— Elise Kittelsen ?

— Oui.

— Je ne la connaissais pas vraiment, disons que je savais qui c'était, mais je n'avais pas vu que c'était elle. Je ne l'ai appris que le lendemain.

— Et comment saviez-vous qui elle était ? »

Le soleil s'était déplacé et Einar Gjessing l'avait en plein visage. Il se leva et bougea le parasol.

« Par des connaissances communes. Son petit ami était informaticien. Il a travaillé un peu pour moi il y a quelque temps, donc je l'avais saluée un soir dans un bar, mais elle était bien plus jeune que moi. »

Wisting n'avait pas envie de parler de la société de Gjessing et de ce qui lui avait valu une mise en examen et une condamnation.

« Racontez-moi ce qui s'est passé quand vous êtes revenu sur les lieux du crime », l'encouragea-t-il à la place.

Gjessing toussota.

« Quand je suis arrivé, il n'y avait que les deux garçons, mais ensuite c'est devenu le chaos total, il y avait du monde partout. Un médecin est arrivé et s'est occupé de la fille. La police était sur place avant l'ambulance, mais de toute façon, il n'y avait rien à faire. J'ai expliqué par où le coupable s'était enfui et à quoi il ressemblait. Les policiers ont lancé un avis de recherche et n'ont pas mis longtemps à l'attraper.

— Ils l'ont ramené sur les lieux du crime ?

— Oui, ils voulaient savoir si je le reconnaissais.

— Et c'était le cas ?

— Oui. Il était à l'arrière d'une voiture de police. Ils m'ont demandé de jeter un œil avant de le mettre en garde à vue, pour être tout à fait sûrs.

— Et vous étiez sûr ? »

Einar Gjessing saisit de nouveau son verre.

« Évidemment. Qui d'autre aurait-ce pu être ? »

53

L'ascenseur gravit les étages en grondant et en tremblant. Une jeune femme en uniforme pénitentiaire gris-bleu l'accueillit. Il lui tendit son badge professionnel en échange d'un badge de visiteur qu'il fixa à sa poitrine, et elle l'emmena dans les couloirs. Un trousseau de clefs cliquetait à sa ceinture. Elle s'arrêta devant une grande porte à barreaux, trouva la clef et fit entrer Wisting. Les gonds gémirent puis la porte se referma derrière eux.

Une lampe rouge était allumée au-dessus d'une salle de visite. Elle frappa avant d'ouvrir.

À l'intérieur, il y avait deux hommes. L'avocat stagiaire Olav Müller était assis dans un canapé en cuir noir sous la fenêtre. Il portait un pantalon léger gris et une chemise blanche à manches courtes. Il avait une mallette à côté de lui.

Dan Roger Brodin était assis, de dos. Il avait le crâne rasé et des épaules étroites.

Ils se levèrent en même temps. L'avocat tendit la main à Wisting en se présentant. Brodin le salua d'un signe de tête. La gardienne ferma la porte derrière eux. Wisting regarda autour de lui. Des caisses de jouets, un tapis avec un motif de rues et de chemins. Les détenus aussi avaient des enfants.

« J'ai expliqué à Dan Roger ce que vous m'avez dit au téléphone, l'informa l'avocat. Que vous travaillez sur une autre affaire, dans une autre circonscription policière, où on a utilisé la même arme que dans son affaire. »

Wisting hocha la tête, tira une chaise et attendit que l'avocat se soit rassis avant de prendre place.

« C'est exact », dit-il avant de préciser qui il était et sur quelle affaire il travaillait.

Brodin le regarda fixement pendant qu'il parlait. Son visage décharné était tendu. Grave.

« D'une manière ou d'une autre, le revolver a donc été acheminé de Kristiansand à Larvik », résuma l'avocat quand Wisting eut terminé.

Brodin haussa les épaules et entreprit de gratter une croûte sur son avant-bras.

« Je ne sais pas, fit-il à voix basse.

— Quelle est votre hypothèse ? s'enquit l'avocat en s'adressant à Wisting.

— Il y a plusieurs possibilités, mais la victime de notre affaire était à Kristiansand le soir du Nouvel An. Il est possible qu'il soit la personne qui s'est occupée de l'arme. »

L'avocat nota.

« Est-ce que ça pourrait être lui qui l'a tuée ? demanda Brodin.

— Rien ne nous permet de le dire, répondit Wisting, mais qui que soit l'auteur des faits, vous vous trouviez juste à côté. La police vous a interpellé à seulement quelques pâtés de maisons de distance.

— J'ai entendu les coups de feu. Enfin, je ne suis

pas sûr. Ça aurait pu être un feu d'artifice. Un tas de gens ont tiré des feux d'artifice toute la soirée, mais là, ça faisait comme deux détonations nettes.»

Wisting trouva son gros bloc-notes et les documents de l'affaire qu'il avait emportés. Ce que Dan Roger Brodin lui racontait là ne figurait dans aucun procès-verbal d'interrogatoire.

«Où vous trouviez-vous quand vous avez entendu les détonations?

— Tollbodgata, je pense», répondit Brodin en montrant de la tête les fenêtres derrière l'avocat.

Wisting se représenta le plan de la ville. Tollbodgata était parallèle à Dronningens gate, le lieu des tirs.

«Qu'y faisiez-vous?»

Peu disert, l'homme haussa les épaules.

«Rien.

— Qu'est-ce que vous avez fait après?

— Après quoi?

— Après avoir entendu les tirs?

— J'ai juste continué mon chemin.»

L'avocat intervint. «Quelqu'un vous a vu?

— Sûrement. Il y avait des gens dans la rue.

— Des gens que vous connaissiez?»

Brodin secoua la tête en continuant de triturer les plaies de ses bras. Wisting lança un coup d'œil vers l'avocat. Il arrivait trop tard, se dit-il. S'il croyait vraiment à l'innocence de son client, il aurait dû lui poser la question depuis longtemps. Maintenant, les pistes étaient froides. Plus personne ne se souvenait de ce qui aurait pu lui donner un alibi.

«Avez-vous remarqué un taxi? s'enquit Wisting.

— L'homme qui a été tué à Larvik était chauffeur de taxi, ajouta Müller pour l'appuyer.

— Je n'ai rien remarqué d'autre que la voiture de police, répondit Brodin. Elle était sûrement en route vers la fille qui s'était fait tirer dessus, mais ils ont fait demi-tour quand ils m'ont vu.

— Et là, vous avez couru ?

— Oui. »

Wisting n'avait pas envie d'aborder ce sujet, mais il était obligé de poser la question :

« Pourquoi ?

— Parce qu'ils me suivaient. »

C'était la réponse qu'il avait donnée lors du premier interrogatoire, quand il avait expliqué qu'il se cachait de la police.

Müller toussota.

« Nous avons déjà parlé de ça avec les enquêteurs de l'affaire. Ce n'est pas le sujet dont nous étions censés parler aujourd'hui. »

Wisting l'ignora. Une pensée prenait forme en lui. Il se pencha au-dessus de la table.

« Mais pourquoi ? insista-t-il.

— Je ne voulais pas retourner en taule », répondit Brodin en regardant les murs autour de lui.

Wisting s'avança encore sur sa chaise. Le jeune homme ne comprenait manifestement pas l'essence de la question.

« Pourquoi la police vous aurait-elle arrêté ? »

Dan Roger Brodin observa d'un air perplexe son avocat et la pile de documents qu'il avait devant lui.

« Je correspondais au signalement. »

Wisting hocha patiemment la tête.

« Oui, mais vous ne le saviez pas à ce moment-là. Alors pourquoi couriez-vous si vous saviez que vous n'aviez rien fait de mal ?

— J'étais en conditionnelle. Je ne voulais pas retourner en prison.»

Wisting consulta ses papiers.

«Vous avez été mis en liberté conditionnelle le 22 décembre?»

Brodin acquiesça. Une de ses croûtes se détacha et un peu de sang perla quand il l'arracha d'un coup sec.

«Les conditions de la libération étaient que vous ne consommiez ni alcool ni drogue?»

Brodin acquiesça encore. Wisting sortit les résultats d'analyse de sang qui indiquaient des traces de cannabis et 1,79 gramme d'alcool lors de son arrestation.

«Donc quand vous avez dit dans votre déposition que vous fuyiez la police parce que vous aviez peur de vous faire arrêter, c'était une histoire d'infraction aux conditions de la libération conditionnelle.»

Il hocha encore la tête, comme si tout cela était évident depuis le départ.

«Je venais de sortir.»

L'avocat lança un coup d'œil vers les papiers de Wisting et sortit les mêmes de sa propre pile. Il ouvrit la bouche pour parler, mais garda le silence.

Il faisait déjà chaud et moite dans la petite salle de visite. Wisting regarda vers les fenêtres. Bien entendu, on ne pouvait pas les ouvrir.

«Il faut que je vous demande autre chose.»

Dan Roger Brodin consulta son avocat du regard, comme s'il sollicitait son autorisation. Olav Müller lui fit un signe de tête. Wisting recula sur sa chaise, ses notes sur ses genoux. Il fallait procéder par étapes.

«Connaissez-vous un dénommé Mathias Gaukestad?»

L'homme accusé de meurtre parut déconcerté.

« Oui, pourquoi ?
— Comment le connaissez-vous ?
— On était au collège ensemble. »
Wisting hocha la tête.
« Est-ce que vous savez où il travaille maintenant ?
— Au McDo.
— Vous vous souvenez d'être allé au McDo le 31 décembre ? »
Brodin hésita.
« Peut-être.
— Mathias Gaukestad se souvient de vous, expliqua Wisting. Il dit que vous avez essayé de payer avec un billet de mille couronnes. »
Le jeune homme eut soudain l'air de commencer à comprendre.
« Où êtes-vous, là ? s'enquit son avocat en cherchant dans la liste des témoins.
— Ça vient des renseignements communiqués par le public. Vous ne le trouverez pas dans votre jeu de documents. »
Wisting se tourna de nouveau vers Brodin.
« Leni Dyste a dit la même chose. Que vous vous êtes vus à l'Amfisenteret de Vågsbygd deux jours plus tôt, que vous aviez beaucoup d'argent sur vous et que vous l'avez invitée au Kafé Seblis.
— Leni est morte, précisa Brodin.
— Je sais, mais elle disait que vous aviez été bien payé pour un travail. »
L'avocat changea de position sur sa chaise. Wisting voyait chez lui une certaine réticence à ce que son client soit questionné sur des circonstances ayant trait à l'argent.
« Cela a-t-il un rapport avec l'affaire ? » s'enquit-il.

Wisting comprenait que Müller ne souhaite pas aborder un sujet susceptible de rendre son client suspect, mais il n'avait manifestement pas perçu la situation dans sa globalité.

« Vous avez été condamné pour braquage par le passé, expliqua Wisting. Cette affaire aussi a l'air d'un braquage, mais cette fois, vous n'aviez pas de raison évidente de braquer Elise Kittelsen si vous aviez été bien payé pour un travail. »

L'avocat comme son client restèrent muets.

« On peut faire une pause ? »

Olav Müller se leva. « J'ai besoin d'avoir un petit entretien avec Dan Roger en tête à tête. »

Wisting acquiesça. L'idée qui lui était venue avait manifestement frappé l'avocat aussi. Ce travail pour lequel Dan Roger Brodin avait été payé, ce pouvait être le meurtre d'Elise Kittelsen.

54

L'avocat stagiaire appuya sur le bouton de l'interphone à côté de la porte. Aussitôt après, le haut-parleur bourdonna.

« Poste de garde, j'écoute ? »

Müller expliqua la situation et son besoin de faire sortir Wisting de la pièce. Ils attendirent longtemps avant d'entendre un cliquetis de l'autre côté de la porte. C'était un autre gardien. Il conduisit Wisting dans une salle de repos et lui proposa un café. Wisting en avait bu assez, mais accepta néanmoins, surtout pour passer le temps pendant que Brodin s'entretenait avec son avocat.

« Il parle ? s'enquit le gardien de prison en lui tendant un gobelet en carton.

— Un peu. Ça vient.

— Il ne va pas avouer, quand même ? »

Wisting sourit et but une gorgée de café en guise de réponse.

« La plupart des gens qui sont ici sont innocents, poursuivit le gardien avec un signe de tête vers le tableau où étaient inscrits les noms des détenus. Même si le contraire est prouvé. »

Wisting alla à la fenêtre. En termes de population, cette ville était deux fois plus grande que la sienne. Il était étranger. Chaque ville avait son pouls, sa personnalité, et il fallait du temps pour les sentir. Kristiansand semblait être une ville calme, presque endormie, mais ici aussi, ça grouillait sous la surface. Ici aussi, la criminalité progressait, se complexifiait, s'internationalisait, était plus organisée que par le passé.

« C'est la première fois qu'il a de la visite depuis que la date du procès a été fixée, observa le gardien en s'asseyant dans un canapé profond.

— Qui vient le voir ?

— Surtout les avocats et des visiteurs de prison.

— Famille, amis ? »

Le gardien secoua la tête.

« Je ne pense pas qu'il en ait tellement. Sa mère était détenue ici il y a deux ans. Elle ne doit pas avoir envie de revenir de son plein gré. » Il se pencha vers la table et but une gorgée de café. « Lui, en revanche, il lui rendait visite. Une heure tous les mercredis. On aurait presque pu régler sa montre sur lui. »

La radio à sa ceinture grésilla. Il la libéra et donna une réponse affirmative avant de regarder de nouveau Wisting.

« Je crois que c'est le quatrième ou cinquième avocat qu'on voit, poursuivit-il. Il n'est même pas avocat d'ailleurs, juste stagiaire. Ce n'est pas inhabituel, mais en général, le changement se fait à la demande du client. »

Wisting acquiesça. Le détournement de clients était un problème connu. Tous les cabinets d'avocats voulaient des affaires qui leur apportent de la publicité. Afin d'élargir leur clientèle, certains se servaient de leurs propres clients pour faire leur publicité auprès de ceux qui étaient en détention provisoire.

« Quand ils se font arrêter, ils veulent Kvammen, Elden, Meling ou d'autres avocats stars, poursuivit le gardien de prison, mais quand l'affaire n'est plus dans les médias, ce sont les laquais qui s'y collent. »

Wisting but un peu de café et se tourna de nouveau vers la fenêtre. Quatre avocats du même cabinet, ça signifiait que Dan Roger Brodin ne présentait plus grand intérêt pour eux. L'affaire du Nouvel An était une cause perdue, où toute la sympathie allait à la victime.

La radio grésilla encore. Le gardien répondit et on lui indiqua que les deux personnes dans la salle de visite étaient prêtes.

Wisting versa son fond de café dans l'évier et jeta le gobelet dans une poubelle. Puis il suivit le gardien dans les couloirs gris.

Dan Roger Brodin et son avocat avaient repris leurs places. On ne pouvait rien lire de leur conversation sur leurs visages.

Wisting remercia le gardien qui l'avait accompagné, entra dans la salle et s'assit. La porte fut verrouillée derrière lui. Olav Müller adressa un bref signe de tête à son client.

« Parlez-lui de l'argent. »

Brodin déglutit.

« J'ai pris un conteneur », dit-il le regard rivé à la table.

Attendant des éclaircissements, Wisting garda le silence.

« C'était un vol de commande, expliqua l'avocat

comme la suite ne venait pas. Un conteneur de feux d'artifice. Il a reçu dix mille couronnes.

— On en a parlé dans le journal après», précisa Brodin en se remettant à gratter ses croûtes.

Wisting lança un coup d'œil vers Müller avant de revenir à Brodin.

«Vous êtes conscient que si vous voulez que ceci ait une valeur de preuve au procès, vous allez devoir dire qui vous a donné l'argent?»

Brodin s'agita sur sa chaise.

«Je ne sais pas comment il s'appelle. Ce n'était pas le commanditaire.

— Qui était-ce?

— Un certain Stikkan, en tout cas c'est son surnom.»

Wisting se rassit. Le vol ne concernait pas son affaire. S'ils voulaient s'en servir au procès, Brodin et son avocat devaient prier la police d'examiner les faits de plus près.

«Comment l'avez-vous rencontré? demanda-t-il malgré tout.

— Il est d'Arendal, répondit Brodin. On a fait de la taule ensemble.»

Un rayon de soleil s'était glissé par la fenêtre en haut du mur. Il atteignit le visage de Brodin.

«Il est venu avec un gros fourgon tard le soir de Noël, poursuivit-il en se déplaçant. Il avait un plan de la ville et il m'a expliqué où faire le coup et où livrer le fourgon.

— Quelqu'un vous a vus? interrogea l'avocat. Vous étiez avec quelqu'un le soir de Noël?

— J'étais au Shalam.

— Le Shalam? Qu'est-ce que c'est?

— Une association chrétienne, qui sert des repas de Noël aux gens comme moi. »

Wisting songea à son propre réveillon. Lui, Line et son père. Ses proches, mais il s'était senti seul quand même.

« Vous n'étiez pas chez votre mère ? »

Dan Roger Brodin secoua la tête.

« Ça ne l'arrangeait pas que je passe.

— Mais quelqu'un vous a-t-il vu prendre le fourgon ? Y a-t-il des témoins qui puissent confirmer cette histoire ?

— Non, ça s'est passé après. Dans la nuit. Il n'y a personne dehors la nuit de Noël.

— Qu'est-ce que vous avez fait de l'argent ? » voulut savoir Wisting.

Son interlocuteur haussa les épaules.

« Je l'ai dépensé.

— À quoi ?

— Un tas de trucs. Rembourser des dettes et tout. J'avais presque tout dépensé en deux jours.

— Lors de votre arrestation, vous aviez six cent quarante-trois couronnes sur vous, rappela Wisting.

— J'avais aussi pris un peu des feux d'artifice, répondit Brodin. Je les avais vendus. »

Wisting resta pensif, il se demandait si ces éléments revêtaient une quelconque importance. Des témoins pouvaient confirmer que Brodin avait eu de l'argent entre Noël et le Nouvel An, mais quand bien même l'avocat mettrait la main sur Stikkan et obtiendrait qu'il confirme l'histoire, cela ne ferait qu'ajourner légèrement la question de la culpabilité. Il restait toujours trois témoins oculaires du meurtre.

« C'est pour ça que je courais, en fait, continua Brodin.

— Comment ça ?

— Il n'y avait pas que cette histoire de conditionnelle. Je venais de balancer une batterie de feux d'artifice dans une poubelle. Il y a eu une grosse explosion rouge et verte et ça pétait dans tous les sens. »

Müller se pencha en avant :

« Où se trouvait cette poubelle ?

— Près de l'arrêt de bus devant le Kiwi. Ça commençait à prendre feu alors j'ai filé.

— Il y a eu de gros dégâts ? »

Son client haussa les épaules sans voir ni comprendre où son avocat voulait en venir avec cette question, mais si on avait appelé les pompiers, cela pouvait ressembler à un alibi. Ou en tout cas à un élément qui troublait la chronologie de la police.

« Combien de temps s'est-il écoulé avant que vous n'entendiez les tirs ? » demanda encore l'avocat.

Brodin répondit comme à son habitude, d'un haussement d'épaules.

« Cinq minutes ? suggéra l'avocat.

— Un peu plus, peut-être ? » répondit son client.

Wisting se cala sur sa chaise et les observa. Dan Roger Brodin grattait d'un air absent ses avant-bras grêlés de croûtes et de cicatrices, tandis que l'avocat s'efforçait de lui tirer les vers du nez. Mais même si un rapport sur une poubelle brûlée existait, il n'aurait pas tellement de valeur dans le procès à venir. La défense soulignerait combien il était illogique que Dan Roger Brodin joue avec des feux d'artifice seulement quelques minutes avant un braquage brutal, et l'accusation affirmerait que l'histoire de la poubelle pouvait très bien être une scène que Brodin avait observée par hasard en se dirigeant vers les lieux du crime et qu'il avait incluse dans ses propres explications.

« Il vous restait des feux d'artifice ? demanda l'avocat.

— J'en avais un petit stock, répondit le client.

— Où était ce stock ?

— Dans un poste de distribution au bord de l'Otra. Il y a une grille détachée qui donne sur un espace de ventilation. »

Un sourire se dessina sur les lèvres de Müller.

« Se pourrait-il que les feux d'artifice y soient toujours ? »

Brodin haussa les épaules.

« Ben, si personne n'y est allé… »

Tout enthousiaste, l'avocat essaya d'expliciter la situation à son client : « Si les feux d'artifice y sont toujours, ça renforcera votre déposition. Vous n'étiez pas dans le centre-ville pour commettre un braquage. Vous aviez de l'argent et vous alliez en gagner encore plus en vendant des feux d'artifice volés. »

Une autre croûte se détacha du bras de Dan Roger Brodin. Pour la première fois, il semblait intéressé par ce qui se disait.

« Mais est-ce qu'ils vont y croire ? Me croire ?

— Si on retrouve les feux d'artifice, oui », affirma son avocat.

Il sortit une feuille et pria son client de dessiner une carte indiquant la cachette. Le stylo se déplaça en mouvements rapides.

Wisting ne partageait pas l'optimisme de Müller. L'histoire des feux d'artifice n'offrait qu'un modeste contrepoids. Dans le meilleur des cas, elle se prêtait à créer un peu de distraction, à déstabiliser légèrement une accusation parfaitement d'aplomb, mais ce nouvel élément pouvait aussi être utilisé contre lui. Dan Roger Brodin connaissait la ville. En tant que criminel, il savait où cacher un petit stock de feux d'artifice. Il devait alors savoir aussi où cacher un revolver de façon que la police ne le trouve pas, mais que d'autres criminels puissent le récupérer.

L'avocat saisit sa mallette, comme si on venait de l'informer qu'il était l'heure de partir.

« Vous venez ? fit-il en se tournant vers Wisting.

— Où ça ?

— Voir si les feux d'artifice y sont toujours. Je ne peux pas le faire tout seul. J'ai besoin d'un témoin crédible et je doute que quiconque de la police de cette ville se porte volontaire. »

Wisting consulta sa montre. Le rendez-vous avec Brodin ne l'avait pas fait progresser sur la piste de l'arme et il avait encore plusieurs centaines de documents à regarder.

« Ça ne prendra que quelques minutes, poursuivit l'avocat en ouvrant sa mallette.

— D'accord. »

Olav Müller sortit une feuille et la tendit à Wisting avant de ranger son dossier.

« Qu'est-ce que c'est ? demanda Wisting, mais il le comprit tout de suite.

— Juste une notification. »

C'était une copie d'une lettre au procureur, dans laquelle le cabinet d'avocats requérait que William Wisting soit cité à comparaître comme témoin dans l'affaire contre Dan Roger Brodin.

« Mais le procès commence lundi, objecta Wisting. Vous croyez que le procureur marchera ? Elle arrive bien tard, cette notification.

— Ça ne fait pas longtemps que l'arme du crime a reparu, répondit Müller. De toute façon, ils ne veulent pas d'ajournement. C'est une affaire majeure pour la police, une occasion de montrer son dynamisme et son efficacité. Ils voulaient même que l'affaire soit jugée avant l'été. »

Wisting replia la lettre. L'avocat stagiaire alla à l'interphone et signala que le rendez-vous avec Dan Roger Brodin était terminé.

55

Dès qu'ils furent sur le trottoir, Olav Müller alluma une cigarette. Il la pinça entre ses lèvres pendant qu'il examinait le plan dessiné par Dan Roger Brodin.

« Bon, on peut aussi bien y aller à pied, déclara-t-il en pointant l'index vers le fleuve. C'est à quelques centaines de mètres d'ici. »

Wisting acquiesça. Une lourde brume de chaleur se déposait sur l'asphalte et voilait les rues.

« Vous avez eu beaucoup d'affaires de ce genre ? »

Müller tapa la cendre de sa cigarette.

« Comment ça ?

— Des affaires de meurtre ?

— Pas seul, admit l'avocat stagiaire. Je suis à deux mois de mon habilitation d'avocat. Cette affaire me fournit une bonne expérience de la procédure.

— Vous auriez pu choisir un cas plus simple.

— Ç'aurait été moins dur s'il avait avoué. Ou si j'avais eu un fondement sur lequel plaider. Mais nous nous sommes penchés sur la question et il nie toute implication dans le meurtre. »

Ils continuèrent de marcher en silence. Les bâtiments de part et d'autre de la rue étaient noircis par les gaz d'échappement et la poussière. Wisting se demandait si l'avocat avait une stratégie. Souligner les failles de l'enquête et mettre en évidence la faiblesse des preuves, c'était une chose, mais pour convaincre de l'innocence de son client, il devait aussi présenter une explication alternative à la cour. Dans les faits, il ne suffisait pas de semer le doute, il fallait une explication qui englobe toutes les preuves et les explique autrement. Le mieux étant de pouvoir désigner un autre coupable.

« Ça va surtout se jouer sur la longueur de la peine, dit Müller, comme s'il devinait les pensées de Wisting. C'est là que nous avons du terrain à gagner. Il n'a pas eu une vie facile, vous savez. »

La suite fut partiellement couverte par le bruit d'un bus qui s'arrêtait pour laisser sortir des passagers, mais Wisting comprit que la stratégie était psychologique et qu'il s'agissait de créer de la compassion pour le prévenu. D'expliquer que Dan Roger Brodin avait eu une enfance difficile, n'avait jamais reçu ni l'aide ni les soins nécessaires et qu'il était lui-même une victime.

La rue débouchait sur une aire de jeux clôturée, un petit parc et un ponton au bord du fleuve. Des enfants faisaient de la balançoire.

Müller jeta sa cigarette et vérifia le chemin sur la carte de Brodin.

« Là-bas. » Il désigna un cube en béton sous un bouleau pleureur. Les murs étaient couverts de graffitis.

Wisting laissa l'avocat ouvrir la voie. Celui-ci écarta quelques branches pour se frayer un chemin vers le poste de distribution.

« Voilà la grille !

— Vous devriez la prendre en photo avant de l'enlever, suggéra Wisting.

— Oui, bien sûr. »

Müller sortit son téléphone et le tint devant lui. Une canette de bière écrasée était fichée entre les barreaux. D'autres déchets jonchaient le sol. Wisting repoussa délicatement une seringue usagée du bout du pied.

L'avocat passa les doigts de sa main droite entre les barreaux et tira la grille. Du crépi se détacha des bords.

« Elle vient », déclara-t-il d'un ton triomphal avant de la dégager d'un coup sec.

Wisting approcha.

Müller posa la grille et alluma la lampe de son téléphone. L'espace mesurait trente centimètres de profondeur tout au plus, avec des extrémités arrondies. Il regarda d'abord dans une direction, puis dans l'autre. Il n'y avait rien.

56

Dans la salle de réunion du commissariat, un carton de pizza était venu rejoindre les dossiers sur la table. Christine Thiis reposa un classeur quand Wisting entra dans la pièce.

« Comment ça s'est passé ? » s'enquit-elle.

Wisting prit une part de pizza.

« Il ne sait rien sur le revolver, répondit-il en mangeant. En tout cas rien qu'il ait voulu me dire. » Il s'assit et raconta le vol des feux d'artifice.

« Un alibi criminel », résuma-t-elle.

Il acquiesça. Il était déjà arrivé qu'un prévenu soit acquitté d'une infraction pénale parce qu'il avait commis un autre crime au même moment.

« Sauf que ce n'est pas un alibi, précisa-t-il. Il aurait eu le temps et l'occasion de faire les deux.

— Mais tu le crois ?

— Ça aurait renforcé sa déposition que nous trouvions le reste des feux d'artifice à l'endroit où il les a cachés, répondit Wisting en haussant les épaules comme Dan Roger Brodin l'avait fait pendant toute leur conversation. Ou quelqu'un les a trouvés ou son histoire ne tient pas debout.

— Mais le vol dont il parle a vraiment eu lieu ?

— Il a dit que la presse en avait parlé. Il a pu avoir l'idée en lisant le journal, mais je ne vois pas pourquoi il serait allé inventer une histoire qui, de toute façon, ne l'éloigne pas davantage des lieux du crime. »

Christine Thiis se tourna vers son ordinateur et ne tarda pas à trouver l'affaire sur le site du quotidien local. Wisting lut par-dessus son épaule tout en mangeant. Des feux d'artifice pour un montant d'un peu plus de cent mille couronnes avaient été volés à Lund. Comme il n'y avait aucune inscription sur le conteneur et que personne n'avait de vue directe dessus, la police supposait que les auteurs des faits savaient où il se trouvait et ce qu'il contenait.

« Tu as vu le plan ? demanda Wisting.

— Quel plan ? »

Wisting épousseta ses mains et commença à fouiller dans les documents.

« Ryttingen a déclaré dans une interview que l'agression d'Elise Kittelsen avait probablement été soigneusement préparée, parce que Brodin avait un plan des lieux du crime dans sa poche de pantalon. »

Il trouva ce qu'il cherchait, un procès-verbal de saisie d'effets personnels dressant la liste des objets que le prévenu avait sur lui.

Le plan des lieux du crime était inscrit comme pièce à conviction A-3, trouvée dans la poche arrière droite du prévenu. Il le montra à Christine Thiis.

« Tu as vu ce plan ? »

Elle secoua la tête.

« Ça doit être dans ce dossier-ci », dit-elle en sortant un classeur mince de couleur verte, avec l'inscription « Saisies – copies ».

Le classeur fonctionnait comme un ouvrage de référence pour les enquêteurs. Tous les documents saisis dans l'affaire étaient copiés pour éviter à ceux qui travaillaient sur l'affaire d'avoir à les chercher dans la salle de saisie chaque fois qu'ils avaient besoin de jeter un œil dessus. Il en allait de même des factures et tickets de caisse, notes et clefs et de tout autre objet que l'on pouvait mettre sur la vitre d'une photocopieuse.

Christine Thiis trouva le plan. C'était le genre qu'on pouvait détacher d'un bloc à la réception des hôtels.

La copie avait manifestement été pliée et dépliée à maintes reprises.

« Y a-t-il des indications ? » s'enquit Wisting en examinant le quadrillage de rues avec elle. L'original était probablement en couleurs et en format A3. La photocopie était en noir et blanc et réduite à un format A4 pour entrer dans le classeur.

« Ça n'en a pas l'air », conclut-elle.

Wisting ouvrit les anneaux du classeur et sortit la carte.

« Le rapport dit que c'est un plan des lieux du crime, mais c'est une carte de la ville entière. »

Il replia le plan comme avait dû l'être l'original. Sur la face du dessus, les rues étaient parallèles. À peu près au milieu se trouvait l'endroit où Elise Kittelsen avait été tuée, devant l'ancienne école. Quand il retourna la carte, c'était le quartier de Lund qui était au centre, l'endroit où les feux d'artifice avaient été volés.

« Ça pourrait être la carte que Stikkan lui a passée.

— Stikkan ?

— Le gars qui lui a donné le boulot. Il lui a montré l'emplacement du conteneur sur la carte.

— Que dit-il à propos de cette carte dans l'interrogatoire ? »

Wisting prit le dossier de procédure et tourna les pages jusqu'à la déposition de Brodin.

« Le mis en examen s'est vu rappeler la découverte d'une carte dans sa poche arrière droite, pièce à conviction A-3, lut-il à voix haute. Il explique qu'il l'avait depuis un certain temps, mais l'avait oubliée. Ne sait pas où il l'a eue. »

« En l'occurrence, il paraîtrait plus logique que cette carte ait servi à ce qu'on lui montre le lieu d'un cambriolage qu'à planifier une attaque », observa Christine Thiis.

Wisting referma le dossier et resta perdu dans ses pensées.

« Que crois-tu ? »

Il hésita avant de répondre. Il avait depuis longtemps une idée qu'il avait eu peur de partager. Le moment était venu.

« Je crois que Dan Roger Brodin est innocent, répondit-il à voix basse, le regard dirigé vers le bureau d'Ivar Horne de l'autre côté du couloir. Je crois qu'ils ont l'intention de faire le procès d'un homme innocent. »

Christine Thiis avait l'air de ne pas trop savoir s'il plaisantait ou non.

« La carte ne prouve peut-être rien, dit-elle, mais il y a trois témoins oculaires et il avait de la poudre de l'arme du crime sur les mains.

— Ah bon ? »

Elle leva les yeux au ciel.

« En tout cas, c'est ce qui est écrit dans les rapports », expliqua-t-elle en cherchant dans les documents.

Wisting l'arrêta dans son geste en posant sa main sur la sienne.

« Ce n'est pas écrit que c'est l'arme du crime, souligna-t-il.

— Non, bien sûr, mais de la poudre, c'est de la poudre.

— Justement. Je crois que celle que Brodin avait sur les mains pourrait venir d'un feu d'artifice, et non de l'arme du crime. »

Elle resta la bouche entrouverte. La logique de cette explication alternative lui apparut. Elle se rassit sur sa chaise en soufflant bruyamment.

« La poudre d'une arme à feu n'a-t-elle pas une composition chimique différente de la poudre utilisée dans les feux d'artifice ? tenta-t-elle.

— Probablement, mais ça n'a pas été vérifié. En plus, on n'avait pas d'arme sur laquelle prélever des échantillons de référence. Jusqu'à maintenant. » Il se leva. « Tu as entendu parler de l'épreuve du feu ?

— Oui ? répondit-elle sans comprendre où il voulait en venir. C'est une épreuve difficile.

— Mais connais-tu l'origine de l'expression ? »

Elle secoua la tête.

« Ça vient d'un vieux recueil de lois babyloniennes. L'épreuve du feu était une technique pour déterminer la culpabilité. L'accusé devait lécher une cuillère chauffée au rouge qu'on venait de retirer des flammes, le prêtre examinait ensuite sa langue pour voir ce que les dieux y avaient laissé. Coupable ou innocent ? Les brûlures le déterminaient et décidaient de la vie ou de la mort. »

Il prit le plan et le déplia encore.

« On pourrait peut-être croire que la justice a

changé depuis lors, mais il s'agit toujours d'interprétation des signes et d'attribution d'un sens à ce que nous voyons. Il n'y a pas que le travail accompli par la police qui entre en jeu. Nous jugeons en permanence, nous évaluons les autres à partir des vêtements qu'ils portent, de la voiture qu'ils conduisent, de l'endroit où ils habitent, des études qu'ils ont faites et de leur métier. Parfois, nous avons raison, parfois nous nous trompons. En ce qui concerne Dan Roger Brodin, nous nous trompons peut-être. »

Christine Thiis ne dit rien. Elle se leva et retrouva dans un carton le dossier de renseignements communiqués par le public.

« Alors ceci pourrait peut-être être intéressant », annonça-t-elle en cherchant la bonne page avant de la présenter à Wisting. C'était un formulaire daté du 2 janvier, anonyme, mais il y avait un numéro de téléphone dans la colonne voisine. Le tuyau se résumait à une seule ligne : « Vous avez arrêté le mauvais homme. »

C'était un renseignement vide. Une affirmation creuse. La plupart des enquêteurs ne se seraient même pas donné la peine de la coucher sur le papier, et encore moins de la conserver. Peut-être était-ce un employé de bureau consciencieux qui avait répondu au téléphone, ou un élève de l'école de police encore inexpérimenté.

« Le coup de fil venait de Larvik », expliqua-t-elle en montrant la rubrique du numéro. C'était une ligne fixe et l'indicatif révélait donc le lieu de résidence de l'abonné.

« Tu as regardé qui c'était ? »

Revenue à son ordinateur, elle tapa les huit chiffres.

« Pas enregistré. »

Il fronça les sourcils.

« Mets Hammer sur le coup », suggéra-t-il.

Elle répondit d'un signe de tête.

« Mais nous avons toujours trois témoins oculaires », lui rappela-t-elle.

Wisting tira une chaise et se laissa tomber devant les cartons de dossiers.

« Je sais, soupira-t-il en saisissant un nouveau classeur, mais pour résoudre notre propre affaire, il nous faut d'abord résoudre celle-ci. »

57

Un mal de tête commençait à sourdre derrière ses yeux. Wisting mit les papiers de côté, se rendit dans le coin cuisine, prit un verre dans le placard et ouvrit le robinet.

Dans toute affaire, il y avait des faux témoignages, songea-t-il en laissant l'eau couler. Non pas parce que des gens mentaient sciemment à la police, mais parce qu'ils se figuraient avoir vu des choses qu'ils n'avaient en fait pas vues. Les témoins confondaient actes imaginés et actes réels. La mémoire était influencée par des expériences passées, par les propos d'autres personnes, par la manière dont les questions étaient posées. Même en ayant assisté aux événements, on pouvait passer à côté d'éléments cruciaux. C'était tout à fait normal. Le cerveau humain n'était pas conçu pour les souvenirs détaillés et, en situation d'interrogatoire, on attendait souvent de notre mémoire des performances irréalistes.

En tant qu'enquêteur, il était souvent difficile de savoir que croire. Les témoins les plus crédibles avaient tendance à être ceux qui s'exprimaient bien et qui paraissaient sûrs de leur fait. Un vocabulaire pauvre, des faits relatés sans cohérence affectaient la crédibilité, mais la crédibilité n'était pas toujours en rapport avec la fiabilité.

Il remplit son verre, but et sentit l'eau froide lui éclaircir les idées.

Christine Thiis leva les yeux de sa pile de papiers.

« Tu as vu le film avec le gorille ? s'enquit Wisting.

— *King Kong* ? »

Il rit.

« Non, je pensais à la psychologie des témoins. Il y a un film sur un terrain de basket avec cinq joueurs dans chaque équipe. Je l'ai vu à une formation. Avant la projection, on te demande de compter le nombre de fois où les joueurs en blanc se lancent le ballon. Au milieu du match, un homme déguisé en gorille arrive sur le terrain. Après, on ne demande pas combien de passes il y a eu, mais si quelqu'un a remarqué autre chose. Très peu de gens ont vu le gorille. »

Christine Thiis ne dit rien, comme si elle ne voyait pas trop où il voulait en venir avec cette histoire.

« Ça montre à quel point nous sommes peu observateurs, expliqua-t-il. Une information fondamentale dans une situation donnée peut nous échapper parce qu'on se préoccupe d'autre chose. » Il regagna sa place à la table. « Et la plupart du temps, c'est le cas. Notre esprit est ailleurs. »

Elle glissa le bout de son crayon dans sa bouche.

« Les gens se souviennent bien quand il s'agit de situations dramatiques, objecta-t-elle. Je ne pense pas que les témoins de cette affaire aient eu l'esprit occupé par autre chose que la scène qui se déroulait sous leurs yeux. »

Wisting ne répondit pas.

« À quoi penses-tu ? voulut-elle savoir.

— Au braquage d'un wagon postal en France à la fin du dix-huitième siècle. Il y avait de nombreux témoins et sept personnes ont été reconnues. Ces personnes ont été jugées, condamnées et pendues pour le braquage, toutes autant qu'elles étaient, même si aucun témoin n'avait vu plus de cinq protagonistes. »

Christine Thiis bougea le crayon vers son autre commissure.

« Tu veux dire que les trois témoins de cette affaire pourraient se tromper ? »

Wisting aligna les trois dépositions de témoins les unes à côté des autres.

« Les témoignages sont trop semblables », déclara-t-il en levant la photo de Dan Roger Brodin prise lors de l'arrestation. Un jeune homme maigre et dégingandé aux yeux apeurés.

« Les trois témoins l'ont décrit de façon presque identique, poursuivit-il. Quand ce sont les mêmes enquêteurs qui parlent avec tous les témoins les uns après les autres, ils peuvent passer des éléments et des descriptions d'un témoin à l'autre, mais ces trois-là ont été entendus par trois enquêteurs différents, et cependant, leurs descriptions concordent.

— De mon point de vue, au tribunal, ç'aurait été une situation idéale. »

Wisting acquiesça.

« Mais en général, ce dont on rêve n'est pas la réalité. Trois personnes assistant au même épisode le vivront de trois façons différentes. »

Elle se leva, fit le tour de la table et se mit tout près de lui pour lire les signalements qu'avaient fournis les trois témoins. Wisting les connaissait par cœur.

De type scandinave, l'auteur des faits avait environ vingt-cinq ans, mesurait autour d'un mètre quatre-vingts, il était mince, avait des cheveux blonds courts, portait un pull noir à col roulé avec une inscription, un coupe-vent gris, un pantalon foncé et des baskets bleues.

« Je vois ce que tu veux dire, conclut-elle. Les deux copains ont eu le temps de se parler avant d'être entendus. On les a mis sur la banquette arrière d'une voiture de police et ils ont bien sûr pu s'influencer l'un l'autre. »

Wisting tira vers lui la déposition de Terje Moseid, celui des deux avec qui il n'avait pas été en contact.

« Avant de nous arrêter pour aujourd'hui, je crois que je voudrais lui parler à lui aussi, annonça-t-il en se levant.

— Est-ce que je viens ?

— Avec plaisir. »

Wisting prit une part de pizza au passage et ils sortirent. De l'autre côté du couloir, Ivar Horne leva les yeux de son bureau.

« On revient, expliqua Wisting. Vous allez rester tard ce soir ? »

Horne s'étira sur sa chaise.

« Vous n'aurez qu'à m'appeler quand vous voudrez entrer. On a une opération de filature d'une de nos connaissances communes, donc je vais rester ici jusqu'à ce qu'il aille se coucher.

— Phillip Goldheim ?

— Mister NiceGuy soi-même », confirma Horne.

Wisting allait l'interroger plus avant, mais fut interrompu par la sonnerie du téléphone de Christine Thiis.

« Hammer », indiqua-t-elle après un coup d'œil sur l'écran.

Ils se dirigèrent vers l'ascenseur. Elle répondit par monosyllabes et raccrocha alors que la porte s'ouvrait.

« Il a retracé le numéro avec l'indicatif 331, expliqua-t-elle. C'est la cabine téléphonique de la gare. »

Wisting leva la tête et regarda au plafond de l'ascenseur qui descendait.

« Donc quelqu'un a appelé d'une cabine téléphonique de Larvik pour dire aux enquêteurs de Kristiansand qu'ils avaient interpellé le mauvais homme, récapitula-t-il, sans trop savoir quelle importance y accorder.

— Je croyais qu'il n'y avait plus de cabines téléphoniques », nota Christine Thiis.

L'ascenseur s'arrêta et s'ouvrit. Deux policiers en tenue discutaient dans le couloir avec un homme torse nu. Ils dépassèrent le groupe en silence, sortirent dans la rue et rejoignirent la voiture. Quand ils montèrent à bord, Christine Thiis dit tout haut ce qu'ils pensaient tous deux :

« Si Brodin n'est pas le coupable, qui est-ce ? »

Wisting lança un regard vers le grand bâtiment du commissariat.

« Je ne sais pas, mais nous n'avons pas beaucoup de temps pour le découvrir. »

58

Cette fois, Wisting passa d'abord un coup de fil pour prendre rendez-vous avec le troisième témoin. Son numéro était inscrit dans le procès-verbal d'audition, à la rubrique des renseignements personnels.

Terje Moseid répondit à la troisième sonnerie. En bruit de fond, on entendait le vent et un moteur.

Wisting se présenta et expliqua qu'il s'agissait du procès qui allait commencer la semaine suivante.

« Auriez-vous le temps de me rencontrer pour une brève conversation ?

— Je suis en bateau, répondit l'homme au bout du fil.

— Où allez-vous accoster ?

— À Tresse. »

Wisting savait où c'était. Tresse était une esplanade au milieu de Strandpromenaden.

« Nous pouvons y être dans dix minutes, dit-il.

— Ça tombe assez mal, tenta Moseid.

— Ce sera bref, assura Wisting. Je viens vous retrouver au port. »

Avant que son interlocuteur n'ait le temps de protester, il avait tourné le contact et démarré la voiture.

Le soleil était bas dans le ciel. Les ombres des mâts de bateaux étaient longues. Wisting roula jusqu'au bord de l'eau et se gara. Quatre ou cinq jeunes quittaient une vedette effilée avec un gros moteur.

Christine Thiis chaussa ses lunettes de soleil. Wisting la suivit hors de la voiture et alla à la rencontre des jeunes.

« Terje Moseid ? vérifia-t-il en braquant son regard sur un jeune homme aux dents blanchies et au teint hâlé.

— Lui-même », confirma l'intéressé en passant un sac dans sa main gauche pour pouvoir le saluer.

Wisting se présenta de nouveau et expliqua qui était Christine Thiis. Moseid pria ses camarades de l'attendre à la voiture.

« L'arme du crime a refait surface, dit Wisting. Ça implique un certain nombre de nouvelles questions.

— J'ai vu ça dans le journal, répondit Moseid en posant son sac.

— Je me demandais si nous pourrions reprendre tout depuis le début. Si vous pouviez me dire ce que vous avez vu et fait ce soir-là. »

Moseid jeta un coup d'œil vers ses copains.

« Je ne sais rien sur l'arme. La seule chose que j'aie vue, c'est qu'il s'enfuyait avec.

— Pourriez-vous recommencer depuis le début ? »

L'homme soupira et entreprit de donner ce qui semblait être une explication maintes fois énoncée. Il l'avait probablement livrée non seulement à la police de sa ville, mais encore à sa famille et à ses amis. Wisting l'écouta sans l'interrompre. Les détails étaient nombreux concernant le sang et ce que son copain et lui avaient fait pour essayer de sauver la vie de la femme abattue, mais le récit restait vague pour ce qui était de l'auteur des faits et de la direction dans laquelle il s'était enfui.

« Je me préoccupais surtout d'elle, admit-il.

— Pourriez-vous me décrire l'auteur des faits ? » demanda Christine Thiis.

L'un des garçons à côté de la voiture cria quelques mots. Terje Moseid fit signe de la main qu'il avait compris. Puis il débita la description qui se trouvait dans le procès-verbal.

« Ensuite, ils sont arrivés en voiture avec lui, conclut-il.

— Vous l'avez reconnu ? s'enquit Christine Thiis.

— C'était lui, confirma Moseid. Tout est allé tellement vite, mais c'était lui. La police l'avait arrêté. Il avait des menottes et tout. Grand et mince avec les mêmes vêtements.

— Vous êtes-vous parlé quand vous attendiez à l'arrière de la voiture de police ? Avez-vous parlé de ce que vous veniez de voir et de vivre ?

— Bien sûr, mais on écoutait surtout la radio de police. Ils traquaient le type dans les rues. »

La brise marine douce ridait la surface de l'eau et faisait bruire le feuillage des grands chênes.

Wisting songea soudain que la description qu'offrait Terje Moseid correspondait aux signalements standards de la police dans les avis de recherche. Sexe, type, âge, taille, corpulence, cheveux et vêtements. La tenue était décrite de l'intérieur vers l'extérieur, du haut vers le bas, comme dans les manuels.

« Vous n'avez pas répondu à la question.

— Quelle question ? » Moseid le considéra avec surprise.

« L'avez-vous reconnu quand la police l'a amené en voiture ?

— Pas vraiment, admit son interlocuteur, mais il correspondait au signalement. »

Wisting fit un pas en avant.

« Quel signalement ?

— Celui qu'on entendait sur la radio de la police, expliqua Moseid. Ils l'ont répété deux fois. »

Un nerf se mit à travailler dans la tempe de Wisting. Il sortit la copie de la déposition du jeune homme et la lui montra en pointant l'index sur le paragraphe du signalement.

« Donc quand vous dites que l'auteur des faits avait l'air scandinave, était âgé de vingt-cinq ans et portait un pull à col roulé noir avec une inscription, ce n'est pas parce que vous l'aviez vu, mais parce que vous l'aviez entendu sur la radio de la police ? »

Terje Moseid fit un geste des bras.

« Ben, c'est ce dont il avait l'air. Je l'ai vu quand ils sont arrivés avec lui. Ils l'ont attrapé juste à côté. »

Wisting baissa le bras qui tenait les papiers.

« Mais était-ce à cela que ressemblait l'homme qui a tiré ? »

Terje Moseid ramassa son sac et commença à se déplacer vers la voiture.

« Ben, c'est ce que je suis en train de vous dire, oui, fit-il en secouant la tête avec découragement.

— Non, répondit Wisting en lui barrant la route. Ce que vous dites, c'est que l'homme que la police a interpellé correspondait au signalement que vous avez entendu sur la radio. Était-ce le même homme que celui que vous aviez vu ? »

Moseid regarda l'index qui était braqué sur sa

poitrine. Le procès-verbal d'audition s'était froissé dans la main de Wisting.

« Je vous ai dit que je ne l'avais pas regardé très attentivement. L'autre témoin l'a vu bien mieux que nous. Il était passé juste devant lui et il lui a même couru après. La police a lancé son avis de recherche après lui avoir parlé. »

Dans le port derrière eux, des mouettes criaient.

« D'accord, conclut Wisting en baissant sa main. Merci de votre aide. »

Terje Moseid le regarda d'un air dérouté, puis il balança son sac sur son dos.

« Il n'y a qu'au cinéma que la police arrête la mauvaise personne, affirma-t-il avant de rejoindre ses copains.

— Ça change la donne », observa Christine Thiis en ôtant ses lunettes de soleil.

Wisting la regarda dans les yeux.

« Il n'y a pas trois témoins oculaires. Il y en a un.

— Il faut que nous parlions aux responsables de l'affaire, répondit-elle. De ça et du feu d'artifice.

— Pas tout de suite, fit Wisting, qui ressentait une certaine réticence à s'entretenir avec Harald Ryttingen. Il nous faut d'abord une réponse alternative. Nous devons être en mesure de désigner quelqu'un d'autre. »

59

Le soir d'été chaud enveloppait la ville d'ouate. Les piétons marchaient lentement dans les rues du centre. À un carrefour, Wisting dut freiner pour laisser passer un chien qui traversait la rue avec la langue dehors et la queue pendante.

En redémarrant, il nota la présence d'un supermarché Kiwi plus loin. L'entrée était flanquée de deux poubelles vertes. Elles avaient l'air d'être en plastique dur, comme celles qu'on utilise souvent dans les lieux publics. L'une d'elles avait l'air un peu plus propre et neuve que l'autre.

Le magasin était encore ouvert. Wisting se gara sur le trottoir.

« Je vais juste demander si c'est vrai, dit-il en pointant le doigt, qu'une des poubelles a explosé le soir du Nouvel An.

— Je t'attends ici », répondit Christine Thiis.

Il sortit en laissant la clef sur le contact. L'air était saturé de l'odeur de l'asphalte refroidissant après une longue journée d'été.

Une seule caisse était ouverte. Une jeune fille avec des mèches violettes achetait une pizza surgelée, du

Coca et des chips. Wisting attendit qu'elle ait payé et alla trouver le garçon à la caisse en lui montrant son badge.

« J'ai une petite question. Savez-vous si l'une des poubelles à l'extérieur a été abîmée par un feu d'artifice le soir du Nouvel An ? »

Le caissier le regarda bizarrement.

« Le soir du Nouvel An ? »

Wisting acquiesça.

« Quelqu'un aurait fait sauter une batterie de feux d'artifice dans une des poubelles. »

Le garçon secoua la tête.

« J'ai juste un boulot d'été ici. »

Wisting regarda dans le magasin.

« Y a-t-il quelqu'un d'autre ici qui pourrait en savoir plus ?

— Karsten, probablement. C'est le directeur du magasin. Vous voulez que je le fasse venir ?

— Oui, s'il vous plaît. »

Le garçon appuya trois petits coups sur un bouton. Plus loin, une sonnette se fit entendre. Wisting s'écarta pour laisser passer une femme avec un chariot plein.

Un homme avec des lunettes, une barbe et la tenue verte de la chaîne de supermarchés apparut entre les rayons. Il regarda autour de lui et croisa le regard de Wisting.

« Je suis de la police, expliqua ce dernier en présentant de nouveau son badge. Je me demandais si l'une de vos poubelles avait été endommagée le soir du Nouvel An. »

Le regard du directeur de magasin passa au-delà de Wisting et se porta sur le trottoir.

« Qu'est-ce qui vous fait vous poser cette question maintenant ?

— Ça a un lien avec autre chose. Un détail qui n'a pas été confirmé dans une affaire de meurtre. »

L'homme fit un signe de tête, mais il ne semblait pas comprendre.

« Oui, c'est exact, confirma-t-il en redressant quelques barres chocolatées dans le rayon le plus proche. Un imbécile avait allumé une grosse batterie de feux d'artifice et l'a fourrée dans la poubelle. Ç'aurait pu vraiment mal tourner.

— Les pompiers ont-ils été prévenus ? »

Le directeur de magasin secoua la tête.

« Non, le feu s'est éteint de lui-même, mais il a dû brûler un certain temps. Toute la poubelle était abîmée. Elle a éclaté et était noire de suie. J'ai dû en racheter une. Ça coûte près de huit mille couronnes pièce.

— Vous avez porté plainte ?

— J'ai rempli un formulaire, mais sans suites. De toute façon, la franchise de l'assurance est de dix mille couronnes. C'est plus que les dommages, précisa-t-il en lançant un regard vers la caméra de surveillance au plafond. Enfin, j'ai des photos de celui qui l'a fait, si ça vous intéresse. »

Wisting haussa les sourcils pour signaler qu'il était plus qu'intéressé.

« Vous avez des photos ?

— Dans mon bureau. »

Le directeur fit signe à Wisting de l'accompagner et ils traversèrent des rayons de conserves et de soupes en sachet vers un bureau plein à craquer au fond du magasin. Sur le sol s'empilaient des vivres dont la date de péremption était dépassée et des vieux journaux et magazines. Les murs étaient couverts de notes concernant les procédures de commande, d'e-mails de fournisseurs et de photos des employés. Un ventilateur de table agitait les papiers les plus proches.

Le directeur du magasin s'assit à son bureau, déplaça quelques tasses sales. Son écran d'ordinateur était partagé en huit fenêtres, une par caméra. Aucune ne semblait être à l'extérieur, mais l'une d'elles montrait les clients qui entraient dans le magasin. Les portes coulissantes se refermèrent derrière une femme en tenue de sport et Wisting aperçut les deux poubelles vertes.

« Le film même est effacé, expliqua l'homme en ouvrant un tiroir, mais j'ai imprimé des images. »

Il sortit une enveloppe en kraft et en tira des documents imprimés en couleurs. Celui du dessus n'était qu'un brasier multicolore. Les couleurs se confondaient et gommaient les environs. Même intensité éblouissante sur les deux clichés suivants.

« Celle-ci, c'est moi qui l'ai prise », expliqua le directeur du magasin en montrant la photo de la poubelle détruite, dans la rue, de jour.

La suivante exposait les restes d'une batterie de feux d'artifice brûlés. On pouvait encore lire le nom du producteur en bas dans un coin. Svea. D'après l'article du quotidien local, les feux d'artifice volés à Noël étaient de cette même marque.

« Avez-vous des photos de l'homme qui a mis les feux d'artifice dans la poubelle ? » s'enquit Wisting.

Le directeur du magasin continua de passer en revue les photos jusqu'à ce que la silhouette d'un homme apparaisse à côté de la poubelle, et lui tendit alors la pile entière.

Ce n'était que du papier de photocopie ordinaire et l'imprimante n'était pas de la meilleure qualité qui soit. La scène avait de plus été filmée à travers les portes vitrées, de l'intérieur du magasin. La lumière au-dessus de l'entrée aidait un peu, mais la photo ne permettait pas l'identification.

Wisting continua jusqu'à une autre, sur laquelle l'auteur des faits arrivait avec une caisse sous le bras. Il n'était qu'une masse grise, mais sa stature rappelait celle de Dan Roger Brodin. Sur la suivante, il était encore plus près de la caméra. On aurait dit que sa veste était ouverte. Il y avait dessous un pull avec un motif blanc. Dan Roger portait un pull noir orné d'un dessin d'oiseau et du mot Magic. Wisting essaya de voir la ressemblance, mais le motif blanc était informe.

« Vous avez joint ces photos à votre plainte ? »

Le directeur du magasin secoua la tête.

« Ce n'était pas évident de trouver les bons fichiers sur l'ordinateur, mais j'ai écrit dans la plainte que nous avions des caméras de surveillance. »

Wisting réfléchit.

« L'horloge est-elle exacte ? » s'enquit-il en pointant le doigt sur l'horaire en haut à droite de la photo. La date était le 31 décembre, l'heure affichait 20 h 09 min 9 s, près d'une heure après le meurtre d'Elise Kittelsen. Ce ne pouvait pas être le cas.

« Pas tout à fait », admit le directeur du magasin en regardant l'écran de l'ordinateur. L'horloge indiquait 20 h 35 min 47 s. « Elle retarde d'une heure. Nous ne faisons pas les changements d'heure.

— Mais là, en été, elle est exacte ? »

Le directeur du magasin acquiesça.

« À peu près en tout cas. »

Wisting sortit son téléphone. L'heure en était réglée par Internet, si bien qu'elle était toujours exacte. Il était 20 h 33. Il attendit le passage à 20 h 34. La caméra de surveillance indiqua 20 h 36 min 11 s.

« Elle avance de deux minutes et onze secondes. »

Passant à l'heure d'hiver dans son calcul, il détermina que le feu d'artifice de la poubelle avait démarré à 19 h 07. Elise Kittelsen avait été tuée à 19 h 21. Les marges étaient maigres. Elles laissaient à Brodin le temps et le loisir d'être aux deux endroits, mais elles rendaient également vraisemblable sa déposition selon laquelle il avait tenté de fuir la police non pas à cause du meurtre, mais de la poubelle et des déprédations commises.

« Je peux les garder ? » Il agita les feuilles.

Le directeur du magasin recula sur sa chaise.

« De quoi s'agit-il, au juste ? »

Wisting hésitait. Il n'avait pas envie d'entrer dans les détails.

« Nous revenons sur le déroulé des faits, expliqua-t-il. Tout ce qui peut être inséré dans la chronologie présente un intérêt. »

Le directeur du magasin eut l'air de se satisfaire de sa réponse.

« Gardez-les, dit-il en sortant une carte de visite d'un tas sous l'écran d'ordinateur. Appelez-moi si vous avez d'autres questions. »

60

Pendant leur absence, la salle de réunion dont ils disposaient au commissariat s'était rafraîchie.

Wisting retrouva le dossier iconographique avec les photos d'arrestation de Dan Roger Brodin et les compara à celles de la caméra de surveillance.

« Je comprends qu'il n'ait pas joint les photos à sa plainte, commenta Christine Thiis. Elles sont parfaitement inutilisables.

— On ne peut pas voir qui c'est, concéda Wisting, mais on ne peut pas non plus exclure que ce soit Brodin. La taille et la carrure correspondent, les vêtements aussi. » Il pointa le doigt sur l'inscription du pull puis sur la photo de surveillance floue. « Il y a du blanc là aussi. »

Elle prit le document.

« Ne serait-il pas possible de travailler la photo pour l'améliorer ? »

Wisting secoua la tête.

« Le fichier original est effacé. De toute façon, même avec une version électronique, nous n'aurions jamais obtenu une photo permettant l'identification.

— Qu'est-ce qu'on fait maintenant ? »

Il s'assit.

« Nous devons regarder cela avec des yeux nouveaux, répondit-il en observant les dossiers sur la table.

— Je croyais que les yeux nouveaux, c'était nous, justement, commenta-t-elle d'un ton laconique.

— Oui, oui, mais jusqu'à il y a quelques heures, nous pensions aussi que Brodin était le coupable. Hypothèse qui présuppose qu'Elise Kittelsen était la victime innocente d'un braquage ayant dérapé. Si ce n'est pas lui qui l'a tuée, elle pourrait avoir été une cible définie.

— Pourquoi en aurait-on voulu à sa vie ?

— Je ne sais pas, mais c'est ça le truc. Avec Brodin, les enquêteurs ont creusé en profondeur et ils ont brossé le portrait d'un violent criminel récidiviste, mais Elise Kittelsen, en revanche, nous n'en savons pas long sur elle, si ce n'est qu'elle faisait des études d'institutrice, qu'elle travaillait dans le magasin de chaussures de ses parents, et que c'était une belle fille, appréciée dans son groupe d'amis. »

Il lança un coup d'œil vers la porte du bureau d'en face, où Ivar Horne travaillait sur son ordinateur.

« C'est cette image de la victime que Harald Ryttingen veut apporter au tribunal lundi, dit-il. Si nous grattions davantage, on risquerait de perdre un peu de la sympathie pour la victime, mais nous pourrions aussi trouver un mobile. »

Il se rassit et observa les documents de l'enquête. Une question primordiale et décisive dans toute enquête est de savoir si la victime a été tuée parce qu'elle était la personne qu'elle était ou si ç'aurait pu être n'importe qui d'autre se trouvant au mauvais endroit au mauvais moment. Dans l'affaire du Nouvel An, Elise Kittelsen passait pour une victime aléatoire, ce qui avait orienté toute l'enquête.

« Son frère estimait qu'elle avait de mauvaises fréquentations, se souvint Christine Thiis, en se mettant à chercher dans le dossier des auditions d'amis et de membres de la famille. Il n'aimait pas son petit copain, notamment.

— Il a un alibi. Il était déjà à la soirée où se rendait Elise. »

Il se leva, fit le tour de la table et se posta derrière elle.

« Le voilà, dit-elle. Julian Broch. »

Ils lurent la déposition ensemble. Julian Broch disait qu'il connaissait Elise depuis un peu plus d'un an et qu'ils étaient amis mais ne sortaient pas ensemble. Il avait presque six ans de plus qu'elle et travaillait chez un armateur. Il expliquait ses propres déplacements et les projets qu'Elise et lui avaient pour la soirée. La fête avait lieu chez un camarade et les convives étaient essentiellement de vieux copains.

« C'étaient les gens que son frère n'aimait pas, précisa Christine Thiis. Plusieurs d'entre eux étaient dans la drogue.

— Avons-nous le journal des appels d'Elise quelque part ? » s'enquit Wisting.

Elle se leva et se pencha au-dessus d'un des cartons.

« J'ai vu un rapport sur la recherche de son téléphone », dit-elle en sortant le document auquel elle faisait référence.

Wisting avait déjà lu le rapport. Il faisait partie de la documentation électronique à laquelle il avait eu accès de son bureau. Le tueur avait emporté le téléphone d'Elise Kittelsen, mais il avait dû s'en débarrasser en se souvenant qu'on pouvait tracer les mobiles et que cela risquait de le trahir. La conclusion du rapport était que le téléphone n'était plus connecté au réseau.

Il y avait une liste des personnes avec qui Elise Kittelsen avait été en contact le jour du meurtre. Il y avait des textos et des appels courts en provenance ou à destination de copines, une conversation plus longue avec une cousine de Lyngdal et un peu d'Internet. Juste après 19 heures, elle avait envoyé un SMS à Julian Broch et reçu une réponse. Le sujet des messages avait été évoqué quand il avait fait sa déposition. Il avait montré le SMS où elle avait écrit : « Je quitte la maison. À tout de suite », à quoi il avait répondu : « OK. Hâte de te voir. » Les deux messages étaient émaillés d'émojis.

« Nous devrions peut-être lui parler ? proposa Christine Thiis.

— Demain, approuva Wisting. Je crois qu'on va s'en tenir là pour aujourd'hui. »

Il prit un classeur qu'il n'avait pas regardé et le glissa sous son bras pour avoir de quoi travailler dans sa chambre d'hôtel.

Christine Thiis remit un peu d'ordre dans les papiers sur la table avant de ranger son ordinateur et de lui emboîter le pas dans le couloir. Ivar Horne tourna sur sa chaise de bureau et s'étira en faisant craquer ses épaules.

« Vous êtes mieux renseignés maintenant ? » demanda-t-il en souriant.

Wisting ne répondit pas, il regardait fixement la photo qui occupait l'écran de Horne. Un homme en costume se dirigeant vers une voiture. Les cheveux courts, l'allure athlétique. Il lui disait quelque chose.

« Qui est-ce ? » s'enquit-il.

Ivar Horne suivit son regard vers l'écran.

« Ça ? répondit-il. C'est mister NiceGuy en personne.

— Phillip Goldheim ?

— Ouaip. »

Wisting avait vu la photo de Phillip Goldheim prise lors de son arrestation, mais elle remontait à plus de quinze ans. Il était alors plus corpulent et avait une queue-de-cheval.

« Vous avez d'autres photos de lui ?

— Des tonnes », répondit Horne en cliquant sur un fichier.

Wisting se pencha plus près de l'écran. Les photos avaient été prises dans diverses situations et sous des angles différents.

« Pourriez-vous agrandir celle-ci ? » Wisting désigna une photo de Goldheim le dos tourné en train de parler avec deux hommes plus jeunes.

Horne s'exécuta.

« Vous les connaissez ? »

Wisting répondit par une autre question.

« Depuis combien de temps le surveillez-vous ?

— Ça fait trois semaines qu'on l'a à l'œil, mais nous sommes dans une phase où on ne le suit que ponctuellement.

— Quand vous dites à l'œil, vous parlez aussi des communications ?

— Écoute et traçage de son téléphone, confirma Horne.

— Vous avez des données pour mercredi de la semaine dernière ? »

Ivar Horne se tourna vers un autre écran d'ordinateur et attrapa la souris.

« Je peux savoir de quoi il s'agit ? interrogea-t-il en cherchant dans les fichiers.

— J'ai déjà vu ce dos, expliqua Wisting en pointant le doigt sur la photo de surveillance. Dans un champ de Larvik. »

Ivar Horne se retourna et le considéra d'un air interrogateur. Wisting lui raconta le cellier dans le champ derrière la grange où était le taxi de Jens Hummel, et les douze kilos d'amphétamines.

« Quelqu'un est allé voir si nous avions trouvé la drogue après l'arrestation d'Aron Heisel, résuma-t-il. L'homme qui nous a filé entre les doigts pourrait être Phillip Goldheim. »

Horne retrouva le fichier.

« Vous pourriez avoir raison », dit-il en descendant sur le document Excel affiché.

Les colonnes indiquaient la date et l'heure, qui il avait appelé ou contacté par texto, qui l'avait contacté et où il se trouvait quand le téléphone était utilisé. Ils purent voir qu'il avait quitté Kristiansand juste après midi, avait suivi l'E18 vers le nord, passé Grimstad à midi et demi, Gjerstad une heure plus tard et était arrivé à Larvik à 15 h 37.

« À qui parle-t-il quand il est à Larvik ? » La voix de Wisting trahissait son impatience.

« À sa petite amie, répondit Horne. Elle l'appelle ou lui envoie des messages au moins vingt fois par jour. C'est bien pratique pour nous qui cherchons à savoir où il est.

— Qu'est-ce qu'il a fait ensuite ? voulut savoir Christine Thiis.

— On dirait qu'il a éteint son téléphone. Qui n'a pas été utilisé avant son retour à Kristiansand à 8 heures du soir. Notre boîtier n'était pas allumé à ce moment-là, sans quoi nous aurions pu faire un retraçage exact.

— Votre boîtier ? »

Wisting laissa Ivar Horne expliquer. C'était un terme de surveillance électronique d'un véhicule. Un héritage de l'époque où on utilisait un gros boîtier lourd fixé sur la voiture à l'aide de puissants aimants. C'était un équipement coûteux, avec une batterie limitée, difficile à installer de façon qu'il reste invisible. Aujourd'hui, le matériel dont on disposait était de la taille d'un ongle, consommait peu d'énergie et offrait une grande précision.

Horne ouvrit un logiciel de cartographie pour faire une démonstration. Il y avait un point rouge sur une adresse d'Andøya, à dix petits kilomètres du centre-ville.

« Il est chez lui.

— Qu'est-ce qu'il a comme voiture ? s'enquit Wisting.

— Une Range Rover.

— Alors ce n'était pas sa voiture. Ils sont repartis dans une voiture japonaise. »

Christine Thiis s'adressa à Wisting : « Nous avons quelques empreintes de pas relevées dans le cellier, non ? »

Wisting confirma.

« Est-ce que nous pourrions avoir accès à ces pièces ? s'enquit Horne.

— Bien entendu, répondit Wisting. Nous avons un homme en détention préventive qui refuse de nous parler. Vous pouvez toujours passer son nom dans votre système : Aron Heisel. »

Horne tapa le nom dans la barre de recherche de la base de données en accès restreint de l'opération de surveillance.

« Il y est », annonça-t-il quand la recherche donna un résultat.

C'était une note de renseignement d'octobre. Le sujet en était « Phillip Goldheim – Contact en Espagne ». Wisting s'avança de nouveau vers l'écran. Il n'y avait que quelques lignes. « La source indique que Phillip Goldheim est rentré en Norvège après un week-end à Marbella. Il a vu un Norvégien qui y habite depuis plusieurs années : Aron Heisel. But du rendez-vous inconnu. Heisel a été condamné par le passé pour contrebande d'alcool. »

Le niveau de crédibilité attribué à l'information était élevé. Ce qui impliquait que l'informateur avait largement fait ses preuves, était fiable et avait fourni des informations exactes par le passé.

« D'où vient cette information ? voulut savoir Wisting. Cette personne pourrait en savoir plus sur notre affaire. »

Ivar Horne cliqua sur l'onglet concernant la source. C'était le texte standard disant que la source pouvait être contactée par l'intermédiaire du policier qui avait enregistré les renseignements.

« C'est Robert Hansson, expliqua Horne. Il travaillait ici avant. Alors il pourrait s'agir de la source principale que nous avions et qui a brisé le contact. C'était Robert son contact.

— Où est-il maintenant ?
— À Haïti. Un programme policier de l'ONU.
— Vous avez une possibilité de le joindre ?
— Je peux lui envoyer un e-mail », proposa Horne.
Au même instant un signal s'afficha sur la carte de surveillance à l'écran. Le point rouge indiquant la voiture de Phillip Goldheim clignotait. La radio de police sur le bureau se mit à crépiter.
« L'objectif est en mouvement.
— Reçu », répondit-on.
Ivar Horne saisit la radio et se leva.
« On pensait le suivre ce soir. Vous avez envie de venir ? »

61

Wisting monta dans la voiture de filature banalisée tandis que Christine Thiis rentrait à l'hôtel. Il voulait voir Phillip Goldheim de ses propres yeux, voir s'il reconnaissait l'homme qui avait couru dans le champ près de Huken.

Les policiers de la surveillance annoncèrent que Goldheim se dirigeait vers la ville, mais s'était arrêté dans une station-service.

Ivar Horne tapota sur son iPad en conduisant et une carte apparut sur l'écran. Il jeta un œil dessus avant de tendre la tablette à Wisting.

« La saisie que vous avez faite dans le cellier correspond à nos renseignements. Goldheim a essuyé une lourde perte, il faut que quelqu'un la couvre. Ça va être intéressant de voir qui il rencontre ce soir. »

Wisting acquiesça. La surveillance électronique était efficace et permettait des économies, mais on n'en restait pas moins dépendant de la surveillance sur le terrain.

« Des contacts ? demanda Horne dans la radio.

— Négatif. Il mange un burger.

— Ce n'est pas là que ça va se passer, observa

Wisting. Pas devant les caméras de surveillance de la station-service.

— Vous avez raison. On pourra le récupérer ici s'il est en route pour la ville. »

Il prit à droite, passa sous un pont autoroutier et se gara sur une aire à côté de la bretelle d'accès.

Wisting regarda l'écran. Le point rouge était toujours immobile au bord de la départementale 456, à un endroit qui s'appelait Auglandsbukta. Leur propre emplacement était marqué d'un point vert, tandis que des points bleus signalaient les trois autres équipes.

« Comment envisagez-vous le lien entre notre homme et votre affaire ? » Horne recula la voiture pour la cacher derrière un bateau sur une remorque.

« Le point commun, c'est Frank Mandt, tout ce qui tourne autour de lui, répondit Wisting avant de récapituler : l'arme des deux meurtres était enfermée dans son coffre-fort quand il est mort. Le taxi de la victime de notre affaire a été retrouvé dans une ferme que Mandt louait à l'année. Dans cette ferme logeait Aron Heisel, qui a un lien avec les amphétamines du cellier et a reçu en octobre dernier la visite de Goldheim, qui a envoyé des fleurs à l'enterrement de Mandt. »

Horne coupa le contact et baissa sa vitre. Un faible souffle d'air apportait l'odeur salée de la mer dans les terres. La circulation grondait autour d'eux.

« Mandt et Goldheim, fit Horne, comme s'il goûtait la combinaison. Étaient-ils collaborateurs ou concurrents ?

— Ils pourraient avoir été les deux, jugea Wisting. Dans leur secteur, on coopère et on forme des coalitions quand c'est la stratégie la plus rentable.

— Il y a du mouvement, annonça-t-on. On repart vers la ville. »

Wisting regarda la tablette sur ses genoux. Le point rouge clignotait et se déplaçait. Un point bleu suivait quelques centaines de mètres derrière.

Ivar Horne saisit le micro.

« Kilo 4-2, tu es devant ?

— Je le récupère au rond-point du centre commercial de Vågsbygd.

— Garde tes distances, prévint Horne. On l'a sur la carte. »

Wisting vit le point rouge clignoter vers le nord. Après à peine un kilomètre, il quitta la départementale.

« On se dirige vers Slettheia, rapporta le policier de la voiture la plus proche. Il y a quelqu'un pour prendre le relais ? »

Horne donna des instructions à une équipe qui mit sa voiture dans la bonne direction. Wisting vit le point rouge s'engager dans une zone résidentielle.

« Løvsangerveien, lut-il. Il a des contacts dans cette rue ?

— Il est probablement juste en train de regarder s'il est suivi, estima Horne en reprenant l'iPad. Garde tes distances, répéta-t-il encore dans la radio. Il quadrille le quartier.

— Kilo 4-2 le lâche. »

Ivar Horne annonça les positions du point rouge au fil de sa progression dans les rues aux noms d'oiseaux. Il se retrouva finalement au bout d'un cul-de-sac et y resta.

« Il s'arrête au bout de Rødvingeveien, informa-t-il.

— Qu'est-ce qu'on fait ?

— Kilo 4-1, prends Gransangerveien et regarde si tu peux voir l'objectif depuis le haut.

— Reçu. »

À l'ouest, un point bleu glissa sur la carte et suivit la rue parallèle. Juste avant qu'il n'arrive en position, le point rouge se remit à clignoter.

« Il bouge », annonça Horne avant de diriger les équipes.

Wisting suivit le point sur la carte. Goldheim passa devant l'usine de glace Hennig-Olsen, la fonderie de nickel Nikkelverket, sous l'E18, où il fit plusieurs fois le tour d'un rond-point avant de revenir en arrière et de prendre la route principale vers le centre-ville.

« Il n'aurait pas ce comportement s'il ne se rendait pas à un rendez-vous important, déclara Horne. Il veut être tout à fait sûr que personne ne le suit.

— Il roule vers nous, maintenant », déclara Wisting en montrant l'écran. Le point rouge avait accéléré et était sur l'autoroute.

Horne démarra. Après seulement quelques centaines de mètres, Goldheim quitta l'autoroute et passa dessous.

« Le voilà. » Horne tourna la tête en direction d'une Range Rover blanche qui les dépassa à fond.

Trop vite pour permettre à Wisting de voir le chauffeur.

« On le suit », annonça Horne, en indiquant aux équipes où se positionner.

Ils laissèrent la voiture prendre tant d'avance qu'ils furent tributaires de l'instrument de traçage pour la suivre. D'abord Vestre Strandgata, puis Dronningens gate à gauche. Devant eux, le point rouge continuait tout droit, passait l'endroit où Elise Kittelsen avait été tuée. Puis il stoppa à un carrefour, le feu était probablement rouge. Ils rattrapèrent la voiture et quand le point se remit à clignoter, ils n'étaient qu'à quatre longueurs de la Range Rover blanche.

Goldheim allait toujours tout droit, il traversa le pont de Lund et prit à droite.

« Je suis déjà venu là aujourd'hui, commenta Wisting en reconnaissant le bureau de paris sportifs où Christine Thiis et lui avaient mangé un hot dog. On est allés parler à un témoin de l'affaire du Nouvel An. Einar Gjessing. Il vit dans un penthouse au bord de la rivière.

— Høivold brygge, fit Horne en levant un peu le pied pour laisser de l'avance à la voiture. Quartier cher. »

Ils traversèrent un quartier résidentiel avec de vieilles maisons en bois où les branches de vieux arbres fruitiers s'étiraient au-dessus de clôtures à claire-voie blanches. Devant eux, le point rouge descendit vers les immeubles modernes.

Ivar Horne saisit la radio de police.

« Il descend à Høivold brygge, annonça-t-il. On le lâche. »

Ils continuèrent sans prendre la rue qu'avait empruntée Goldheim et se garèrent sur le trottoir. Le point rouge sur la carte s'arrêta au bord de l'eau.

« Il y a des jumelles dans la boîte à gants, dit Horne. Sortez donc voir si vous le voyez pendant que je tourne la voiture. »

Wisting prit les jumelles et trouva un endroit où il était caché par un arbre. Il porta les jumelles à ses yeux, régla la mise au point et guetta la rue en contrebas.

Phillip Goldheim était déjà sorti de la voiture et avançait sur le ponton. Les grands immeubles barrant sa vue, Wisting dut changer de position et quand il leva de nouveau les jumelles, Goldheim avait disparu. Wisting balaya les environs du regard. Des bateaux coûteux en rang d'oignons, un homme qui promenait un chien, des goélands bruyants qui se battaient pour les déchets autour d'une poubelle. Goldheim n'avait certainement pas pu trouver le temps d'entrer dans un immeuble, mais il avait pu monter dans une autre voiture.

Wisting baissa les jumelles. Un bateau à moteur quittait le ponton. Il porta de nouveau les jumelles à ses yeux et vit Goldheim s'asseoir à l'arrière. Un homme plus jeune pilotait.

Ivar Horne arriva derrière lui.

« Vous le voyez ? »

Wisting lui tendit les jumelles.

« Dans ce bateau, là. »

Horne regarda, la bouche ouverte. Puis il parla de nouveau dans la radio.

« L'objectif est à bord d'une vedette qui est en train de sortir de l'Otra. Est-ce qu'on a un téléobjectif pour capturer ça ?

— Kilo 4-1. »

Ils restèrent à regarder le bateau qui sortait de l'embouchure du fleuve. Le soleil était passé derrière la colline à l'ouest de la ville et un crépuscule velouté se déposa autour d'eux.

« Vous avez reconnu l'homme à la barre ? » demanda Wisting.

Horne baissa les jumelles en secouant la tête.

« Non, mais il est un peu tard pour une promenade.

— Qu'est-ce qu'ils vont faire ?

— Parler, affirma Horne en contemplant la mer scintillante. Quelque part où ils sont sûrs de ne pas être entendus. »

Il y eut de la friture sur la radio de police.

« J'ai pu prendre quelques photos, annonça Kilo 4-1. Le numéro d'immatriculation a l'air d'être KAR247. On regarde dans le fichier des bateaux de plaisance. »

Horne sourit et fit signe à Wisting de retourner à la voiture avec lui. Ils s'installèrent, puis la radio se remit à crépiter.

« Enregistré au nom d'un certain Gerhard Broch de Prestvikveien. »

Horne haussa les épaules pour signifier que ce nom ne lui disait rien.

« L'homme qui pilotait devait avoir une vingtaine d'années », commenta Wisting.

Horne leva la radio.

« Âge ? »

La réponse vint sans tarder : « Cinquante et un ans.

— Regarde les relations familiales. »

Une femme passa sur un vélo électrique pendant qu'ils attendaient la réponse.

« Un fils. Julian Broch. »

Wisting sentit un muscle tressaillir dans sa tempe.

« Bon sang, marmonna-t-il entre ses lèvres serrées.

— Vous savez qui c'est ?

— Le meurtre du Nouvel An. Julian Broch était le petit ami d'Elise Kittelsen. »

62

Il était minuit passé quand Wisting arriva à l'hôtel. Sa chambre était spacieuse, avec de la moquette par terre et un petit balcon sur la rue. Il posa sa sacoche de documents et sa valise, ôta ses chaussures et s'assit sur le lit, mais ses pensées fourmillaient un peu trop pour lui permettre de dormir. Il était tendu, le sentiment d'approcher du but avait envahi ses sens, et il n'allait pas pouvoir se reposer avant d'avoir mis un peu d'ordre dans ses impressions, dans les événements et les personnes qui s'enchevêtraient dans son esprit.

Il s'étendit sur le dos et ferma les yeux. Il n'avait jamais connu d'affaire pareille. Pour avancer vers une résolution, il lui fallait d'abord faire jour sur une affaire considérée comme élucidée. Wisting se sentait convaincu que Harald Ryttingen et son équipe étaient partis dans la mauvaise direction. Au lieu d'essayer de découvrir la vérité, ils s'étaient évertués à consolider autant que possible le dossier qui accablait Dan Roger Brodin. On était maintenant à la veille d'une erreur judiciaire. Les réserves que Wisting avait à formuler auraient un certain poids, certes, mais pas suffisamment pour stopper le procès. Car les enjeux étaient trop gros, la chute serait trop dure. Le procès commençait le lundi matin, et s'il n'était pas en mesure de désigner un autre coupable d'ici là, un homme innocent allait se retrouver sur le banc des accusés.

Il rouvrit les yeux, resta à regarder le plafond. Une mouche décolla de la grille d'aération et bourdonna mollement dans la pièce avant de se poser sur le rideau.

Au cours de la journée, ils avaient trouvé de nombreux éléments nouveaux, mais les roues de l'engrenage ne s'enclenchaient pas. Car qui donc était le coupable si Brodin était innocent ?

Toute son expérience lui indiquait que c'était souvent dans l'entourage proche de la victime qu'il fallait chercher le mobile d'un meurtre. Il y avait dans la plupart des cas une relation entre le tueur et la victime, mais dans l'affaire du Nouvel An, on n'avait pas eu besoin de chercher dans le cercle d'Elise Kittelsen, car le coupable avait été interpellé au bout de seulement quatorze minutes.

Si on voulait commencer à chercher, Julian Broch serait la personne la plus intéressante. Il avait un alibi, mais un alibi qui n'avait pas été vérifié. Personne ne s'était inquiété de savoir s'il était vraiment resté tout le temps à cette soirée. Ils avaient prévu de lui rendre visite le lendemain, mais maintenant qu'il faisait soudain surface dans une opération de surveillance, ils allaient être obligés d'attendre pour ne pas troubler l'opération en cours.

La mouche décolla du rideau. Wisting essaya de se souvenir s'il avait lu dans les dossiers de l'enquête des informations qui pouvaient suggérer un conflit dans la vie d'Elise Kittelsen. Oui.

Il se leva et retrouva les copies des documents.

Une amie d'Elise avait mentionné que Julian Broch était jaloux. Il lui fallut presque dix minutes pour trouver le bon paragraphe. Guro Fjellborg connaissait Elise Kittelsen depuis leur petite enfance. Elles s'étaient suivies de la crèche au lycée et allaient maintenant toutes deux devenir institutrices.

« Elise a rencontré Julian Broch à Hovden pendant les vacances d'hiver, lut-il. Ils sont sortis ensemble, mais c'était un peu une relation en dents de scie, avec des pauses. Julian était jaloux et Elise avait dû mettre un code sur son téléphone pour l'empêcher de lire ses messages. »

C'était tout. Pourquoi lui importait-il que son petit ami ne lise pas ses messages ? Avait-il des raisons d'être jaloux ? Avait-elle sur son téléphone des choses à cacher ?

Il leva les yeux de ses papiers.

Et pourquoi le tueur avait-il pris son téléphone en s'enfuyant ?

Les questions commençaient soudain à se multiplier et il nota le nom de l'amie d'enfance. Il existait aussi une autre possibilité : Jens Hummel avait-il un rapport avec le meurtre ?

Il se leva et alla chercher un sachet de cacahuètes dans la coupelle sur le bureau. Quelque part dans l'hôtel, un enfant pleurait, des pleurs désespérés et douloureux.

Il versa quelques cacahuètes au creux de sa main et les jeta dans sa bouche. L'enfant semblait inconsolable. Les pleurs allaient en crescendo et diminuendo, se concluaient sur un long hurlement puis reprenaient.

L'enfant avait peut-être été laissé seul dans la

chambre pendant que ses parents descendaient au bar de l'hôtel ? Il s'était réveillé et avait peur ?

Il mangea une autre poignée de cacahuètes en comptant les jours jusqu'au terme de Line. Dix-sept. Quand ils avaient eu Line et son frère, Ingrid avait accouché onze jours après terme. À l'époque, il était resté dans le couloir et on l'avait fait entrer une fois que tout était terminé. Il se demandait si Line voulait qu'il assiste à l'accouchement même ou s'il pourrait attendre dehors cette fois aussi.

Il n'avait aucun doute sur le fait que Line allait être une bonne mère, mais cette responsabilité serait difficile à assumer seule.

Parmi les tueurs qu'il avait rencontrés, nombre d'entre eux avaient ceci de commun qu'ils avaient connu des problèmes dans leur enfance. Le manque d'affection, d'amour, de chaleur et d'attention les avait marqués. Ils portaient souvent en eux des histoires douloureuses qu'ils n'avaient jamais osé partager, ou que les autres n'avaient pas vues ou pas osé voir. Des histoires de déception et de relations blessées, détruites. Les prisons regorgeaient de jeunes hommes dont les besoins primaires avaient été mal ou pas du tout assouvis dans leur enfance. Des hommes qui avaient grandi sans père, comme Dan Roger Brodin. Comme sa propre petite-fille allait le faire.

Il lança un regard vers la porte de la chambre en envisageant de sortir pour voir d'où venaient les cris quand il se rendit compte que c'était lui qui devrait endosser une espèce de rôle de père et offrir à son petit-enfant la sécurité nécessaire.

Quelqu'un tapa sur un mur. Pour une raison ou pour une autre, cela fit taire les pleurs.

Il s'installa au bureau, repoussa le prospectus de l'hôtel pour poser le classeur qu'il avait rapporté du commissariat. Ni lui ni Christine Thiis ne l'avaient regardé. Il contenait de la documentation de fond, des informations que les enquêteurs avaient incluses dans leurs rapports et des documents qui n'avaient pas de pertinence directe dans l'enquête. Listes de personnel, demandes de remboursement, feuilles de présence et copies de communiqués de presse. Il avait considéré ce classeur comme le moins intéressant de tous et ne le parcourait maintenant que par acquit de conscience professionnelle.

À peu près à la moitié, il trouva la pièce jointe d'un e-mail envoyé à la police par la compagnie téléphonique d'Elise Kittelsen. La correspondance traitait manifestement du retraçage de son téléphone volé. Le document était une liste des gens avec qui elle avait été en contact le jour du meurtre, il avait servi de base au rapport de police et, en toute rigueur, aurait dû être joint au dossier comme pièce à part entière.

Wisting reconnut le numéro de Julian Broch, qui avait reçu un SMS dans lequel Elise lui expliquait qu'elle partait de chez elle. Il était le seul à en avoir été informé et il aurait été facile pour lui d'imaginer le trajet qu'elle allait suivre. À part la famille d'Elise, il était le seul à savoir où elle se trouverait au moment des tirs, à 19 h 21.

Wisting sortit le plan de la ville et calcula la distance des lieux du crime à l'appartement où devait se dérouler la soirée.

Il y avait une brèche dans l'enquête, mais elle n'était pas suffisamment béante pour qu'il puisse s'y engouffrer.

Il allait passer à la suite, mais s'attarda sur la liste des communications. Elle semblait plus longue que celle qu'il avait vue dans le rapport de police.

Il rouvrit le dossier de procédure officiel. Les feuilles commençaient à se corner. Il consulta la liste des documents qui avaient servi à la rédaction des rapports et trouva celui qu'il cherchait. La liste chronologique des contacts d'Elise Kittelsen ce jour-là comptait dix-sept lignes. L'enquêteur avait repris la liste pour ajouter à l'horaire et au numéro de téléphone le nom de l'abonné. Parmi lesquels Guro Fjellborg, l'amie qui avait laissé entendre que Julian Broch était jaloux.

Wisting dénombra les contacts sur la liste de la compagnie téléphonique et arriva à dix-neuf. Puis il regarda de nouveau la liste du rapport : dix-sept.

Sa première pensée fut que l'enquêteur avait limité la liste à une certaine tranche horaire, par exemple l'après-midi, mais les deux listes commençaient par un premier appel à 10 h 32 à Runa Kittelsen, une cousine de Lyngdal de l'âge d'Elise.

Wisting parcourut les deux listes numéro par numéro. À 14 h 42 apparaissait un numéro omis dans le rapport de police. Un appel entrant d'un numéro commençant par 45. À la connaissance de Wisting, il s'agissait d'une série de numéros avec carte prépayée de NetCom.

L'appel durait près de quatre minutes. Plus bas, ce même numéro réapparaissait comme appel sortant de huit minutes et demie. Cette fois non plus, il ne figurait pas dans le rapport.

Wisting sortit son propre téléphone pour chercher le numéro. Il avait deux messages non lus de Christine

Thiis. Deux heures plus tôt, elle lui avait demandé s'il dormait. Puis elle lui avait envoyé un autre message un quart d'heure plus tard proposant qu'ils se retrouvent à 9 heures pour le petit déjeuner. Il n'avait pas entendu les messages arriver. Maintenant il était trop tard pour répondre, mais il envoya un message confirmant le petit déjeuner à 9 heures, avant d'ouvrir l'application de recherche de numéros. Il tapa le numéro. Il ne s'attendait pas à obtenir un résultat, mais la recherche fut fructueuse : Jan Larsen, BP 502, 4605 Kristiansand.

Ce nom ne lui disait rien. C'étaient un prénom et un nom tout à fait banals, mais il se sentait sûr de ne les avoir vus nulle part dans le dossier de l'affaire.

Le rapport qui omettait ce numéro était rédigé par l'inspecteur Robert Hansson. L'enquêteur qui était indiqué comme contact de la source qui donnait des renseignements sur Phillip Goldheim à la police. Pouvait-il y avoir un lien ? Jan Larsen pouvait-il être la source de la police et l'enquêteur avait supprimé son nom et son numéro de la liste pour le maintenir hors de l'affaire ?

Wisting avait besoin d'une date de naissance pour chercher dans les fichiers et découvrir qui était réellement Jan Larsen. Même avec un abonnement prépayé, le numéro d'identité pouvait être enregistré auprès de la compagnie téléphonique. La boîte postale pourrait probablement l'aider à avancer aussi. Une affaire pour Nils Hammer.

Sans se préoccuper de l'heure, il indiqua les renseignements qu'il recherchait dans un SMS et l'envoya. Puis il ouvrit la fonction appareil photo de son téléphone et prit une photo du relevé téléphonique, afin d'en avoir une copie avant de rendre tous les papiers. Le rapport était falsifié. Il prétendait rendre compte de tous les renseignements de la compagnie téléphonique, mais cachait l'un des numéros. C'était une grossière négligence, qui pouvait avoir des conséquences non seulement pour le rédacteur du rapport, mais encore pour le procès à venir. Ce nouveau renseignement pouvait faire obtenir gain de cause à Dan Roger Brodin et son avocat si jamais ils sollicitaient un ajournement du procès.

Il referma le dossier de l'affaire et alla à la fenêtre. De l'autre côté de la rue, un homme sur une échelle collait une affiche. Une balayeuse passait en laissant des bandes humides sur l'asphalte. La ville se préparait à un nouveau jour.

63

Wisting fut réveillé par le bourdonnement de la mouche. Elle atterrit sur l'oreiller vide à côté de lui pour redécoller aussitôt, voler, atterrir encore. Affairée, comme si elle manquait de temps.

L'horloge du téléviseur indiquait 8 h 43. Il lui avait fallu du temps pour s'endormir, mais de toute évidence il avait ensuite dormi d'un sommeil lourd.

Il prit une longue douche en réfléchissant à la découverte qu'il avait faite avant de se coucher. Dans toute affaire, quelqu'un avait quelque chose à cacher, mais dans celle-ci, c'était la police qui retenait des informations.

Quand il descendit prendre son petit déjeuner, Christine Thiis était installée avec une pile de journaux. Il alla se chercher une tasse de café avant de la rejoindre.

« Tu ne manges pas ? s'enquit-elle.

— Tout à l'heure, répondit-il, avant de lui raconter à voix basse la filature de Phillip Goldheim, qui était allé retrouver Julian Broch.

— Le petit ami d'Elise Kittelsen ?

— Nous allons devoir attendre avant d'aller le

trouver, confirma Wisting en buvant du café. Le nom Guro Fjellborg te dit-il quelque chose ?»

Il vit qu'elle reconnaissait le nom, mais ne se souvenait pas d'où.

« C'était une amie d'Elise Kittelsen, expliqua Wisting. Il y a le procès-verbal d'une petite audition dans les papiers de l'affaire. Elle explique un peu la relation entre Elise et Julian Broch et dit que Julian était jaloux. Elise avait dû mettre un code sur son téléphone pour l'empêcher de lire ses messages. »

Elle lui lança un regard dubitatif.

« Un petit ami jaloux ?

— La question est de savoir s'il avait des raisons d'être jaloux. Si Elise Kittelsen avait des secrets qui n'ont pas été révélés par l'enquête.

— Il faut que nous parlions à cette copine.

— Il y a aussi autre chose », poursuivit-il avant de lui expliquer la divergence entre le rapport de police et le relevé de la compagnie téléphonique.

Christine Thiis haussa les sourcils.

« Tu veux dire qu'il y a eu manipulation des preuves ? »

Ils attendirent qu'un homme d'un certain âge ait dépassé leur table.

« Ce ne sont pas des preuves au sens propre, mais les enquêteurs ont passé sous silence des informations importantes.

— Qui est ce Jan Larsen ?

— J'ai mis Hammer sur le coup. » Wisting se leva et se dirigea vers le buffet, où il se servit des œufs, du bacon et deux tranches de pain complet. « Je vais appeler la copine après le petit déjeuner, annonça-t-il en se rasseyant.

— Nous sommes obligés de faire remonter cette histoire, déclara Christine Thiis.

— D'une manière ou d'une autre, oui, approuva Wisting, qui comprit qu'elle aussi avait abandonné la mise en garde du commissaire divisionnaire. Mais je ne pense pas que Ryttingen soit disposé à nous écouter. Il ne se préoccupe plus de ce qui est juste et de ce qui est faux, il veut uniquement que le procès ait le résultat escompté.

— Il doit bien y avoir quelqu'un à qui nous pouvons parler. Quelqu'un de plus haut placé dans la hiérarchie. Le procureur général ou le commissaire divisionnaire ?

— Pour l'instant, on n'a rien de concret à présenter, répondit Wisting la bouche pleine. Il faut d'abord que nous approfondissions l'affaire.

— Le procès commence demain », lui rappela-t-elle en poussant l'édition du dimanche de *VG* vers lui.

Conformément aux prédictions de Line, la photo d'Elise Kittelsen était revenue en une. Wisting ouvrit les pages concernées. Ici aussi, on avait utilisé la photo de la victime, ainsi qu'une photo des lieux du crime. Et une du directeur d'enquête, Harald Ryttingen, qui commentait le procès imminent en disant que la police espérait que l'accusé changerait d'avis et fournirait une explication complète, afin que la famille d'Elise Kittelsen obtienne des réponses à ses questions.

Wisting secoua la tête. C'était une manière indirecte de dire au public que la question de la culpabilité dans l'affaire était déjà résolue. Ces déclarations soutenaient un courant d'opinion qui allait toucher la cour aussi.

« Il est aussi question du revolver », l'informa Christine Thiis en pointant le doigt plus bas.

Ryttingen rejetait la suggestion que l'arme du crime et le lien avec un autre meurtre puissent changer quoi que ce soit au régime de la preuve.

« Tôt ou tard, nous nous attendions à ce que l'arme refasse surface, disait-il. C'est sans grande importance dans notre affaire. Nous savons qui a fait feu. »

« Il ne se prive pas de juger l'affaire avant le procès, là », observa Wisting.

Olav Müller aussi avait la parole. Il répondait laconiquement au journaliste en précisant que son client continuait de clamer son innocence. L'avocat stagiaire était déjà sur la défensive avant l'ouverture du procès. Lui-même ne semblait pas croire son client. Il était sans doute bien trop inexpérimenté à la fois pour gérer les médias et pour présenter une affaire pénale à la cour. Il ne suffisait pas de connaître le droit, il fallait aussi maîtriser la rhétorique. Dans une telle affaire, il s'agissait tout autant de persuader que de démontrer. C'était une question de présentation des preuves. Celui qui l'emportait n'était pas nécessairement celui qui détenait la vérité, mais celui qui parvenait à argumenter le mieux.

Wisting se resservit encore une fois avant de remonter. Christine Thiis l'accompagna dans sa chambre pour voir de ses propres yeux le document avec les deux coups de fil manquants.

« Il y a une explication possible, souligna Wisting. Que Jan Larsen soit la source de la police et que son nom ait été supprimé du dossier pour le protéger.

— Ça paraît illogique. Pourquoi le contact entre

Elise Kittelsen et une source de la police lui serait-il nuisible ? »

Au lieu de fournir des éclaircissements sur son raisonnement, Wisting haussa les épaules et se tut. Si le nom de Jan Larsen avait figuré dans les documents de l'enquête, la piste aurait probablement été suivie. Ce n'aurait certes pas été problématique si la source n'avait rien à voir avec l'affaire, mais là, Wisting cherchait un autre coupable que Dan Roger Brodin et si ce coupable était Jan Larsen, l'absence de son nom dans le dossier signifiait que quelqu'un dans la police le protégeait, ainsi que l'opération de surveillance en cours. Une hypothèse presque trop effrayante pour qu'on ose ne serait-ce qu'y penser.

« En tout cas, ce n'est pas régulier, poursuivit Christine Thiis. Les secrets en interne, ce n'est pas bon. »

Wisting acquiesça et chercha dans ses notes le numéro de Guro Fjellborg. Il vit qu'Elise Kittelsen et elle étaient nées la même année, mais que pendant le semestre écoulé depuis le meurtre, elle avait eu le temps de fêter ses vingt-deux ans.

Il composa le numéro et s'assit sur le lit.

Le téléphone sonna et Wisting craignit qu'il ne soit trop tôt. Il allait raccrocher quand elle répondit. Gaie, pétillante.

Wisting se présenta et expliqua la raison de son appel.

« Cela vous convient-il que je vous appelle maintenant ?

— Oui, oui », assura la jeune femme. Son enjouement avait disparu. « C'est juste que j'étais au check-in.

— Vous êtes en voyage ?

— Je rentre. Je suis à Londres. »

Wisting mit le haut-parleur pour que Christine Thiis puisse entendre ce qui se disait.

« Avez-vous le temps de répondre à quelques questions ? s'enquit-il.

— De quoi s'agit-il ?

— D'Elise Kittelsen. Juste quelques petits détails sur lesquels je me pose encore des questions.

— Oui ?

— Vous avez dit dans votre déposition qu'il arrivait que Julian Broch, son petit ami, soit jaloux, c'est exact ?

— Oui, il n'aimait pas qu'elle soit avec d'autres garçons.

— Elle l'était ?

— Non, pas dans ce sens-là, mais ça le mettait de mauvaise humeur quand elle passait trop de temps à discuter avec un autre garçon.

— Vous avez dit qu'Elise avait dû mettre un code sur son téléphone pour l'empêcher de lire ses messages.

— Oui, elle s'était aperçue que des messages qu'elle n'avait pas lus avaient été ouverts et elle en avait déduit qu'il avait dû fouiner dans son téléphone.

— Donc il y avait des choses qu'elle ne voulait pas qu'il voie ? »

La copine hésita avant de répondre.

« Je ne pense pas, finit-elle par dire, mais ça ne se fait pas de regarder en cachette le téléphone des autres.

— Partageait-elle tout avec vous ? J'ai cru comprendre que vous étiez bonnes amies. »

Guro Fjellborg hésita encore.

« Pas tout. »

Wisting attendit la suite.

« Parfois elle sortait de la pièce quand le téléphone sonnait. Ou alors on pouvait être en pleine conversation et elle envoyait des messages sans dire avec qui elle tchatait.

— Avec qui était-elle en contact dans ces cas-là ?

— Je ne sais pas. »

Wisting passa le téléphone sur son autre oreille.

« Connaissez-vous quelqu'un du nom de Jan Larsen ?

— Jan Larsen ? Non. Qui est-ce ?

— Juste un nom qui est apparu. » Derrière, il entendit annoncer l'embarquement d'un vol. « Je ne vais pas vous retenir plus longtemps. Bon voyage. »

Il raccrocha et se leva du lit.

« On s'y remet ? » proposa-t-il en rassemblant les documents de l'affaire.

64

Ils rendirent leurs clefs, mirent leurs bagages dans la voiture et retournèrent au commissariat. Un car de touristes fit tourbillonner de l'air chaud en changeant de vitesse alors qu'ils attendaient à l'entrée qu'Ivar Horne descende les chercher. Il avait l'air fatigué.

« Ça s'est terminé tard ? s'enquit Wisting.

— Pas trop. Pendant que nous attendions, nous avons pu remettre un boîtier avec des batteries rechargées sur la voiture de Goldheim. Ils sont rentrés quand il faisait nuit. Nous avons suivi Broch. Il est repassé chez lui et ensuite il est sorti en ville.

— Et Goldheim ?

— Rentré directement chez lui. » Ivar Horne retint la porte de l'ascenseur pour les laisser entrer. « J'ai bien peur qu'il ne vous reste plus grand-chose à faire ici.

— Nous avons quelques dossiers à parcourir », répondit Wisting.

Horne secoua la tête avec découragement.

« Plus maintenant. Quand je suis arrivé il y a une heure, la salle de réunion était rangée. Deux hommes du service de nuit ont enlevé tous les documents.

— Pourquoi ?

— Ordre de Ryttingen. Vous avez demandé l'accès à toute la documentation de l'enquête et vous l'avez eu. Maintenant il a lui-même besoin des papiers. Le procès commence demain.

— Il n'a jamais été question d'une durée de consultation limitée », protesta Wisting.

L'ascenseur était ouvert. Horne hausse les épaules.

« Désolé.

— Où sont les documents maintenant ? s'enquit Christine Thiis.

— Enfermés dans le bureau de Ryttingen. »

Il les précéda dans le couloir jusqu'à la salle qu'ils avaient utilisée la veille. À part un stylo-bille et un bloc-notes vierge, la table était vide.

Horne leur servit du café dans le coin cuisine. Wisting ouvrit sa sacoche et sortit le classeur qu'il avait emporté à l'hôtel.

« Vous ferez en sorte de lui rendre ça aussi. »

Horne répondit d'un signe de tête en leur tendant leurs tasses.

« Avez-vous pu joindre Robert Hansson à Haïti ?

— Je lui ai envoyé un mail, mais je n'ai pas encore eu de réponse.

— Y a-t-il d'autres personnes dans la maison qui connaissent l'identité de sa source ? »

Horne sourit par-dessus sa tasse.

« Ryttingen. »

Wisting soupira.

« C'est un bon chef, poursuivit Horne, toujours avec son sourire en coin. J'ai cru comprendre que vous aviez un désaccord professionnel, mais il est efficace, il agit. Il ne tourne pas autour du pot, il dit ce qu'il pense. Ça donne de bons résultats. Nous avons un taux d'élucidation élevé et le délai de traitement des affaires est court. On gagne la confiance de la population, et c'est grâce à lui. »

Le téléphone de Wisting sonna dans sa poche. C'était Nils Hammer. Il alla répondre près de la fenêtre.

« Tu voulais tout savoir sur Jan Larsen ? commença Hammer.

— Tu as des résultats ?

— La boîte postale que tu m'as envoyée, c'est l'agence pour l'emploi.

— Il y travaille ?

— J'en doute, mais il s'y sent peut-être chez lui. »

Wisting regarda par la fenêtre sans fixer son regard.

« Tu as trouvé son numéro d'identité ?

— Oui, oui, mais je suis passé par un chemin plus court. J'ai cherché son numéro de téléphone dans nos fichiers. Où il figure abondamment. Violence et drogue. Il purge une peine de onze ans pour possession d'héroïne.

— Onze ans ? répéta Wisting.

— C'est écrit sur l'écran devant moi. Il lui reste neuf ans à tirer. »

Wisting se retourna pour regarder Christine Thiis et Ivar Horne.

« Il est en prison depuis deux ans ? »

Hammer le confirma et lui lut l'historique de détention. Wisting se tourna de nouveau vers la fenêtre.

« Où est-il maintenant ?

— À la prison de Skien. »

Wisting le remercia et prit le temps de digérer les renseignements. Dehors le ciel était éteint, brumeux.

Des oiseaux volaient haut en formant de petits traits papillotants. Il en allait des téléphones comme des armes, songea-t-il. Ils passaient vite d'une paire de mains criminelles à une autre. N'importe quel nom pouvait se cacher derrière ce numéro de téléphone.

Il resta encore quelques instants devant la fenêtre avant de se tourner vers Christine Thiis.

« Bon, qu'est-ce que tu en dis ? fit-il en souriant. On rentre à la maison ? »

Elle n'eut pas le temps de répondre.

« Avant que vous ne partiez, j'ai quelque chose pour vous », annonça Horne.

Il traversa le couloir et revint de son bureau avec deux grandes feuilles en plastique.

« Nous sommes montés sur le bateau de Broch cette nuit. Les gars ont trouvé les empreintes de deux semelles sur le pont. »

Il les tendit à Wisting, qui les leva à la lumière.

« J'ai déjà vérifié, poursuivit Horne. Aucune ne correspond aux empreintes de votre cellier. Si c'est Goldheim qui vous a échappé dans le champ, il devait porter d'autres chaussures. »

65

C'était une maison dans laquelle il faisait bon se réveiller. Line ouvrit lentement les yeux, les laissa se refermer, les rouvrit encore. La fenêtre n'était pas entièrement recouverte par le store et de longs rais de soleil venaient se briser contre le lit en créant des reflets au plafond. Elle tendit l'oreille. Rien. Juste quelques cris de mouettes au loin.

Quand elle l'avait achetée, elle avait eu peur que les morts ne remplissent les lieux d'énergie négative. Que ce soit dur d'y habiter, mais elle sentait à présent qu'elle se les était appropriés et qu'il était agréable de se réveiller dans une maison dont on était propriétaire.

Elle posa les pieds par terre, se redressa, prit son élan et se leva. Enveloppée dans une robe de chambre, elle déambula ensuite jusqu'à la cuisine et fit bouillir de l'eau. Depuis le début de sa grossesse, elle avait troqué son café du matin contre du thé aux fruits. C'était l'un des nombreux conseils qu'on lui avait donnés. La caféine pouvait entraîner une réduction du poids du bébé à la naissance.

Elle ouvrit le réfrigérateur et regarda dedans. Il

ne s'agissait plus seulement de se rassasier, il fallait absorber suffisamment d'énergie et de nutriments.

Elle sortit une boîte de pâté de foie pour le fer et un yaourt pour couvrir les besoins en calcium. Pendant que le thé infusait, elle se tartina une biscotte. Puis elle prit son iPad et s'attabla.

VG parlait de l'affaire du Nouvel An. L'article principal ne contenait rien de nouveau. C'était un pur résumé des faits connus. Les enquêteurs en charge de l'affaire ne semblaient pas préoccupés par le lien entre l'arme du crime retrouvée et une autre affaire.

Elle but un peu de thé en se demandant si son père avait fait d'autres découvertes et si elle aurait dû lui parler du contenu du coffre-fort. Les calepins, la comptabilité, les photos, les coupures de presse, les cassettes. Elle n'avait rien vu qui puisse expliquer d'où venait le revolver et elle doutait que son père obtienne davantage de résultats. Il s'agissait surtout de vieux papiers.

Son téléphone sonna. C'était Sofie. Leurs coups de fil étaient quotidiens à présent. En temps normal, elle aurait trouvé cela trop qu'une amie l'appelle tous les jours, plusieurs fois par jour, mais là, ça lui plaisait. Elle n'avait pas d'amis, pas de collègues avec qui bavarder.

« Tu peux venir ? » fit Sofie sans entrée en matière.

Line ne l'avait jamais entendue comme ça. Avec cette voix agitée.

« Qu'est-ce qui se passe ?

— Je crois que quelqu'un… commença Sofie avant de s'interrompre. Il faut que tu le voies par toi-même. Tu peux venir ? »

Line regarda sa moitié de tartine de pâté de foie.

« Donne-moi une heure, alors.

— Viens juste aussi vite que tu peux. » Sofie mit fin à la conversation aussi abruptement qu'elle l'avait commencée.

Line finit sa tartine tout en débarrassant son assiette et remit le yaourt dans le réfrigérateur. Le ton de Sofie était pressant. Line fit un saut sous la douche, ne prit pas la peine de se maquiller et arriva devant la grande maison en bois dans le centre-ville moins d'une demi-heure plus tard.

« Qu'est-ce qui se passe ? demanda-t-elle encore quand Sofie ouvrit la porte.

— Là-bas », répondit Sofie en faisant signe à Line de l'accompagner à l'intérieur.

Elles se rendirent dans la cuisine. Sofie se posta dos au plan de travail et désigna la table où se trouvaient quelques papiers et un emballage d'ampoule électrique.

« L'ampoule », expliqua Sofie.

La grande suspension semblait quelque peu disproportionnée au-dessus de la petite table de cuisine que Sofie avait rapportée d'Oslo. Elle avait sans doute été plus à sa place du vivant de son grand-père.

« Regarde à l'intérieur. »

Line se dirigea vers la lampe et bascula l'abat-jour en métal. Elle comprit aussitôt ce qui avait ému Sofie. À côté de l'ampoule pendait un petit micro.

« Un mouchard », commenta Sofie.

Line observa le micro noir de plus près. De la taille d'un ongle, il avait l'air vieux et s'il avait sans doute été sophistiqué et moderne à une époque, il n'avait pas l'aspect épuré du matériel actuel.

« À mon avis, il y est depuis longtemps. »

Sofie croisa les bras sans rien dire.

Le micro pendait à un fil noir qui disparaissait derrière la douille. Le câble devait être camouflé dans celui de la lampe, qui courait le long du plafond jusqu'au mur, avant de redescendre derrière un placard.

Line prit une chaise et monta sur le plan de travail.

« Fais attention ! » s'exclama Sofie.

La chaise vacilla. Line écarta les bras et attendit d'être bien stable avant d'ouvrir le placard.

Il était presque vide. Sofie avait juste rangé quelques bols et pichets en plastique sur l'étagère du bas.

Line se hissa sur la pointe des pieds, s'appuya à la porte et regarda en haut du placard. Un câble noir disparaissait dans le mur.

« Il ressort de l'autre côté », annonça-t-elle en redescendant.

Sofie était déjà dans le couloir.

« La penderie », fit-elle en pointant l'index.

Line ouvrit une large penderie encastrée. Une moitié était faite de rayonnages, l'autre prévue pour les vestes et autres vêtements à pendre. Sofie ne s'en servait pas encore et elle ne contenait rien à part une paire de bottes de pluie.

Line retrouva le câble noir tout au fond d'une étagère. Un bout d'un centimètre de long qui se terminait par un contact.

« Ça doit être ton grand-père qui l'a installé. Il avait probablement un enregistreur dans cette penderie.

— Pourquoi ?

— Je ne sais pas, mais il semblerait qu'il ait secrètement enregistré des conversations à la table de la cuisine.

— Les cassettes. Ce sont sûrement les petites cassettes du coffre-fort. »

Line était arrivée à la même conclusion.

« Si tu veux, je peux l'enlever, proposa-t-elle en retournant vers la lampe. Il suffit de couper le câble. »

Avant que Sofie ait eu le temps de répondre, Maja se mit à pleurer dans le salon. Elles la rejoignirent et Sofie la sortit de son parc.

« On n'a qu'à le laisser pour l'instant, dit-elle. De toute façon, je vais bientôt faire des travaux dans la cuisine. »

Elles s'installèrent sur le canapé, Sofie avec sa fille sur les genoux.

« Tu as discuté davantage avec ton père ? Du revolver ?

— Il est à Kristiansand ce week-end, répondit Line. Il cherche un lien entre les deux meurtres.

— Il a des résultats ? »

Line haussa les épaules.

« On ne s'est pas parlé. »

Elle se pencha pour chatouiller Maja sur le ventre. Celle-ci hoqueta de rire.

« Tu es prête pour la garder mardi ? demanda Sofie en souriant.

— Il faut juste que tu me montres pour les repas et tout.

— Elle va bientôt manger, je te montrerai tout à l'heure. »

Line acquiesça en souriant et décida de se procurer un magnétophone pour écouter les cassettes pendant que Sofie serait à son rendez-vous avec son avocat à Oslo.

« Le rendez-vous est à 9 heures, donc si ce n'est

pas trop tôt pour toi, il faudrait que je parte au plus tard à 7 heures, dit Sofie, comme si elle lisait dans les pensées de Line.

— Ça ira, assura Line.

— Ça ne va sûrement pas durer plus de deux heures, donc je devrais être rentrée au plus tard à 14 heures.

— Ça ira », répéta Line en provoquant encore un éclat de rire chez Maja.

Sofie la posa sur les genoux de Line.

« Ça te plaît d'habiter seule ? » fit-elle soudain.

Line réfléchit. Ça lui plaisait, mais elle avait souvent des petits moments de vide, sans personne avec qui partager ses pensées et réflexions.

« Ça va, et toi ?

— Je pensais en avoir assez des hommes pour un certain temps, mais la maison est tellement grande.

— Tu as rencontré quelqu'un ? »

Sofie secoua la tête.

« Non, mais je sens que je ne pourrai pas vivre seule éternellement. Que j'ai besoin de quelqu'un. »

Line acquiesça. Elle se reconnaissait dans cette situation, mais s'était préparée à rester seule longtemps.

Maja s'agitait sur ses genoux et le gros ventre de Line faisait sans cesse obstacle.

Sofie consulta sa montre.

« Je pense qu'elle commence à avoir faim. On va lui préparer un petit repas ? »

Line porta Maja jusqu'à la cuisine et l'installa sur sa chaise haute.

« Elle mange de la bouillie à midi et le soir, expliqua Sofie, en sortant un paquet d'un placard et le tendant à Line. Il suffit de mélanger avec de l'eau tiède. »

Line examina le paquet.

« Il y a des différences du point de vue nutritionnel ?

— J'achète celle qui est sans huile de palme. En plus, elle est meilleure. »

Line suivit la recette du paquet, posa l'assiette devant Maja et s'assit à la table.

Maja ouvrit grande la bouche. Line allait lui donner sa première cuillérée quand la petite abattit sa main dans l'assiette, faisant gicler de la bouillie sur la table. Réjouie, elle recommença.

Line mit l'assiette hors de sa portée.

« Erreur de débutante », commenta Sofie avec un sourire. Elle apporta un chiffon et essuya les doigts de sa fille, puis la table, pendant que Line la nourrissait. Elle monta ensuite la coucher à l'étage. Après quoi, elles s'installèrent dans le jardin avec le babyphone. Un gros frelon velu bourdonnait dans l'herbe.

« Je suis désolée de t'avoir appelée, dit Sofie. Ça m'a complètement déboussolée de voir le micro. Ça avait quelque chose d'inquiétant.

— Aucun problème.

— Tu as une grande famille ? »

Line secoua la tête et but une gorgée dans un verre que Sofie avait apporté dehors.

« Presque personne. Papa, mon grand-père paternel et mon frère.

— Ton père sera là, non ? Si jamais.

— Il va venir à l'accouchement.

— Ah bon ?

— Je ne vais pas lui imposer la salle de travail, précisa Line, mais ça me rassurera de le savoir dans le couloir. »

Elles restèrent à bavarder jusqu'à ce que Maja se réveille. Line la changea, puis elle rentra chez elle.

Voyant la voiture de son père garée devant chez lui, elle s'y arrêta.

Il était à la table de la cuisine, avec des papiers.

« Tu es déjà rentré ? »

Son père se leva pour venir à sa rencontre et l'embrasser.

« Oui, mais je vais devoir redescendre mardi.

— Pourquoi ?

— Je suis cité à comparaître comme témoin dans un procès.

— À cause du revolver ? »

Son père acquiesça.

Line s'assit et lança un regard furtif sur les papiers. Une chronologie et une liste numérotée.

« Tu as fait des découvertes ?

— J'ai plutôt davantage de questions.

— Quel genre de questions ? »

Son père réfléchit.

« Tu peux peut-être y répondre ? proposa-t-il.

— Peut-être.

— Tu as ton téléphone sur toi ? »

Elle le sortit.

« Il y a un code ?

— Oui.

— Pourquoi ?

— Pour le cas où il serait volé.

— Mais est-ce que tu as des choses que tu ne veux pas que d'autres gens voient ?

— Aussi.

— Quoi donc ? »

Line réfléchit. Pendant toute sa grossesse, elle avait

pris des photos d'elle-même nue devant la glace. Elle ne souhaitait pas que d'autres les voient, et n'avait d'ailleurs pas non plus envie d'en parler à son père.

« Comment ça ? fit-elle au lieu de répondre.

— On n'a jamais retrouvé le téléphone d'Elise, la femme tuée à Kristiansand, répondit son père. J'ai parlé à une de ses copines, qui m'a expliqué que parfois elle allait dans une autre pièce quand son téléphone sonnait et qu'elle avait peur que son petit ami accède à ce qu'il y avait dedans. »

Line ne voyait pas tout à fait où il voulait en venir. Ce qu'il décrivait lui paraissait tout à fait normal.

« Cela a-t-il forcément un rapport avec l'affaire ? »

Son père ne répondit pas et elle vit à son air que ce n'était pas tout. Qu'il y avait quelque chose qui pouvait faire les gros titres et qu'il ne voulait pas encore raconter.

« Oublie ça », conclut-il.

La curiosité de Line était piquée.

« Avait-elle un amant ou un truc dans ce genre ? suggéra-t-elle en souriant.

— Je ne sais pas. Les enquêteurs ne se sont jamais penchés sur la question. »

Baissant de nouveau les yeux sur les notes de son père, elle vit quelques noms et dates et comprit ce qu'il était en train de faire.

« Tu n'es plus en train de travailler sur l'affaire Hummel, là, tu enquêtes sur le meurtre du Nouvel An !

— Il y a un lien quelque part. »

Elle le scruta. Les petits muscles autour de ses yeux se tendirent, son regard la quitta et il se mit à tripoter un stylo-bille.

« Tu penses que ce n'est pas lui ? Tu penses que c'est un autre homme qui a tué Elise Kittelsen ? Celui qui a tué Jens Hummel ? »

Son père essaya de secouer la tête.

« Je ne sais que croire. »

66

Wisting attrapa le stylo-bille sur la table et le fit tourner entre ses doigts. Son regard se dirigea vers l'horloge murale de la cuisine. Il restait dix-huit heures avant que Dan Roger Brodin ne prenne place sur le banc des accusés. Les points qui parlaient en faveur de sa culpabilité étaient énumérés devant lui. Il était obligé de tenter de stopper le procès.

Il prit son téléphone.

Harald Ryttingen décrocha d'un ton découragé, mais entama la conversation.

« Vous êtes satisfait ? Vous avez pu voir ce que vous vouliez ?

— Pas tout, répondit Wisting sans commenter le fait que Ryttingen l'avait privé de cette possibilité. Mais c'était utile. C'est pour ça que je vous appelle.

— Ah bon ? »

Wisting prit son élan.

« Il faut que je vous demande d'ajourner le procès. Je ne suis pas sûr que Dan Roger Brodin soit le coupable. »

Son interlocuteur souffla.

« J'arrive d'un rendez-vous avec le procureur. Je

lui ai fait part de vos réserves. Vous savez comment il a réagi ? »

Wisting ne répondit pas, attendit simplement que Ryttingen finisse.

« Il s'est moqué, et j'ai envie de faire pareil maintenant. Je ne sais pas quel est votre problème, vous n'êtes pas capable de lire un dossier ou quoi ? Nous avons rarement eu une affaire plus solide. Il y a trois témoins oculaires !

— Les témoins peuvent se tromper.

— Nous avons des preuves matérielles et un récidiviste notoire sur le banc des accusés. Maintenant, il faut que ça s'arrête, ce cirque.

— Je suis allé voir Dan Roger Brodin en prison…

— Oui, je sais. On nous a aussi informés que vous étiez cité à comparaître comme témoin.

— Il m'a raconté une histoire intéressante, continua Wisting.

— Et demain, il aura l'occasion de le faire depuis le banc des accusés, coupa Ryttingen. Cette conversation est terminée. On se voit au tribunal. Essayez de ne pas tout bousiller. »

67

Les grandes vacances étaient terminées. Le lundi matin, il y avait plus de monde sur la route, et des gens que Wisting n'avait pas vus depuis longtemps étaient de retour au commissariat. À 9 heures, il réunit ses enquêteurs les plus proches : Torunn Borg, Nils Hammer et Espen Mortensen. Quand tous furent autour de la table, il ferma la porte et alluma la lampe rouge à l'extérieur.

« Notre grande question était de savoir comment l'arme du meurtre de Kristiansand avait pu être utilisée dans le meurtre de Jens Hummel, rappela-t-il en s'asseyant. Je crois que j'ai trouvé la réponse. Je crois que la personne qui a tué Jens Hummel, caché son taxi dans la grange de Huken et son corps dans le tas de fumier de Brunla est aussi celle qui a tué Elise Kittelsen. »

Il observa ses collaborateurs. Il vit le doute et le scepticisme.

Nils Hammer leva la main.

« Attends un peu. L'affaire de Kristiansand est considérée comme résolue. Ce que tu dis là signifie que l'accusé est innocent, puisqu'il était déjà en détention préventive quand Jens Hummel a disparu. »

Wisting fit un signe de tête.

« Mais il y a trois témoins oculaires du meurtre, protesta Torunn Borg.

— Je crois qu'il y en avait quatre, répondit Wisting. Nous savons que Jens Hummel était à Kristiansand le 31 décembre. Je crois que lui aussi a vu ce qui s'était réellement passé.

— Dans ce cas, ce pourrait être lui qui a appelé la police de Kristiansand pour prévenir qu'on avait interpellé le mauvais homme, renchérit Hammer.

— Mais ça ne cadre pas avec ce que les trois autres témoins ont vu, rappela Torunn Borg. Ils ont reconnu l'auteur des faits.

— Il y avait aussi d'autres éléments dans cette affaire, se souvint Espen Mortensen. Il avait de la poudre sur les mains. »

Wisting raconta les témoins oculaires et les feux d'artifice.

« Tu en as parlé à la police de Kristiansand ? demanda Torunn Borg.

— C'est tombé dans l'oreille d'un sourd. » Wisting s'avança. « Pour eux, il est trop tard pour faire demi-tour. Non seulement ils ont interpellé le mauvais homme, mais en plus le véritable coupable a tué de nouveau. S'ils admettent leur erreur, ils seront aussi obligés de reconnaître que Jens Hummel l'a payé de sa vie. Je crois que c'est ce scénario qu'ils redoutent.

— Il est plus facile d'empêcher une condamnation que de renverser un jugement, commenta Hammer.

— Il n'est pas encore condamné, répondit Wisting. Je vais témoigner dans l'affaire contre lui demain.

Espérons que nous aurons des éléments plus concrets d'ici là. »

Il consulta l'ordre du jour de la réunion, barra les questions traitées et médita un peu sur le dernier point.

« Encore une chose. Il pourrait sembler que les enquêteurs de Kristiansand aient essayé de dissimuler des informations. »

Il montra les photos qu'il avait prises avec son téléphone en expliquant qu'un numéro avait été supprimé du journal des appels d'Elise Kittelsen.

« Jan Larsen est en prison depuis deux ans, conclut-il en se tournant vers Hammer. As-tu la possibilité de déterminer où son téléphone se trouve actuellement et quel est son opérateur ? »

Hammer avait chez les opérateurs de télécommunications des contacts personnels qui étaient prêts à enfreindre le secret professionnel quand c'était urgent et important.

« Je peux essayer. »

La réunion touchait à sa fin.

« Une dernière question, dit Torunn Borg en regardant Wisting. As-tu une hypothèse sur l'identité du tueur ? »

Wisting hésita.

« Il est trop tôt pour désigner quelqu'un, mais Phillip Goldheim devient de plus en plus intéressant. »

Il expliqua les recoupements entre Goldheim et leur propre affaire.

« La police de Kristiansand le suit de près », conclut-il avant de lever la réunion.

Il regagna ensuite son bureau pour téléphoner à Ivar Horne à Kristiansand.

« Des nouvelles de l'enquêteur de Haïti ?

— Ce n'est pas si simple, répondit Horne. Robert Hansson est apparemment en vacances et il est parti en Floride. Où il a loué une moto et se dirige vers la côte ouest. J'ai dit que c'était important et je l'ai prié de vous appeler, mais je ne sais pas s'il a eu le message. »

Wisting le remercia.

« Du neuf sur Mister NiceGuy ?

— Non, nous le filons toujours. Il est actif, mais très prudent.

— Tenez-moi au courant s'il se déplace dans ma direction.

— Vous serez le premier à le savoir », promit Horne.

Hammer apparut à la porte alors que Wisting raccrochait.

« Le numéro n'est pas en service, l'informa-t-il en imitant le message automatique.

— Qu'est-ce que tu veux dire ?

— Jan Larsen. Son téléphone n'a pas été utilisé ces six derniers mois. L'historique ne remonte pas plus loin. »

Wisting poussa un soupir.

« Si tu veux découvrir qui a utilisé le téléphone, il va falloir que tu lui parles, déclara Hammer.

— À Jan Larsen ? »

Hammer sourit.

« Il est en prison à Skien et ne va aller nulle part », déclara-t-il avant de ressortir.

Wisting acquiesça pour lui-même. Si les heures suivantes étaient infructueuses, il rendrait visite à Jan Larsen en prison dans l'après-midi.

68

Line n'était pas allée à la rédaction du quotidien local depuis des années. Elle y avait travaillé pendant deux ans avant de faire un remplacement à *VG*. C'était une rédaction animée. Là, la grande salle était calme. La plupart des bureaux étaient vides. Plusieurs semblaient rangés définitivement.

Cela se voyait quand on lisait le journal. Moins d'annonces, un contenu plus maigre. C'était pareil pour toute la presse régionale.

Au fond de l'open space, avec un peu moins de cheveux que la dernière fois, se trouvait Kristoffer Nybråthen. Il leva la tête derrière son écran d'ordinateur et sourit en l'apercevant. Elle se dirigea vers lui. Il se leva et l'embrassa en faisant un commentaire sur son ventre arrondi.

« Je vois que certaines nouvelles ont échappé à la rédaction, fit-il en tirant une chaise libre vers son bureau. Tu as cinq minutes à m'accorder ?

— Oui, c'est toi que je viens voir », répondit Line en souriant avant de s'asseoir.

Nybråthen plaqua sa main sur sa tempe, alla chercher les cheveux qui étaient retombés sur le côté et les remit sur son crâne dégarni. Ce geste exercé rappela à Line une blague qui disait que Nybråthen couvrait tout sauf sa propre tête.

« On aurait bien besoin d'une bonne info, là », observa-t-il.

Line suivit le regard oblique qu'il lançait sur son écran et comprit qu'il écrivait un papier sur les enfants qui passaient une grande partie des vacances au centre aéré.

« Je n'en ai pas, s'excusa Line. Du moins pas encore. »

Nybråthen ôta ses lunettes tachées et la regarda.

« En quoi puis-je t'aider ?

— Quand je travaillais ici, tu avais un petit magnétophone.

— Ça fait longtemps que je ne m'en suis pas servi, dit-il en ouvrant un tiroir, mais je crois qu'il est toujours par ici.

— Je suis tombée sur quelques cassettes, poursuivit Line, mais j'ai du mal à trouver un lecteur.

— Je peux te le prêter, offrit-il quand il l'eut retrouvé.

— Tu peux t'en passer jusqu'à jeudi ? »

Il le lui tendit.

« Pas de problème. »

Line l'ouvrit et sortit la cassette qui était dedans. C'était le même type que celles du coffre-fort de Sofie. Elle lui rendit la cassette en le remerciant.

Avant de partir, elle dut lui raconter qu'elle était revenue s'installer dans sa ville natale et que le père de l'enfant vivait aux États-Unis. À défaut d'un nouveau scoop, Nybråthen avait au moins obtenu un sujet dont parler avec les autres membres de la rédaction.

69

La prison de Skien s'élevait comme un cube de béton étranger dans une zone marécageuse au sud de la ville. Le vent ne passait pas entre les murs et l'air était chaud et statique.

Jan Larsen était un détenu. Personne ne s'était enquis de la raison pour laquelle Wisting voulait le voir. Il n'avait peut-être même pas été informé de la venue d'un policier.

On conduisit Wisting dans une salle de visite exiguë, où il resta à attendre. Puis une porte claqua dans le couloir et un homme en pantalon de jogging accompagné d'un gardien entra en traînant les pieds.

Wisting se leva.

« Jan Larsen ? » fit-il en lui tendant la main.

Son interlocuteur le confirma d'un signe de tête et lui serra la main. Wisting se présenta et s'assit. Le gardien ressortit dans le couloir en verrouillant la porte derrière lui.

« C'est pour quoi ? » Larsen s'assit tout au bout de son siège.

« Votre nom apparaît dans une affaire sur laquelle j'enquête. »

L'homme poussa un soupir découragé.

« Je purge une peine de onze ans, fit-il d'un ton éteint. Ça ne vous suffit pas ?

— Ce n'est pas à propos de vous. Je viens parce que je crois que quelqu'un s'est servi de votre téléphone pendant votre détention ici.

— Mon téléphone ? »

Wisting lui lut le numéro.

« Ce n'est pas votre numéro ? Une carte prépayée NetCom. »

Larsen haussa les épaules.

« Ça se peut. J'en ai eu plusieurs, je ne me souviens pas de tous.

— Quand vous avez enregistré votre abonnement, vous avez donné comme adresse la boîte postale de l'agence pour l'emploi, lui rappela Wisting. »

De l'autre côté de la petite table, le visage de l'homme se fendit d'un grand sourire.

« Ce ne serait pas complètement surprenant de ma part. »

Wisting fit un signe de tête satisfait et revint à la question principale :

« Savez-vous qui s'est servi de votre téléphone pendant votre détention ? »

Larsen secoua la tête.

« Ça doit être une erreur. Je n'ai pas vu ce téléphone depuis mon arrestation. Il a été saisi par la police.

— Comment ça ?

— C'est même écrit dans le jugement. Je m'en servais pour dealer. Pour autant que je sache, il est toujours dans la salle des saisies de la police de Kristiansand.

— Vous êtes sûr ? »

Larsen se leva et se dirigea vers l'interphone sur le mur. Un gardien de prison répondit.

« J'aurais besoin de papiers qui sont dans ma cellule. Est-ce que quelqu'un peut m'accompagner ?

— Un instant », répondit le gardien.

Aussitôt après, on entendit des pas dans le couloir. Le cliquetis d'un trousseau de clefs. La porte s'ouvrit. Larsen se tourna vers Wisting.

« Je n'en ai pas pour longtemps. »

Cinq minutes plus tard, il était de retour. Avec le jugement du tribunal de l'Agder. Il montra un point de la dernière page à Wisting.

« En vertu de l'article 34 du Code pénal, la cour condamne Jan Larsen à une amende de soixante-dix mille couronnes, en vertu du deuxième alinéa de l'article 35 du Code pénal, la cour condamne Jan Larsen à la confiscation d'une voiture Alfa Romeo et d'un téléphone mobile Nokia. »

C'était de plus en plus courant. Le crime ne devait pas être rentable et, outre la confiscation du butin, la police demandait celle d'objets utilisés pour commettre le délit.

« Qui était chargé de cette affaire ? voulut savoir Wisting.

— Ryttingen, répondit Jan Larsen. Harald Ryttingen. »

Wisting resta perdu dans ses pensées.

« Si quelqu'un a utilisé mon téléphone, ça doit être la police », déclara Larsen.

70

Quand Wisting roula hors de l'enceinte pénitentiaire, le soleil de fin de journée planta ses crocs dans ses yeux. Il rabattit son pare-soleil et prit son téléphone. Vu l'évolution de l'affaire, Christine Thiis était devenue une interlocutrice privilégiée. Son parcours d'avocate offrait à Wisting une autre perspective, parce qu'elle identifiait les problématiques juridiques plus vite que lui.

« Tu es chez toi ? demanda-t-il après lui avoir relaté ce qu'il avait appris en prison. J'aimerais bien récapituler toute l'affaire avant d'aller au tribunal demain.

— Les enfants rentrent demain », répondit-elle avant de l'inviter à passer.

Elle avait mis le couvert dans le salon. Salade d'été, poulet, focaccia. La télé était allumée en sourdine.

« Je voudrais voir s'ils parlent du procès aux infos », expliqua-t-elle.

Ils se servirent et commencèrent à manger en attendant le journal télévisé.

Le procès était l'un des titres principaux. Elle monta le son. Devant le tribunal, un reporter aux cheveux décolorés, avec une chemise un peu trop serrée, résumait la première journée.

« Un homme de vingt-cinq ans est donc accusé du meurtre d'Elise Kittelsen, qui a été abattue dans la rue, ici, à Kristiansand, le 31 décembre dernier », expliquait-il en regardant la caméra.

Puis venaient des images d'archive alors que le reporter rendait compte des principaux éléments de l'affaire et, finalement, le reportage se concluait sur l'arrivée de Dan Roger Brodin dans la salle du tribunal. Son visage était brouillé. En arrière-plan, Wisting reconnut Harald Ryttingen, en costume et cravate serrée.

« Répondant au juge, l'accusé a nié tout rapport avec le meurtre. Lors de la lecture de l'acte d'accusation, le procureur a donné un petit aperçu des preuves accablantes qui seront présentées dans les jours à venir. Le procès continue cette semaine. Demain, nous entendrons d'autres témoins et mercredi seront présentés les examens techniques. »

Elle éteignit le poste.

« Qu'as-tu l'intention de dire demain ?

— Je dois dire les choses telles qu'elles sont, répondit Wisting. J'espère que ce sera suffisant pour que le juge ordonne une nouvelle enquête et une interruption du procès.

— Ça va créer des problèmes. »

Il acquiesça. Il était parfaitement conscient des difficultés qui se profilaient. Même son propre commissaire divisionnaire l'avait mis en garde, il ne fallait pas troubler l'affaire du Nouvel An.

« Je ne connais pas la vérité, dit-il, mais je ne peux pas garder le silence sur ce que je sais. »

Ils dînèrent en discutant de l'affaire, essayant de la voir sous différents angles et cherchant des éléments qui auraient pu suggérer qu'ils se trouvaient eux-mêmes sur une fausse piste. Leur objectif n'était pas d'arriver à une conclusion, mais d'explorer les faits.

« L'accusation n'aura très probablement pas de questions à te poser, estimait-elle sur la base de son expérience. Le procureur va expliquer à la cour que ce que tu as à dire ne présente pas d'intérêt et il va décliner la possibilité de te poser des questions.

— C'est ce qui se passe depuis le début. Ils ont brossé un tableau de la situation, et tout ce qui cloche dedans est ignoré. »

Elle le raccompagna à la porte.

« Je ne te verrai pas demain matin, alors. » Elle resta immobile, comme hésitante. Puis elle se pencha en avant et lui donna l'accolade. « Bonne chance. »

Il la remercia et marqua un temps d'arrêt avant de se diriger vers sa voiture. Une fois au volant, il décida d'aller au centre équestre de Brunla, où on avait trouvé le corps de Jens Hummel.

La chaleur avait cuit le sol devant l'écurie. Il gara sa voiture au même endroit que la dernière fois et sortit en claquant sa portière. Des corneilles s'envolèrent en criant et s'élevèrent rapidement dans le ciel vespéral. Autour de lui, les sauterelles stridulaient dans l'herbe sèche.

Il y avait encore des restes de rubalises près de la passerelle de la grange. Il alla les arracher. À l'intérieur, un cheval agité trépignait.

Ils ne savaient pas où Jens Hummel avait été tué, juste qu'on lui avait tiré dessus, qu'on l'avait mis dans le coffre de son propre taxi et qu'on l'avait balancé ici avant de cacher le véhicule dans la grange de Frank Mandt.

Il approcha du tas de fumier dans lequel Hummel avait été enseveli. Il grossissait de nouveau et de grosses mouches le survolaient.

Son téléphone sonna pendant qu'il se tenait là. Un long numéro étranger. Il répondit toutefois en norvégien.

« Wisting, j'écoute.

— Robert Hansson, se présenta son interlocuteur, avec un léger temps de retard. Vous souhaitiez me joindre. Je suis en vacances aux États-Unis, mais j'ai cru comprendre d'après Ivar Horne que c'était important.

— Je serai bref », promit Wisting.

Il avait préparé ce qu'il dirait à Robert Hansson.

« Il s'agit d'une affaire de stupéfiants. J'ai Aron Heisel en détention préventive. Douze kilos d'amphétamines.

— Ce nom ne me dit rien.

— Il apparaît dans une note d'informateur que vous avez rédigée en octobre dernier, poursuivit Wisting. À propos de Phillip Goldheim qui était descendu le voir en Espagne. »

Un chat noir et blanc se faufilait le long de la grange.

« Vous vous en souvenez ? dut demander Wisting. Ça vient d'une opération que vous avez appelée Mister NiceGuy.

— C'est possible, répondit Hansson après quelque temps. J'avais beaucoup d'éléments sur Goldheim à cette époque, mais nous n'avons jamais pu le prendre.

— Ceci pourrait être une nouvelle occasion. Il pourrait avoir un rôle central dans notre affaire.

— Ce serait intéressant.

— La question que je me posais, c'est si votre source pouvait en savoir davantage sur le contact entre Goldheim et la partie de son activité frontalière du Vestfold et de Larvik. »

Le silence se fit de nouveau au bout du fil. Une jeune femme apparut sur la passerelle avec une brouette. Wisting la suivit du regard en attendant que Hansson parle. La brouette était pleine de sciure et de crottin de cheval. Elle la bascula sur le côté et augmenta le tas de fumier en contrebas avant de retourner dans l'écurie.

« Il n'y a plus rien à chercher de ce côté-là, expliqua Hansson.

— Vous n'avez pas de contact avec lui ? »

Hansson attendit encore. Puis il relâcha son souffle, comme une soupape qu'on ouvre.

« La source n'est plus en vie. »

71

Pendant la première heure que Line avait passée seule avec elle, Maja avait été inconsolable. La petite avait hurlé à en devenir écarlate et, à un moment, Line avait eu peur qu'elle ne s'évanouisse. Elle avait finalement réussi à la distraire avec un peu de yaourt. Suite à quoi elle l'avait installée dans son parc et s'était glissée hors du salon alors qu'elle se concentrait sur un hochet.

Sofie ne semblait pas être allée voir le coffre depuis que Line avait passé en revue son contenu. Dossiers, photos, calepins et enveloppe de cassettes n'avaient pas bougé.

Les petites cassettes étaient datées. Avec parfois des dates barrées et remplacées par d'autres. De nombreux enregistrements étaient anciens. Le plus récent remontait à deux ans. Elle les rapporta dans le salon, sortit le magnétophone et s'installa sur le canapé.

Maja rampait dans son parc en poussant des couinements réjouis chaque fois qu'elle attrapait un nouveau jouet.

Line glissa l'enregistrement le plus récent dans le magnétophone et appuya sur « Play ».

Rien ne se passa.

Elle essaya encore une fois, mais la bande ne tournait pas.

Elle retourna la cassette, sans succès.

Puis elle ouvrit le logement des piles. Elles avaient l'air vieilles, et en regardant de plus près, elle vit que la date était dépassée depuis plus d'un an.

« Maman a peut-être des piles, non ? dit-elle à Maja en luttant pour se relever du canapé.

— Ma-ma-ma ? » répondit Maja du parc en la regardant partir à la cuisine.

Line fouilla dans les tiroirs et les placards, mais ne trouva rien. Elle chercha dans tous les lieux imaginables, mais dut constater qu'il n'y avait pas de piles dans la maison.

Elle revint dans le salon et sortit Maja de son parc.

« Allons faire un tour au supermarché, alors », annonça-t-elle en souriant.

Maja babilla des propos que Line ne comprit pas, mais elle avait l'air contente.

Le supermarché n'était qu'à quelques centaines de mètres de la maison. Elle installa Maja dans sa poussette. Elle n'avait pas fait de promenade avec une poussette depuis l'époque où elle était petite et faisait du baby-sitting dans le voisinage. Elle aimait cette sensation, les regards amicaux.

Une fois devant les présentoirs de piles, elle ne se souvint plus de la taille qu'il lui fallait et finit par en acheter deux paquets. Elle prit aussi une bouteille d'eau et une glace pour Maja. Ce dernier achat se révéla être une erreur : la glace à l'eau fondit dans ses mains, ruissela le long de ses bras et tacha ses vêtements.

De retour à la maison, elle emmena Maja dans la salle de bains, la déshabilla, la lava et lui trouva des vêtements propres.

Elle avait le sentiment que la moitié de la journée s'était écoulée quand elle put enfin se rasseoir et reprendre le magnétophone.

C'étaient les piles les plus petites qui convenaient. Les roues trouvèrent prise et entraînèrent la bande, mais le seul son qui sortit du petit haut-parleur fut un bruissement. Elle dut rembobiner la cassette pour être enfin récompensée de sa peine. Une conversation. Deux hommes, qui semblaient parler depuis un certain temps déjà quand l'enregistrement avait commencé.

« Il demande beaucoup, observait l'un.

— C'est comme la dernière fois, répondait l'autre, et on est tributaires de ses hommes pour nous débarrasser de la marchandise.

— Il faut juste éviter qu'il sache le peu qu'on va payer. »

Les deux hommes continuaient de parler. D'un marché à conclure, manifestement. Ils ne mentionnaient pas les marchandises dont il était question, mais de toute évidence, il ne s'agissait de rien de légal. Les hommes semblaient relativement jeunes. Elle n'avait jamais entendu la voix du grand-père de Sofie, mais d'après la date de l'enregistrement, il avait alors soixante-dix-sept ans. Aucun des hommes sur la bande ne paraissait si âgé.

Line se rassit et écouta la suite. Ils parlaient de l'argent qu'ils allaient gagner dans l'opération.

« On se retrouvera avec un demi-million.

— Joli. Très joli. »

Ils riaient et évoquaient une voiture que l'un d'eux voulait s'acheter. Line les imaginait, probablement assis l'un en face de l'autre à la table de la cuisine.

Puis il se passait quelque chose. Une porte s'ouvrait et une troisième voix se mêlait à la discussion.

« Alors, vous vous êtes mis d'accord ? »

La voix était plus rauque, légèrement traînante. Frank Mandt, songea Line.

« On est dans le coup, répondait l'un des deux hommes. On fait comme… »

Puis la conversation était coupée et le haut-parleur se remplissait de bruissement avec la radio au loin, comme si la fin de la conversation avait été effacée pour faire un nouvel enregistrement.

La situation était parfaitement claire : Frank Mandt avait eu un rendez-vous d'affaires et proposé aux deux hommes de se parler en privé. Puis il avait quitté la pièce, mais en veillant à être au fait de leur conversation. De savoir à quoi s'en tenir. Il s'assurait de ne pas se faire rouler dans la farine et d'avoir une idée des exigences qu'il pourrait présenter au prochain point de négociation. Grâce à son accès à des documents de police, Mandt avait sûrement surveillé ses associés pendant des années et Line n'était pas surprise de voir qu'il surveillait aussi ses partenaires d'affaires. Cependant, les enregistrements pouvaient également le compromettre lui, alors pourquoi ne les avait-il pas effacés ? Était-ce pour disposer d'une espèce de garantie ou avait-il simplement été imprudent ?

Elle sortit la cassette et en choisit une autre au hasard. L'enregistrement commençait par un cri de douleur. Intense et strident. Line dut couvrir le haut-parleur pour ne pas affoler Maja. Quand le cri se tut, elle ôta sa main.

« On veut juste que tu dises la vérité, expliquait un homme d'un ton calme.

— Mais je ne sais pas », protestait son interlocuteur d'une voix désespérée.

Il y avait un autre cri.

« OK ! OK ! gémissait-on. C'était Lasse et moi. »

Line baissa le son et continua d'écouter cet homme bredouiller qu'une autre personne et lui avaient volé un chargement d'amphétamines. Puis l'enregistrement s'interrompait brusquement, sans que la sanction de l'homme ne soit révélée.

La voix de Frank Mandt n'était pas sur la bande. D'autres faisaient le sale boulot pour lui, mais il voulait manifestement entendre de ses propres oreilles comment l'un des siens l'avait trahi.

Line lança un regard vers la cuisine des sévices. Puis elle changea encore de cassette.

72

Wisting était de retour dans la ville du sud. Le soleil était aussi haut dans le ciel et il faisait aussi chaud que quand il était parti deux jours plus tôt.

Tout comme la dernière fois, il emprunta Dronningens gate et passa devant les lieux du crime. Étant en avance, il prit le temps de s'arrêter, de sortir de sa voiture et d'observer le lieu des tirs. Ce qu'il avait appris le soir précédent et découvert dans le courant de la nuit avait complètement renversé la situation. Les roues de l'engrenage étaient enclenchées. Tout cadrait.

Une camionnette passa. Elle souleva de la poussière et un papier chiffonné qui retomba doucement sur l'asphalte, avant qu'une autre voiture ne l'emporte plus loin.

Il répétait mentalement son témoignage en sachant que ce qu'il allait dire serait perçu comme déloyal par nombre de ses collègues. Cela allait frapper durement certaines personnes et faire des dégâts.

Son téléphone sonna. C'était Ivar Horne. Wisting remonta dans sa voiture avant de répondre.

« Je pensais que vous voudriez savoir que Phillip

Goldheim est parti de chez lui avant 9 heures ce matin et qu'il a pris l'E18 vers le nord. »

Wisting démarra.

« Alors nous avons dû nous croiser. Vous savez où il va ?

— Non. Nous n'avions pas d'équipe pour le suivre et nous nous sommes mis d'accord avec la surveillance d'Oslo pour qu'ils le filent quand il arrivera là-bas, mais il semblerait qu'il soit sorti avant. »

La dernière partie de la phrase fut engloutie au moment où le téléphone basculait en mode mains libres.

« C'est pour ça que je vous appelle, poursuivit Horne. Il vient de prendre la sortie de Larvik. »

73

Line trouva une cassette qui avait manifestement servi plusieurs fois. Trois anciennes dates étaient biffées. Celle qui restait était le 13/10/2005.

Cette fois, il y avait plusieurs voix, mais là non plus, elle n'entendit pas le timbre rauque de Frank Mandt.

On parlait de voitures, de la nécessité de se procurer d'autres plaques. Du trajet le plus sûr, d'endroit où changer de voiture, de la position la plus probable de la police.

Line se redressa. Les hommes parlaient d'un braquage. L'enregistrement révélait comment les quatre braqueurs entendaient s'en tirer.

Elle attrapa son sac et sortit un bloc-notes et un stylo-bille.

« Konnerud, c'est bien. On n'aura qu'à se séparer là. Une voiture qui repart vers Mjøndalen. L'autre qui descend vers le Vestfold. »

Quelques noms étaient mentionnés. Line nota : Aron, Robin et un certain PG.

Elle arrêta la cassette pour rembobiner au début, mais il lui sembla entendre un bruit. Devant la maison. Elle tendit l'oreille. Rien. Elle se rendit néanmoins dans la cuisine pour regarder dehors. Personne.

Elle remplit un verre d'eau et regagna le salon. Maja s'était mise debout et s'accrochait aux barreaux de son parc en la suivant du regard.

Line se rassit et au moment où elle prenait le magnétophone, elle entendit de nouveau le bruit. Il semblait venir de l'intérieur, cette fois. Comme un craquement du plancher dans le couloir.

Maja resta immobile et regarda la porte avec de grands yeux, la bouche ouverte. Line sentit son sang se glacer. Ce n'était très probablement qu'un des bruits que font les vieilles maisons en bois, mais l'idée qu'il puisse y avoir quelqu'un de l'autre côté de la porte n'en restait pas moins désagréable.

Puis, de nouveau, des pas.

Maja regarda vers elle, puis vers la porte. Line saisit le magnétophone et les cassettes et les cacha derrière un coussin du canapé. Puis elle agrippa l'accoudoir et se hissa sur ses pieds, mais la porte s'ouvrit avant qu'elle ne soit debout. Un homme cagoulé de noir avec un pistolet entra dans la pièce.

74

Les grandes portes du palais de justice se refermèrent derrière lui. Les murs renvoyaient l'écho de ses pas. En hauteur, un moniteur de télévision indiquait que le procès de Dan Roger Brodin se déroulait en salle 5.

Wisting trouva son chemin. Le grand hall avec les portes des différentes salles était étrangement vide et silencieux. Rien ne suggérait qu'il s'y déroulait l'un des procès qui faisaient couler le plus d'encre de l'année.

La salle 5 était au fond du bâtiment. Wisting traversa le hall et fit un signe de tête à un juge en toge qui descendait l'escalier.

Son téléphone tinta. C'était un message d'Espen Mortensen, à qui il avait confié la filature : « Repéré la voiture. Il est garé devant l'église de Stavern. J'observe. Horne informé. »

Wisting plissa le front. Stavern ? Qu'est-ce qu'il faisait là ? Avait-il d'autres contacts dans le milieu de Frank Mandt ?

Il tapa une réponse brève pour dire qu'il avait bien reçu le message et trouva un banc sur lequel s'asseoir.

Il perçut aussitôt son manque de sommeil. Les dernières pièces du puzzle ne s'étaient assemblées qu'au petit matin.

Sur le mur devant lui se trouvait une peinture abstraite. Cela ressemblait à un petit bateau noir dans un grand océan bleu. Sur le cadre, une plaque gravée indiquait que le tableau était un cadeau de la branche du Vest-Agder de l'Association des avocats de Norvège.

Il inclina la tête et l'observa plus attentivement. De grandes zones vides et des silhouettes informes ouvrant diverses interprétations. Il songea que ce qui était un avantage en art était un problème au tribunal : plus il y avait d'équivoque, moins il était facile de prononcer un jugement exact.

La porte de la salle 5 s'ouvrit. Einar Gjessing, le témoin principal de l'accusation, sortit. Il adressa un bref signe de tête à Wisting avant de quitter le bâtiment.

Wisting était le suivant sur la liste des témoins. Il se leva et piétina un peu en attendant d'être appelé.

75

L'homme braqua l'arme sur elle. Line avala de l'air et ressentit alors une douleur dans la poitrine qui descendit rapidement vers le ventre.

« Restez tranquille », ordonna-t-il.

Line était incapable d'articuler un mot. La menace ne pesait pas seulement sur elle, mais encore sur l'enfant qu'elle portait. Elle était paralysée par la peur écrasante que la vie de son bébé ne se termine avant d'avoir commencé.

Une pression croissait dans son bas-ventre. Elle posa la main dessus alors que cette sensation étrangère, oppressante, gagnait ses lombaires. Elle espérait que c'était juste cette terreur soudaine qui la nouait.

« Relax, dit l'homme en faisant un pas en avant. Je vais juste chercher un truc. »

Line essaya de respirer calmement. Parfaitement immobile au milieu de la pièce, la main droite délicatement posée sur son ventre, elle essayait de sentir si c'était vraiment son utérus qui se contractait. L'idée l'avait à peine traversée qu'elle eut une violente douleur.

Oh non, pas ça, songe-t-elle. Pas ça.

La douleur céda. Line essaya de se tranquilliser en se disant que ce n'était sûrement pas une vraie contraction. Ce pouvait être une crampe isolée, une réaction de peur ou une espèce de fausse contraction.

Elle respira encore et fit quelques pas vers le parc. Accrochée aux barreaux, Maja fixait l'homme en noir avec de grands yeux. Line voyait que les larmes n'étaient pas loin.

« Laissez la gamine », ordonna l'homme en lui faisant signe de s'éloigner avec le pistolet.

Un parler guttural, nota-t-elle en prenant le temps de fixer les yeux sombres derrière la cagoule. Il devait être du Sørlandet.

« Qu'est-ce que vous voulez ? parvint-elle à articuler.

— Les papiers de votre grand-père. Ce qu'il avait dans son coffre-fort. »

Il me prend pour Sofie, songea Line sans chercher à dissiper le malentendu.

« Au sous-sol, dit-elle simplement.

— Vous d'abord. »

Maja se mit à pleurer. Une plainte timide.

L'homme s'écarta en lui faisant signe d'avancer.

« Tout de suite ! » ordonna-t-il en haussant le ton.

Line se dirigea vers la porte, d'une démarche souple, comme si chaque pas pouvait ébranler son corps et déclencher de nouvelles contractions.

L'escalier grinçait sous elle. Les cris de Maja s'assourdirent alors qu'ils s'enfonçaient dans la cave.

L'homme derrière elle la poussa au fond de la pièce et lui ordonna de se tourner vers le mur.

La porte du coffre-fort était entrouverte.

« C'est tout ? » demanda l'homme en s'accroupissant.

Line envisagea de lui parler des cassettes dans le salon, mais ce serait comme lui avouer qu'elle les avait écoutées et elle ne savait pas quelles pourraient en être les conséquences. Puisqu'il avait parlé de papiers, elle misa sur le fait qu'il n'était peut-être pas au courant de ce qu'il y avait dans le coffre.

« Oui. »

L'homme sortit un classeur et le feuilleta. C'est alors seulement qu'elle remarqua qu'il portait des gants fins en latex.

Il fit un signe de tête satisfait, reposa le dossier et regarda autour de lui.

« Vous attendez de la visite ?

— Comment ça ?

— Est-ce que quelqu'un va venir ici aujourd'hui ? »

Elle ne comprenait pas où il voulait en venir avec cette question.

« Une copine… répondit-elle en pensant à Sofie.

— Quand ça ?

— Dans quelques heures.

— OK, fit l'homme en se relevant. Venez. » Il la conduisit dans le couloir, puis dans ce qui avait été une salle de gym. « Là-bas », ordonna-t-il en montrant l'espalier.

Elle obéit.

« Les mains en avant ! »

Elle hésita, mais tendit les mains devant elle. L'homme tira quelques liens en plastique de sa poche et lui empoigna le bras.

Line voyait ce qui se profilait.

« Non ! » protesta-t-elle en essayant de se dégager.

Appliquant le poids de son corps contre elle, l'homme la poussa contre l'espalier et lui enfonça le bras entre deux barres en le faisant ressortir sous celle du bas.

« Non ! cria-t-elle encore. S'il vous plaît ! »

L'homme lui ligota les mains et l'attacha à l'espalier. Le plastique dur du lien pénétra dans ses poignets. Elle ravala son cri de douleur et s'efforça de respirer calmement. Si c'était bien une contraction qu'elle avait sentie, s'affoler ne ferait qu'accroître le risque d'en avoir d'autres.

« Votre copine ne va pas tarder. » L'homme se dirigea vers la porte. « Vous serez libre dans quelques heures. »

Il s'arrêta sur le seuil et la scruta.

« Bon, vous la bouclez, toutes les deux. Sinon vous n'aurez plus jamais la certitude que rien ne va arriver à votre brailleuse de gamine. »

Il pointa le pistolet vers le plafond et la pièce où se trouvait Maja.

« Vous comprenez ? »

Line acquiesça. L'homme tourna les talons, sortit et ferma la porte sans regarder derrière lui. À travers les pleurs de Maja, elle l'entendit vider le coffre dans la pièce voisine.

Elle essaya de se concentrer sur son souffle. Tout entière à sa respiration, calme et tranquille. S'efforçant de chasser toutes ses autres pensées.

Elle ferma les yeux.

Au loin, elle entendit des pas dans l'escalier et la porte d'entrée qui claquait.

76

Les minutes passant, elle retrouva l'espoir que la contraction n'ait été qu'un épisode isolé et non le début du travail.

L'idée la rassura, mais au même instant les douleurs revinrent. Comme la fois précédente, elles se ramifièrent dans ses lombaires en s'intensifiant.

À l'étage du dessus, Maja hurlait sans discontinuer. Line essaya aussi. Elle remplit ses poumons et cria à l'aide, mais elle savait que cela ne traverserait pas ces murs épais. Frank Mandt avait torturé des gens dans sa propre cuisine sans attirer l'attention. Elle n'obtiendrait pas de meilleurs résultats. Elle s'efforça donc de travailler sur le lien en plastique qui l'attachait à l'espalier. Elle essaya de se dégager en tordant les mains, mais le lien était aussi solide que des menottes. Elle allait être obligée d'attendre là jusqu'au retour de Sofie. Combien d'heures pouvait-il rester ? Deux heures ? Trois ?

Au loin, son téléphone sonnait. Il était dans son sac à côté du canapé. Maja cessa de hurler, mais recommença dès que la sonnerie se tut.

Line essaya de se dire que ce n'était pas grave. Maja

était dans son parc. Elle ne pouvait se blesser sur rien. Elle avait peur et elle commençait sûrement à avoir faim, mais elle allait finir par se fatiguer et s'endormir.

Trois contractions déferlèrent, en cadence, régulières, avec juste six ou sept minutes d'intervalle. Même durée, même intensité. Ses genoux cédèrent, un peu plus à chaque contraction, comme si elles pompaient ses forces. Son corps s'affala et elle se retrouva recroquevillée sur elle-même, la tête sur la poitrine.

Les cours de préparation à l'accouchement avaient largement consisté en exercices de relaxation. Elle avait développé son aptitude à se tranquilliser. Le simple fait de savoir qu'elle l'avait déjà fait atténua son angoisse. Elle retrouva bientôt une respiration calme, un rythme cardiaque plus régulier. Si elle parvenait à maîtriser sa nervosité et à regagner quelque peu le contrôle de la situation, il y avait peut-être de l'espoir que l'accouchement reprenne un cours plus naturel. De toute façon, en général, un premier accouchement durait plus de douze heures.

Le lien mordait ses poignets. Elle se redressa pour soulager la brûlure. Elle respirait la bouche ouverte, par courtes aspirations rapides, sans remplir ses poumons convenablement. Quand la crampe céda, elle se mit à inspirer plus profondément. Elle sentit alors un changement : la pression dans son ventre lâcha et elle mit instinctivement sa main entre ses jambes. Les eaux ruisselaient sur l'intérieur de ses cuisses.

Le travail avait commencé. Les contractions allaient maintenant s'intensifier et se rapprocher.

Depuis qu'elle avait découvert sa grossesse, elle avait lu des livres et des articles sur l'accouchement. Elle avait cherché à éliminer sa peur en s'informant, sans grand succès. Elle s'était dit que l'accouchement allait être un souvenir unique. Un événement gravé dans sa mémoire pour le restant de ses jours. Seulement, elle ne voulait pas s'en souvenir comme ça ; mais ce qui devait arriver arriverait. Elle allait accoucher ici, par terre, enchaînée.

Une nouvelle contraction venait. Plus violente que les précédentes. Line se servit de sa respiration pour tenir le coup, elle essaya d'en mesurer la durée, mais perdit le compte.

Les contractions suivantes furent plus rapprochées, plus profondes, plus pénibles. Alors qu'elles se succédaient en cadence, les douleurs dans son dos s'accrurent et elle eut l'impression de perdre toute sensation dans ses mains.

Elle ne remarqua pas que les pleurs s'étaient tus au rez-de-chaussée. Maja avait dû s'endormir. Depuis combien de temps était-elle là ? Une heure ? Quand Sofie allait-elle rentrer ?

Elle venait à peine de se poser la question quand elle entendit la porte d'entrée. Si ce n'était pas Sofie, ce pouvait être l'homme au pistolet qui avait compris qu'il n'avait pas eu tout ce qu'il y avait dans le coffre et revenait chercher le reste.

Elle tenta sa chance :

« À l'aide ! À l'aide ! »

Des pas dans l'escalier.

« Line ? appela Sofie.

— Ici ! En bas ! »

La porte s'ouvrit. Sofie fit un pas dans la pièce, mais s'arrêta net en la dévisageant.

Une nouvelle contraction s'empara de Line. Cette fois, elle laissa la douleur s'échapper dans un cri.

« Libère-moi ! » supplia-t-elle en serrant les dents.

Sofie la rejoignit, l'entoura de ses bras et la hissa.

« Tu en as déjà eu beaucoup ? »

Line répondit d'un hochement de tête.

« À combien d'intervalle ?

— Quatre, cinq minutes. Elles sont de plus en plus fortes, expliqua-t-elle avant de déglutir. C'est urgent. »

77

Wisting attendait devant la salle d'audience. L'une des parties voulait probablement discuter une quelconque question pratique avant de continuer, une histoire d'horaires du lendemain ou d'ordre de passage des témoins restants.

Un nouveau message de Mortensen arriva. Goldheim était revenu à sa voiture avec deux sacs en plastique pleins à craquer et s'était mis au volant.

Derrière lui, il entendit des pas rapides. Harald Ryttingen arrivait au trot. Il passa devant lui sans le saluer et se glissa dans la salle. Aussitôt après, l'huissier sortit en appelant son nom. Wisting se présenta et le suivit à l'intérieur.

La salle était pleine de spectateurs et de journalistes. Ryttingen avait pris place comme assesseur à côté de l'avocat général. Il paraissait détendu et sûr de lui. L'avocate de la partie civile était un peu plus loin avec les parents d'Elise. À l'opposé se trouvaient l'avocat stagiaire Olav Müller et l'accusé, Dan Roger Brodin.

Le juge occupait une place haute et vénérable, à une table surélevée, il était dos au mur, flanqué de deux assesseurs. L'un était un homme obèse à l'air somnolent et indifférent. L'autre une jeune femme qui se tenait bien droite et avait les cheveux rassemblés en chignon.

Wisting se dirigeait vers la barre des témoins quand son téléphone se mit à sonner, ce qui déclencha quelques rires parmi les spectateurs. Il le sortit et refusa l'appel en voyant que c'était Line. Puis il le mit en mode muet et le posa sur une tablette avec son calepin.

Il resta debout à regarder respectueusement le juge en toge, qui avait une mine légèrement agacée, comme s'il s'impatientait et n'avait qu'une hâte : en finir.

« Veuillez décliner votre identité. »

Wisting indiqua son nom, sa date de naissance, son adresse et sa profession.

Devant lui, son téléphone se mit à vibrer. Le bruit fut capté par le micro et renvoyé dans la pièce. Un message s'afficha sur l'écran. Il jeta un bref coup d'œil dessus. « En route pour l'hôpital. Je crois que l'accouchement est lancé. »

Son cœur bondit, sa gorge se noua, sa bouche se vida de toute salive. Lui qui lui avait promis d'être là pour elle. Cela signifiait qu'elle avait trouvé quelqu'un pour la conduire, Sofie sans doute. Ou qu'elle était elle-même au volant. Ce serait bien elle.

Il pouvait encore arriver à temps.

Il voulut prendre son téléphone pour lui répondre. Au moins lui écrire qu'il avait reçu son message, mais fut interrompu dans son geste par le juge.

« Avez-vous plus important à faire que vous expliquer devant la cour ? »

Plusieurs membres de l'assistance rirent doucement,

notamment Ryttingen. Wisting leva les yeux vers l'estrade du juge.

« Je suis désolé.

— Alors, essayons encore, fit le juge avec un signe de tête. Êtes-vous apparenté à l'accusé ou avez-vous un quelconque lien avec lui ? »

Wisting toussota.

« Non.

— Et avec la défunte et sa famille ?

— Non. »

Le juge poursuivit les formalités et expliqua à Wisting qu'il devait dire la pleine et entière vérité, sans rien dissimuler.

« Je le jure, répondit Wisting en lançant un regard vers Ryttingen, qui gardait un petit sourire aux lèvres.

— Vous pouvez vous rasseoir si vous le souhaitez », dit le juge.

Wisting s'assit. Il faisait chaud dans la salle et il regrettait de n'avoir pas ôté sa veste avant d'entrer.

L'avocat stagiaire Olav Müller commença l'interrogatoire. Après une brève introduction, il laissa Wisting dire qu'il dirigeait l'enquête sur le meurtre de Jens Hummel.

« Parlez-nous de l'arme du crime, le pria Müller à la barre.

— C'était un revolver Nagant 7,5 millimètres. Il faisait partie de la succession de Frank Mandt, qui habitait à Stavern et est mort le 10 janvier. » Il expliqua ensuite que Mandt avait été une figure marquante d'un réseau criminel.

« Comment la police a-t-elle obtenu l'arme ?

— Elle nous a été remise pour destruction le

24 juillet, après avoir été trouvée dans un coffre-fort qui était resté fermé depuis la mort de Mandt.

— Qu'en avez-vous fait ?

— Suivant la procédure habituelle, nous l'avons envoyé à la Kripos, qui a procédé à des examens balistiques.

— Qu'ont-ils révélé ?

— En résumé, que l'arme avait été utilisée pour priver de leurs jours Elise Kittelsen et Jens Hummel. »

L'avocat général toussota et se leva en s'adressant au juge.

« Par souci de clarté, monsieur le président, nous ne contestons pas qu'il s'agisse de la même arme. Il n'est donc pas nécessaire de passer du temps là-dessus à moins que la cour ne s'intéresse à des détails qui, à strictement parler, ne concernent pas notre affaire. »

Le juge fit un signe de tête satisfait.

« Nous prenons donc acte, fit-il avant de se tourner vers l'avocat de la défense. Concentrons-nous sur la présente affaire. »

Müller acquiesça et s'adressa de nouveau à Wisting.

« Que pensez-vous de cette affaire-ci ?

— Je pense que l'arme lie les deux affaires. »

Wisting approfondit son raisonnement : « En Norvège, le risque d'être victime d'un meurtre est faible. Statistiquement, on est plus exposé dans son environnement proche et il existe souvent un lien entre la victime et l'auteur des faits. Moins d'un meurtre sur dix se déroule en pleine rue. Il est donc difficile de concevoir que nous soyons en présence de deux affaires où deux tueurs inconnus de leur victime auraient utilisé la même arme pour tuer. En plus, les meurtres ont eu lieu à quelques jours seulement d'intervalle. »

Un coup d'œil dans la direction de Ryttingen lui indiqua que ce dernier était impatient de présenter des contre-arguments et des explications plausibles, mais les règles de procédure l'obligeaient à attendre.

Müller poursuivit :

« Dans le cadre de votre propre enquête, vous avez aussi examiné les documents de l'affaire contre mon client. Quelle est votre conclusion ? »

Wisting se pencha très légèrement vers le micro.

« Qu'il s'agit du même coupable. »

Sa déclaration suscita des réactions à la fois dans l'assistance et autour du juge. L'assesseur somnolent se redressa et rapprocha sa chaise de la table.

L'avocat de la défense attendit que les murmures se soient tus avant de demander avec une surprise affectée si Wisting ignorait que son client était en détention préventive au moment du meurtre de Jens Hummel.

« Je sais, confirma Wisting.

— Cela signifie-t-il que vous pensez que Dan Roger Brodin est innocent ? »

Wisting lança un regard vers les parents d'Elise Kittelsen. La mère avait les yeux baissés, mais le père croisa son regard. Il savait que sa réponse allait les choquer, mais il n'y avait pas d'autre moyen de le faire.

« Oui, répondit-il en relevant les yeux vers le juge. Je pense que ce n'est pas Dan Roger Brodin qui a tiré sur Elise Kittelsen et l'a tuée. »

La rumeur de la salle couvrit le halètement de la mère d'Elise Kittelsen. L'avocat général se leva et s'adressa au juge.

« Aujourd'hui, nous avons entendu trois témoins oculaires qui tous ont désigné l'accusé et fourni des explications concordantes, rappela-t-il. À moins que le témoin n'ait autre chose à présenter que des suppositions et des statistiques, je ne vois pas la nécessité pour la cour de consacrer du temps à des conjectures. »

Le juge acquiesça, mais semblait surtout intéressé par ce que Wisting avait à répondre à cela.

« Avez-vous plus que des conjectures ?

— Je me suis moi-même entretenu avec les témoins oculaires. »

Wisting expliqua que le signalement que deux d'entre eux avaient donné se fondait en réalité sur la description offerte par le troisième témoin et transmise sur la radio de la police.

« Il s'agit donc d'un signalement reposant sur le témoignage d'une tierce personne. Quand je leur ai parlé, les deux témoins ont admis qu'ils n'avaient pas à proprement parler reconnu Brodin comme étant l'auteur des faits, mais étaient partis du principe que c'était lui, puisque les agents l'avaient déjà menotté et installé dans un véhicule de police. »

Il chercha dans son calepin et renvoya aux propos de Terje Moseid : « Il n'y a qu'au cinéma que la police arrête la mauvaise personne. »

L'avocat général se levait de nouveau.

« Les trois témoins se sont expliqués directement devant la cour aujourd'hui. Je demande qu'il soit pris acte de leurs explications et non de l'interprétation que Wisting fait de leurs déclarations. »

Le juge fit un signe de tête, sans se prononcer sur le poids qu'il allait accorder à l'explication de Wisting.

Müller reprit son interrogatoire.

« Et les preuves matérielles ? Les avez-vous regardées de plus près ?

— La preuve centrale est la poudre sur la main droite de l'accusé, répondit Wisting. Je ne sais pas ce que l'accusé a expliqué à la cour, mais quand je lui ai parlé en prison, il y a trois jours, il m'a communiqué de nouvelles informations sur ses faits et gestes le soir du meurtre, et sur la raison pour laquelle il avait tenté de fuir la police. »

Müller sourit.

« La cour s'est vu expliquer qu'il avait couru parce qu'il était sous l'influence de drogues et avait donc enfreint les conditions de la libération conditionnelle.

— Il avait aussi une autre raison de courir, souligna Wisting. Une raison dont il ne voulait pas parler à la police. »

L'avocat lui fit signe de continuer d'un léger mouvement de tête.

« Entre Noël et le Nouvel An, il a volé tout un conteneur de feux d'artifice, d'une valeur de plus de cent mille couronnes. Il en a gardé une partie pour lui, pour les revendre et pour s'amuser. Quand il a croisé la police le soir du 31 décembre, il venait de faire sauter une poubelle devant un supermarché Kiwi du centre-ville. Il s'est enfui afin de ne pas se faire prendre pour déprédations et vol. Quand on l'a interpellé, ses mains étaient couvertes de poudre de feu d'artifice. »

L'avocat général protesta.

« N'aurions-nous pas dû entendre cela de la bouche de l'accusé lui-même ?

— Ce n'est pas l'accusé qui est à la barre des

témoins, observa le juge, mais nous pouvons peut-être lui poser la question ? »

Dan Roger Brodin leva les yeux qu'il avait plongés sur la table.

« Est-ce exact ? » interrogea le juge.

Brodin cligna des yeux.

« Oui, ça s'est passé comme il dit, répondit-il en désignant Wisting du front. Ça s'est passé comme ça. »

Le téléphone de Wisting vibra de nouveau pendant que le juge posait quelques questions de vérification à Brodin. Il avait veillé à le mettre à bonne distance du micro. Cette fois, c'était un SMS attendu de Nils Hammer. Il n'était rien écrit d'autre que : « OK. »

Le message le ramena à Line, mais il s'efforça de ne pas y penser. Il n'avait pas encore délivré la partie la plus déterminante de son témoignage.

Harald Ryttingen prit la parole pour la première fois :

« Ceci est une pure fabrication, protesta-t-il. On tente d'adapter les faits. Pourquoi n'avons-nous pas entendu parler de ces feux d'artifice plus tôt ?

— Je suis allé à ce Kiwi le week-end dernier, enchaîna Wisting sans attendre que le juge lui donne la parole. Il se trouve que le supermarché a porté plainte le lendemain des déprédations et que l'incident a été filmé. »

Il sortit les photos imprimées de son bloc-notes.

« L'affaire même a été classée peu après, mais j'ai des copies des photos. Les images sont de mauvaise qualité et ne permettent pas de reconnaître le coupable, mais elles documentent qu'il y a effectivement eu une explosion de feux d'artifice dans la poubelle du Kiwi le soir en question. »

Ryttingen chuchota quelques mots au procureur, qui se leva de nouveau.

« Ceci est une nouvelle pièce qui n'a pas été versée aux débats.

— Je vais néanmoins l'accepter », répondit sans tarder le juge. Il tendit la main pour signifier à l'huissier de lui donner les photos.

« J'ai des copies pour les parties », précisa Wisting en tendant les feuilles.

Ryttingen s'affala sur sa chaise, tout rouge. La poudre était l'un des piliers de l'accusation et il savait bien que souvent, quand un pilier se brisait, le reste de l'édifice s'écroulait.

« Ça ne se fait pas », murmura-t-il.

Le juge lui lança un regard :

« Souhaitez-vous que votre remarque soit consignée dans le procès-verbal ? »

Ryttingen secoua la tête, mais une étincelle traversa son regard.

« Non, monsieur le juge, fit-il en se levant, mais si Wisting pense que ce n'est pas la bonne personne qui est sur le banc des accusés, il pourrait peut-être nous dire s'il a des soupçons concrets sur quelqu'un d'autre. »

Le juge hocha la tête.

« Avez-vous des suspects ? »

Harald Ryttingen se rassit, croisa les bras et se cala sur sa chaise.

« Oui, répondit Wisting en dirigeant sa main vers son téléphone. Je viens de recevoir un message m'indiquant que mes hommes ont arrêté et mis en examen un individu pour le meurtre de Jens Hummel. Nous pensons que c'est aussi lui qui a tué Elise Kittelsen. »

Derrière lui, le murmure de l'assistance s'éleva comme une vague. Le juge requit le calme d'un coup de marteau.

« Qui est-ce ?

— Nous avons mis en examen le témoin qui était à la barre avant moi, expliqua Wisting. Le témoin principal de l'accusation. Einar Gjessing. »

Sa réponse provoqua des exclamations dans la salle. Le juge laissa à l'assistance et à l'accusation le temps de digérer l'information avant de réclamer le silence. Le brouhaha se tut, mais Wisting entendait les doigts des journalistes pianoter sur les claviers.

« Cela, il va vous falloir l'expliquer plus précisément. »

Wisting se redressa.

« Comme je le disais tout à l'heure, j'ai examiné à la fois le dossier de l'affaire et la documentation de fond, et j'ai alors découvert un souterrain. »

Le juge avait pris son stylo et notait.

« Un souterrain ?

— En jargon policier, c'est un passage qui permet d'accéder à une affaire, une voie qui est passée inaperçue, ou que les directeurs de l'enquête ont refusé de voir. Une piste qu'on a choisi plus ou moins sciemment de ne pas suivre. Dans le cas présent, Dan Roger Brodin était désigné coupable quasiment avant que l'enquête commence et ça a rendu les enquêteurs aveugles aux autres possibilités. En même temps, c'était une situation très confortable. On est parti de l'arrestation et on a construit un récit qui ne correspondait pas à la réalité, mais qui permettait d'éviter de s'interroger sur l'implication de la police elle-même dans le meurtre d'Elise Kittelsen. »

Ryttingen chuchota à l'oreille de l'avocat général, lequel fit un signe de tête et demanda une pause au juge, qui refusa.

« Je voudrais finir d'entendre ce témoin. Je veux savoir en quoi la police pourrait avoir un rapport avec le meurtre. »

Un silence attentif se fit dans la salle.

« Elise Kittelsen était une source de la police, expliqua Wisting. Elle occupait une position centrale dans un réseau de trafic de drogue que la police essayait de démasquer depuis plusieurs années. Quand elle a été tuée, la police allait faire une percée. Elise savait quand et où allait se faire la prochaine livraison. Elle en savait trop et quelqu'un était au courant qu'elle vendait la mèche. »

L'avocat général essaya encore :

« Ces renseignements n'ont pas leur place dans un procès public. »

Olav Müller ne laissa pas au juge le temps de répondre :

« Ceci est une information absolument essentielle que la police détenait depuis le début, mais qu'elle nous a cachée, à mon client et moi. »

Le juge regarda Wisting avant de se tourner vers l'accusation.

« Est-ce exact ? » s'enquit-il.

Ryttingen avait le teint grisâtre, comme s'il avait soudain pris un coup de vieux.

« Ce n'est pas pertinent pour cette affaire », répondit-il sans reconnaître quoi que ce soit.

Le juge s'adressa de nouveau à Wisting :

« Comment êtes-vous tombé sur cette information ? Et quelle pertinence a-t-elle pour cette affaire ? »

Wisting saisit un verre qui était devant lui et le remplit d'eau.

« L'homme que nous avons arrêté, Einar Gjessing, est l'un des acteurs de ce réseau criminel. Tout comme le petit ami d'Elise Kittelsen, Julian Broch. C'est principalement par lui qu'elle obtenait les renseignements qu'elle donnait à la police. »

Il but et éclaircit sa gorge sèche. Il remarqua que la mère d'Elise attrapait la main de son mari.

« Quand les policiers ont ouvert leur enquête sur ce milieu, ils ont commencé comme on le fait traditionnellement : par les marges, et puis ils ont travaillé vers l'intérieur. On commence tout en bas d'une espèce de chaîne alimentaire, par un consommateur, et on lui fait dire qui lui a vendu la drogue. Par le vendeur, on trouve le fournisseur, et on remonte ainsi dans la hiérarchie. À la lisière, ils ont trouvé Elise Kittelsen. Des policiers de surveillance l'ont arrêtée un matin alors qu'elle se rendait du domicile de son petit ami à la fac. Elle avait sur elle deux grammes de haschich qu'elle avait promis de fournir à une copine, et un autre gramme dans son casier à l'université. Une broutille, mais pour elle, c'était comme si son avenir était ruiné. Une affaire de stupéfiants signerait la fin de sa carrière d'institutrice, jetterait la honte sur elle et ses parents. Les policiers lui ont offert une chance d'échapper à cette perspective. Ils lui ont proposé d'oublier toute l'affaire en échange d'informations. C'était bien sûr un dilemme pour elle, mais elle a choisi de trahir son petit ami et ses copains, pour s'épargner elle-même. »

Ryttingen n'avait pas renoncé à sa tentative de faire taire Wisting.

« Le témoin n'a aucune connaissance de première main des faits qu'il relate. Il n'était pas présent et il s'agit-là au mieux de pures supputations. »

Le juge se tourna vers lui et retrouva un peu de cette mine agacée qu'il avait eue quand Wisting était arrivé à la barre des témoins.

« Niez-vous qu'Elise Kittelsen opérait comme informatrice de la police ? »

Ryttingen secoua la tête.

« Non, mais ceci… »

Le juge l'interrompit.

« Continuez ! » dit-il en faisant signe à Wisting.

« Le contact d'Elise Kittelsen est actuellement en vacances à l'étranger, mais je l'ai eu au téléphone hier soir. Il m'a expliqué que la police faisait appel à Elise pour essayer de remonter au chef des opérations, qui a été surnommé Mister NiceGuy. L'opération progressant, Elise a commencé à s'inquiéter. Elle craignait que son petit ami n'ait compris ce qu'elle fabriquait. Son contact dans la police utilisait un téléphone anonyme, à savoir un téléphone avec abonnement qu'il avait pris dans les scellés du commissariat, mais Elise ne se sentait toujours pas en sécurité. La dernière fois que son contact lui a téléphoné, c'était quelques heures seulement avant qu'elle ne soit tuée : elle avait peur de ce qui pourrait arriver.

— Cette histoire de conversation téléphonique doit être inexacte, glissa Olav Müller en commençant à fouiller dans ses papiers. Nous avons les données du téléphone d'Elise Kittelsen. Il n'y a pas eu de tels appels le jour du meurtre.

— Ils ont été effacés sur ordre de la direction de l'enquête pour ne pas créer de confusion inutile dans l'affaire, expliqua Wisting. Pour que personne ne puisse ouvrir la porte du passage souterrain.

— Par qui ? interrogea Müller.

— Harald Ryttingen. »

Derrière Wisting, on entendit le déclencheur d'un appareil photo. Un photographe enfreignait l'interdiction pour prendre une photo de Ryttingen, qui s'était enfoncé dans sa chaise. D'autres l'imitèrent.

L'avocat général écarta légèrement sa chaise, comme pour se distancier de son voisin.

« Nous avons besoin de nous faire une image plus complète du scénario que vous envisagez pour le soir du Nouvel An », déclara le juge.

Wisting acquiesça.

« Il s'agit-là en partie d'hypothèses, mais Elise Kittelsen était devenue une véritable menace pour les protagonistes du trafic de drogue. Ils devaient se débarrasser d'elle. Julian Broch ne pouvait rien faire ; il était à l'origine de la fuite, et s'il arrivait quelque chose à Elise, les soupçons se porteraient aussitôt sur lui. Il fallait qu'il se construise un alibi. La mission a donc été confiée à Einar Gjessing, qui avait des dettes envers Mister NiceGuy. Il est attesté que ce dernier a perdu de l'argent quand Gjessing a fait faillite. »

Soudain, sur la table devant lui, son téléphone se remit à vibrer. C'était encore un message de Line. « Où es-tu ? »

Wisting dut faire un effort extrême pour rassembler ses pensées et poursuivre.

« Le meurtre d'Elise Kittelsen a aussi entraîné celui de Jens Hummel. Hummel officiait comme coursier dans ce réseau. Avec son taxi, il acheminait de grosses cargaisons de drogue de l'Østlandet au Sørlandet, de Frank Mandt à Mister NiceGuy. Notre hypothèse est donc que le soir du Nouvel An, il a fait une livraison à son contact habituel : Einar Gjessing. Mais ce soir-là, il s'est aussi passé autre chose. Gjessing a prié Jens Hummel de le conduire pour couper la route d'Elise Kittelsen, qui allait à son réveillon. Il avait également prévu de fuir les lieux du crime dans le taxi, qui l'attendrait au coin de la rue. L'homme que les deux autres témoins voient s'enfuir de la scène de crime n'est donc pas Dan Roger Brodin, mais Einar Gjessing. »

Il lança un bref coup d'œil du côté de la défense. Brodin avait l'air dérouté, comme s'il ne comprenait pas ce qui se passait.

« Mais quand Gjessing revient au taxi, il est forcé de changer de plan rapidement. Sa mission n'était pas seulement de faire taire Elise Kittelsen, mais aussi de découvrir ce qu'elle savait. Il avait donc besoin de son téléphone et a dû retourner sur les lieux du crime. Avant de repartir, il laisse l'arme à Hummel, puis il revient sur ses pas et explique qu'il a essayé de courir après le coupable, mais a dû abandonner. Dans le chaos qui survient alors qu'ils essaient de réanimer Elise Kittelsen, il met la main sur son téléphone. Quand la police arrive et qu'il doit décrire l'auteur des faits, il dépeint quelqu'un au hasard, un homme qu'il se souvient d'avoir vu plus tôt dans la soirée : Dan Roger Brodin. »

Wisting sentait poindre l'impatience. Il voulait en terminer et s'exprimait avec moins d'exactitude et de précision.

« À bien des égards, Jens Hummel a été entraîné là-dedans en étant innocent. Il aurait sûrement pu garder le silence sur ce qu'il savait, et laisser ainsi le meurtrier d'Elise Kittelsen en liberté, mais il trouvait sans doute trop grave qu'une personne innocente soit condamnée pour le meurtre. Nous savons qu'il a essayé de prévenir la police qu'elle n'avait pas arrêté la bonne personne, mais la piste n'a pas été suivie. Il représentait désormais un risque pour Einar Gjessing et les autres. Nous ne savons pas encore exactement ce qui a entraîné le meurtre de Hummel, mais nous savons que Gjessing est l'une des dernières personnes qui soient montées dans son taxi. On a trouvé des empreintes digitales partielles sur le toit de la voiture. Elles étaient trop fragmentées pour permettre une recherche automatique dans le fichier, mais une comparaison manuelle a permis de déterminer que ce sont les siennes. »

Il approchait de la fin de l'explication et cette partie-ci contenait davantage de questions sans réponses.

« Jens Hummel et Einar Gjessing se sont peut-être vus au prétexte que Gjessing voulait récupérer l'arme que Hummel avait transportée de Kristiansand ? » poursuivit Wisting avec un geste des bras pour indiquer qu'il ne livrait là que les hypothèses d'une enquête en cours. « Hummel a peut-être réclamé de l'argent pour garder le silence. Tout ce que nous savons, c'est qu'il n'a eu la possibilité de raconter ce qu'il savait sur le meurtre d'Elise Kittelsen à personne. Il a lui-même été tué et l'arme du crime a fini dans le coffre-fort de Frank Mandt. »

Wisting était conscient que les questions restaient nombreuses et qu'un gros travail d'enquête l'attendait, mais ce qu'il avait à faire au tribunal était fait. Il avait présenté une explication alternative.

« La défense a-t-elle d'autres questions à poser au témoin ? » s'enquit le juge.

Olav Müller semblait troublé.

« Pas à l'heure actuelle, répondit-il, mais je me réserve la possibilité de rappeler le témoin à la barre le cas échéant. »

Le juge acquiesça et se tourna vers l'autre côté.

« Maître ? »

L'avocat général secoua la tête.

« Bon, conclut le juge. Alors la séance est levée jusqu'à 10 heures demain matin. D'ici là, le ministère public devrait avoir décidé s'il souhaite poursuivre ces débats. »

Puis il abattit son marteau sur la table, se leva et sortit par la porte latérale, suivi des deux assesseurs. La porte se referma. C'était parti, les journalistes se précipitèrent en deux groupes. L'un encerclant l'accusation, l'autre se postant autour de Wisting.

Wisting attrapa son téléphone, se fraya un chemin dans la foule et marcha aussi vite qu'il le pouvait vers la sortie sans répondre à qui que ce soit. Avant de quitter la salle, il jeta un coup d'œil derrière lui et vit que Ryttingen aussi essayait de s'en aller, mais en était physiquement empêché. Les journalistes refusaient de le lâcher. Wisting eut de la peine pour lui. Il avait déjà assisté à ce spectacle et c'était toujours moche quand l'un des leurs franchissait cette ligne ténue et commettait lui-même une injustice.

78

Le téléphone se mit à sonner avant que Wisting n'arrive à sa voiture. En général, les numéros secrets étaient ceux des différentes rédactions. Il refusa les appels et composa le numéro de Line en se mettant au volant.

Cela sonna longtemps sans réponse. Il écrivit un message expliquant qu'il avait été pris par son témoignage au tribunal, mais était maintenant en route. Il manœuvrait pour sortir de sa place de stationnement quand il songea qu'il ne savait pas dans quel hôpital elle était. Elle avait parlé et de Tønsberg et de Skien et il lui semblait que son choix s'était finalement arrêté sur ce dernier. C'était en tout cas celui où il pouvait arriver le plus rapidement, même si c'était à au moins deux heures et demie de route.

Une fois sur l'autoroute, il se mit sur la file de gauche et envisagea de mettre son gyrophare, mais y renonça car il y avait peu de circulation. Il se mit sur la radio de la police et balaya les canaux pour pouvoir entendre s'il y avait des contrôles.

Il était sur le pont juste à la sortie de la ville, Varoddbrua, quand Ivar Horne l'appela.

« Quel cirque, putain ! Tout est sens dessus dessous ici maintenant. Vous avez foutu en l'air notre plus grosse opération de surveillance lors d'un procès public.

— Je sais, répondit Wisting. Je suis navré. Il n'y avait pas d'autre moyen.

— La pleine et entière vérité, c'est ça ? Vous auriez pu prévenir.

— Du nouveau sur Goldheim ? demanda Wisting pour changer de sujet.

— Il est en train de rentrer à Kristiansand, mais lui aussi, il est au courant. Il avait ses hommes au tribunal. Son téléphone était en ébullition.

— Et qu'est-ce que ça dit ?

— Il garde la tête froide. Il ne dit rien qui révèle son degré d'implication, mais prétend qu'il s'est occupé des problèmes. »

Wisting réfléchit. Goldheim était allé à Stavern. Y était-il allé pour s'occuper des problèmes ?

« Où est-il maintenant ? s'enquit-il en lançant un regard sur les voitures d'en face.

— Il vient de passer la sortie de Kragerø, on va le récupérer avant l'arrivée à Kristiansand. »

Il revoyait le petit point rouge du mouchard. Si Goldheim était près de Kragerø, il allait le croiser dans environ quarante-cinq minutes.

« Vous me tenez au courant ?

— Je vais essayer », répondit Horne sans rien promettre.

Wisting raccrocha et essaya encore Line. Comme elle ne répondait pas, il appela Hammer.

« Ça s'est bien passé ?

— On l'a pris par surprise en tout cas. Il est en route

pour la prison centrale. Torunn et moi sommes en train de fouiller son appartement. Tu nous rejoins ?

— Non, répondit Wisting. Tu vas être obligé de prendre les rênes. Je suis en route pour l'hôpital.

— Qu'est-ce qui se passe ? »

Wisting sentit ses lèvres former un sourire.

« Je suis sur le point de devenir grand-père. »

79

Line était seule dans la salle de travail. Sofie l'avait conduite à l'hôpital, avec Maja pleurnichant sur la banquette arrière. Elles n'avaient pas pris la peine de passer prendre des vêtements ou des affaires de toilette chez Line. Celle-ci lui avait raconté par bribes ce qui s'était passé. Quand elles étaient arrivées à la maternité, Sofie n'avait pas voulu repartir. Probablement pour être là en soutien moral, mais aussi parce qu'elle préférait ne pas retourner dans la maison où quelqu'un était entré sans y être invité. À présent, elle était sans doute à la cafétéria avec sa fille.

On avait d'abord emmené Line dans une salle d'examen où une sage-femme avait écouté le cœur du bébé, puis mesuré la durée et l'intensité des contractions et l'ouverture du col, qui était de quatre centimètres. Ensuite Line avait produit un échantillon d'urine et on lui avait donné une blouse d'hôpital en la priant de se changer.

Elle avait peur, elle se sentait seule et elle ne savait pas ce que le personnel avait fait de son sac à main et de ses affaires. Son agacement devant l'absence de réponse de son père était en train de se transformer en colère. Derrière laquelle se cachait une terreur sans pareille.

Une autre sage-femme entra et lui demanda comment elle allait. Line se contenta de répondre « bien ». Le bébé et elle étaient en de bonnes mains, mais n'avoir que des inconnus autour d'elle ne l'aidait pas à se sentir en confiance.

« Essayez de vous détendre, conseilla la sage-femme. Ça va bien se passer. »

Puis une alarme sonna dans le couloir et Line se retrouva de nouveau seule. Jusqu'ici, elle avait tout le temps eu des forces en réserve, mais les contractions étaient maintenant indiciblement longues et pénibles, les douleurs chaque fois plus violentes. Elle attrapa la couette et serra les poings. Elle voulait que cela se termine bientôt, tout en espérant que son père arriverait avant la naissance.

80

La route n'était maintenant qu'à une voie. Wisting était la cinquième voiture derrière un camion qui respectait les limitations de vitesse. Il enleva une main du volant et la dirigea vers l'interrupteur qui activait les gyrophares du pare-chocs, mais avant qu'il ait pu les allumer, sa radio émettait un message de la police de la route qui, sur fond de sirènes, appelait le centre des opérations.

Un opérateur répondit tout de suite.

« Je suis derrière une Range Rover blanche qui refuse de s'arrêter pour un contrôle. Sur l'E18 direction sud. On passe Sørlandsporten. Vous avez des équipes qui pourraient nous assister ?

— Attendez », fit l'opérateur.

Plusieurs équipes s'annoncèrent sans avoir été sollicitées, comme c'était généralement le cas quand la radio annonçait une course-poursuite. Wisting était le mieux situé. Selon leur vitesse, il allait croiser Phillip Goldheim et la patrouille dans plus ou moins dix minutes. Largement le temps d'arrêter un camion et de faire un barrage.

L'opérateur donna quelques ordres. Wisting resta

avec la main sur le bouton du gyrophare, mais la retira. Il ne pouvait pas se laisser embarquer là-dedans.

Le chauffeur de la voiture de patrouille qui traquait Goldheim annonça sa position. D'autres unités étaient en train de se positionner. La distance entre Wisting et les voitures de la course-poursuite ne cessait de se réduire.

Son téléphone sonna. C'était Horne.

« Course-poursuite de Goldheim, annonça-t-il laconiquement.

— Oui, je sais, répondit Wisting. Je ne vais pas tarder à les croiser.

— Nous avons essayé de faire un contrôle de routine pour voir ce qu'il était allé chercher chez vous à Stavern, mais quand nous lui avons fait signe de se rabattre, il a mis les gaz.

— Est-ce que vous en savez davantage sur ce qu'il a fait là-bas ?

— Non, juste qu'il est revenu à sa voiture avec deux sacs en plastique bourrés à craquer. »

Wisting aperçut des gyrophares au bout de la ligne droite.

« Les voilà. »

Les voitures devant lui s'écartèrent. La Range Rover forçait le passage. L'équipage se rapprochant, il entendit aussi les sirènes. La Range Rover roulait sur la bande jaune du milieu. Wisting ralentit et déboîta. Le souffle des voitures d'en face happa la sienne. Il eut le temps de voir que Goldheim était seul et avait l'air crispé.

« Il faut que je raccroche », l'informa Horne.

La circulation reprit son mouvement normal et

Wisting suivit. Les annonces sur la radio se succédaient rapidement. Plusieurs équipes s'annoncèrent. Apparemment, on installait une herse à quelques kilomètres de là.

Wisting écouta avec concentration alors qu'il continuait vers le nord. La patrouille qui menait la course-poursuite annonçait régulièrement la vitesse et les sorties qu'ils dépassaient. Soudain, le policier jura tout haut au milieu d'une phrase.

« Il a fait une sortie de route ! J'ai besoin d'une ambulance », s'exclama-t-il en indiquant la position.

Wisting resserra ses mains sur le volant, il ne pouvait être qu'un auditeur muet des événements.

Les échanges radio se transformèrent en opération de secours. D'après ce qu'il comprenait, la voiture était sur le toit, hors de la route, et Phillip Goldheim était coincé dans l'habitacle. Quand Wisting quitta l'Aust-Agder et entra dans le Telemark, les pompiers l'avaient sorti de l'épave. Son état de santé était donné comme très préoccupant, mais stable. Puis il perdit le signal et ne sut plus rien de ce qui se passait.

81

Wisting essaya d'appeler le portable de Line quatre fois. C'était inutile. Il savait qu'elle l'aurait rappelé si elle en avait eu la possibilité.

Il trouva une place sur le parking de l'hôpital et eut l'impression de perdre son temps devant l'horodateur. Il ne savait pas combien de temps il allait rester, et glissa toutes les pièces qu'il avait dans sa poche. Alors qu'il retournait mettre le ticket dans sa voiture, son téléphone sonna. C'était Christine Thiis.

« Tu nous as fait un sacré spectacle, si l'on en croit Internet, commença-t-elle.

— C'est comme ça, répondit-il en mettant le ticket sur le tableau de bord.

— Le commissaire divisionnaire voudrait te parler. Il est en route.

— Alors il va devoir attendre. » Wisting lui expliqua où il était. « Je ne sais pas combien de temps je vais rester. »

Il garda sa portière entrebâillée pendant qu'il concluait l'appel. Puis il tendit de nouveau le bras dans l'habitacle, ouvrit la boîte à gants et y laissa son téléphone, avant de verrouiller la voiture et de se diriger vers l'entrée principale.

Il arrivait trop tard.

C'était le bon hôpital, mais quand il demanda où était Line à l'entrée de la maternité, on l'informa que l'accouchement était terminé et qu'il était grand-père d'une petite fille.

On lui montra le chemin de la chambre où Line se reposait. Quand il ouvrit la porte, elle dormait avec le bébé sur la poitrine.

Il entra sur la pointe des pieds. Line fut réveillée par le bruit de la porte qui se refermait derrière lui. L'enfant était sur elle avec ses petits poings serrés juste sous son menton.

« Comment ça va ? » s'enquit-il.

Line sourit en regardant le nourrisson.

« Merveilleusement bien. »

Il se pencha, sentit sa tempe contre son front et lui embrassa la joue.

« Je suis tellement désolé d'être arrivé trop tard.

— Tout s'est bien passé, assura-t-elle. Sofie m'a conduite. Tu l'as vue à la cafétéria ? »

Wisting secoua la tête.

« Je suis monté directement. »

Sa petite-fille était enveloppée dans une couverture moelleuse. Elle avait l'air bien faite et forte.

Line se redressa un peu. La petite essaya de lever la tête, qui décolla à peine de la poitrine, en tremblant sous l'effort.

Une sage-femme entra dans la chambre.

« Tout va bien ici ? » s'enquit-elle d'une voix douce.

Line le confirma. Wisting la salua et lui expliqua qu'il était le grand-père.

« Vous voulez la prendre dans vos bras ? » invita la sage-femme.

Wisting regarda Line.

« Je ne sais pas, répondit-il. Peut-être tout à l'heure. »

La sage-femme refusa de l'écouter. Elle souleva la petite et la mit dans ses bras. Il sentit la caresse du duvet de sa tête sur sa joue.

Un silence doux descendit sur lui. Cela faisait longtemps qu'il n'avait pas tenu un bébé dans ses bras, mais cela lui parut soudain tout naturel.

La sage-femme ressortit, les laissant seuls. Wisting passa délicatement l'index sur le petit visage plissé. La peau était presque collante, tout en étant un peu sèche et rigide. D'un seul coup, les paupières s'ouvrirent. Deux grands yeux bleus clignèrent avant de le fixer avec une singulière confiance.

« Elle s'appelle Ingrid, déclara Line, comme Maman. »

Wisting fit un signe de tête alors que ses larmes coulaient. Il se sentit plein de mélancolie. Line avait été un bébé autrefois. Il pensa à toutes les années qui s'étaient écoulées. Tout ce qui s'était passé alors qu'il n'était pas présent. La vitesse à laquelle elle avait grandi. Et maintenant ceci, que sa mère n'avait pas pu connaître.

« Comment s'est passé le procès ? »

Wisting reposa doucement le bébé sur elle.

« Bien. Ça a pris du temps, mais j'ai pu dire ce que j'avais à dire. J'ai eu de la chance avec le juge, il m'a permis de le faire. »

Le bébé se tortilla un peu et Line l'aida à se mettre

bien. C'est alors seulement que Wisting remarqua le bandage autour de son avant-bras droit.

« Que s'est-il passé ? » Il lui attrapa la main.

Elle ne répondit pas, mais essaya de cacher son autre bras sous la couette. Wisting le sortit et vit les marques rouges profondes et les plaies autour de son poignet.

« Je ne sais pas si j'ai le courage juste maintenant », dit-elle en enfonçant sa tête dans l'oreiller.

Wisting l'ignora.

« Comment t'es-tu fait ça ? » insista-t-il en s'asseyant au bord du lit.

Line ferma les yeux et garda le silence quelques instants avant de les rouvrir et de lui raconter ce qui était arrivé quand elle était allée garder Maja.

82

Wisting regagna sa voiture avant l'heure inscrite sur le ticket. Il se laissa tomber sur son siège et tâtonna pour sortir son téléphone de la boîte à gants. La colère déferlait toujours en lui.

Ignorant la longue liste d'appels manqués, il trouva le numéro d'Ivar Horne.

« Comment va Goldheim ?

— Il survivra. Il paraît qu'il a des blessures graves, mais rien qui l'empêche de se remettre sur pied et d'aller en prison. Même si c'est avec d'autres chaussures. Les semelles de celles qu'il avait sur lui sont identiques aux empreintes du cellier de votre affaire de drogue. »

Wisting comprit à peine ce qu'il disait.

« Les sacs qu'il est allé chercher à Stavern contenaient les archives personnelles de Frank Mandt, déclara-t-il.

— Comment savez-vous…

— Vous les avez trouvées ? coupa Wisting.

— La majeure partie. La voiture a fait quelques tonneaux. Il y avait des papiers partout, mais nous avons le contrôle de la situation.

— Je voudrais les avoir ici. Je vais venir les chercher demain.

— La décision ne m'appartient pas, mais d'une manière ou d'une autre, il faut que nous coordonnions la suite de l'enquête. Votre affaire de meurtre intervient au moins dans notre affaire de stups, si ce n'est ailleurs. »

Wisting démarra tout en relatant ce que Line lui avait appris.

« L'arme et la cagoule étaient dans sa voiture, confirma Horne. Vous allez sûrement trouver des empreintes de ses chaussures dans la maison de Mandt.

— Je voudrais tout ici, répéta Wisting. Y compris Phillip Goldheim.

— Je ne suis pas sûr que ce soit si simple que ça, prévint Horne.

— Je me fous de Ryttingen.

— Ça, j'avais compris, mais il y a une heure, on a arrêté Julian Broch. Il était dans le bateau de son père et a accosté avec vingt kilos d'amphétamines qu'il rapportait du Danemark. Il a déjà commencé à parler de Goldheim. Il faut qu'on essaye de collaborer, mais de toute façon, après l'épisode d'aujourd'hui, il n'est pas certain que tout cela soit ni de votre ressort ni du nôtre. »

Wisting ne put qu'acquiescer.

« Enfin, une chose est sûre, poursuivit Horne, c'est qu'il n'y a plus de Mister NiceGuy. »

83

Dès son retour au commissariat, Wisting rassembla les enquêteurs dans la salle de réunion. La journée avait été mouvementée et ils avaient besoin de débriefer.

« Que dit Gjessing ?

— Nous n'avons parlé que de l'affaire Hummel, répondit Hammer, qui était rentré de Kristiansand. Il a fait une courte déposition et nie tout.

— Et ses empreintes sur le toit du taxi ? s'enquit Mortensen.

— On ne l'a pas encore confronté au problème, mais il a expliqué spontanément que juste avant le meurtre, il avait essayé de héler un taxi qui n'était pas de Kristiansand. Il est monté dedans, mais a dû ressortir. Il l'aurait déjà dit à la police. »

Wisting acquiesça. Cela concordait avec ce qu'il leur avait expliqué le week-end précédent quand ils étaient allés le voir dans son penthouse.

« Qu'est-ce qu'on a d'autre sur lui ? voulut savoir Torunn Borg. Avons-nous identifié un lien avec Frank Mandt ?

— Pas pour l'instant, répondit Wisting, mais il

pourrait y avoir des réponses dans les archives privées de Mandt.

— N'oublions pas que nous pourrions avoir une réaction en chaîne, rappela Hammer. S'il tombe dans l'affaire du Nouvel An, il tombe dans la nôtre aussi. »

La porte s'ouvrit. C'était le commissaire divisionnaire Ivan Sundt. Avec Christine Thiis derrière lui. Le regard du commissaire parcourut l'assistance pour s'arrêter sur Wisting.

« J'avais demandé un rendez-vous, je m'attendais à ce que vous vous présentiez dès votre retour, observa-t-il.

— Désolé, fit Wisting avec un geste des bras. On avait besoin de faire le point.

— Et moi aussi. » Le ton du commissaire était acerbe.

« Est-ce qu'on peut faire ça dans dix minutes ?

— On fait ça tout de suite », trancha le commissaire en s'asseyant.

Les autres enquêteurs se levèrent. Christine Thiis s'écarta pour les laisser sortir de la pièce.

« Vous, vous restez », lui intima le commissaire en lui faisant signe d'entrer.

Elle s'assit à côté de Wisting.

Le commissaire alla droit au but.

« Quelles preuves avez-vous ? »

Wisting reprit l'affaire point par point. Au cours de son rapport, il se rendit compte que les éléments qu'il avait suffisaient largement pour semer le doute sur la culpabilité de Dan Roger Brodin, le dossier qui l'accablait s'était effiloché comme la voile d'un navire dans une tempête, mais que de là à accuser Einar Gjessing, il y avait encore du chemin à faire.

Le commissaire fit le même constat.

« Ce n'est pas assez. Vous avez peut-être une longue expérience d'enquêteur, mais j'ai été juge pendant tout aussi longtemps. Ce que vous avez ne suffit même pas pour une détention provisoire. Vous avez agi dans la précipitation », déclara-t-il en se levant. Puis il déporta son regard sur Christine Thiis. « Vous avez bravé mes ordres de rester à l'écart de l'affaire du Nouvel An et tout ce que vous avez obtenu, c'est un scandale. »

Wisting ne souhaitait pas entamer une discussion. Le commissaire se dirigea vers la porte, mais s'arrêta en le regardant.

« Si c'est tout ce que vous avez, vous devez le laisser partir avant la reprise des débats au tribunal de Kristiansand demain matin. »

84

Juste avant 20 heures le même soir, Wisting retourna voir Line à l'hôpital. Après la réunion avec le commissaire, il avait passé quelques heures creuses au commissariat, sans réussir à les remplir autrement qu'avec son désir de tenir de nouveau la petite Ingrid dans ses bras.

Il était passé chez Line prendre quelques vêtements et des affaires de toilette. Le tout était pour l'essentiel déjà préparé. Sofie et Maja s'étaient installées chez elle pendant que la police scientifique et technique relevait des traces du passage de Phillip Goldheim dans leur maison.

Quand il entra dans la chambre, Line venait de finir d'allaiter. Wisting posa son sac par terre et songea qu'il aurait dû lui apporter quelque chose. Des fleurs, des chocolats ou un petit nounours. Il s'excusa et promit de venir avec un cadeau pour chacune le lendemain.

Line rit et lui donna Ingrid. Il la garda dans ses bras et poussa délicatement sa main avec son gros index. Avec une force surprenante, les doigts du bébé saisirent instinctivement le sien pour ne plus le lâcher ensuite.

« Comment va l'affaire ? »

Wisting raconta, d'une voix calme et tranquille, en étudiant les traits du petit visage.

« Vous allez devoir le laisser partir ? »

Il sourit en sentant que, curieusement, cette idée ne le révoltait pas.

« Mieux vaut dix coupables en liberté qu'un seul innocent condamné, rappela-t-il en songeant à Dan Roger Brodin, toujours enfermé au dernier étage du commissariat de Kristiansand.

— Tu as regardé ce qu'il y avait dans le coffre-fort ?

— Pas encore.

— Il n'a pas tout eu, précisa-t-elle avant de lui parler des cassettes sous un coussin du canapé. Frank Mandt avait un micro caché dans la cuisine, il enregistrait des conversations autour de la table. Il y avait un enregistrement où on les entendait planifier le braquage d'un transport de valeurs. Vous pourrez peut-être faire une analyse vocale ou un truc dans ce genre pour savoir qui parle.

— Bonne idée », approuva Wisting, sans réel entrain.

Ils parlèrent de choses et d'autres, de la date de sortie de la maternité et de la façon dont elle allait aménager sa chambre. Il lui dit qu'il avait prévenu Thomas, son frère, et que celui-ci viendrait faire un tour le lendemain.

« Tu l'as dit à John ? » s'enquit-il en levant les yeux.

Ils évoquaient rarement le père de l'enfant, mais Wisting savait qu'ils avaient eu quelques contacts pendant la grossesse.

« Pas encore. Je vais lui envoyer une photo demain. »

Ils parlèrent d'autres sujets avant de revenir sur l'affaire de meurtre.

« Tu crois qu'il est mort naturellement ?

— Qui ça ? fit distraitement Wisting en déplaçant le bébé vers son autre bras.

— Frank Mandt. Tu crois qu'il est tombé ou qu'on aurait pu le pousser ? »

Wisting réfléchit à ce qu'il avait lu dans le rapport sur la découverte de Frank Mandt en bas de l'escalier de la cave. « Rien ne suggérait que la chute ait été provoquée.

— Mais qu'est-ce qu'il allait faire dans sa cave, au juste ? Il n'y avait pas grand-chose d'autre que la vieille salle de musculation et le coffre-fort, et il ne portait pas de vêtements de sport, si ?

— Alors il devait aller à son coffre ? proposa Wisting.

— Peut-être. Je trouve juste que c'est une drôle de coïncidence. Qu'il tombe dans l'escalier quasiment en même temps que toutes ces histoires dont il semble avoir été le centre. »

Wisting se leva avec Ingrid dans les bras et la tendit à Line. Le mouvement lui fit entrouvrir les paupières et émettre quelques sons.

Les propos de Line lui avaient donné une idée et il était pressé.

Il se pencha au-dessus du lit et embrassa sa fille en lui promettant de revenir le lendemain. Puis il marcha prestement vers la porte.

85

Le réverbère à côté de l'allée de la vieille maison était auréolé d'une lumière terne et lugubre.

Wisting resta devant sa voiture à écouter les sauterelles. Elles stridulaient leur air monotone dans les arbres, les buissons, l'herbe.

Klaus Wahl était l'homme qui avait trouvé Frank Mandt au pied de l'escalier de la cave début janvier. Une tragédie du quotidien. Mandt avait soixante-dix-neuf ans, il était diabétique, avait des vertiges et un équilibre précaire. Wahl avait fait une brève déposition à la police, mais toutes les questions n'avaient pas été posées.

Wisting sonna à sa porte. Le vieil homme mit du temps à ouvrir. Il portait la même tenue que la dernière fois, short bleu et chemise à carreaux.

« Ah, c'est vous », marmonna-t-il en faisant un pas de côté, comme s'il l'avait attendu.

Ils s'assirent à la table de la cuisine.

« Nous avons arrêté un homme pour le meurtre de Jens Hummel. »

Klaus Wahl répondit d'un signe de tête. Il avait vu le journal télévisé.

« Le nom Einar Gjessing vous dit-il quelque chose ?
— Je ne sais pas qui c'est.
— Je pense qu'il pourrait avoir été l'une des dernières personnes à avoir rendu visite à Mandt. Notamment pour lui apporter l'arme d'un crime.
— Je n'allais pas souvent chez Frank, expliqua Wahl, soudain occupé par son paquet de tabac. On se voyait surtout au café ou dans des endroits comme ça. »
Wisting observa son interlocuteur.
« Vous étiez sans doute la personne qui connaissait le mieux Mandt. Que pensez-vous qu'il soit arrivé ? Il avait prise sur beaucoup de monde, plus d'un aurait gagné à ce qu'il meure. Vous pensez qu'il est tombé ou qu'on l'a poussé ? »
Klaus Wahl balaya des brins de tabac de la toile cirée et les fit tomber dans sa main avant de les reverser dans le paquet.
« Il est tombé, affirma-t-il avec détermination. C'était un accident.
— Vous avez l'air tout à fait sûr de vous. »
Klaus Wahl se leva, avança jusqu'au plan de travail et ouvrit un tiroir. En se rasseyant, il posa un calepin noir et un petit enregistreur sur la table.
« Il est tombé, répéta-t-il. Sans quoi celui qui l'aurait poussé aurait pris ça. »
Wisting ouvrit le calepin au hasard. Il y avait des noms, des sommes d'argent et d'autres mots clefs.
« Je l'ai trouvé à côté de lui en bas de l'escalier. Il devait vouloir le ranger dans son coffre. Je l'ai emporté. Je me suis dit qu'il ne fallait pas que la police mette la main dessus. Maintenant j'ai changé d'avis.
— Pourquoi ? »

Wahl glissa sa cigarette entre ses lèvres et inclina légèrement la tête en l'allumant.

« Il y a un dénommé Einar qui parle là-dessus, fit-il en désignant le petit magnétophone, et un autre qu'ils appellent PG. Ils parlent de Jens Hummel, entre autres. » Wahl aspira la fumée et la laissa sortir lentement par ses narines. « C'est comme ça que Mandt a assis sa position dans le milieu. Il avait un dossier sur tout le monde et il faisait parler les gens dans le dos les uns des autres. »

Wisting prit le magnétophone et appuya sur « Play ». L'enregistrement commençait au milieu d'une conversation.

« Écoute un peu, Einar, disait quelqu'un.

— Le père Jens est devenu problématique », renchérissait un autre. On n'avait pas besoin d'analyse vocale pour reconnaître le dialecte du Sørlandet rugueux d'Einar Gjessing.

« Il doit bien y avoir une façon de résoudre ça ? » objectait une troisième personne.

« Frank Mandt », signala Wahl en pointant sa cigarette sur le petit haut-parleur d'où sortait la voix.

« Il n'y a qu'une façon définitive de le faire, répondait la voix qui appartenait à Gjessing. Nous courons un bien trop grand risque à le laisser aller librement.

— Tu cours un risque, corrigeait Mandt. Nous n'aurions pas eu ce problème s'ils n'avaient pas arrêté un innocent.

— Qui est innocent ? faisait la voix que Wisting n'avait pas identifiée, mais qu'il supposait être celle de Phillip Goldheim. Ce n'est peut-être pas lui qui l'a fait, mais il n'est pas innocent. Personne n'est innocent.

— Le problème, c'est que s'il se met à parler, on ne sait pas trop ce qui pourrait sortir de son clapet, poursuivait Gjessing. Ça pourrait être dangereux pour nous tous.

— C'est mon homme, protestait Mandt. Il a de la valeur pour moi.

— Tu auras bien sûr une compensation et on te trouvera un remplaçant. Mais Einar est tout de même prêt à éliminer un facteur de risque pour nous. Ça va… »

La voix était coupée et cédait la place à un bruissement, comme si le reste de la conversation avait été effacé. Il n'était pas difficile de comprendre de quoi il retournait, mais ce n'était pas non plus une preuve décisive. La conversation pouvait s'interpréter de différentes façons et le contenu pouvait être tourné et retourné.

Wisting laissa la bande courir. Le silence de l'enregistrement changea de nature. Il entendait des voix lointaines, mais qui devenaient plus fortes à mesure qu'elles approchaient de la pièce où se trouvait le micro.

« Tu viens ici maintenant ? » Frank Mandt était clairement agacé.

« Je voulais juste te dire que le problème est réglé », répondait Einar Gjessing. Suivait un bruit de métal posé sur une table.

« Merde ! s'exclamait Mandt. Tu l'as apporté ici ?

— Ben, il est à toi.

— On ne fait pas plus chaud comme arme en ce moment !

— J'ai éliminé le problème, à toi de te débarrasser de ça. »

Suivait le raclement d'un objet sur la table à laquelle étaient assis les deux hommes.

« Je ne veux rien savoir de plus sur cette histoire, prévenait Mandt.

— Mais il y a un truc qu'il faut que tu saches. J'ai été obligé de mettre son taxi dans la grange.

— Ma grange ?

— Tu ne t'en sers pas. Je le déplacerai plus tard, mais plus on mettra de temps à le retrouver, mieux ce sera.

— Et le corps ?

— Il n'est pas là. Détends-toi.

— Quelqu'un va le trouver ?

— Pas tout de suite.

— Comment ça ?

— Peut-être au printemps quand on épandra le fumier sur les terres », expliquait Gjessing sans entrer dans les détails.

Mandt avait une voix exaspérée. « Quoi qu'il en soit, tu n'aurais pas dû venir ici. Pas maintenant. »

Des pieds de chaise raclaient le sol.

« Je pensais que tu voudrais le savoir.

— Je veux en savoir le moins possible. »

Les voix s'éloignaient.

« Dis à PG que dorénavant il faudra que quelqu'un vienne le chercher. »

Le ton exaspéré continuait jusqu'à ce que les voix disparaissent et, après quelques instants, l'enregistrement s'arrêtait.

La fumée de la cigarette de Klaus Wahl s'éleva de sa main, passa devant son visage et lui laissa une mine grise.

« Je pensais que vous voudriez entendre ça. »

86

Dans la salle de surveillance, le gardien poussa une tasse vers Wisting. C'est seulement alors que ce dernier sentit combien il était fatigué. Il but une gorgée de café et essaya de se secouer, de rassembler ses pensées. Il trouva l'image sur le mur des moniteurs de télévision. Einar Gjessing allait et venait dans sa cellule de garde à vue, vêtu des vêtements qu'il portait en quittant le tribunal plus tôt dans la journée. Wisting eut soudain l'impression que cela remontait à très loin.

« Son avocat est venu il y a deux heures, expliqua l'homme qui lui avait servi son café. Il lui a dit qu'il n'y aurait pas d'autre interrogatoire avant demain.

— Je veux juste avoir une conversation avec lui, dit Wisting.

— Je ne pense pas que ça l'intéresse tellement de parler. »

L'homme de la cellule 3 s'assit sur son lit. Wisting attendit encore un peu. Il termina son café et reposa sa tasse avant d'aller dans le couloir des cellules.

Einar Gjessing leva les yeux. Wisting entra avec une chaise et fit son possible pour masquer son propre malaise quand la porte de la cellule se referma. Il sentait la mauvaise volonté de l'homme assis au bord du lit, son inquiétude et son angoisse.

« Je n'ai rien à dire.

— Je vous ai déjà entendu parler », répondit Wisting en s'asseyant.

Il tira le petit magnétophone de sa sacoche et l'alluma : Gjessing parlait du taxi garé dans la grange. Projetées ainsi entre les murs de la cellule, les voix paraissaient métalliques. Un changement physique se produisit aussitôt. Le visage de l'homme se ternit et s'affaissa comme un ballon crevé.

Wisting arrêta le lecteur.

« Saviez-vous que Frank Mandt enregistrait toutes les conversations qui se déroulaient dans sa maison ? »

Gjessing garda le silence.

Wisting ouvrit de nouveau sa sacoche et en sortit le sac de cassettes.

« Je n'ai pas encore tout écouté, mais je suppose que c'est en grande partie ce qu'il écrivait dans ses calepins, même si je ne les ai pas tous lus non plus. »

Gjessing ouvrit la bouche, mais la referma.

« Pour vous, cela ne change pas grand-chose, poursuivit Wisting. On ne peut probablement pas faire plus sévère qu'une peine pour deux meurtres, mais vous pouvez épargner d'autres gens.

— Comment ça ?

— Je n'ai pas besoin d'écouter ces cassettes ni de lire les calepins. Ce dont j'ai besoin, c'est d'aveux de votre part. » Il se leva. « Selon moi, vous avez tout à y gagner. Des aveux seraient la seule circonstance atténuante qui puisse raccourcir la durée de votre peine. Je serai au bureau à partir de 7 heures demain matin, ajouta-t-il en se dirigeant vers la porte. L'offre tient jusque-là. »

Einar Gjessing resta au bord de son lit alors que la porte se refermait. Wisting traversa lentement le couloir et retourna au poste de garde. Il attrapa un post-it sur le bureau du gardien et écrivit le numéro de Nils Hammer.

« S'il veut parler à quelqu'un, il peut appeler ce numéro. À n'importe quelle heure. »

87

À 7 heures, les aveux étaient sur le bureau de Wisting. La déposition écrite avait commencé à 3 h 15 et était signée par Nils Hammer et Einar Gjessing à 5 h 50. Huit pages avec les détails les plus indispensables.

Il les parcourut et sentit la tension se relâcher un peu. Ce qu'il lisait ne recelait aucune surprise. Quelques blancs étaient remplis, mais il n'y avait là aucun détail qui ne concorde pas avec ce qu'il avait imaginé.

Wisting emporta le document dans le bureau de Christine Thiis. Il voyait que ces derniers jours l'avaient affectée. À bien des égards, elle était prise entre deux feux. Entre des enquêteurs consciencieux et des dirigeants pragmatiques. Cela lui avait donné des cernes sombres qui la vieillissaient.

« C'est terminé », annonça-t-il en posant les aveux devant elle.

Il resta debout pendant qu'elle lisait et constata l'effet libérateur que cette lecture avait sur elle aussi.

« Tu n'auras qu'à informer le commissaire divisionnaire et le procureur », fit-il en repartant.

Elle acquiesça. Son visage s'était radouci et il vit qu'elle se réjouissait à cette perspective.

« Où vas-tu ? » s'enquit-elle.

Il consulta sa montre.

« Je repars dans le sud. J'ai un certain nombre de détails pratiques à régler avec les enquêteurs de Kristiansand, et puis les débats reprennent à 10 heures. J'ai envie d'y être. »

88

Quand Wisting arriva au palais de justice quelques minutes avant 10 heures, la salle 5 était pleine. L'huissier refusait des spectateurs et quelques journalistes, mais lui fit signe de venir. Wisting se faufila devant les autres, passa la porte et se mit juste à l'entrée de la salle.

À la barre, l'avocat stagiaire Olav Müller avait désormais la compagnie de son patron, maître Gisle Kvammen. De l'autre côté, l'avocat général était seul, à quelques mètres de distance de l'avocate de la partie civile. Ni Ryttingen ni les parents d'Elise Kittelsen n'étaient présents.

La porte derrière la table des juges s'ouvrit à 10 heures précises. L'assistance se leva. Le juge en toge entra, suivi de ses deux assesseurs. Ils s'assirent et le juge pria toutes les personnes présentes dans la salle de les imiter. Puis, d'un coup de marteau, il déclara la séance ouverte.

« Il est prévu que nous continuions d'entendre les témoins. Les parties ont-elles des commentaires avant que nous ne reprenions ? »

L'avocat général se leva lentement.

« Monsieur le président, dit-il en saluant de la tête le juge. Partant des nouvelles informations qui sont apparues au cours des débats, le ministère public souhaite abandonner la suite de la procédure et demander la relaxe du prévenu. »

Le juge posa son regard sur lui.

« Quel motif de relaxe souhaitez-vous invoquer ? »

L'avocat général toussota avant de répondre laconiquement : « Non coupable. »

Il y eut des chuchotements surpris dans la salle.

« D'autres points que ceux soulevés hier sous-tendent-ils cette opinion ? s'enquit le juge.

— Nous avons reçu des renseignements complémentaires ce matin. »

Le juge attendit qu'il continue.

« Quelqu'un d'autre a avoué le meurtre d'Elise Kittelsen », finit par dire l'avocat général.

De nouveaux murmures s'élevèrent, se répandirent dans la salle et ricochèrent entre les murs, avant de s'éteindre quand le juge leva son marteau.

« Accordez-vous foi à ces aveux ? » interrogea encore le juge.

L'avocat général acquiesça d'un signe de tête, mais le juge ne le laissa pas s'en tenir là.

« Oui ?

— Oui, confirma l'avocat général.

— Merci. »

Le juge prit tout son temps pour noter cela avant de lever les yeux et de diriger son regard sur l'avocate de la partie civile.

« La famille a-t-elle des commentaires sur les informations qui sont apparues ? »

L'avocate se leva.

« De nombreux commentaires, monsieur le président, répondit-elle en coulant un regard vers l'avocat général, mais aucun qui concerne directement la demande de relaxe. »

Elle se rassit et le juge s'adressa à l'avocat stagiaire Olav Müller.

« Et l'avocat de la défense ? »

Ce fut Kvammen qui prit la parole.

« Nous demandons la relaxe de l'accusé. »

Dan Roger Brodin semblait perplexe.

« L'accusé a-t-il quelque chose à ajouter ? » s'enquit le juge.

Le silence complet se fit dans la salle. Brodin se pencha vers le micro.

« Je ne l'ai pas fait, dit-il.

— Plus personne ne le pense, acquiesça le juge en déportant son regard sur l'avocat général. Le jugement de cette affaire sera prononcé à 15 heures », annonça-t-il avant de lever la séance d'un coup de marteau.

Wisting s'adossa au mur. Dans les faits, cela signifiait que Dan Roger Brodin serait un homme libre avant la fin de la journée.

89

Wisting était assis dans le fauteuil près de la fenêtre avec sa petite-fille âgée de cinq jours sur les genoux. Près de trente ans auparavant, il avait été assis au même endroit et de la même façon avec Line. Quel plaisir de retrouver ces bons souvenirs, de voir soudain l'avenir avec optimisme.

Dehors, il pleuvait, comme il se souvenait qu'il avait plu le premier été avec Line. Il pleuvait sans interruption depuis 5 heures du matin. Une pluie froide qui tombait à l'oblique d'un ciel de plomb.

Il regarda la petite tête aux cheveux noirs. Ses yeux étaient fermés, ses joues rondes et fraîches, sa bouche minuscule, tendre et rose. Ingrid. Ses traits bougeaient imperceptiblement chaque fois qu'elle respirait.

Line arriva du vestibule avec un grand paquet entouré d'un ruban rose. Derrière elle suivait Sofie, avec Maja dans les bras.

Wisting sourit en leur souhaitant la bienvenue. Sofie vint caresser le bébé sur la joue avant de s'asseoir.

Line ouvrit le cadeau. C'était une salopette rose et d'autres vêtements de bébé. Elle n'était pas vraiment assise qu'on sonnait encore à la porte. Elle en revint avec Nils Hammer, Torunn Borg, Espen Mortensen et Christine Thiis. Hammer avait un bouquet de ballons et un énorme nounours qu'il installa dans un fauteuil, tandis que Christine Thiis apportait un tapis d'éveil qui faisait de la musique quand on appuyait sur les différentes formes.

Café et gâteau arrivèrent sur la table.

Ingrid cligna des yeux et eut l'air de vouloir se mettre à crier, mais afficha finalement ce qui ressemblait à un sourire.

« Je peux la tenir dans mes bras ? demanda Hammer.

— Je vais juste prendre une photo », répondit Line en attrapant l'appareil qui était sorti.

Elle s'accroupit devant son père alors que Hammer se mettait derrière elle et faisait de drôles bruits pour tenter d'attirer l'attention d'Ingrid.

« Prends-en une avec mon téléphone aussi. » Wisting tira son portable de sa poche.

Il sonna alors qu'il allait le lui tendre. Ingrid se mit à pleurer et Line la prit pour la donner à Hammer.

Wisting emporta le téléphone dans la cuisine et répondit dans l'encadrement de la porte.

« Ici Olav Müller, entendit-il à travers les rires des convives dans le salon.

— Bonjour.

— Je ne vous dérange pas ?

— Non, pas de problème. De quoi s'agit-il ? »

Dans le salon, Hammer faisait des bruits de pets et tout le monde riait, sauf Ingrid.

« Il s'agit de Dan Roger, répondit l'avocat stagiaire.

— Qu'a-t-il ?

— Il est mort. »

Wisting se retira dans la cuisine.

« Que dites-vous ?

— Il est mort d'une overdose cette nuit. Je pensais que vous voudriez le savoir. »

Wisting dut s'asseoir. L'annonce le prenait de court et il se sentit pris de vertige. On pouvait difficilement être surpris que Dan Roger Brodin finisse sa vie ainsi, mais il ne l'avait jamais envisagé.

Les questions fusaient, mais Wisting ne parvint qu'à le remercier de l'avoir averti. Il lui fallut un moment pour se reprendre, pour digérer l'idée que si Brodin était resté en prison, il serait en vie.

Un éclat de rire dans le salon le tira de cette pensée maussade.

« Grand-père ! cria Hammer. Il faut changer la couche ! »

Wisting laissa son téléphone sur la table de la cuisine.

« J'arrive ! » fit-il en souriant, avant de rejoindre les autres.

DU MÊME AUTEUR

Aux Éditions Gallimard

Dans la collection Série Noire

LE CODE DE KATHARINA, 2021.

LE DISPARU DE LARVIK, 2020, Folio Policier n° 934.

L'USURPATEUR, 2019, Folio Policier n° 903.

LES CHIENS DE CHASSE, 2018, Folio Policier n° 878.

FERMÉ POUR L'HIVER, 2017, Folio Policier n° 852.

COLLECTION FOLIO POLICIER

Dernières parutions

767. Franz Bartelt	*Chaos de famille*
768. Thierry Bourcy	*Les ombres du Rochambeau*
769. Georges Simenon	*Nouvelles exotiques*
770. Jo Nesbø	*L'inspecteur Harry Hole. L'intégrale, I*
771. Lorenzo Lunar	*La vie est un tango*
772. Nick Stone	*Cuba Libre*
773. Jean-Claude Izzo	*Fabio Montale*
774. Boileau-Narcejac	*Les intouchables*
775. Boileau-Narcejac	*Les visages de l'ombre*
776. Joe R. Lansdale	*Diable rouge*
777. Fredrik Ekelund	*Blueberry Hill*
778. Heinrich Steinfest	*Le poil de la bête*
779. Batya Gour	*Meurtre en direct*
780. Laurent Whale	*Les Rats de poussière I Goodbye Billy*
781. Joe R. Lansdale	*Le sang du bayou*
782. Boileau-Narcejac	*Le contrat*
783. Boileau-Narcejac	*Les nocturnes*
784. Georges Simenon	*Le bateau d'Émile*
785. Dolores Redondo	*De chair et d'os*
786. Max Bentow	*L'Oiseleur*
787. James M. Cain	*Bloody cocktail*
788. Marcus Sakey	*Les Brillants*
789. Joe R. Lansdale	*Les Mécanos de Vénus*
790. Jérôme Leroy	*L'ange gardien*
791. Sébastien Raizer	*L'alignement des équinoxes*
792. Antonio Manzini	*Piste noire*
793. Jo Nesbø	*Du sang sur la glace*
794. Joy Castro	*Après le déluge*
795. Stuart Prebble	*Le Maître des insectes*

796. Sonja Delzongle	*Dust*
797. Luís Miguel Rocha	*Complots au Vatican I Le dernier pape*
798. Caryl Férey	*Saga maorie*
799. Thierry Bourcy	*Célestin Louise, flic et soldat dans la guerre de 14-18*
800. Barry Gornell	*La résurrection de Luther Grove*
801. Antoine Chainas	*Pur*
802. Attica Locke	*Dernière récolte*
803. Maurice G. Dantec	*Liber mundi I Villa Vortex*
804. Howard Gordon	*La Cible*
805. Alain Gardinier	*DPRK*
806. Georges Simenon	*Le Petit Docteur*
807. Georges Simenon	*Les dossiers de l'Agence O*
808. Michel Lambesc	*La « horse »*
809. Frederick Forsyth	*Chacal*
810. Gunnar Staalesen	*L'enfant qui criait au loup*
811. Laurent Guillaume	*Delta Charlie Delta*
812. Laurent Whale	*Les Rats de poussière II Le manuscrit Robinson*
813. J. J. Murphy	*Le cercle des plumes assassines*
814. Éric Maravélias	*La faux soyeuse*
815. DOA	*Le cycle clandestin, tome I*
816. Luke McCallin	*L'homme de Berlin*
817. Lars Pettersson	*La loi des Sames*
818. Boileau-Narcejac	*Schuss*
819. Dominique Manotti	*Or noir*
820. Alberto Garlini	*Les noirs et les rouges*
821. Marcus Sakey	*Les Brillants II Un monde meilleur*
822. Thomas Bronnec	*Les initiés*
823. Kate O'Riordan	*La fin d'une imposture*
824. Mons Kallentoft, Markus Lutteman	*Zack*
825. Robert Karjel	*Mon nom est N.*
826. Dolores Redondo	*Une offrande à la tempête*
827. Benoît Minville	*Rural noir*

863. Jo Nesbø — *Du sang sur la glace II Soleil de nuit*
864. Brigitte Gauthier — *Personne ne le saura*
865. Ingrid Astier — *Haute Voltige*
866. Luca D'Andrea — *L'essence du mal*
867. DOA — *Le cycle clandestin, tome II*
868. Gunnar Staalesen — *Le vent l'emportera*
869. Rebecca Lighieri — *Husbands*
870. Patrick Delperdange — *Si tous les dieux nous abandonnent*
871. Neely Tucker — *La voie des morts*
872. Nan Aurousseau — *Des coccinelles dans des noyaux de cerise*
873. Thomas Bronnec — *En pays conquis*
874. Lawrence Block — *Le voleur qui comptait les cuillères*
875. Steven Price — *L'homme aux deux ombres*
876. Jean-Bernard Pouy — *Ma ZAD*
877. Antonio Manzini — *Un homme seul*
878. Jørn Lier Horst — *Les chiens de chasse*
879. Jérôme Leroy — *La Petite Gauloise*
880. Elsa Marpeau — *Les corps brisés*
881. Sonja Delzongle — *Boréal*
882. Patrick Pécherot — *Hével*
883. Attica Locke — *Pleasantville*
884. Harry Crews — *Car*
885. Caryl Férey — *Plus jamais seul*
886. Guy-Philippe Goldstein — *Sept jours avant la nuit*
887. Tonino Benacquista — *Quatre romans noirs*
888. Melba Escobar — *Le salon de beauté*
889. Noah Hawley — *Avant la chute*
890. Tom Piccirilli — *Les derniers mots*
891. Jo Nesbø — *La soif*
892. Dominique Manotti — *Racket*
893. Joe R. Lansdale — *Honky Tonk Samouraï*
894. Antoine Chainas — *Empire des chimères*
895. Jean-François Paillard — *Le Parisien*

863. Jo Nesbø	*Du sang sur la glace II Soleil de nuit*
864. Brigitte Gauthier	*Personne ne le saura*
865. Ingrid Astier	*Haute Voltige*
866. Luca D'Andrea	*L'essence du mal*
867. DOA	*Le cycle clandestin, tome II*
868. Gunnar Staalesen	*Le vent l'emportera*
869. Rebecca Lighieri	*Husbands*
870. Patrick Delperdange	*Si tous les dieux nous abandonnent*
871. Neely Tucker	*La voie des morts*
872. Nan Aurousseau	*Des coccinelles dans des noyaux de cerise*
873. Thomas Bronnec	*En pays conquis*
874. Lawrence Block	*Le voleur qui comptait les cuillères*
875. Steven Price	*L'homme aux deux ombres*
876. Jean-Bernard Pouy	*Ma ZAD*
877. Antonio Manzini	*Un homme seul*
878. Jørn Lier Horst	*Les chiens de chasse*
879. Jérôme Leroy	*La Petite Gauloise*
880. Elsa Marpeau	*Les corps brisés*
881. Sonja Delzongle	*Boréal*
882. Patrick Pécherot	*Hével*
883. Attica Locke	*Pleasantville*
884. Harry Crews	*Car*
885. Caryl Férey	*Plus jamais seul*
886. Guy-Philippe Goldstein	*Sept jours avant la nuit*
887. Tonino Benacquista	*Quatre romans noirs*
888. Melba Escobar	*Le salon de beauté*
889. Noah Hawley	*Avant la chute*
890. Tom Piccirilli	*Les derniers mots*
891. Jo Nesbø	*La soif*
892. Dominique Manotti	*Racket*
893. Joe R. Lansdale	*Honky Tonk Samouraï*
894. Antoine Chainas	*Empire des chimères*
895. Jean-François Paillard	*Le Parisien*

896.	Luca d'Andrea	*Au cœur de la folie*
897.	Sonja Delzongle	*Le hameau des Purs*
898.	Gunnar Staalesen	*Où les roses ne meurent jamais*
899.	Mons Kallentoft, Markus Lutteman	*Bambi*
900.	Kent Anderson	*Un soleil sans espoir*
901.	Nick Stone	*Le verdict*
902.	Lawrence Block	*Tue-moi*
903.	Jørn Lier Horst	*L'usurpateur*
904.	Paul Howarth	*Le diable dans la peau*
905.	Frédéric Paulin	*La guerre est une ruse*
906.	Paul Colize	*Un jour comme les autres*
907.	Sébastien Gendron	*Révolution*
908.	Chantal Pelletier	*Tirez sur le caviste*
909.	Sonja Delzongle	*Cataractes*
910.	Elsa Marpeau	*Son autre mort*
911.	Joe Ide	*Gangs of L.A.*
912.	Francesco Dimitri	*Le livre des choses cachées*
913.	Jo Nesbø	*Macbeth*
914.	Dov Alfon	*Unité 8200*
915.	Jérôme Leroy	*Un peu tard dans la saison*
916.	Pasquale Ruju	*Une affaire comme les autres*
917.	Jean-Bernard Pouy	*Trilogie spinoziste*
918.	Abir Mukherjee	*L'attaque du Calcutta-Darjeeling*
919.	Richard Morgiève	*Le Cherokee*
920.	Antonio Manzini	*La course des hamsters*
921.	Gunnar Staalesen	*Piège à loup*
922.	Christian White	*Le mystère Sammy Went*
923.	Yûko Yuzuki	*Le loup d'Hiroshima*
924.	Caryl Férey	*Paz*
925.	Vlad Eisinger	*Du rififi à Wall Street*
926.	Parker Bilal	*La cité des chacals*
927.	Emily Koch	*Il était une fois mon meurtre*
928.	Frédéric Paulin	*Prémices de la chute*
929.	Sonja Delzongle	*L'homme de la plaine du nord*
930.	Sébastien Rutés	*Mictlán*

Composition APS-ie
Impression Maury imprimeur
à Malesherbes, le 13 avril 2021
Dépôt légal : avril 2021
Numéro d'imprimeur : 253415

ISBN 978-2-07-292282-4. / Imprimé en France.

373611